アーサー・ペッパーの
八つの不思議をめぐる旅

フィードラ・パトリック
杉田七重 訳

集英社文庫

アーサー・ペッパーの八つの不思議をめぐる旅

謝辞

まず初めに、洞察力と専門性はもちろん、あらゆる美点を兼ね備えた優秀なエージェント、クレア・ウォレスに敬意を表します。さらに、わたしを温かく迎えて惜しみない支援をしてくださった著作権代理業者であるダーリー・アンダーソンの方々、とりわけメアリー・ダービー、エマ・ウィンターとダーリー氏ご本人に感謝を申し上げます。ヴィッキ・ラ・フヴレにも早くから感想をいただき感謝しています。

どんな本にも偉大な編集者がついているものですが、わたしには最強の味方がふたりいました。イギリス版の編集者サリー・ウィリアムスンとエリカ・イムレイニーには、その思慮深さと創造性に大いに助けられ、アーサーの擁護者になっていただきました。またアーサーの住まいをイギリスに設定するアイディアを最初に思いついてくださったサミア・ハマーにも感謝を申し上げます。

ハーレクイン・ミラとハーパー・コリンズのチームはみな素晴らしい活躍を見せ、力になってくださいました。少数ですが例を挙げるならば、アリソン・リンジー、クリオ・コーニッシュ、ニック・ベイツ、セアラ・パーキンズ・ブランといった方々にお世話になりました。

本作の初期の草稿をあきれることなく読んでくれた友人、マーク・R・F、ジョーン・K、メアリー・McG、マグズ・Bにも感謝を捧げます。

また、両親には、幼い頃から本を愛し、読書を楽しむことを教わってきました。ですから、パットとデイヴに感謝を――このふたりがいなければ、そもそも本作は生まれなかったのです！

そして最大の感謝を、この旅のあらゆる段階でわたしを支えてくれたマークとオリヴァーに贈ります。必ずゴールにたどりつけると信じて、ふたりはいつもわたしの支えになってくれました。

さらに、友人のルース・モスにも感謝を捧げます。ことあるごとに、あなたの勇気と娯楽の精神を思いだしています。

オリヴァーに捧げる

たんすの中のサプライズ

アーサーは毎朝きっかり七時半にベッドから出る。妻のミリアムが生きていたときとまったく同じに。まずシャワーを浴びてから、前の晩に用意しておいたグレーのスラックス、水色のシャツ、カラシ色のベストを着る。そうして髭《ひげ》そりを済ませてから、階下へおりていく。

八時に朝食づくり。たいていトーストにマーガリンを塗るぐらいで、それをパイン材でできたカントリー風のダイニングテーブルで食べる。テーブルは六人用だが、いまはひとりしかすわらない。八時三十分に食器類を洗い、キッチンの調理台に残る水気を手のひらで落としてから、レモンの香りがついたクリーナーシートで二度拭きする。そこまで済めば、今日一日を始められる。

五月晴れの朝。他の日であれば、すでに太陽が顔を出しているのを見て、ほっとしたことだろう。庭で草をむしり、土を掘り返して今日一日をやり過ごせる。太陽がうなじを温め、頭皮がピンク色になってひりひりするまで太陽のキスを受ければ、自分はここに生きていて、まだやらねばならぬことがあるのだと、身に沁みて感じる。

けれども今日は五月十五日で、ふだんとは事情が違った。数週間前から恐れていた妻の一周忌。スカーバラの美しい風景写真をつかったカレンダーのそばを通りかかるたびに、その日付が目をとらえた。そういうときアーサーは、束の間目をみはったあとで、何か気をそらせるようなちょっとした仕事を探す。育てているシダのフレデリーカに水をやったり、キッチンの窓をあけて近所の家の飼い猫を「こらっ！」とどなりつけ、ロックガーデンをトイレ代わりにするのをやめさせたりする。

妻が死んでから今日でちょうど一年。

人はみな「天に召された」という言葉をつかいたがる。「死んだ」といってしまえば、身も蓋《ふた》もないというように。しかしアーサーはその言葉が大嫌いだった。穏やかな響きは、まるでさざ波の立つ川をシュッシュポッポと蒸気船で運ばれていったか、雲ひとつない空をシャボン玉のようにふわふわ飛んでいったような感じがする。けれど妻の死はそんなものではなかった。

四十年の結婚生活を経て、いま家にいるのはアーサーひとりだ。寝室が三つと、それとは別に、大人になった娘のルーシーと息子のダンに勧められてシャワールームつきの寝室もつくっていた。最近新しくしたキッチンはブナの無垢《むく》材をつかっており、レンジにはＮＡＳＡの宇宙センターにあるような操作パネルがついている。家がロケットのように発射したら困るので、アーサー自身はまったくつかっていない。

家の中に笑い声が響いていた頃が懐かしい。階段を上がる大きな足音や、ドアが乱暴に閉まる音でさえ、もう一度聞きたくてたまらない。階段の踊り場に洗濯物が落ちていたり、泥だらけの長靴につまずいたりするのもいい。子どもたちは舌ったらずに、長靴をナナグツなんて呼んでいた。ひとりきりの静寂は、かつてうるさいと文句をいっていた、家族のたてるどんな物音よりも耳ざわりだった。

調理台をきれいにして、表に面した居間に向かったところ、大きな音が頭を刺し貫いた。反射的に壁に背中を押しつけ、てのひらをモクレンのウッドチップが入った壁紙に押しつける。しみだした汗で脇の下がちくちくしてきた。玄関にはまったデイジー模様のガラスを通して、馬鹿でかい紫色の人影がぬっと立っているのがわかる。アーサーは自宅の玄関で囚《とら》われの身となった。

呼び鈴がまた鳴った。いったいどうすればこんなに大きな音が出せるのか。まるで火災報知器だ。耳を守ろうと肩をすくめながら、心臓の鼓動が速くなるのがわかる。あとほんの少し待てば、彼女もあきらめて帰っていくだろう。ところがそこで郵便受けがひらいた。

「アーサー・ペッパー。あけなさい。そこにいるのはわかってるのよ」

隣人のバーナデットがやってくるのは今週に入って三度目だった。ここ数か月というもの、ポークパイや、牛肉とタマネギのパイなんかを持ってきて、なんとかしてアーサーに食べさせようと頑張っている。たまにアーサーが折れてドアをあけることもあるが、たいていは居留守をつかう。

先週は玄関にソーセージロールが置いてあった。紙袋から脅《おび》えた動物のように顔を出していて、そのあと玄関マットに落ちたパン屑《くず》を掃除するのに永遠の時間を要した。

落ち着け。いま動いたら隠れているのがわかってしまう。もし見つかったら、何か言い訳をしないといけない。ゴミ出しをしていたとか、庭のゼラニウムに水をやっていたとか。けれど作り話を考えるのも億劫《おっくう》だった。とりわけ今日は。

「アーサー、そこにいるんでしょ。なにもひとりで頑張らなくたっていいのよ。あなたのことを思ってくれる仲間がいるんだから」郵便受けが音を立てた。〈男やもめの会〉とタイトルがついた藤色のチラシが床にひらひら落ちてきた。表にへたくそなユリの絵がついている。

アーサーは一週間以上、誰とも話をしていなかった。冷蔵庫の中にはチェダーチーズの小さなかたまりと、賞味期限の切れた牛乳の瓶しか入っていなかったが、彼にもまだプライドがあった。いらぬおせっかいを焼くバーナデット・パターソンの厄介にはなりたくない。

「アーサー」

目をぎゅっとつぶり、自分は堂々たる邸宅の庭に立つ銅像であると思いこむ。そういう立派な家が建ち並ぶ、ナショナルトラストの敷地内をミリアムといっしょに歩くのが大好きだった。ただし、人で混雑しない時期に限られる。砂利《じゃり》の小道を歩きながら、バラのあいだを飛びまわるモンシロチョウをうっとり眺め、ティールームで出されるヴィクトリアサンドウィッチケーキを楽しみにする。いま夫婦でそこにいられたらどんなにいいだろう。

妻のことを思い出したら、胸に熱いものがこみあげてきた。それでもアーサーはじっと動かずにいた。できることなら、本当に石になってしまいたい。そうすればもう心が痛むこともなくなる。

とうとう郵便受けがぴしゃりと閉まった。紫色の人影は去っていった。アーサーはまず指から力を抜き、それから肘を楽にした。肩を回して凝《こ》りをほぐす。

バーナデットがまだ庭門のそばにひそんでいるかもしれないと思い、アーサーは玄関のドアを一インチだけあけた。細いすきまに目を押しつけて、あたりを観察する。向かいの庭にテリーが出ていた。ドレッドヘアーを赤いバンダナで縛って、自分の芝生を延々と刈り続ける男で、ちょうどいま納屋から、重たい芝刈り機を出しているところだった。隣家の子どもふたりが赤毛をなびかせて通りを走って行ったり来たりしている。どっちも裸足だ。もうずっと乗っていないアーサーの日産マイクラは、風防ガラスにハトの糞《ふん》がびっしりこびりついて、小石打ちこみ仕上げの壁のようになっている。気持ちがだんだん落ち着いてきた。すべてが通常に復した。決まりきった日常はいい。

アーサーは藤色のチラシを読み終えると、以前にもバーナデットがポストに入れていった他のチラシ――〈真の友〉、〈ソーンアップル地域住民の会〉、〈洞穴の会〉、〈ノースヨークシャー・ムーアズ鉄道のディーゼル機関車祭り〉――の上にきちんと重ねて置いた。それから自分に発破《はっぱ》をかけてお茶を淹《い》れにいく。

バーナデットのおかげで朝からすっかり調子がくるった。アーサーはいらいらするあまり、十分な時間を置かずにティーバッグをポットから引き揚げた。冷蔵庫から出した牛乳に鼻を近づけて嗅ぎ、うっと顔をしかめてシンクに流す。紅茶はストレートで飲むしかない。いざ口にしてみたら鉄粉を溶かしたような味。思わず深いため息がもれる。

今日はキッチンの床にモップをかけないし、階段のカーペットのすりきれた部分が広がるほどごしごし掃除機をかけることもしない。バスルームの蛇口をぴかぴかに磨くことも、タオルをきれいな四角に畳むこともしない。

キッチンのテーブルに出しておいた、黒いビニール袋の太いロール一本にしぶしぶ手を伸ばして持ちあげる。重たい。いい運動になるとアーサーは思う。

作業が楽に進むように、猫の愛護団体が出しているチラシにもう一度よく目を通しておく――「〈猫の救世団〉寄付された物はすべて売却され、虐待《ぎゃくたい》されている成猫や子猫の救出基金に充《あ》てられます」

アーサー自身は猫が好きではない。ロックガーデンをめちゃめちゃにされてからはなおさらだ。猫好きなのはミリアムのほうで、猫と接するとクシャミが出るにもかかわらず、愛してやまなかった。ミリアムが電話の下にこのチラシをとっておいたのは、自分の所持品はここに寄贈せよということだと、アーサーは考えた。

目の前の仕事と向き合うのを少しでも遅らせようと、のろのろと階段をあがっていき、最初の踊り場で一休みする。妻の衣類を処分するのは、もう一度妻にさよならをいうのと同じことのように思える。自分の人生から妻を一掃するかのようだった。

アーサーは目に涙をためて、裏庭に面した窓に目を向けた。背伸びをすれば、ちょうどヨーク大聖堂のてっぺんが見え、石の指が空を支えているような光景が目に入る。彼の暮らすソーンアップル村は、ちょうど地区のはずれにあった。サクラの花がもう散り始めていて、ピンクの花びらが紙吹雪のようにはらはら舞っている。庭の三方は高い木のフェンスに囲まれており、フェンス越しに頭を出しておしゃべりするには高すぎるので、プライバシーが守られていた。アーサーとミリアムはふたりだけの暮らしが好きだった。なんでも夫婦いっしょに、ふたりの好きなようにやる。あの頃は本当によかった。

四枚ある畑は、アーサーが線路の枕木をつかって地面より一段高くつくったもので、ビート、ニンジン、タマネギ、ジャガイモを育てていた。今年はカボチャにも挑戦するつもりだった。畑で収穫したものをつかって、ミリアムはよくチキンと野菜の豪華な煮こみ料理や自家製レシピのスープをつくってくれた。しかしアーサーのほうは料理がからきしダメときている。それで去年の夏に収穫した美しい赤色のタマネギは、キッチンの調理台にずっと置かれたままになり、やがてアーサーの皮膚と同じぐらいしわしわになると、堆肥《たいひ》用のコンポスト容器に捨てられた。

残りの階段をようやくあがっていき、息を切らしながらバスルームの前に到着した。昔は階段のてっぺんから一番下まで、ルーシーやダンを追いかけてよく駆けおりたもので、それでなんの支障もなかった。それがいまはなにをやるにもスピードを落とさないといけない。膝がきしんでいるし、背も間違いなく縮んでいる。もとは黒い髪が、いまではハトのように白くなっていて（それでもまだ撫でつけるのに苦労するぐらいの量はあるのだが）、丸っこい鼻先は日に日に赤味を増しているようだ。いったいいつから若者であることをやめて老人になったのか、思い出すのが難しい。

数週間前、最後に話したとき、娘がこんなことをいっていた。「処分するっていうのもひとつの手よ。ママの遺品がなくなれば気も晴れて、先へ進もうという気になれるから」ダンも時々オーストラリアから電話をかけてきた。現在は妻と子どもふたりと海外で暮らしている。こっちはもっとにべもない言い方だった。「捨てちゃえばいい。家を博物館にしちゃいけない」

先へ進む？　先ってなんだ？　大学へ行くか、それともその前に一年休みを取って見聞を広めるとか、選択の余地のあるティーンエイジャーじゃあるまいし。こっちは六十九歳の老人だ。まあでも先へ進むか。アーサーはため息をつき、とぼとぼと寝室に入っていく。

たんすの鏡つきの扉をそっと押しあける。

茶、黒、灰色。土色の衣類がずらりと並んでいる。変だ。こんな濁った色の服を着ていたミリアムは思い出せない。と、ふいに妻の姿が頭に浮かんだ。若いミリアムが腕と脚を使ってダンをくるりと回す——飛行機の真似だ。青い水玉模様のサンドレスを着て、白いスカーフを結んでいる。頭をのけぞらせて笑い、あなたもやってみなさいよと誘う。ところが浮かんだときと同様に、この映像はいきなり消えた。アーサーの記憶に残る最後のミリアムは、やはり目の前に並んでいる服の色だった。灰色。アルミニウムのような色の髪を水泳帽をかぶったようにカットしていて、最後はタマネギのようにしわくちゃになってこの世を去った。

ほんの数週間で病は進行した。まず肺に感染症が見つかった。これは毎年恒例なので、抗生物質を飲んで二週間床についた。しかし今回は感染症が肺炎に悪化した。ベッドで休養が必要だと医者にいわれ、例によってミリアムは騒ぎ立てることなく、おとなしく指示に従った。

ベッドに横たわって目を見開いている、生気のない妻を見つけたのはアーサーだった。

初め、木にとまっている小鳥でも見ているのかと思ったが、腕を揺すっても目を覚まさなかった。

ミリアムのたんすの半分はカーディガンで占められている。型崩れして、両袖がだらんと垂れていて、まるでしばらくゴリラに着せてから、またハンガーにかけたようだった。それからスカート。紺色、灰色、ベージュ、どれもふくらはぎ丈だ。バラやスズランを混ぜたような、ミリアムの香水の匂いがして、思わず妻のうなじに鼻をこすりつけたくなる。神よ、あと一回でいい、願いを叶えてくれ。これはすべて悪い夢で、下におりていけば、ミリアムは『ウーマンズ・ウィークリー』のクロスワードパズルを解いているか、休日に会った友人のひとりに手紙を書いている。そうであって欲しいと何度も願った。

しばらくベッドに腰を下ろして自己憐憫《れんびん》にひたることを許したのち、ビニール袋のロールを素早くほどいて二枚切りはなし、振って広げた。やらなくちゃいけない。ビニールの片方には寄付するものを入れ、もう一方には廃棄するものを入れる。アーサーは腕いっぱいに衣類を抱えて、それを寄付用の袋に丸めて入れた。ミリアムの室内履き——すっかりくたびれて爪先に穴がひとつあいている——は廃棄用の袋に。黙々と手早く作業を進め、途中で手をとめて物思いにひたるようなことはしない。作業も中盤に入ったところで、古い灰色の編み上げ靴一足を寄付用の袋に入れ、それとほぼ同じものを続けてそちらに入れる。それから大きな靴箱をひっぱりだして、その中から毛皮で内張りをした、趣味のよい茶色のスエード製ブーツを取り出した。

そこでアーサーは、ノミの市で買ったブーツの中に宝くじ（はずれくじだったそうだ）が入っていたというバーナデットの話を思い出し、反射的にブーツの片方に手をすべりこませた。そっちはからっぽだったが、もう片方に手を入れて驚いた。指先に何か硬いものが触れたのだ。妙だった。それを指先にひっかけるようにして、外に出そうと試みる。

気がつくとアーサーはハート形のケースをつかんでいた。型押しをした緋色《ひいろ》の革でできていて、本体と蓋を小さな金色の南京錠で留めてある。そのたたずまいに、心が妙に騒ぐ。見るからに値が張りそうな贅沢《ぜいたく》品。ルーシーからのプレゼントか？　いや、そうだったら覚えているはずだ。それにこの手のものは、自分が妻に買うことも絶対ない。ミリアムはシンプルで実用的なものが好きだった。なんの飾りもないシルバーの丸いボタン形イヤリングや、愛らしいオーブンミトンのようなものが。ふたりの結婚生活は総じて経済的に苦しく、できるだけ出費を抑えて、もしもの場合に備えて貯金に回してきた。そうしてようやくキッチンとバスルームに大枚をはたいたというのに、それもミリアムはわずかな期間しか楽しめなかった。だから違う。妻がこういうものを自分で買うはずはない。

小さな南京錠の鍵穴をアーサーはしげしげと見る。それからたんすの底をひっかきまわして、まだ残っている靴を全部外に出して他のものといっしょにする。けれど鍵はどこにもなかった。爪切りばさみを取りあげて、鍵穴まわりをつっついてみるものの、まったくあく様子はない。好奇心がちくちく胸を刺す。敗北を認めたくなくて、アーサーは階下に下りていった。五十年近く錠前屋をやってきた人間が、いまいましいハート形のケースひとつあけられなくて、どうする。キッチンの調理台の下についた引き出しから、アーサーは二リットルのアイスクリームが入っていたプラスチック容器をひっぱりだした。それを道具箱にして、中に魔法の道具を入れてあるのだ。

また二階にもどると、ベッドの上に腰を下ろし、鍵をこじあけるピック各種をリングにぎっしりぶらさげたものを取り出した。一番小さいピックを鍵穴に差しこんで、こちょこちょと動かしてみる。今度はカチッという音がした。こちらをじらすかのように数ミリほどのすきまがあいた。まるで秘密をささやこうとする口もとだ。南京錠をはずして、ふたを持ち上げる。

ケースの内側にはクラッシュ加工の黒いベルベットが貼られていた。退廃と金の臭いがぷんぷんする。けれどもそれ以上にアーサーが息を呑《の》んだのは、その中に収まっている飾り《チャーム》のぶらさがったブレスレットだった。見るからに贅沢なゴールドの太い丸カンを連結したもので、ハート形の留め金がついている。またもやハート。

　奇妙なのは、たくさんのチャームだ。子どもの本のイラストによくあるお日様のように、ブレスレットから放射状に飛び出している。全部で八つ――ゾウ、花、本、パレット、トラ、指ぬき、ハート、指輪。

　ブレスレットを箱から外に出してみる。ずっしり重く、手の中で動かしてみると、ジャラジャラ音がした。アンティークか、あるいはそう見えるように加工をしたものかもしれない。いずれにしても美しい細工だった。それぞれのチャームは細部まで形がくっきりしている。しかしどれだけ記憶の棚を探っても、ミリアムがこのブレスレットをつけているのを見た覚えはなく、チャームのどれかを見せられたという記憶もない。おそらく誰かにプレゼントするつもりで買っておいたのだろう。しかし、いったい誰に？　どう見たって安物じゃない。ルーシーがつけるアクセサリーといったら、銀の針金をカールしたものや、ガラスの破片や貝殻でつくった流行物だった。

　一瞬、子どもたちに電話をしてみようかと思う。母親のたんすに隠されていたチャームブレスレットについて、何か知らないかと。そういうことなら、連絡して悪いはずがない。しかしそこでアーサーは考え直せと自分に言い聞かせる。子どもたちは忙しくて、父親の疑念なんぞにつきあっちゃいられない。レンジのつかい方を訊くという口実でルーシーに電話をかけてから、もうかなりの時が経っていた。ダンのほうは、最後に連絡を取ったのが二か月前。ダンが四十歳で、ルーシーが三十六歳という現実が信じられない。いったい時はどこへ行ってしまった？

　子どもたちには子どもたちの生活がある。かつてはミリアムがあの子たちの太陽で、アーサーが月だったが、いまでは息子も娘も、それぞれの銀河系に輝く遠い星になってしまった。

　いずれにしろ、ダンがプレゼントしたものではないだろう。ありえない。毎年ミリアムの誕生日が近づくとアーサーは息子に電話をして、その日を思い出させる。するとダンは決まって、「ちゃんと覚えてるよ、今日郵便局に行って、ささやかだけどプレゼントを送るつもりだった」という。確かにたいていが「ささやか」なものだった——シドニー・オペラハウスをかたどった冷蔵庫に貼りつけるマグネット、孫のカイルやマリーナの写真をボール紙の写真立てに入れたもの、木にしがみつく格好をした、小さなコアラのぬいぐるみ。コアラは、ダンが昔つかっていた寝室にミリアムが持っていって、カーテンにしがみつかせた。

　息子からのプレゼントにがっかりしているとしても、ミリアムはそういうそぶりは一切見せない。「まあ、なんてかわいいこと」と歓声をあげ、まるでこれまでもらった中で最高のプレゼントだとでもいうような喜びようだ。もっと正直になって、一度でいいから、「もう少し考えたらどうなの」と、息子にいってやればいいのにと、アーサーは思っていた。しかし、考えてみれば、あの子は子どものときから、他人の気持ちには無頓着だった。車のエンジンをはずして油にまみれているときが一番幸せなのだ。息子がシドニーで自動車修理工場を三軒経営しているというのは父親にとっても自慢だった。それでもキャブレターに見せるのと同じぐらいの気づかいを、人間にも見せて欲しいと願ってもいた。

ルーシーはもっと思慮深い。何かあると必ず礼状を出すし、何があろうと、人の誕生日は絶対忘れない。ひょっとして、発語に問題があるのではないかと、夫婦そろって心配するほど寡黙《かもく》な子どもだった。医者に診せたら、そんなことはない、感受性が豊かなだけだといわれた。確かに人一倍感じやすい子だった。なんでもじっくり考えて、自分の心と相談するのが好きなのだ。だからじつの母親の葬儀にも参列しなかったんだと、アーサーは自分に言い聞かせていた。ダンのほうは何千マイルも離れているから仕方ないのだろう。そんなふうに適当な言い訳を見つけてやったところで、子どもたちがそこにいて、母親ときちんとお別れをしなかった事実に、父親がどれだけ胸を痛めているか、あのふたりには想像もできないはずだった。だから、時折思いついたように電話をして話をしても、自分と子どもたちのあいだに深い溝《みぞ》を感じてしまう。妻を失っただけではなく、子どもたちも失いかけていると思えてならなかった。

指をすぼめてみるものの、ブレスレットは関節にひっかかって手を通らなかった。アーサーはゾウのチャームが一番気に入った。上に向けた鼻と小さな耳——インド象だ。

それが醸《かも》し出す異国情緒に思わず皮肉な笑みがもれる。休暇に外国へ旅行する計画を、ミリアムと話し合ったことが何度もあったが、結局いつも同じ、ブリドリントンの海辺にあるＢ＆Ｂ（ベッドアンドブレックファスト。低価格な宿泊施設）に落ち着くのだった。土産を買ったとしても、切り取り式の絵はがきセットか、新しいナプキンといったものがせいぜいで、ゴールドのチャームなど買いはしない。

ゾウの背には、人を乗せる天蓋つきの輿《こし》がついていて、その中にカット面のある深緑の石が収まっている。指でいじってみると、くるりと回転した。エメラルドか？　いや、そんなはずはない。ただのガラスか、宝石に見せかけてつくった、まがい物だろう。ゾウの鼻を上から下へたどり、丸みのある尻をなぞり、小さなしっぽに行き着く。表面はなめらかだが、小さなくぼみのようなものもある。目を近づけてみても、かえってぼやけてしまう。老眼鏡が必要だったが、どこにも見当たらない。こういう場合に備えて、家のあちこちに、全部で五つ置いてあるはずなのに。道具箱を取りあげて、中から片眼鏡をひっぱりだす。年々これが便利になってきている。眼窩《がんか》にはめこんでから、ゾウのチャームを覗《のぞ》きこむ。顔を近づけていき、それからまた顔を引いていって焦点を合わせる。と、小さなくぼみと思われたものは、刻まれた小さな文字と番号だった。一度読んで、それからまた読む。

Ayah. 0091 832 221 897

アーサーは動悸《どうき》を覚えた。Ayah。これは何を意味するのか？　この番号はなんだ？地図の地点表示か、何かの暗号か？　道具箱の中からチビた鉛筆とメモ帳を取り出して、それを書き付ける。片眼鏡がベッドに落ちた。そうだ、昨夜観たクイズ番組。爆発したようなヘアスタイルの司会者が、イギリスからインドへ電話をかけるときの地域局番はなんでしょうと答えを迫っていた——答えは００９１。

道具箱の蓋を閉めて、ブレスレットを階下に持っていく。オックスフォードのポケット版辞書を見つけて、ayahの語を引いてみる——インドや東アジアのメイド、乳母。その定義を読んだところで、ピンとくるものは何もない。

アーサーは気まぐれに電話をかけるようなタイプではなかった。むしろ電話などまったくかけずに済ませたい。ダンとルーシーにかけたところで、がっかりさせられるだけだ。それでもアーサーは受話器を持ちあげた。

ちょっと確かめてみるだけだと自分に言い訳して、いつもつかっているキッチンの椅子に腰を下ろして電話番号を慎重に押した。馬鹿げていると自分でも思う。それでも風変わりなゾウのチャームには、もっと知りたいとアーサーに思わせる何かがあった。

呼び出し音が鳴るまでに長い時間がかかり、通じたと思ったら、今度は相手が出るまでにさらに長い時間待つことになった。

「はい、メーラでございます。どちらさまでしょうか？」

礼儀正しい女性の声にはインド訛《なま》りがあった。ずいぶん若い。これは明らかに愚挙ではないか？　アーサーは半信半疑で口をひらいた。「妻のことで電話をしました。名前をミリアム・ペッパーといいます。いや、ミリアム・ケンプスター。結婚前はそうでした。こちらの電話番号がついていたゾウの飾りを見つけまして。妻のたんすに入っていたんです。ちょうど片づけをしていて……」言葉につまり、いったい自分は何をしているのか、何をいおうとしているのかと、あきれかえる。

電話の相手はしばらく黙っている。ガチャンと切るか、いたずらはやめてくださいとでもいうのだろう。ところが相手はこういった。「はい。ミス・ミリアム・ケンプスターのお話なら聞いたことがあります。いまミスター・メーラを呼んでまいります。きっとお力になれると思います」

アーサーの口があんぐりとあいた。

ゾウ

アーサーは受話器を強く握りしめた。いますぐ切って、こんなことは忘れろと、頭の中で声がする。第一金がかかる。インドへの通話料。安いはずがない。ミリアムはいつも電話代を気にしていて、とりわけオーストラリアのダンにかけるときはそうだった。

そのうえ妻の過去を探ろうとしている自分にやましさも感じている。ふたりの結婚生活は互いへの信頼によって成り立っている部分が大きかった。鍵と錠前を売りながら国内津々浦々《つつうらうら》を回る夫の生活に、ミリアムはつねづね心配を吐露していた。一夜の宿に器量よしの女主人でもいれば、その魅力に屈してしまうのではないかと。それに対してアーサーは、結婚生活や家庭を危険にさらすようなことは断じてしないと宣言していた。だいたいアーサーは女好きのする男ではない。昔つきあっていた女からはモグラに似ているといわれた。臆病で少々落ち着きに欠けるらしい。しかし意外にも、過去に数回、性交渉の誘いをかけられたこともある。といっても、女性（男もひとり交じっている）はいずれも、彼の魅力に惹かれたのではなく、自身の寂しさや退屈を紛らわせるために声をかけてきたとしか思えなかった。

時間を気にせず仕事にかまけていた時代もあった。旅から旅の生活。とりわけ顧客に新型の箱錠を披露したり、かんぬきや掛け金やレバーについて説明したりするのは楽しかった。錠にはアーサーを魅了する何かがあった。頑丈で頼りになる。危険から守られているという安心感をもらえる。自分の車からつねにオイルの匂いが漂っているのも好きだったし、顧客の店でおしゃべりをするのも楽しかった。しかしやがてインターネットが発達し、オンラインで注文を受ける時代がやってきた。錠前屋に、もはやセールスマンは不要。まだ残っている店舗は、商品をコンピューターで注文するようになり、気がつけばアーサーの仕事はデスクワーク一本になっていた。顧客と直接顔を合わすことなく、要件は電話で済ます。それがアーサーにはまったく苦手だった。何か尋ねられたところで、相手の笑顔も目つきも見られない。

子どもと会えないのもつらかった。家に帰るとすでに子どもたちはベッドに入っているということも多かった。ルーシーはわかってくれて、翌朝父親の顔を見て喜び、首っ玉にしがみついてきて、寂しかったと訴える。ダンのほうは厄介だった。珍しく仕事を早く終えてアーサーが帰宅したりしても、それがまた気に入らないようだった。一度など「ママといっしょにいるほうがいい」といわれてしまった。本気に取らないでと、ミリアムには慰められた。両親の片方によりなつく子どももいるのだと。だからといって、アーサーの罪悪感は消えなかった。家族を養うために必死に働いているのだとしても。

あなたが何時間働いていようと、わたしはつねに貞節を守るとミリアムは誓い、アーサーもそれを信じていた。疑う材料などこれっぽっちもなかった。妻が他の男といちゃついてるのを見たことはないし、道をそれた痕跡もまったくなかった。別に探したわけではないのだが。それでも仕事でしばらく家をあけてもどってくると、ミリアムには誰か話し相手がいただろうかと思うこともあった。ふたりの子どもとだけ向き合う生活は寂しいに違いない。しかしミリアムは愚痴ひとつこぼさない。まったく頼りになる相棒だった。

家族を思って喉にこみあげてきた熱いものを呑み下し、アーサーは受話器を耳から離そうとする。手がふるえていた。この件は放っておくのが一番いい。切ろう。とそこで、電話の向こうからよく響く声がきこえてきた。「もしもし。この家の主《あるじ》、メーラです。ミリアム・ケンプスターのことでお電話をいただいたようですが？」

アーサーはごくりと唾《つば》を呑んだ。口の中がからからに渇いていた。「はい、そうなんです。わたしはアーサー・ペッパーと申しまして、ミリアムはわたしの妻です」妻〝でした〟というのは、おかしい気がした。依然としてふたりは夫婦なのだから。

アーサーはチャームブレスレットを見つけたいきさつと、ゾウのチャームに番号が刻みつけられていたことを話した。電話をかけてはみたものの、まさか誰か出るとは思わなかったといい、じつは妻は亡くなりましたと、ミスター・メーラに打ち明けた。

　電話の相手は黙りこんだ。それから一分ほどして、また話しだした。「お気の毒です。心からお悔やみを申し上げます。彼女にはわたしが子どもの頃、よく面倒を見てもらいました。ずいぶん前のことではありますが。しかし、わたしはまだ同じ家で暮らしてるんです！　わが家にはほとんど変化はありません。電話番号もずっと変わっていません。わたしは医者でして、わたしの前には父も祖父も医者をしていました。ミリアムの優しさは一生忘れません。いつか彼女にもう一度会えるよう願っていました。もっと早くに会おうと努力するべきでした」

「妻があなたの面倒を見たと？」

「はい。彼女はわたしのアーヤでした。わたしと、わたしの妹たちの面倒を見てくれていたんです」

「あなたがたの子守を？　このイギリスで？」

「いいえ、そうじゃありません。インドで。わたしはゴアに住んでいます」

　アーサーは二の句が継げない。頭の芯がジーンと鳴っている。寝耳に水とはこのことだ。インドで暮らしていたなどと、ミリアムはひと言もいわなかった。そんな馬鹿な話があるだろうか？　アーサーは、廊下にぶらさがった、葉っぱを布袋に詰めたポプリをまじまじと見る。紐《ひも》で吊るされていて、くるくる回る。

「彼女のこと、少しお話してもいいですか？」

「ええ、お願いします」アーサーはぼんやりいった。なんでもいいから情報をもらい、そのミリアム・ケンプスターは自分の妻とは別人だといってやりたい。

ミスター・メーラの声はなめらかで威厳に満ちていた。アーサーはもう電話代のことなど忘れた。ミリアムのことを知っていて、大事に思っていた他人の口から、彼女のことを聞ける。その機会は何ものにも代え難い。たとえ相手が自分の知らない男であったとしても。ミリアムのことを話さなくなれば、思い出までも消え去ってしまう。そんなふうに思うこともあった。

「ミリアムの前にもアーヤはたくさんいました。わたしはいたずらっ子でしてね。彼女たちにしょっちゅう悪さをしていた。靴にイモリを入れたり、スープにトウガラシの粉を混ぜこんだり。それでみんな早々に逃げだしたんです。しかしミリアムは違った。辛い料理を黙って食べ、靴に入っていたイモリをつまみだして庭に返してやる。こちらはじっと顔色をうかがうものの、まさに女優顔負けの演技。表情ひとつ変えないものだから、迷惑がっているのか、面白がっているのか、それさえわからない。そのうちいたずらを仕掛ける気もなくなっていきました。そんなことをしても意味がない。全部彼女に見透かされているんですから！　きれいなビー玉を袋にぎっしり入れて持ってましたっけ。月のような輝きを見せるものや、本物のトラの目そっくりなものもあった。彼女は地面に膝をついたりするのも平気でしたよ」そこで相手はしわがれた笑い声を上げた。

「わたしは彼女にちょっと恋をしていたんです」

「ミリアムは、あなたのお宅にどのぐらいいたんでしょう？」

「インドには数か月。彼女が出ていったあと、わたしはすっかり打ちひしがれて。ぜんぶ自分がいけなかったんです。これまで誰にも話さなかったことです。でも、ミスター・ペッパー、あなたには知る権利がある。この長い年月、わたしはずっと自分を恥ずかしく思って生きてきました」

アーサーは緊張して、椅子の上でみじろぎをする。

「話してもかまいませんか？　わたしにとっては、大きな意味があることなんです。ずっとひとりの胸にしまっていて、胃が焼けて穴があきそうな秘密です」ミスター・メーラはアーサーの答えを待たずに語り始めた。「わたしはわずか十一歳でしたが、ミリアムに恋をしていました。異性を意識しだした最初です。すごくきれいで、いつもエレガントな装いに身を包んでいた。小さな鈴を鳴らすような笑い声を響かせて。朝目覚めて最初に考えるのは彼女のことで、夜ベッドに入れば、明日彼女に会えることを楽しみに眠る。いま思えば、あれは本物の恋愛感情ではなかった。妻のプリヤに出会ったときとは違う。でも幼い少年なりに、真剣でした。いっしょに学校に行く女の子たちとはぜんぜん違う。彼女は特別でした。雪花石膏《アラバスター》のような白い肌に、胡桃《くるみ》色の髪。瞳はアクアマリン。たぶんわたしは、しつこいぐらいに、彼女のあとをついて回っていたのでしょう。

それでも馬鹿なことをしているという気はまったくしなかった。まだ幼いときに母を亡くしていたんで、よく彼女に母の部屋に来てもらいましてね。いっしょにすわって、母の宝石箱をあけて、いろいろ見ていた。彼女はゾウのチャームが大好きだった。よくふたりで、エメラルドを通して外を眺めたんですが、そうすると世界が緑色に染まって見えました」

するとやっぱり本物のエメラルドだったかと、アーサーは思う。

「ところがそれから、ミリアムが週に二回ほど、ひとりで外出をするようになった。いっしょに過ごす時間が減っていったんです。わたしはもう自分の面倒は自分で見られるようになっていて、子守は妹ふたりのために雇われていた。ミリアムは妹たちの世話をしましたが、わたしのほうはもう放っておかれた。ある日彼女のあとをつけていくと、男の人と会っていました。わたしの学校の男性教師で、イギリス人でした。うちにやってきて、ミリアムといっしょに午後のお茶を飲んでいた。先生はミリアムが好きなんだとすぐわかりました。庭からハイビスカスの花を摘んできて、それをミリアムにあげていましたから。

ペッパーさん。それはちょうどわたしの思春期だった。ぐんぐん成長して、身体の中をホルモンが駆けめぐっていた。すごく頭にきましてね。それで父親に、ミリアムが男とキスをしていたと嘘をいったんです。うちの父は大変な昔気質《むかしかたぎ》で、以前にも同じ理由で子守をひとりクビにしていました。それで父はすぐさまミリアムを探しにいき、即刻出ていけといいました。ミリアムはひどく驚いていましたが、別に恥じることもなく、荷造りを始めました。

わたしは打ちのめされましたよ。ミリアムを追い出そうなんて、そんなつもりは微塵《みじん》もなかった。それからわたしは宝石箱から、あのゾウのチャームを取りだして、街へ持っていって電話番号を刻みつけてもらいました。それをドアの脇に置いてある、ミリアムの旅行鞄の前ポケットに押しこんだ。わたしはさよならもいえないほどの臆病者でしたが、隠れているわたしをミリアムが見つけて、キスをしてくれました。『さようなら、大好きなラジェッシュ』といって。それを最後に彼女とは二度と会っていません。

その日からですよ、ペッパーさん。わたしはもう二度と嘘をつかないと心に誓った。本当のことだけしか口にしない。そうするしかありません。ミリアムが許してくれますようにと、何度祈ったかわからない。そういう話、あなたにしませんでしたか?」

妻の人生のこの部分については、アーサーは何も知らない。しかしいま話題にしているのは、ふたりがともに愛した同じ女性であることはわかっている。ミリアムの笑い声は確かに小さな鈴を鳴らしたように響く。ビー玉をぎっしり入れた袋を持っていて、それを彼女はダンにあげた。依然として目眩を起こしそうなほどに驚いてはいるものの、アーサーは、ミスター・メーラの声に切望の響きがあるのがわかった。ゴホンと咳払いをしてから、アーサーはいう。「ええ、彼女はもうとうの昔にあなたを許していますよ。あなたのことを愛《いと》しそうに語っていました」

ミスター・メーラが大声で笑いだした。「ハッハッ！」と短い笑い声を響かせてから、言葉を続ける。「ペッパーさん！　それを聞いて、わたしがどれだけうれしいか、あなたには想像もつかないでしょう。わたしにとってそれはもう、積年のとてつもない心の重荷だった。わざわざ電話をしてくださって、本当に感謝しています。ミリアムがもうあなたのそばにいない、それだけがとても残念です」

アーサーは胸が熱くなった。こんな気持ちになるのは久しぶりだった。自分は人の役に立っている。

「それだけ長いこと結婚生活が続いたんだから、あなたは幸運だ。そうじゃありませんか？　ミリアムのような妻を持てて。彼女の人生は幸せでしたか？」

「ええ、そうだったと思います。ある意味穏やかな人生でした。かわいい子どもふたりに恵まれましてね」

「それじゃあ、あなたも幸せになろうと努力しないと。ミリアムはあなたに悲しい人生を送って欲しいわけじゃないでしょ？」

「ええ。でも、悲しまずにはいられない」

「わかります。でも彼女の素晴らしい人生を祝うこともできる」

「ええ」

男ふたりはそこで黙りこんだ。

アーサーは手のひらの上でブレスレットを回した。ゾウについては、これでわかった。しかし他のチャームは？　ミリアムがインドで暮らしていたことはまったく知らなかった。とすれば、他のチャームには、自分の知らない、ミリアムのどんな物語が隠されているのか？　アーサーはミスター・メーラに、ブレスレットについて何か知らないかと訊いてみた。

「わたしはゾウのチャームをあげただけです。一度手紙を書いてくれました。ここを去ってから数か月後に、お礼の手紙をくれたんです。わたしはセンチメンタルな人間ですから、その手紙をまだ持っていますよ。いつか連絡をしようとずっと思っていた。自分のついた嘘があまりに情けなかったのでね。もしよければ、住所を確認してきましょうか？」

アーサーはごくりと唾を呑んだ。「そうしていただければ、とてもありがたいです」

ミスター・メーラが電話口にもどってくるまで、アーサーはしばらく待った。手を伸ばして、くるくる回っているポプリをとめる。それからバーナデットがドアのすきまから入れてくれたチラシをパラパラめくってみる。

「ありましたよ、ありました——一九六三年、イングランド、バースのグレイストック邸。これを手がかりに何かわかるといいんですが。そこに友人たちといっしょに滞在していると、ミリアムの手紙に書いてありました。敷地内にトラがいるとかなんとか」

「ブレスレットには、トラのチャームもありますよ」アーサーがいった。

「なるほど。それじゃあ、次にあなたが訪ねる先はそこでしょう。チャームに隠された物語をひとつひとつ見つけだしていく、そのおつもりなんですよね？」

「いやそんなつもりじゃないんです」アーサーは説明を試みる。「ただその、興味を惹かれて……」

「そうですか。でもペッパーさん、もしインドにいらっしゃるようでしたら、必ずわたしの家へお寄りください。ミリアムが大好きだった場所をいろいろご案内します。それに彼女が昔つかっていた部屋もある。長い年月が経ちましたが、ほぼ当時のままです。ご自身の目で、ご覧になりたいでしょう？」

「それはもう、うれしいことこの上ないお誘いです。ただ、わたしはこれまでイギリスから一歩も外へ出たことがないんですよ。旅行をするにしても、インドまで足を伸ばすのは、ずいぶん先になりそうです」

「最初はみんな、初めてですよ、ペッパーさん。とにかく頭の隅に入れておいてください」

アーサーは招待への感謝の言葉を述べ、さよならをいった。受話器を置くと、ミスター・メーラの言葉が頭の中をぐるぐると回った——次にあなたが訪ねる先はそこ……チャームに隠された言葉をひとつひとつ見つけだす……。

それもありかなと、アーサーは考え始めた。

大脱走

翌朝アーサーが目を覚ましたとき、あたりはまだ暗かった。目覚まし時計の数字がパタッと動いて午前五時三十二分を示したのを見てから、アーサーはしばらく横になったまま天井を見つめた。外を車が一台通過し、ヘッドライトの光が天井を舐《な》めていく。海面を照らす灯台の光のようだ。ミリアムの手を探して、指が自然にマットレスの上を這《は》っていくものの、ひんやりとしたコットンのシーツがあるだけで、妻はもういないのだと気づく。

毎晩ベッドに入るたびに、独り寝の寒さに縮み上がる。隣に妻が寝ていた頃は、ベッドに入れば自然に眠りが訪れて、外で鳴くツグミの声で目が覚めた。ミリアムはやれやれと首を横に振り、雷雨の音や、隣家の目覚ましの音が聞こえなかったかと訊く。しかしアーサーにはまったく覚えがなかった。

いまでは眠りは断続的にしか訪れず、朝までぐっすり眠ることはない。夜中に何度も目が覚めては、ぶるぶるふるえ、繭《まゆ》のようにすっぽり布団にくるまる。ベッドにもう一枚毛布を足すべきだろう。背中から寒さがしのびよってきて、足の感覚がなくなっていく。いつのまにかアーサーの眠りには妙なパターンができていた。目覚めて、ふるえて、眠って、目覚めて、ふるえる。楽ではないが、それでもこのパターンを脱したいとは思わない。ぐっすり眠ったのちに、小鳥のさえずりで目を覚まし、もうミリアムはいないのだと気づけば、いまでも心に衝撃が走るだろう。それよりは、夜じゅう目を覚ましていて、妻がいない事実を忘れずにいられるほうがよほどありがたい。ミリアムを忘れる危険は冒したくなかった。

今朝の気持ちをひと言で表すなら、「困惑」だろう。ミリアムの衣類を処分し、彼女の所持品、靴、化粧品を家の中から消すのは一種の儀式といえる。喪失感を乗り越えて前へ進む、小さな一歩だ。

しかしここに至ってチャームブレスレットが見つかり、それがいわば前へ進むための障害になっている。そんなものが出てこなければ、疑念など生まれなかったのに、それがきっかけで秘密のドアがひらき、アーサーはその中に足を踏み入れてしまった。

ミステリーと向き合う態度は夫婦のあいだでずいぶんと違っていた。日曜日の午後には、ミス・マープルやエルキュール・ポワロのドラマをテレビでよくいっしょに観た。アーサーは一心に画面を見つめ、「犯人はやつじゃないか?」と自分の推理を口にする。

「人助けに躍起になるくせに、事態をどうこうしようという気がまったくない。やつが殺したんだよ」

「黙って観てなさいよ」ミリアムが夫の膝をぎゅっとつかむ。「楽しんでればいいの。なにもすべての登場人物に対して心理分析をする必要はないでしょ。結末を予測する必要だってない」

「だがミステリーだぞ。視聴者に謎解きを迫っているんだから、こっちはそれを受けて立たないと」

するとミリアムは声を上げて笑い、頭を横に振るのだった。

もし立場が逆転して（考えたくもなかったが）、アーサーが死んでいたら、ミリアムは夫のたんすに妙なものを見つけたところで、一顧だにしなかったろう。それなのにいまアーサーの頭脳は、庭に出したおもちゃの風車のようにフル回転している。

身体をきしませながらベットから出て、バスルームに行き、熱いシャワーに顔を打たせる。それからタオルで水気をふきとり、髭をそって、グレーのスラックスとブルーのシャツとカラシ色のベストを着る。この格好をミリアムは気に入っていた。それなら人前に出しても恥ずかしくないわといっていた。

妻が亡くなって最初の一週間、アーサーは着がえもしなかった。わざわざ着がえたところで誰が見る？　妻も子どもたちももういないのに、気をつかう必要がどこにある？　昼も夜もパジャマのままで過ごし、生まれて初めてあご髭も生やしてみた。と、ある日、バスルームの鏡に映った自分の顔が、冷凍食品の袋についているバーズアイ船長と瓜ふたつだった。ぎょっとしたアーサーはすぐあご髭をそり落とした。

すべての部屋でラジオをつけっぱなしにしたのは、自分の足音を聞かずに済むからだ。ヨーグルトと缶詰のスープで毎日をしのぎ、スープはわざわざ温めることもしなかった。それならスプーン一本と缶切りがあれば事足りる。何か手をふさぐための小さな仕事も見つけた――キーキーいうベッドのボルトをきっちり締め直し、バスルームの黒ずんだ蛇口をぴかぴかに磨いた。

ミリアムはキッチンの窓辺にシダの鉢植えをひとつ置いていた。虫食いだらけで、ふさふさしていた葉っぱはぐったりしなびていた。最初はそれが憎らしくてならなかった。こんなみじめったらしいものが生き残ったのに、妻は死んだ。それで裏口の床の上に移して、ゴミの日を待つことにした。しかし罪悪感が募《つの》って結局もとの場所にもどした。それから、フレデリーカと名づけて水をやり、話しかけるようになった。するとだんだんに植物は元気になっていった。葉っぱがぴんと張りを取りもどし、青々としてきた。何かを育てるのは気分がいい。人間より植物に話しかけるほうが気楽だとわかった。つねに忙しくしているのは精神衛生上とてもいい。悲しんでいる時間がないからだ。

とにかくアーサーは自分にそう言い聞かせた。日課を決めて忙しくしていることで、悲しみに折り合いをつけて日々を乗り切り、この調子ならなんとか行けそうだという気がしてきた。ところがそんな矢先に、廊下にぶらさがっている葉っぱのポプリが目に入ったり、泥のこびりついたミリアムのウォーキングシューズを食料貯蔵室で見つけたり、バスルームの棚にミリアムが愛用していたクラブツリー&イヴリンのラベンダーのハンドクリームが置いてあるのが目に入る。そうなると、そこまで頑張ってきた苦労も水の泡。なんでもない小さな物が、アーサーの心を引き裂くのだった。

階段の一番下に腰を下ろし、両手で頭を抱える。身体を前後に揺らしながら目をぎゅっとつぶり、こういう気持ちになるのは仕方ないことなんだと自分に言い聞かせる。まだ心の傷は癒《い》えていないが、そのうちよくなる。ミリアムはここより快適な場所に移ったのだ。先立った妻は夫が悲しむことを望まない……とかなんとか。バーナデットからもらったチラシに書かれた、ありきたりの慰め言葉を頭に浮かべる。確かにそう考えるのは有用だった。しかし悲しみが完全に消えることはない。どこへ行こうと胃の奥に、ボウリングの球のような喪失感がずっしり居すわっている。

最近では自分の父親を思い出すようにしていた。「おいおい、どうした。しっかりせんか、めそめそするな、情けない」と、厳しく力強い父親の声を胸に聞きながら、あごを持ちあげ、気丈でいようと努力する。

そろそろ、乗り越えるべきときなのだろう。

あの一番つらかった暗い日々は、いまはもう霧に覆われている。思い出そうとしても、白黒テレビの、パチパチいいながらふるえる画面の中に、家のあちこちをとぼとぼ歩く自分が映っているだけだ。

正直にいえば、バーナデットにはどれだけ助けられたかわからない。お呼びでないのに出てくる魔人《ジーニー》のように、いつのまにかドア口に現れて、わたしがランチをつくっているあいだにお風呂に入ってちょうだいと強要する。アーサーは食事などしたくなかった。何を食べても味気なく、喜びを感じない。

「蒸気機関車と同じで、身体には石炭が必要なのよ」バーナデットはいう。パイやスープやシチューなどを温めて持ちこみ、食べようとしないアーサーの目の前に置く。「燃料なしで、どうやって旅を続けるっていうの?」

アーサーは旅をするつもりなどない。家を離れたくなかった。バスルームをつかうか、ベッドに入るために二階に上がるのが唯一の旅であって、それ以上のことをしたいとは思わない。事を荒立てないために、バーナデットのつくった料理を食べ、おしゃべりには耳をふさぎ、チラシを読んだ。ひとりにして欲しいと心から思っていた。

ところが相手はしつこい。アーサーは玄関に出て応対することもあれば、ベッドの奥に潜りこんで毛布を頭からひっかぶってしまうこともある。ナショナルトラストの中の銅像と化することもあった。それでもバーナデットは決してあきらめない。

まるでアーサーが自分のことを考えているのを察知したかのように、この日の朝も、バーナデットが呼び鈴を鳴らした。アーサーはダイニングルームにしばらく立ち尽くし、出ようかどうしようか迷っている。ベーコンと卵と、焼きたてのトーストの匂いがして、バンク・アベニューに暮らす他の住人たちは朝食の真っ最中だとわかる。呼び鈴がもう一度鳴った。

「ご主人のカールが、最近亡くなったのよ」とミリアムがアーサーに教えたのは数年前のことだ。地元の教会で行われたお祭りでバーナデットが露店を出し、カップケーキやチョコレートケーキを売っているのを見たという。「愛する人に先立たれた場合、人はふたつの道のどちらかを行くのね。指先で過去にしがみつくか、両手をこすりあわせて過去を払い落とし、自分の人生を生きていくか。赤毛のあの人は、後のほうの人間ね。つねに忙しくしているのよ」

「知り合いなのか？」

「街のブティック、レディーBラブリーで働いてる人。そこでわたし、小さなパールのボタンがついた紺色のワンピースを買ったの。あの人、夫を追悼《ついとう》するために、パンやケーキを焼いて人々の力になりたいって、そういってたわ。疲れや孤独や心の痛みを感じたり、あるいは単にやる気が出ないときでも、人は食べることが必要だからって。本当に強い人だわ。他人の力になることを自分の使命にしているんだから」

それ以来アーサーはバーナデットを以前より頻繁に目に留めるようになった。地元の学校が開催する夏祭りや、郵便局で見かけたこともあるし、ガウンをはおっただけの格好で庭に出てバラの世話をしているところも見かけた。互いにあいさつぐらいはするものの、それ以上のことはほとんどしない。ときに街角でバーナデットとミリアムが立ち話をしているのを見かけたこともあった。笑い声を響かせて、天気の話をしたり、今年のイチゴは甘いわねといったり。バーナデットの声は大きいので、家の中にいてもアーサーは会話の内容を聞き取れた。

ミリアムの葬儀にはバーナデットも参列した。隣に立った彼女に腕をそっと叩かれ、「何か困ったことがあったら、いってちょうだいね」といわれたのをぼんやり覚えている。この人に何か頼み事をするなんてことがあるだろうかとアーサーは思った。ところがそれから、バーナデットが玄関口に現れる日々が始まった。

最初アーサーはいらだつだけだったが、そのうち心配になった。ひょっとしてバーナデットは再婚相手の候補として自分に目をつけているのではあるまいか。こちらはそんな相手は求めていない。ミリアムが亡くなったあとに他人と所帯を持つことなどできるはずもなかった。しかし数か月のあいだ毎日のようにやってきたバーナデットからは、純粋な親切心以外の感情は読み取れなかった。男でも女でも、配偶者に先立たれた人間に、分けへだてなく手を差し伸べているようだった。

「挽肉とタマネギのパイよ」アーサーがドアをあけるなり、バーナデットがあいさつをした。「焼きたてだから」パイを捧げ持つ形で、玄関に勝手に入ってくる。それからヒーターの上にある棚に指をすべらせ、ほこりがたまっていないとわかると、満足げにうなずいた。それから鼻をくんくんさせて、「ここ、ちょっとかび臭いわね。消臭剤はあるかしら？」

　本人は気づいていないのだろうが、これは失礼極まりないいいぐさだと思いながら、アーサーはいわれた通り消臭剤を取ってくる。数秒後、甘ったるいマウンテン・ラベンダーの匂いがあたりに充満した。

　バーナデットはあわただしくキッチンに入っていって、調理台の上にパイを置いた。

「極上のキッチンね」とバーナデット。

「ですね」

「レンジがまた素晴らしいわ」

「ですね」

　バーナデットはミリアムとはまったく対照的だった。ミリアムが小鳥のような骨格だったのに対して、バーナデットは肉付きがよくふっくらしている。郵便ポストのように髪を真っ赤に染め、爪の先に模造ダイヤの飾りを付けている。前歯の一本はしみがついて黄ばみ、室内の静寂を鉈《なた》で切り裂くような大声を響かせる。アーサーは落ち着かない気持ちでポケットに入ったブレスレットをじゃらじゃらいじった。昨夜ミスター・メーラと話をして以来、ずっと肌身離さず持っていて、何度もとりだしては、ひとつひとつのチャームを順番に見た。

インド。あまりに遠い。ミリアムにとっては冒険だったはずだ。しかしなぜ夫に知られたくなかったのか？　ミスター・メーラの話からすれば、べつに秘密にするほどのことでもない。

「大丈夫、アーサー？　夢の世界にいるみたい」バーナデットの言葉がアーサーの物思いを破った。

「わたしですか？　もちろん大丈夫」

「昨日の朝も来てみたんだけど、お留守だった。〈洞穴の会〉に行ってらしたの？」

〈洞穴の会〉は独身男性が集うコミュニティだ。アーサーは二度参加して、むっつりした表情の男たちが木切れや木工道具を扱っている場面に居合わせた。主催しているのはボビーという名の男で、九柱戯《きゅうちゅうぎ》（ボウリングのような競技）のピンのように、馬鹿でかい胴体の上に小さな頭がちょこんとのっている。「男には洞穴が必要なんだよ」と歌うようにいう。「社会のしがらみから自由になって、本来の自分にもどれる場所がね」

アーサーの向かいに住むドレッドヘアーの男、テリーも参加していて、木切れにせっせとやすりをかけていた。「その車、素敵ですね」アーサーはお愛想をいってみた。

「これ、カメです」

「ええっ」

「先週芝刈りをしているときに見かけましてね」

「野生のカメですか？」

「いつも裸足で走り回っている赤毛の子どもがふたりいるでしょ。あの子たちが飼ってるんです。そこから逃げてきて」

アーサーは何といえばいいのかわからない。ロックガーデンを荒らす猫だけでも迷惑しているというのに、その上カメまで放たれているとは。アーサーは自分の作業にもどった。木製のプレートに自宅の番地である37の数字をくっつけるのだが、3のほうが7よりずっと大きくなってしまった。それでもできあがったプレートは、いまも裏口のドアにかけてあった。

ええ、そうなんです、といってしまうのは簡単だ。〈洞穴の会〉に参加していたんです、とひと言いえば済む。なぜ早朝にという疑問は残るとしても。しかしバーナデットは目の前に立って、自分ににっこり笑いかけている。パイから漂う匂いも美味そうだ。嘘はつきたくない。とりわけミスター・メーラがミリアムについた嘘で後悔していると聞いてからは。同じ立場だったら、やはり自分も同じように、二度と嘘をつくまいとするだろう。「昨日は隠れていたんです」アーサーはいった。

「隠れていた？」

「誰にも会いたくなかったんです。ミリアムの衣類を処分しようと決心したところで呼び鈴が鳴って、廊下にじっと立ち尽くして居留守をつかった」舌から言葉がこぼれ落ちていくようで、本当のことをいうのは驚くほど気分がよかった。「昨日は妻の一周忌だったんです」

「まあアーサー、よく正直に話してくれたわね。ありがたいことだわ。そりゃあ、心穏やかじゃいられないわ。わたしだってカールが亡くなったとき……いえその、とにかく夫はもういないと割り切るのは難しかった。カールの道具は〈洞穴の会〉に寄付したの」

アーサーは一瞬胸が重たくなった。バーナデットには夫のことを話して欲しくなかった。人が死んだ話を交換し合うのはいやなのだ。配偶者を失った人間のあいだには、他人より同情を引きたいという妙な競争意識があるようだった。先週、年金受給者四人が郵便局で自慢げに語っているのを耳にしたばかりだった。

――「うちの妻は十年苦しんだのちに、ようやく天に召されたんです」

――「そうなんですか？　うちのセドリックは大型トラックにはねられてぺしゃんこになりましてね。ここまでひどいのは見たことがないって救急隊員にいわれました。まるでパンケーキみたいだって、そこまでいう人もいて」

――そこで男が涙で声を詰まらせながらいう。「薬がいけなかったと、わたしはそう思ってるんです。一日に二十三錠も飲めといわれる。妻はほとんど混乱状態でした」

――「切り開いたとき、中には何も残っていなかった。癌《がん》が夫の身体を食い尽くしてしまったんです」

愛した人間のことを、まるで物みたいに話している。アーサーにとってミリアムはこれからもずっと生身の人間だ。彼女の思い出をそんなふうに他人と交換したくはなかった。

「あの人、困っている人が好きなんですよ」郵便局の局長であるベラがいう。アーサーが茶色い小型のマニラ封筒を一パック、カウンターに持っていったときのことだった。ベラはいつでも鼈甲《べっこう》の丸眼鏡のつるに鉛筆を差しこんでいて、村で起きるあらゆる出来事とすべての住人について知ることを自分の仕事にしていた。先代の郵便局長だった母親もまた、娘とまったく同じだった。

「あの人って？」

「バーナデット・パターソン。お宅にパイを持っていってるの、みんな知ってるんですよ」

「みんな知ってる？」アーサーは気分を害していった。「わたしの生活に立ち入って楽しむ、そういうクラブでもあるんですか？」

「いいえ、ただ、うちに来るお客さんが、あいさつ代わりに話していくんですよ。バーナデットが、どうしたこうしたってね。彼女、役立たずの、寄る辺ない、負け犬に優しいんですよ」

アーサーは封筒の代金を払うと、足音も荒く郵便局から飛び出していったのだった。

そのときのことを思い出しながら、彼はいまやかんを火にかけている。「ミリアムの所持品は〈猫の救世団〉に寄付するつもりです。衣類や装飾品なんかを売って、虐待されている猫を救う基金に充てる団体です」

「それはいい考えだわ。わたしは小さな犬のほうが好きだけど。猫よりよっぽど恩を知っていますからね」

「ミリアムは猫を助けたかったと思うんです」

「それじゃあ、そうするべきですよ。このパイ、オーブンに入れましょうか？　ランチはいっしょに取りましょう。他にご予定がなければ……」

何か忙しい理由を口にしようとしたところ、またミスター・メーラの話を思い出した。予定などなかった。「いいえ、手帳は真っ白です」アーサーはいった。

二十分後、パイにナイフを入れながらアーサーはまたブレスレットのことを考えていた。バーナデットなら、女性の視点で何かいってくれるかもしれない。こんなものは意味がない、高価そうには見えるけれど、最近は模造品がいくらでも安く買える。誰かにそういって欲しかった。しかしゾウにはめられたエメラルドは本物であるとわかっている。それに、ひょっとしたら、バーナデットはこの話をゴシップネタにして、郵便局のベラや、彼女の世話している負け犬たちに広めてしまうかもしれない。

「もっと外に出たほうがいいですよ」バーナデットがいう。「〈洞穴の会〉にだって、一回しか参加してないんですから」

「二回行きました。次は別のところへ」

バーナデットが片まゆをつり上げた。「どこへ？」

「これは質問に答えるクイズ番組ですか？　参加申し込みをした覚えはありませんが」

「わたしはただ、何かお力になれないかと」

ベラがほのめかした通り、バーナデットは、この自分を負け犬だと見なしている。冗談じゃない、そんなふうに思われるのは心外だ。アーサーの胸の中で悔しさがふくらんでいく。自分は役立たずでも、寄る辺ない人間でも、負け犬でもない。そう相手にわからせるために何かいってやりたかった。五年も家にひきこもって、日に安タバコを二十箱吸っているミセス・モントンや、自宅の温室にユニコーンがいると思いこんでいるミスター・フラワーとは違う。アーサーにはまだプライドが残っていた。かつては父親として夫として、大事な役割を果たしてきた。思慮もあれば、夢や計画もあったのだ。

ミリアムがミスター・メーラに出した手紙。そこに書かれていた差出人の住所を思い出し、アーサーはゴホンと咳払いをした。「では、お伝えしておいたほうがいいでしょう。じつはバースにあるグレイストック邸に行こうと考えてましてね」

「あら、そこって」バーナデットが考える。「トラが自由に歩きまわってるお屋敷よね」

バーナデットはイギリス国内のことならなんでも知っている、歩く百科事典だった。夫のカールといっしょに豪華なキャンピングカーを走らせて全国津々浦々を回っていた。グレイストックに行くなら、あそこへ足を向けるといい、ここはやめたほうがいいと始まるのではないかと、アーサーは緊張して身構えた。

バーナデットはキッチンで忙しく立ち働き、はかりをまっすぐに置き直したり、ナイフがきれいになっているか確かめたりしながら、自分の知っていることをアーサーに話した。

いや、知らなかった。五年前グレイストック卿が一頭のトラに襲われ、牙と鉤爪《かぎづめ》を脛《すね》に受けて、いまでは足を引きずっているなんて話は。若い時代には、快楽主義のノアの箱船よろしく、あらゆる国籍の女を集めてハーレムをつくり、六〇年代には夜ごとに乱飲乱舞の大酒宴を開いていたというのも初耳だった。さらにグレイストック卿が身につけるのは、鮮やかな青色の衣類のみで、下着までその色と決めているらしい。幸運をもたらす色だと夢の中でお告げを聞いたからだという（ひょっとしてトラに襲われたときも、その色の服を着ていたのだろうかと、アーサーは首をかしげた）。

グレイストック卿は一時、多国籍企業を築いたリチャード・ブランソンに邸を売ろうとしたが、ふたりの仲が決裂して、二度と口をきかない間柄になったことも、アーサーはここで初めて知った。グレイストック卿はいままでは隠遁《いんとん》生活をしており、邸は毎週金曜日と土曜日だけ開園し、もはやトラは一般には公開されなくなった。

バーナデットの話が終わる頃には、アーサーはグレイストック卿の人生と時代について、知り尽くした気分になっていた。

「いま一般公開されているのは、土産物屋と庭だけらしいわ。それもかなりみすぼらしくなってるって話」バーナデットはアーサーのキッチンの蛇口を見事に磨きあげた。「なぜそこに行こうと思ったのかしら？」

アーサーは腕時計に目をやった。こんな話をしなければよかったと、いまになって思う。バーナデットにもう二十五分も世話を焼かれている。左脚がこわばってきた。「いい気分転換になるんじゃないかと思って」とアーサーはいった。

「じつはね、ネイサンといっしょに来週ウースターとチェルトナムに出かける予定なの。大学を見てみようと思って。あなたもいっしょにどうかしら？　途中まで息子の車に同乗して、あとは電車でグレイストックまで行けばいいわ」

アーサーの胃が泡立った。グレイストック邸に行くというのは、その場しのぎの思いつきで、実際に旅行の計画を立てているわけではなかった。遠出はいつでもミリアムといっしょだった。ひとりで出かけてなんの意味がある？　グレイストック邸のことを口にしたのは、バーナデットに自分は役立たずじゃないことを示すためだけだった。なんだか面倒なことになってきた。できることなら時間を巻きもどし、ブーツの中に手をつっこまず、ブレスレットも発見しなかったことにしたい。そうであれば、ゾウに刻まれた番号に電話をかけることもなく、いまこうしてバーナデットとすわって、グレイストック邸について話すなんて展開にもならなかった。「ただ、ちょっと迷ってもいましてね。また機会をあらためて……」

「行くべきよ。自分の人生を前へ進めないと。小さな一歩を踏み出すの。遠出はきっといい効果をもたらすわ」

みぞおちのあたりに小さな興奮が芽生えているのに気づいてアーサーは驚いた。妻の過去を掘り起こして、隠されている真実を発見しろと、自分の中の知りたがり屋の性質がせき立てている。このところ、心に生まれる感情といえば、悲しみや憂鬱《ゆううつ》や失望だけだったから、これは新鮮だった。「イギリスの庭園をトラが歩きまわっていると考えると、愉快でしてね」

実際トラは好きだった。色彩も鮮やかな、堂々たる、たくましい獣。狩りをし、食し、子孫を残すことを人生の主たる目的として歩きまわる。つねにくよくよして生きる臆病な人間とは大違いだ。

「本当に？　あなたはどちらかというと、犬好きだと思ってたけど。ほら、テリアやなんかの小型犬。それか、ハムスターみたいな小動物をね。いずれにしても、うちの車に同乗しない？　ネイサンが運転するから」

「キャンピングカーをつかわないんですか？」

「あれは売るつもりなの。わたしが扱うには大きすぎるし、駐車料金だって馬鹿にならない。カールが亡くなってから、ずっとわたしが払ってるのよ。ネイサンが乗ってるのはフィエスタ。見かけはポンコツだけど、頼りになるの」

「まず息子さんに訊くのが筋でしょう？　彼は彼で別にプランを考えてるだろうし……」

気がつけばアーサーは逃げ腰になっていた。余計なことを口走るんじゃなかったと後悔がわきあがる。旅になど出かけたら、日課がこなせなくなる。行けるわけがない。誰がフレデリーカの面倒を見て、庭から猫を追いはらう？　南へ遠出するなら、泊まりがけになる。それ相応の荷造りが必要だが、自分ではしたことがない。いつもミリアムがやってくれていた……。アーサーの頭は出かけられない理由を必死に探している。が、その一方で、詮索するつもりはないと思いつつ、自分と出会う前の妻について、もっと知りたい気もしていた。

「あら、ぜんぜん平気ですよ。ネイサンは考えてなんかないの。いつもわたしのいいなりだから。もっと責任感を持たせないといけないのもわかっているの。そろそろ大学の下見が必要だってことも、人にいわれなきゃわからないんだから。出願期限までにはまだ数か月の余裕があるけれど、早めに動いたほうがいいと思って。あの子がいなくなると思うと、そりゃもう寂しくて。またひとりになるってだけのことだけど、そう簡単に気持ちは切り替わらない。あの子がわたしから離れてちゃんとやっていけるのか、それを考えてもぞっとして。ある日下宿先を訪ねたら、息子の白骨死体が転がっているんじゃないかって。食べるのも忘れかねない子だから……」

いや考えたんですけど、やはり出発は今年の終わりまで待つことにしようと思いますと、そういってやろう。バーナデットと、その息子なんかと旅に出たいとは思わない。ミリアムといっしょに参加した午前のコーヒーパーティで、ふたりと鉢合わせしたことがある。ネイサンは見るからに無愛想な若者だった。やはり気が進まない。安全なわが家で、毎日の決まり仕事に没頭しているほうが気楽だ。

しかしそこでバーナデットがいった。「ネイサンが行ってしまえば、わたしはひとり。寂しい寡婦《かふ》でしかない。でも、少なくともわたしにはあなたや、他の友人たちがいる。ねえアーサー、あなたたちは、わたしにとって家族みたいなものなの」

罪悪感に胃がねじくれる感じを覚える。バーナデットは孤独だった。そんなものとは一番かけ離れたところにいる人だと思っていたのに。グレイストック邸には行くなと、慎重な神経が全力で阻止しようとしている。しかし、その場所にミリアムがどう関係しているのか、知りたい気持ちを抑えられない。どう考えても妻とは結びつかない場所だが、それをいうならインドだって同じだ。どうやらグレイストック卿は興味深い人物のようだし、彼の家族は長年そこに暮らしているのだから、ミリアムのことを覚えている可能性もある。ブレスレットのチャームに隠された秘密も何か知っているかもしれない。そういったことをすべて忘れてブレスレットをケースにしまい、若い娘時代の妻について、これ以上何も知らないままでいる。そんなことが自分にできると思うのか？

「正直な気持ちをさらけだしてもいいかしら？」バーナデットがいう。アーサーの隣に腰を下ろし、両手でナプキンをもみしだく。

「えっ、ええ……」

「カールが亡くなってから、どうもネイサンが難しくなって。本人は何もいわないんだけど、わたしにはわかるの。同性の話し相手が欲しいんじゃないかって。友だちはいるのよ、でもそれとは違う。もしあなたが旅行中に、ちょっとした助言や手引きをしてくれたら……あの子のためになると思って」

首を横に振らずにいるのに大変な意志の力を要した。ネイサンのひょろりとした身体と、葬儀の幕のように片目にかぶさる黒い髪が思い浮かぶ。顔を合わせても、彼はコーヒーを飲み、ケーキを食べているだけで、ろくに口もきかなかった。そういう若者を相手に、男同士、腹を割って話すことをバーナデットは期待している。「いや、わたしのいうことになど、耳を貸しはしないでしょう」あっさりといった。「一度しか会ってないですし」

「そんなことないわ。いつもわたしにああしろ、こうしろといわれるばかりで、きっと飽き飽きしている。あなたが何かいってくれれば、あの子のためになるに違いないの」

アーサーはあらためてバーナデットを観察する。ふだんなら目をそらすところだが、いまは緋色の髪をまじまじと見つめ、根もとの白髪にまで目を向ける。泣きべそをかいたように下がった口角に、並々ならぬ心配が感じ取れた。いっしょに行って欲しいと心底願っているのだ。

ミリアムの所持品をさっさと寄付して、ブレスレットをたんすにもどして、さっぱり忘れることもできる。そんなに難しいことじゃない。それなのに、そうはできない理由がふたつあった。ひとつはブレスレットの謎だ。日曜日の午後にミリアムといっしょに刑事ドラマを観ているときのように、チャームに隠された物語を解き明かせと、ブレスレットがアーサーの脳に挑戦している。その謎を解けば、妻との距離が一層縮まる気もした。もうひとつは、バーナデットだ。パイや優しい言葉を携えて、これまで何度も玄関口に現れながら、その見返りをまったく求めない。金や贈り物をねだるわけでもなく、カールの話を聞いて欲しいというそぶりも見せない。それがいま初めて頼み事をしてきた。

こちらがいやだといえば、無理強いをしてこないのはわかっている。しかしいま目の前にすわって、指にはまった結婚指輪をくるくる回している様子から、その頼み事が彼女にとってじつに重要であることは明らかだった。息子とのふたり旅に、ぜひともついてきて欲しがっている。バーナデットは自分を必要としているのだ。

アーサーは椅子の上で身体をわずかに揺らしながら、これは自分の義務だと言い聞かせる。行ってはならぬと頭の中でしつこく警告する声を黙らせると、「旅行は、わたしのためにもなりますな」と、心変わりする前に素早く口にした。「ネイサンともうまくやっていけそうな気がします。その話に乗せてもらうことにしましょう」

旅の途上で

ネイサン・パターソンには身体と頭があり、腕と脚もついている。しかしそれらを自分の意思で動かすための脳細胞が果たして備わっているのかどうか。この若者は、空港の荷物を運ぶベルトコンベヤーの上に立っているように、すいーっ、すいーっと歩いていく。葦《あし》の葉のように細い身体に、タイトなブラックのジーンズを腰穿《ば》きし、黒いTシャツにはドクロマークが描かれていて、スニーカーはまぶしいほどに白い。顔は前髪でほとんど隠れていた。

「やあ、ネイサン。また会えてうれしいよ」バーナデットの家の前の舗道に立って、アーサーが晴れやかにいい、握手の手を差し出した。「コーヒーパーティで一度会ってるよね、覚えてるかい?」

相手はまるでエイリアンでも見るようなまなざしを返してきた。両手は脇にだらんと垂らしたまま、「いや」とひと言。

「まあ、わずかな時間だったから仕方ない。大学の下見をするんだってね。若いのに準備周到で大したものだ」

ネイサンはアーサーから目をそらし、あさっての方を向いた。車のドアをあけると、何もいわずに運転席に乗りこむ。アーサーは相手の後ろ姿を見つめながら、長い旅になりそうだと思う。「じゃあ、わたしは後ろに乗せてもらっていいかな？」返事がないままアーサーは車に乗りこんだ。「そのほうが、きみとお母さんとで話ができる」

昼食のあと、アーサーはスーツケースを押してバーナデットの家へ向かった。フレデリーカには水を多めにやったものの、置き去りにするのは気がとがめた。「ほんの数日でもどってくるからな」声をかけながら、湿らせたぞうきんで葉っぱをふいてやった。「大丈夫だよ。わたしとおまえのふたりで、これ以上じっとすわっているわけにもいかないじゃないか。いや、おまえはいいか。だがわたしは行かなきゃならない。ミリアムについて、これまで知らなかった事実を見つけに行く。おまえだってそのほうがいいと思うだろ」葉を振るとか、土の表面で水をぶくぶくさせるとか、何か反応がないか待ってみるものの、相手はうんともすんともいわなかった。

スーツケースには替えのシャツと下着に、洗面道具、コットンのパジャマ、何かあったとき用のビニール袋、ホットチョコレートのパッケージを入れた。バーナデットがチェルトナムのB&Bを予約してくれて、今夜はそこに泊まることになっている。「いい感じなのよ、アーサー。チェルトナム大聖堂が望める部屋もあるの。ヨークにいるのと変わらないから、ホームシックになることもないわ」

家からバーナデットがせかせかと出てきた。濃紺のスーツケースを押し出したかと思うと、そのあとから紫色のスーツケースと、マークス・アンド・スペンサーの紙袋四つを運んできた。

アーサーは取っ手をくるくる回して車の窓をあける。ネイサンが外に駆けだしていって、荷物を運びこむのを手伝うものと思っていたが、若者はダッシュボードに両足をのせて、袋入りのスナック菓子を食べている。「手を貸しましょうか?」車の窓からアーサーがいった。

「大丈夫。この小さな荷物をトランクに入れたら、すぐ出発できるから」トランクのドアをバタンと閉めてから、バーナデットがネイサンの隣に乗りこんだ。「さてと、行き先はわかってるわね?」

「ああ」息子がいって、ため息をつく。

「三時間ほどで宿に到着しますから」とバーナデット。

ネイサンがつけたカーラジオがうるさくて、アーサーは考え事もできない。ロック・ミュージックががんがんに鳴っていて、「ガールフレンドを殺してやりたい」とかなんとか、男性シンガーが怒鳴っている。折々にバーナデットがうしろを向いてアーサーに笑いかけ、「大丈夫?」と口の動きだけで訊く。

アーサーはうなずき、親指を立ててみせる。朝の日課を乱されて、すでに神経がぴりぴりしていた。髭もそっていないし、ティーカップを洗ったかどうかも覚えていない。旅行からもどったら、カップの内側に薄茶のぬるぬるがリング状にこびりついているのを見るはめになるかもしれない。ひょっとしてフレデリーカに水をやりすぎたか。調理台からパン屑をちゃんと払ったか？　そのままになっていたらと思うとぞっとした。そもそも玄関にちゃんと鍵をかけただろうか？

心配を消すために、ポケットに手をつっこんでハート形のケースを握りしめる。型押しされた革の手触りを確かめ、指先で小さな南京錠をいじる。妻の所持品がこれだけ肌近くにあると思うと、安心する。ブレスレットの出所は知らないにしても。

並木道を走って高速道路へ向かう道すがら、まぶたが下りてくるのがわかった。大きく目を見ひらいてみるものの、だんだんにまぶたがぴくぴくして、しまいに閉じてしまう。舗装道路をタイヤがすべる音が眠気を誘った。

ミリアム、ルーシー、ダンといっしょに海辺でピクニックをした夢を見ていた。どこの町へ行ったのかはわからない。まだルーシーとダンは小さくて、海に出かけて99アイスクリームを食べるだけで興奮するほど幼い。「パパ、水遊びしようよ」ダンがアーサーの手をひっぱる。キャンディの銀の包み紙のように海面が光ってさざ波が立っている。遊歩道にヴァンをとめて食べ物を売っている店から、揚げドーナツや酢の匂いがしている。頭上のカモメが鳴きながら餌《えさ》めがけて舞いおり、日ざしが熱くまぶしい。

「さあ、あなた、行きましょうよ」ミリアムが目の前に立って、こちらを見おろしながらいう。背後から降りそそぐ陽光が髪のまわりで光輪をつくっている。薄手の白いスカートの奥に透けて見える形のよい脚に、アーサーはうっとり見とれる。自分は砂の上に腰を下ろし、ズボンの裾をめくって足首を出しており、カラシ色のチョッキの下で汗が噴き出していた。

「ちょっと疲れた。砂の上に横になって、三人を見まもってるよ。今日のニュースでも読みながら」そういって、新聞をポンと叩く。

「そんなの、いつだってできるでしょ。いっしょに行きましょうよ。子どもたちがベッドに入ってしまえば、大人はいくらでもくつろげるんだから」

アーサーはにっこり笑う。「ここにいるよ。きみは子どもたちと遊んでおいで」そういって、アーサーは手を伸ばしてルーシーの髪をくしゃくしゃにする。

妻と子どもふたりはしばらく立ったまま父親を見つめていたが、そのうち説得するのをあきらめた。三人が手をつないで海へ走っていくのをアーサーはじっと見まもる。一瞬、立ち上がってあとを追いかけようかと思うが、三人の姿はビーチパラソルとカラフルなタオルの海に呑みこまれてしまった。アーサーはチョッキを脱いで丸め、それを枕にして寝っ転がった。

しかしこれは夢だったから、頭の中で時間を巻きもどすことができる。今度は目の前に立って水遊びに誘う妻に、イエスといってみる。なぜならこの瞬間は二度と訪れないから。子どもと過ごす時間はかけがえのないもので、将来ダンは何千マイルも離れたところで暮らすことになるし、ルーシーとも疎遠になることがわかっている。家族ともう一度海辺で過ごしたいと、その先何度も切望することもわかっていた。

夢の中でアーサーは立ち上がり、ダンとルーシーのじっとり湿った砂まみれの手を握った。それから四人横並びになって砂の上を駆けていき、笑い声と歓声を上げた。脚を蹴りだしながらバシャバシャと海に入っていき、そのうちズボンが腿まで濡れて、口がしょっぱくなってくる。ミリアムが水を掻きわけながらこちらにやってきた。笑い声を上げながら、指先で水面を払っている。ルーシーはアーサーの両脚にしがみつき、ダンは腰までの浅瀬にすわって胴体を波に打たせていた。アーサーは妻の腰に腕を回して自分に引き寄せた。鼻の上に散るそばかすがくっきり浮かびあがり、頬にピンク色の日焼けのあとが丸くできている。ああ、ここにいる自分はなんて幸せなのか。妻に顔を近づけ、彼女の息が口にかかるのを感じ……。

「アーサー。アーサー！」

膝に手が置かれたのがわかった。「ミリアム？」目をあける。妻と子どもといっしょの時間がふいに消えた。バーナデットが前の座席から身を乗り出していた。助手席のドアがあいている。灰色の舗装道路が目に入った。「眠ってたのね。サービスエリアに着いたわよ。ちょっとトイレに行ってくるわね」

「ああ」アーサーはまばたきをして、意識を現実にもどす。まだ手の中に、ミリアムの手の感触があった。妻といっしょにいて、その唇にキスをしたくてたまらない。アーサーは身体をぶるぶるっとふるわせて、馬鹿な思いを振り払う。「ここはどこです?」

「そろそろバーミンガムよ。道路はずっとすいてたの。車を降りて、脚を伸ばしたほうがいいわよ」

アーサーはバーナデットの言葉に従って外に出た。二時間も車の中で眠っていた。コンクリートでできた灰色の建物に向かいながら、家族といっしょにいる夢の中にもう一度するりともどることができたら、どんなにいいかと思う。ずいぶんとリアルな夢だった。なぜ現実に起きているときに、それを楽しまなかったのか?

アーサーはぶらぶら歩いてW・H・スミスで『デイリー・メール』紙を買い、外の自動販売機で紙コップに入ったコーヒーを買う。泥のような味がした。ロビーに置いてあるゲーム機がチカチカして、軽快な電子音楽が流れてくる。フライドオニオンと漂白剤の臭い。飲みかけのコーヒーを慎重にゴミ箱に入れてから、トイレに入った。

車にもどってみれば、ネイサンとふたりきり。

彼はまだダッシュボードに足をのせてすわっており、上がったズボンの裾から生っちろい肌を覗かせている。アーサーは後部座席で新聞を広げた。これから数日ほど熱波が襲来すると書かれている。五月としては、ここ数十年で最高の気温になるらしい。フレデリーカの植わっている土を思い出して、どうか水がもってくれるようにと祈る。

ネイサンはスナックの袋から黄色い輪っかの形をした菓子をつまみあげた。一袋をこれだけ長い時間かけて食べる人間は初めてだと思っていると、ネイサンがようやく口をひらいた。「それじゃあ、うちのおふくろとは……？」

アーサーは言葉の続きを待ったが、相手はそのまま口をつぐんでしまった。「すまない、いまなんと？」

「あんたと、うちのおふくろ。ほら、つまり」それから振り返ってアーサーの顔を正面から見ると、気どった口調でこういった。「デキてる？」

「まさか」ぎょっとした口調にならないよう気をつけた。いったいどこからそんな考えが生まれるのか。「それは断じてない。単なる友だちだよ」

ネイサンは物のわかったような顔でうなずいた。「じゃあ、宿では部屋も別々？」

「もちろん」

「ちょっと気になってたもんだから」

「単なる友だちであって、それ以上のことは何もない」

「ほら、腹にたまる料理を持ってってるだろう。ミートパイやなんかを。他んところには、甘いもんしか持ってかない」

バーナデットが世話をしている他の負け犬たち。頭のネジがはずれたミスター・フラワーや、引きこもりのミセス・モントンといった面々。「きみのお母さんには本当によくしてもらって感謝しているよ。つらい時期を乗り越えるのに、どれだけ助けてもらったか。わたしは甘いものより、ああいうもののほうが好きでね」

「なるほど」ネイサンがようやくスナック菓子を食べ終えた。からになった袋を折り畳んで結ぶと、まるで口髭のように鼻の下においた。「うちのおふくろは人助けに夢中。ありゃ本物の聖人だ」

皮肉でいっているのか、本気でいっているのか、よくわからない。

「あんたの奥さん。死んじゃったんだよね？」ネイサンがいう。

「ああ、そうだ」

「やっぱ、悔しくって、このくそったれって感じ？」

一瞬アーサーは座席を飛びこえて、ネイサンの鼻の下から菓子の袋をもぎとってやりたい衝動に駆られた。若者は死をあっさり片づけすぎる。まるで自分には絶対訪れることのない遠い国の出来事みたいに。ミリアムのことを、よくも軽々しく口にしてくれたものだ。アーサーは革のシートに爪を食いこませた。頬がかっと熱くなるのがわかり、窓の外に顔を向けた。バニティミラーに映るネイサンと目を合わせたくなかった。

アナグマの絵がついた黒いTシャツを着た女性がひとり、泣き叫ぶ幼児の手をひっぱって駐車場をつっきってくる。小さな女の子はハッピーセットの袋をしっかりつかんでいる。赤いフォード・フォーカスから、年配の女性が降りてきて、親子に向かって怒鳴りだした。女の子の手にした袋を指さしている。家族三代が、マクドナルドのハンバーガーをめぐって言い争っているのだ。

アーサーはネイサンに答えなければならない。でないと失礼にあたる。しかし妻の死を自分がどう思っているかなど、わざわざ口にすることではなかった。「そう、くそったれだ」自分が罵《ののし》り言葉をつかったとも気づかずに、ひとまずそう答えた。

「さてと、じゃあ行きましょうか」ありがたいことに、前のドアがあいて、バーナデットが中身のぎっしり詰まった紙袋を幾つも、座席の前の足置き場に置いた。それから荷物をよけるようにして座席に納まった。「じゃあ、出発していいかしら？」シートベルトを締めながらいう。

「何買ったんだよ？　マックとスミスしかないってのに」ネイサンがいう。

「雑誌と、飲み物と、チョコレート菓子。宿に着くまでのつなぎにね。あなたとアーサー、お腹がすくんじゃないかと思って」

「食いもんなら、トランクに入ってるんじゃなかったっけ？」

「そうよ。でも出来たてのものがいいから」

「宿に着いたら、お茶を飲むんだろ」とネイサン。「一時間もしないうちに着くんだぜ」

アーサーは居心地が悪くなった。バーナデットは旅を少しでも楽しくしようと気をつかっただけだ。「いや、実際小腹がすいてきた感じだよ」アーサーはバーナデットの肩を持ってそういった。本当は腹などまったくすいていなかった。「飲み物とスナックがあれば、ありがたい」

結果、アーサーは温かい笑みとともに、キングサイズのチョコレートバーとコカコーラの二リットル瓶を渡された。

宿でアーサーにあてがわれた寝室は、シングルベッドと、ガタのきたたんすと、椅子一脚でいっぱいになるちっぽけな部屋だった。部屋の隅にあるシンクはいままで見た中で最小のもので、ベビーベルチーズと見まがう大きさの、紙に包まれた石鹸《せっけん》が置いてある。トイレと風呂はひとつ上の階にあるらしい（女主人が教えてくれた）。夜九時以降に風呂をつかうのは禁止で、トイレは強く流さないと全部が流れていかないらしい。

シングルベッドで最後に寝たのがいつだったか、アーサーは思い出せなかった。あまりの狭さに、独り者になった自分の立場をしみじみと思い知らされる。しかし寝具は清潔で目にもまぶしく、アーサーはベッドの片側に腰を下ろして、サッシ窓の外を眺めた。カモメが一羽、窓台にとまっており、通りを隔てた先に公園の美しい景色が広がっている。

こういう宿に着いて、アーサーとミリアムが真っ先にするのは、おいしいお茶を飲むことで、盆の中にどんなウェルカムビスケットが入っているか確かめるのがつねだった。それに際して、ふたりはクッキーのランキング方式を編み出していた。ビスケットがひとつも置かれていなければ、当然ながら最下位の0点。全粒粉ビスケットなら2点。カスタードクリームが入っていれば少しましで4点。ブルボンのクッキーは最初5点にしてあったが、アーサーがその美味さに開眼してからは、6点に格上げされた。どんなビスケットであっても、何も挟まれていないチョコレート風味のものが置いてあれば感心する。さらにランクが上なのは、大手ホテルチェーンで出される上品なもの、すなわちレモンとジンジャーのビスケットか、チョコレートチップクッキーで、こうなると8点がもらえる。10点満点は、宿の主人お手製のビスケットで、これはめったにお目にかかれない。

この部屋には二枚入りのジンジャーナッツクッキーが一袋置かれていた。文句なしにうれしかったが、二枚入っているのを見て、心が沈んだ。一枚を手にとってむしゃむしゃやり、袋を折り畳んで盆にもどす。もう一枚はミリアムのビスケット。自分で食べる気にはなれない。

バーナデットとネイサンと階下のレストランで夕食を取ることになっていたが、約束の時間までにはまだ二時間ある。ミリアムといっしょなら、こういうときはまずアノラックを着て、近隣の探索に出かけ、次の日にどこを巡るか計画を立てるのがつねだった。しかしひとりで出かける気にはなれなかった。何か面白いものを見つけたところで、ひとりではつまらない。と、窓の向こうに、公園へこそこそと向かうネイサンの姿が見えた。片手をポケットにつっこんでタバコを吹かしている。はて、バーナデットは息子の悪癖を知っているのだろうか?

ポケットからハート形のケースを取り出して、窓台の上に置いて蓋をあける。もう日にも手にも馴染んできたものの、このブレスレットと妻が、いまだに結びつかないでいる。こんなじゃらじゃらした飾りのついた派手なものが、妻のほっそりした手首からぶらさがっているのは想像できない。ミリアムは自分の趣味は洗練されていると自負しており、そのエレガントな装いゆえにフランス人に間違われることもあった。じつのところフランス人女性の装いには憧れがあって、いつの日かパリを訪れたいともいっていた。

「フランス人女性はシックよね」といって。

病気に身体を蝕《むしば》まれ、胸が締めつけられるようで呼吸が苦しくなると、ミリアムの装いが変わった。濃紺のシルクのブラウスにクリーム色のスカートとパールを合わせるといったファッションに、もっさりしたカーディガンが取ってかわった。服を着る目的は、単に寒さをしのぐためだけになった。日ざしを直接肌に受けても、まだふるえていた。アノラックを着て庭に出ると、まるで挑戦するように太陽に顔を向けた。ふん!　ぜんぜん暖かくないわよ！

「なぜきみがインドに行ったのか、それがどうしてもわからないんだよ、ミリアム」思わず声に出していった。「ミスター・メーラから話は聞いたが、別にきみが恥じる事実は何もないじゃないか」

カササギが一羽、窓の向こう側にとまり、こちらをじっと見つめている。まるでブレスレットを見ているようだった。アーサーは窓をコツコツと叩いた。「シーッ！」ケースを胸もとに持ってきて、チャームに目を凝らす。五色の色石でできた花びらが小粒のパールをぐるりと取り巻いている花のチャーム。パレットのチャームには小さな絵筆がついていて、エナメル質のかたまり六つで絵の具を表現している。トラは口を大きくあけて、先のとがった金の牙をむきだしにしていた。アーサーはまた腕時計に目をやる。夕食まで、あと一時間四十五分。

家にいるときには、もうとっくに食べている時間だった。ミリアムとはいつも五時半きっかりに夕食を取っていて、それをいまでも守っていた。アーサーがテーブルに食器を並べているあいだに、ミリアムが料理をする。食べ終われば、アーサーが鍋や食器を洗い、ミリアムが水気をふき取る。そういった決まり仕事も金曜日だけは休みになった――フィッシュアンドチップスの夕べと題して、ふたりそろってテレビの前に陣取って、フィッシュアンドチップスと豆のマッシュをスチロールの容器から直接食べるのだ。アーサーは頭の後ろで手を組んでベッドの上に寝ころんだ。妻がいないと食事も変わる。

　時間をつぶすために、翌日の予定に思いをめぐらせた。起きて、いつもと同じ時間にお茶を飲み、朝食を取れるとはまず考えないほうがいい。紙切れに走り書きした列車の時刻を端から端までつぶさに見て、それを暗記する。グレイストック卿が手を差し伸べながら、自分のほうへまっすぐ歩いてきて、まるで昔馴染みのように歓迎してくれる場面を想像する。それからミリアムが地面に膝をついて、インドの幼い子どもたちとビー玉遊びをする場面を思い浮かべようとした。これもまた理解に苦しむ光景だった。

　そこまでやっても、まだ時間は十分ほどしか過ぎていない。アーサーは壁に危なっかしく据えてある小型テレビに目をやり、そのリモコンを手に取った。スイッチを入れて、チャンネルを次々と変えていき、しまいに『刑事コロンボ』に落ち着いて、結末までの二十分間を視聴した。

ルーシーとカメ

ルーシー・ペッパーは実家の戸口に立って、かつて自分がつかっていた部屋の窓を見上げた。帰ってくるたびに、家が縮んだように見える。昔はもっと広々としていて、自分もダンも階段を駆け足でのぼりおりし、両親は居間にすわって本を読んでいた。父母はまるで暖炉の両端に置いてある陶器の犬のように、いつもいっしょにいた。

かつてはきりりとたくましかった父も、やはりいまは小さく見え、ぴんと伸びていた背中も丸まっている。黒い髪をぐいとひっぱってから手を離すと、勢いよくもとにもどるのが面白くてルーシーはよく遊んだが、それもいまは針金のように硬い白髪になっている。すべてあっというまの変化だった。自分の両親は永遠に生き続ける、そんな若い時代の、無邪気な思いこみは打ち砕かれた。

ルーシーがずっと望んでいたのは、母親になることだった。幼い頃からそうで、人形を赤ん坊に見立てて、自分にふたりの子どもがいることを想像していた。男の子と女の子でもいいし、女の子ふたりでも、男の子ふたりでもいい。三十六歳ともなれば、よちよち歩きの子どもを抱える母親になっていてもふしぎはない。フェイスブックは、クラスメイトのひとりに孫が産まれたことを知らせていた。小さな口で、ほっぺたにベチョッとキスをしてもらったら、どんなにいいだろう。

昨今の風潮からすれば、そんな自分は変わり者の部類に入るかもしれない。輝かしいキャリアを得るために必死に働いたり、世界を旅して回ったりするべきではないのか？でもルーシーは、子育てにこの上ない幸せを感じていた自分の母、ミリアムのようになりたかった。両親の結婚は完璧で、ケンカしているのを見た記憶がほとんどない。互いの冗談に笑い合い、手をつなぐ。若い頃には、そんな両親に幾ばくかの恥ずかしさも感じていた。まるでティーンエイジャーの恋人同士のように、互いの腰に腕を回して近所を散歩するのだから。やがて自分もデートをするようになり、横断歩道を渡るときに、大切なものを守ろうとするようにそっと腰に手を回してくれるような男性はいないとわかり、そこで初めて、両親はまたとないパートナーを得たのだと気づいた。もちろんルーシーは守ってもらう必要などない。カラテで茶帯を持っている。それでも誰かに守られていると感じるのはうれしいだろうと思う。

兄のダンは、自分が親になることにこれっぽっちの興味も示さなかった。頭の中にあるのは、事業を立ち上げて海外で暮らすことだけ。それでいて、子づくりを始めると、なんの苦労もなく妻のケリーが愛らしい子どもふたりを産んだ。どうやら幸運をつかむのはいつもダンのほうらしく、結婚でも、父との関係でも、仕事でも、ルーシーはつねに孤軍奮闘を強いられた。

夜ベッドに入って、自分が理想とする生活について考える。夫と子どもたちといっしょに公園にいて、笑い声を上げてブランコを揺らしている。そこには自分の母親もいて、膝小僧をすりむいたら、ティッシュで押さえてキスができるよう備えている。

しかしママはもうこの世を去って、二度と会えない。ルーシーのまだ産まれていない孫の顔を見ることも、その子を腕に抱くこともない。

地元の小学校で教師をしているルーシーは、子どもを学校に送ってくる母親たちがみな、いまでは自分より若いのに気づいていた。アンソニーと無駄にした山ほどの時間を思うと顔がゆがんだ。避妊用のピルを捨てるのは、あともう一回海外旅行をしてからにしようと、アンソニーはいい張った。子づくりに励む前に、新しいソファを買うぐらいの贅沢をしてもいいじゃないかともいった。人生で何を優先するか、ふたりの考えは食い違っていた。

それでもルーシーは夫にはいわずにピルを飲むのはやめた。用心深い性格とは裏腹に、この件に関しては、考えるより先に行動あるのみと思ったのだ。もしアンソニーのいう通りにしていたら、彼が五十歳になってもまだ子どもをつくるかどうか迷っているに違いない。いずれにしろ、それから数週間でルーシーは妊娠し、その数か月後に妊婦ではなくなった。

アンソニーは自分の前から姿を消し、ママもいなくなった。その結果、ルーシーの望んだ、理想の家族の夢は、日なたにこぼした香水のように蒸発してしまった。

母親の葬儀に出なかったことについては、いまでも自分を責めていた。そんな娘がどこにいる？　ろくでもない娘。葬儀に参列して、さよならをいうべきだった。しかし、それは不可能だった。どうして出られないのか、父親に理由を説明することさえできなかった。実家の玄関ドアから押しこんだメモには、次のような文章を書いた——

ごめんなさい、パパ。つらすぎて無理です。わたしに代わってママにさよならをいってください。ルーシーより、愛をこめて。×××。

それからベッドにもどり、一週間起きあがることもできなかった。

父親は、判で押したように、きちんきちんと日課をこなすようになった。文字通りの規則正しい生活。そこへ訪ねていくと、ルーシーは自分が邪魔者のように感じられた。父はしょっちゅう腕時計に目をやって、目の前に娘などいないかのように、せっせと家事をこなしていく。まるでふたりは別世界に存在しているようだった。最後に訪ねたとき、ルーシーはやかんを火にかけてカップに二人分のお茶を注いだ。ところが父親は飲もうとしない。お茶を飲むのは、午前八時半と十一時、たまに三時と決まっているからといって。ここはハワード・ヒューズの家かと、ルーシーは驚いたものだった。

ママがうちにいて、パパを正常にもどしてくれたらいいのにと、そう思わずにいられない。きっとママは、キッチンですわっているか、庭に出てバラの剪定《せんてい》でもしていると、まだそう期待している自分がいる。母親の小さくなった肩にそっと手を置こうとして、気がつくと虚空《こくう》に手を伸ばしていたりする。

自分と父親がどんな気持ちでいるのか、ルーシーはダンにもっと関心を持ってもらいたかった。父と兄の関係はいつでもぎくしゃくして、お互いの流儀や個性を受け入れることができない。同じ青空の部分を構成するものでありながら、まったく嚙み合わないジグソーパズルのピースのようだった。母親が亡くなってからは、それがなお一層顕著になって、ルーシーがお膳立てをしないと、お互いに連絡もしなかった。

父親と息の詰まる時間を過ごしたあと、誰かが家で待っていてくれたら、どんなにいいかとルーシーは思う。抱きしめて、すべてうまくいくから大丈夫だよと、そういって欲しい。

アンソニーが結婚生活から去って、もう半年が経っていた。よくあることだが、ある日ルーシーが仕事を終えて帰宅すると、玄関にスーツケースが置いてあった。最初、アンソニーが出張に出るのを、いい忘れていたんだろうと思っていた。ところがスーツケースを追うように現れた彼を見て、そうではないとわかった。アンソニーは床をにらんでいった。「もう無理だよ、ルース。お互いわかっているはずだ」

本当は懇願などしたくなかった。いま振りかえっても、あまりにみっともなかったと思う。だがルーシーは懇願した。行かないで、あなたには将来産まれる子どもたちの父親になって欲しいのといって。過去にどんないやなことがあったとしても、それはもう過ぎたこと。わたしたちは先へ進まないと。そういいながらルーシーは、母親が死んでからというもの、自分はずっとアンソニーをないがしろにしてきたとわかっていた。赤ん坊を失ってからずっと。

けれどもアンソニーは首を横に振った。「悲しいことが多すぎた。ぼくは幸せになりたい。きみにも幸せになってほしい。ただしこれまであったことを背負って、ふたりでやっていくのは無理だ。過去をくよくよ悩まないためにも、いま別れる必要がある。ぼくが出ていくよ」

ちょうど先月、生協の菓子売り場の通路で、寒々とした白光の下、アンソニーを見たばかりだった。別の女性といっしょにショッピングカートを押していた。ボブにした髪と長い首が、ちょっと自分に似ていた。

ふたりのあとをつけて、フルーツジュースの売り場を通過して、冷凍食品のデザートが並ぶ通路まで行き、そこで思いとどまった。もしアンソニーに見られたら、ストーカー行為を働いていると思われる。新しいガールフレンドに紹介されたら、笑顔を見せて、

「また会えてうれしかった、でもわたしは冷凍じゃないイチゴを買いにきたの」といって、駆け出さないといけない。そうして、こちらが話の聞こえないところまで離れたところで、アンソニーが新しいガールフレンドにささやくのだ。「別居中の妻なんだ。妊娠十五週目で流産してから、すっかり人が変わっちゃって。まるで電灯が消えたみたいにね。それでぼくは家を出た」するとガールフレンドがいたわるような調子でうなずき、わたしなら子どもはいくらでも産めるから安心してと、アンソニーの手をぎゅっと握って安心させるのだ。家族を持ちたいっていうんなら、あなたを失望させないわと。

支払いをするレジまではなんとか持ちこたえたものの、ショッピングカートをもどしに行ったところで泣きだしてしまった。カートの並んだ列に自分のつかったカートを何度押しこもうとしてもきちんと収まってくれず、レジでもらった白いヨークシャーローズの絵柄がついたトークンもそのままにして歩み去る。ウエストと同じぐらい太い首をした男がティッシュを渡してくれて、ルーシーはそれで鼻をかみ、家に帰ってからウォッカひと瓶を半分飲み干した。

そのあと姓をペッパーにもどした。いずれにしろ、ルーシー・ペッパーのほうがルーシー・ブラニガンよりずっと響きがいい。アンソニーの思い出が残る品々を黙ってすみやかに家から追いだし、ミルクのチラシ、おむつのクーポン券、母乳パッドといったものをリサイクルのゴミ箱につっこんだ。昔の名前にもどったことで、なんだか自分が強くなった気がして、再び人生に向き合う用意がととのった感じがした。

そしていま、自分が育った家の前にルーシーは立っている。ここでママとパパが自分のおむつを何千回と替えてくれた。そう思うと胸にどっと温かいものがあふれた。にっこり笑って呼び鈴を鳴らす。玄関のドアにはまったデイジー模様のガラスを透かして、玄関にかかっている父親のコートが見える。玄関マットに郵便物が山積みになっている。まだ取りあげていないのはおかしい。

もう一度呼び鈴を鳴らし、さらにノッカーを打ちつける。反応がない。

見上げると、すべての窓が閉まっていた。家の脇に延びる小道を歩いていって、裏庭に出てみたものの、父親のいる気配はまったくなかった。

ルーシーはぎらつく日ざしに目を細めた。パパが見つかったら、園芸店へ誘ってみよう。こんなに天気がいいんだから。

今日は一時間早めに職場を出てきた。この日はちょうど運動会で、本当ならまだ学校にいて、子どもの傷に絆創膏《ばんそうこう》を貼ったり、オレンジジュースを渡したりしているはずだった。けれども、卵をスプーンに載せてよろよろ運ぶ子どもたちを見ていたら、無性に父親が恋しくなった。ダンはオーストラリアだし、ママがいなくなったいま、近しい家族はパパだけ。頭痛がすると仮病をつかって、リレー競争の始まりとともに湧き起こった笑い声と拍手をあとに、車に乗って走り去ったのだった。

ルーシーは背伸びをし、両手を筒にして裏窓の奥を覗いた。シダのフレデリーカがちょっぴりしょげているように見える。両側の葉っぱが少し丸まっている。その植物に父親は異常なほど執着するようになっていた。

そこでふと、恐ろしい思いにとらわれた。パパは死んでいるのかもしれない。階段から落ちたか、あるいはママのように、ベッドに入ったまま死んでいるか。バスルームの床に伸びていて、動くことができないでいるとか。どうしよう。胃でパニックが泡立ち始めた。もう一度玄関のほうへ回ってみる。

「どうかしましたか?」向かいの家の庭から男が声を張り上げた。パパの隣人で、今日もバンダナを巻いている。以前にも見かけたことがあった。その人が芝刈り機に身を乗り出すと、小さな茶色いボウルを逆さまにして抱えているのが見えた。

「父の様子を見に寄ったんですけど。まったく応答がないんです。倒れていやしないかと心配になって。テリーさん、でしたよね?」ルーシーは左右の安全を確認してから道路を渡った。

「ああ、そう。心配ないって。お父さん、今朝スーツケースを引きずって家から出てきたよ」

ルーシーは頭をかいた。「スーツケース?　本当ですか?」

「ああ。たぶん、あのご婦人の家に行ったんだと思う。ほら、ラズベリー色に髪を染めてる」

「バーナデットですか？」前に一度実家に寄ったとき、その女性がキッチンテーブルの、ママがすわる場所に陣取っていた。焼きたてのソーセージロールを持ってきていた。自分はそういう料理はしない。できあいの物を電子レンジかオーブンにつっこむだけだ。

「名前は知らない。ふたりで車に乗りこんで、若者が運転席にすわってたよ。髪が片目にかぶさってて、あれでちゃんと道路が見えるのかねえ」

「うちの父、どこへ行くっていってました？」

テリーは首を横に振った。「さあ。きみは娘さん？　同じ目をしている」

「えっ、そうですか？」

「うん。どこへ行くとはいってなかった。きみのお父さんは、あんまりしゃべらないだろ？」

「ええ、あまり」ルーシーはいぶかしげに目を細めた。テリーが抱えている小さな茶色いボウルが動いている。見ていると頭をぬっと突きだし、ふたつの目玉でこちらをじろりとにらんだ。「あの、カメを持ってらっしゃるんですか？」

テリーがうなずいた。「隣から逃げてくるんだ。うちの芝生が気に入ってるみたいでね。なぜだかわからない。ぼくはいつもきれいに刈っておくのが好きでね、このオチビさんの食う物なんか落ちてるはずもないんだが。逃げてくるたびに、抱きあげて、もどしにいく。いつも裸足でいる赤毛の子どもたち。あのふたりが飼ってるんだ。あの子たち、知ってるかい？」

ルーシーは知らないといった。

「もしお父さんに会ったら、娘さんが探してたっていっておこうか？」

そうしていただければ助かります、自分からも電話をしてみますと、ルーシーはいった。なぜ父親がスーツケースを持ちだしたのか、いったいどこへ行ったのか、首をかしげるばかりだった。牛乳を買いに町に出るよう説得するだけでも大変なのに。「そのカメ、しばらく自由に歩かせておいたほうがいいんじゃないかしら。そうすればじきに冒険への渇望も収まって、おとなしく、柵の中なり、自分の家なりにもどりますよ」

「それは思いつかなかった」テリーはカメをぐるっと回転させて、顔を向き合わせた。「どうだい、相棒？　ひとつ冒険してみるか？」

ルーシーは心ここにあらずで、早くも相手に背を向けている。「いろいろ教えてくださってありがとうございました」と、首をねじってそれだけいうと、道路を渡った。

再び裏庭に出ていって、大きな植木鉢の上に腰を下ろす。携帯電話を取りだして、父親の電話番号を押した。いつものように二十回ほど鳴りっぱなしの状態が続く。電話のありかを探しているか、どのボタンを押せば電話に出られるのか考えているのだ。やがて父親が出た。

「もしもし。アーサー・ペッパーです」

「パパ。ルーシーよ」声を聞いてほっとひと安心。

「やあ、おまえか」

「家に来てるんだけど、出ないから」

「おまえが来るとは知らなかった」

「ただちょっと……顔を見たくなっただけ。お向かいさんの、ほら、芝生を後生大事にしている人。あの人がスーツケースを引きずってるパパを見たって」

「ああそうだ。グレイストック邸を訪ねることにした。バースにあって、トラがいるんだ」

「聞いたことがあるわ。だけどパパ……」

「バーナデットと彼女の息子がそっち方面へ行くんで、車に同乗しないかと誘われた」

「それで行く気になった……？」

「そう。ネイサンが大学の下見に行くんだ。だったら、その……気まぐれな旅もいいと思ってね」

ルーシーは目をつぶった。決まった時間でなければ、娘とお茶を飲むのも拒否する父親が、炎のような髪の隣人と気まぐれに旅立った。一年ものあいだ引きこもり生活を続けていたのに、突然旅に出るなんて、これは何かおかしいとルーシーはピンときた。きっと父は自分に何か隠している。「気まぐれで出かけるには、遠すぎると思うけど」

「家の外に出る、いいきっかけだ」

父親にひとり暮らしをさせるのは危なっかしいと、ちょうどルーシーが思い始めたところだった。新聞には、騙《だま》されやすい老人の記事がいやというほど出ている。それを思うと、今度の旅をどう考えていいのかわからなくなる。じつの娘が花壇に植える草花を見て回ろうと園芸店に誘い出すこともできないのに、バーナデットといっしょにはるばるバースまで旅行する誘いには乗った。抑えようとしても、声に心配がにじみでる。

「いつ家に帰ってくるの？」

「それはまだわからない。今夜はB&Bに泊まって、明日グレイストック邸に向かう。とにかく、そういうことだから、帰るときにはこちらから電話する。いいね？」

「パパ……ちょっとパパ」電話が切れた。ルーシーは自分の携帯電話をまじまじと見る。

もう一度かけようかと思ったが、そこでふと、最近気になってきた、父親の奇妙な習慣を思い出した。日課を守ることに執着する。会うたびに、あのぞっとするカラシ色のチョッキを着ている。数週間も電話をかけてこない。植物に話しかける。

両親が年老いているとは、母親が死ぬまで実感がなかった。しかしいまは、はっきりそう思える。もしパパがもう自力で生活できないのなら、ヘルパーさんを頼んだり、施設に入れたりすることも考慮しないといけない。ひょっとしたら、一気に認知症が進むとか？

父親が階段を上がるのに手を貸し、食事を食べさせ、トイレに連れていく。それを考えたら口の中がからからに渇いてきた。赤ん坊の面倒を見る代わりに、父親の面倒を見なければならない事態が待っている。

ルーシーは立ち上がり、膝をがくがくさせながら庭門へと歩いていく。トラブル続きの人生の中で、よりによって、認知症の父親の面倒を見なければならないとは。

B&B

B&Bの階下で用意されている朝食が美味そうな匂いをさせている。家でミリアムといっしょに取る朝食はシリアルだけだった。そこにトーストが加わったとしても、登場するのはアンカーやルアーパックのバターではなく、フローラのマーガリンだ。コレステロールに気をつけないと、とミリアムはいうのだが、医者の診断ではコレステロール値は低かった。朝目覚めて最初に感じるのは、洗い立てのコットンのシーツの匂いであって、本格的なイングリッシュブレックファストの匂いで目覚めることはまずなかった。朝からご馳走だ。しかし妻がここにいて、いっしょにその食事を楽しめないと思うと、罪悪感が先に立つ。

昨日は宿に着くまで車の中で居眠りをしていたというのに、夜中に一度も目を覚まさなかった。朝になって、屋根の上でカモメが鳴いてタップダンスをする音で、ようやく目が覚めた。

昨夜ルーシーと電話で話したあと、なんだか疲れを覚えた。それでバーナデットの部屋のドアをノックして、夕食の席に自分だけ加わらなくても構わないかと訊いてみた。

できれば早くにベッドに入りたい、また明日の朝に顔を合わせようといった。バーナデットはうなずいたものの、心からがっかりした顔をしていた。

アーサーはシャワーを浴び、着がえと髭そりを済ませてから、朝食を取る部屋へ向かった。ずいぶんと陽気な部屋で、テーブルには黄色いビニールクロスが敷かれ、スイセンの造花が置かれている。壁には海辺の絵はがきがフレームに入れて飾ってある。バーナデットとネイサンはすでにテーブルについていた。窓辺の四人掛けの席だ。

「おはよう」晴れやかにいって、親子の席に加わる。

「オッハ」ネイサンがめんどくさそうにいって、ナイフで造花をつつく。

「おはよう、アーサー」バーナデットが腕を伸ばして息子の手を下ろさせる。「よく眠れたかしら？」

「丸太のようにぐっすり。きみは？」

「よく眠れなかったの。三時に目が覚めて、それからずっと頭の中でいろんな考えがぐるぐる回り続けて。どうにもとまらなかった」

何をそんなに考えていたのか、アーサーが訊こうとしたところで、ウェイトレスがやってきて、お茶とコーヒー、どちらになさいますかと訊いてきた。きちんとした黒いスカートに黄色いシャツを合わせているが、左右の手首に、錨《いかり》とバラのタトゥーをひとつずつ入れている。若者のあいだで流行っている悪しき風習だ。なんだってこんなかわいらしい女性が、船乗りの真似をしたいのか理解に苦しむと思ったところで、時代遅れの小うるさい男になるなと自分を叱った。もっと個人の自由を尊びなさいと、ミリアムからよくいわれていた。「そのタトゥー、いいねえ」にっこり笑っていう。「すごくしゃれている」

ウェイトレスは戸惑うような笑みを見せた。針とインク瓶を見つけた幼児がいたずら描きをしたように見えると、自分でもわかっているようだった。アーサーはお茶を注文し、焼きトマト抜きのイングリッシュブレックファストを頼んだ。

アーサーとバーナデットが同時に立ち上がり、ミニサイズのボックスに入ったシリアルや、水差しに入った牛乳が並ぶサイドボードへ向かった。アーサーはライスクリスピーを取りあげて席にもどった。バーナデットはフロスティを二箱取った。「こういう小さなサイズだと、ひとつじゃ足りないのよね」

三人は黙って食べる。ネイサンはテーブルについたまま眠ってしまいそうな様子でうつむいている。垂れた髪がボウルの中に入りそうだ。

食べ終わるとウェイトレスがボウルを片づけて、ソーセージや卵料理の載った皿を運んできた。

「このソーセージは美味そうだな」会話をしようとアーサーがネイサンにいう。

「うん」

「そうですね」バーナデットが正す。

ネイサンはぼうっとした顔をしている。ソーセージを切り分けたりもせず、いきなりフォークで突き刺して、そのままかじる。アーサーは、テーブルの下で足を蹴ってやりたくなった。バーナデットなら、息子に食事のマナーくらいしっかり教えていそうなものなのに。

「今日は最初の大学を見に行こうと思って。なかなかいい感じなの」バーナデットがいう。「あなたもいっしょにどうかしら、アーサー？」

「悪いけど、わたしはグレイストック邸に行こうと思っています。ブリストルまで電車に乗って、そこでバース行きに乗り換える」

「確か、金曜と土曜しか開園してないと思ったけど」

「一般に公開されていなくても構わないんです。訪問という形でドアを叩く」

「事前に電話を入れておいたほうがいいんじゃないかしら……」

他人の指図《さしず》に従う気はない。やると決めたら、あとは一直線に突き進むのみ。そういう気分だった。アーサーはベーコンにナイフを入れた。

「で、そのあと、あなたをどこで拾えばいいのかしら？」

「そこまで甘えるわけにはいかない。グレイストック邸からは、自分ひとりで家に帰りますよ」

バーナデットの顔が少し曇った。「そんなの無茶だわ。どれだけ時間がかかると思うの。わたしたちも、ここには一晩しか泊まらないのよ」

「いやもう十分世話になっていますから」アーサーはきっぱりいう。「とにかく訪ねてみて、そのあとのことは成り行きまかせで行こうと思ってるんです」

「あんまり無茶はしないでね。何かあったら、すぐに電話をちょうだい。いっしょに帰れるようなら、そちらに日時を合わせますからね。ただ、レッスンには間に合うようにしたいの」

「レッスン?」

「ベリーダンス」ネイサンが忍び笑いをもらす。

アーサーは考える。紫色のシフォンドレスを着たバーナデットが腰を振っている、あまりうれしくない映像が頭に浮かんだ。「よく知りませんが、なんか、その、激しそうですね」

「運動不足解消のためよ」

ネイサンがまたくすくす笑った。

バーナデットは息子を無視。「アーサー、ベーコンの味はいかが?」

「美味いです」とアーサー。今日はひとりで過ごせると思うとうれしかった。ミリアムについてどんな事実が明らかになろうと、それは内輪の問題だ。ひとりでじっくり考えたかった。「このベーコン、味もいいが、カリカリした歯触りもたまらない。わたしのことはまったく心配しないでください。ひとりで気楽に観光してきますから」

バーナデットとネイサンはアーサーをチェルトナム駅で降ろした。バースに着いたところでアーサーは、グレイストック邸までの二マイルの距離を歩くことに決めた。

思いついたときは、名案だと思った。太陽が顔を出していて、小鳥がさえずっている。幸せな気分でスーツケースを引きずりながら、駅前の庭を横切り、黒いタクシーの列の前を過ぎていく。紙切れにざっと描いておいた地図を見ながら、小さなロータリーをつっきって、そこから一般道路に出る。あとは道なりに進んでいけば、グレイストック邸に着くはずだった。まるで冒険者になった気分で、歩く決断をした自分が誇らしく思えてくる。迷うことなく大股で先へ進んでいく。

まもなく舗装路が消えた。気がつくとアーサーはイラクサやアザミの生い茂る小道を歩いていて、足首がチクチクした。地面はでこぼこで、こんなことならスエードのモカシンではなく、頑丈なウィングチップを履いてくればよかったと後悔する。石と砂利が顔を出している、でこぼこ道を、スーツケースを引きずって歩くのは実際無理な話だった。苦労して引きずりながら、無理なところは抱えて運んだ。

「やあ、おじいちゃん」ぴかぴかの赤いスポーツカーが一台、猛スピードで横を駆けぬけていく。後部座席の窓から覗いていたのは、間違いなく誰かの尻だった。

半マイルほど進んだところで道が狭くなった。とげとげした生け垣と幅の広い縁石のあいだに挟まれる形で歩いていく。重たいスーツケースに手を焼いて、もうこれ以上は無理だと思い、足をとめ、膝に両手をついて息をととのえる。ミリアムが亡くなってから、歩いた最長距離は自宅から郵便局まで。体力がすっかり衰えている。

生け垣にはすきまがあり、アーサーはその場に突っ立って、マルハナバチが一匹飛んでいるのを見た。雌牛が数頭、おとなしく草を食《は》んでいる。赤いトラクターが畑を耕す光景も素晴らしい。それからアーサーは再び歩きだしたが、進行方向に山積みのレンガと、ワイヤーでできたショッピングバスケットが見えてきたところで観念した。これ以上スーツケースを持って歩けない。生け垣のすきまにスーツケースを押しこんでから、乱した枝葉をまたととのえておく。

あたりをぐるっと見まわして、隠した場所を覚えておく。向かいには今度の日曜日にトランクセールが開催される旨《むね》が書かれた立て看板があり、道路標示には、「ロングズデール農場まで一マイル」と記されている。グレイストック邸への訪問が済んだら、スーツケースを取りにここへもどってくればいい。がっしりしたナイロン製だから、生け垣の中に置いておいても問題はなさそうだった。

身軽になるとともに足取りも軽くなった。旅支度はたいていミリアムの仕事だった。家じゅうに、持っていく物の小さな山ができるのがつねだった——下着、髭そり道具、ビスケットの小袋ふたつ、ありとあらゆるＳＰＦ値の日焼け止めクリーム。茂みの中にスーツケースを置きっぱなしにすることに、ミリアムが感心するとは思えなかった。それでもアーサーは自分の考えに満足していた。機転を利かせて決断し、事をぐいぐい進めていく自分が誇らしかった。

グレイストック邸はまだ先で、生け垣の下からあふれるように茂っているナズナや、群生するアブラナで黄色く染まった野原を立ち止まって見ることもなく、どんどん進んでいく。シルバーのオープンカーに乗った魅力的なブロンドの女の子ふたりから、乗らないかと誘われても断り、トラクターに乗っている男には、「いや、道に迷ったのではない、心配してくれてありがとう」と礼をいった。このあたりの人々はずいぶんと親切で、これなら窓から尻を出していた赤い車も許せるような気がした。あんまり天気がいいので、どんちゃん騒ぎをしたくなったのだろう。

グレイストック邸の門があるところまで、ようやくたどりついた。アーサーを迎えたのはペンキのはがれた看板だった——「ようこそグレ　ス　　ク邸へ」

きっと自分が訪れるのを予期していたのだとアーサーは思う。それからうんざりした顔で、邸までカーブしながら長々と続く私道を眺めた。木々を透かして建物が見える。

往年のグレイストック邸は豪壮だったのだろう。いまでは一九八〇年代の気味の悪いポップビデオに登場しそうな、朽ちた魅力とでもいうような趣《おもむき》を漂わせている。正面にはドリス様式の円柱が立ち並び、玄関の巨大なドアは崩れかけている。石の色はアーサーの家にあるダイソンの掃除機から取り出す毛ぼこりに似ていた。上階の窓が数枚割れている。

両手を腰にあてがってしばらく立ち尽くし、これからミリアムの人生に付された新たな秘密の一章を解明しにいくのだと決意を新たにする。興奮するべきか、恐れるべきか、わからない。

急に尿意を催《もよお》した。どこからともなくトイレの建物がぬっと現れる様を夢想してみるものの、現実にはありえない。となると、あとは低木の茂みに頼るしかなかった。あたりに観光客の目がないことを確かめてから、藪の中に入っていく。灰色のリスが目の前を飛び跳ねるようにして走り過ぎていき、途中アーサーにちらっと目をくれてから、一本の木を駆け上がった。枝にちょこんとすわっており、アーサーが事を終えるとほお髭をピクピク動かした。ありがたいことに、ポケットにウェットティッシュが入っていたので、それで手をきれいにしてから、また先へと歩いていく。

邸まではまだ距離があり、アーサーは息が切れてきた。なんだって、車に乗せてやるというバーナデットの誘いを断ったのか？　頑固オヤジにもほどがある。

邸は背の高い黒い鉄柵で周囲をぐるりと囲まれていた。両開きの門にはずっしりとした真鍮《しんちゅう》製の南京錠がかかっている。アーサーは柵に顔を押し当てて、すきまから奥を覗いてみた。玄関のドアは閉まっている。ふらりと歩いていって呼び鈴を鳴らせばいいなどと、どうして安易に考えていたのか。足は痛むし、ウェットティッシュで拭いた手がべたついてきた。

自分を情けなく思いながら十分ほども立ち尽くしていたが、これからどうすればいいのかわからない。と、柵の向こうに動きがあった。庭の、バラの茂みの陰に、青いものがさっと動いたのだ。グレイストック卿だ。アーサーは背伸びをした。茂みから歩み出てきた卿は鮮やかな青いスラックスを穿いて、上半身裸だった。茹《ゆ》でたロブスターみたいに胸が真っ赤だ。

「あの、すみません」アーサーは呼んでみた。「グレイストック卿」

声は届かない。あるいは聞こえているのに無視しているのか。よく見ると、取っ手がくるりと丸まった真鍮《しんちゅう》の呼び鈴があった。木々の枝に隠れていて見えなかったのだ。それをひっぱってみるものの、木々に音がかき消されてくぐもった音しか出ない。飛び上がって大枝小枝をひっぱってみても、またすぐはねかえってしまう。最後にもう一度取っ手をひっぱって鳴らし、門をガタガタ揺すってみたが、まったく効果はなかった。遠くから、相手の姿をじっと見る。グレイストック卿は両手をポケットにつっこんで、敷地内をぶらぶら散策している。ときどき足をとめては、バラの香りを嗅いだり、雑草を抜いたりする。スラックスのウエストから腹回りの肉がでっぷりはみだしている。

耳が聞こえないのか？　ああいう男が、いったいどうやってハーレムを維持していたのか？　ミリアムがあの男の愛妾《あいしょう》のひとりであったとはとても考えられない。

いらいらしながら、柵を指でたどって、敷地の周囲を巡ってみる。ときどきとまって背伸びをし、庭のほうを覗く。まるで要塞《ようさい》だった。

ところが邸の裏手まで行くと要塞は趣を変えた。柵を隠すようにオークの巨木が一本生えていて、それまで地面から直接伸びていた柵が、ここから先は低いレンガ塀の上に埋めこまれていた。アーサーはいいことを考えた。

まず、あたりに人目がないことを確かめてから、右足を上げてレンガ塀の上に掛けようとした。そうすれば柵のてっぺんから奥がよく見えると思ったのだ。ところが足を振り上げた瞬間、バキッと嫌な音を立てて、膝が固まった。かがみこんで膝をさすり、それからもう一度挑戦する。今度は両手を膝裏にあてがって支えながら足を持ち上げ、足裏を塀の上端に水平に置いた。それから柵を両手でつかみ、左足を地面から持ち上げて全力で乗りあがる。両足が塀の上にしっかりついたときには天にも昇る心地になった。まだ完全には老いぼれちゃいない。深呼吸を数回するだけの余裕まで見せてから、また柵に顔を押しつける。

はあはあいう息づかいが聞こえ、振りかえって見れば、オレンジ色の目をしたジャックラッセル・テリアが下からじっとこちらを見上げていた。柄つきのシルクのスカーフを頭に巻いて、カーキの防水ジャケットを着た女性がアーサーを上から下までじろじろ眺める。「何かお手伝いしましょうか?」女性がいう。

「いや、大丈夫です。ありがとう」両手で柵につかまっている状況ながら、精一杯さりげない感じでいった。

女性はその場を動こうとしない。「何をしようっていうんです?」

アーサーは素早く思案をめぐらせた。「飼い犬を探していて。たぶん柵の向こうへ入っていったと思うんです」

「その柵、少なくとも十フィートはありますけど」

「ええ。しょうがないヤツです」アーサーはうなずいた。黙って説明もせずにいれば、いずれ相手は立ち去るだろうと思い、ナショナルトラストの銅像モードに入る。

女性は唇をひきむすんだ。「これから十分ほど犬を散歩させてきます。それからもどってきて、まだあなたがここにいたら、警察に連絡します。いいですね?」

「いいですよ」アーサーは片方の脚を振って、めくれあがってソックスが見えているズボンの裾を下ろした。「わたしは泥棒じゃありませんから」

「それはよかった。犬が見つかるといいわね。じゃあ、十分後に……」とどめの警告をしていった。

相手がいなくなるまでアーサーは待った。今日はまったくの厄日《やくび》だ。本当なら家にいて、『デイリー・メール』でも読んでいるはずだった。と、そこで鮮やかな青のスラックスが目に飛びこんできた。くそっ。なんとしてでも相手の注意をこっちに引き寄せないと。背筋を伸ばして、柵をガタガタ動かそうとするものの、微動だにしない。それで手を振りながら、「グレイストック卿。グレイストック卿。グレイストック卿」と叫んだ。まるでロックコンサートの会場にいるようで、自分が馬鹿みたいに思える。気づいてくれなきゃ困る。このためにはるばる遠くから旅してきたのだ。いつもどおり家にいて日課をこなせと、頭の中で命じる声に逆らってここまでやってきた。なんの手がかりも得られないままに、すごすご帰るわけにはいかない。

ぼやぼやしていると、犬を連れた女がもどってくる。やるなら急がないと。とはいえ、どうしたものかと思っていると、柵のてっぺんに沿って金属製の隆起が延びているのに気がついた。自分の中にあるとは思わなかった力を出して、そこに、えいっと乗り上がる。そのまま、しばらくしゃがんだ格好で柵につかまっていたが、まもなく、「頑張れ、サー・エドマンド・ヒラリー。向こうへ飛び下りろ」と自分を鼓舞《こぶ》した。体勢をととのえてから、片脚を振りあげる。そして飛んだ。柵のてっぺんについた鉄製のとがった紋章にズボンの裾の折り返しがひっかかった。ビリリッという大きな音とともに、アーサーは芝生に着地した。目を落とすと、ズボンの左脚が腿まで破れて、まるで奇妙なサロンを腰に巻いているように見える。構わない。乗り越えたんだから。左脚をむきだしにしたまま、アーサーは立ちあがり、邸に向かってずかずかと歩いていった。

芝草が湿っていて、きゅっきゅっと音を立てる。バターのような日ざしが芝生を輝かせている。素晴らしい天気だった。アーサーはほっとしてため息をついた。小鳥がさえずり、束の間アーサーの肩先にアカタテハチョウがふわりととまった。「やあ、こんにちは。わたしは妻のことを知るためにここにやってきたんだよ」そういって、飛んでいったチョウの行方を追うように顔を上げたため、芝生の上にレンガがあるのに気づかなかった。

つまずいた拍子に、足首をひねった。よろめいて横様に地面に倒れ、ごろんと転がって仰向けになった。両手両足を宙でばたつかせるものの、ひっくりかえったカブトムシのように、どうしても起き上がれない。勢いをつけて起き上がろうとしても、やはりだめで、口からうなり声がもれた。地面に叩きつけられたせいで肺が苦しく、足首がずきずき痛む。目も眩《くら》む高さの柵を乗り越えられたというのに、レンガひとつに打ち負かされてしまうとは。

腕も脚も地面に下ろし、空を見上げる。ウェッジウッド陶磁器のような青空を、翼竜のような形をした雲がふわふわ飛んでいく。航空機が一機、飛行機雲を残して飛び去った。二匹のモンシロチョウが空高く、ぐんぐん舞い上がり、しまいに見えなくなった。耳の横に、レンガ。かじられたみたいにへりが欠けている。

腹筋をつかって上体を起こそうとしてみるが、やはりだめだった。馬鹿めと、自分にいってため息をつく。しばらくこの状態で横になっていないと、再び動き出すのは無理そうだった。ナショナルトラストの銅像に、地面に長々と横たわったものはあっただろうか。いや、ないだろう。脚を持ち上げて、ひねった足首を回してみる。くるりと回って、コキッと音がした。思ったほど、ひどいことにはなっていない。邸はもう目の前。着いたも同然だった。あと数分もすれば、ごろんと横向きになって起き上がれる。必要なら這いずってでも行ってやる。

自分がひとりでないことに気づくまでに数秒かかった。

最初指先に振動を感じた。草がざわざわする感じ。人の足音でもなく、虫の羽音でもない。なにかこう、ずしりと腹に響くような感覚。何かが右足をかすった。犬？　リス？　そっちを見ようとして頭を持ち上げた瞬間、首筋に鋭い痛みが走った。くそっ。なんて痛みだ。

と、何か大きなものに視界をふさがれて空が見えなくなった。毛皮のついた何か。オレンジと黒と白。

「ば、ば、馬鹿な」

トラが、自分に覆いかぶさるようにして立っている。生臭い息に頬が焼けるのではないかと思うぐらいに、顔がすぐ近くにあった。紛れもない尿の臭い。何か重たいものが、アーサーの肩を地面に押しつけている。前足。巨大な前足だ。アーサーは目をぎゅっとつぶってしまいたかったが、強大な獣の催眠術にかかったように、ひたすら目をみはっている。

トラの唇は黒く、かぎ針ほどの太さのほお髭が生えていた。唇がゆがんだかと思うと、ねっとりしたよだれが糸を引き、アーサーの耳に流れこんだ。手を伸ばして拭き取りたかったが、動く勇気が出ない。一巻の終わり。死んだも同然だった。首を少しだけ回すと、耳に入ったよだれが草の上に流れでた。

自分が死ぬと考えた場合（ミリアムが死んでからよく考えるようになった）、眠っているあいだに死んで、そのまま目を覚まさないというのが理想だった。ただし遺体はすぐ誰かに見つけて欲しい。何日も放置されて悪臭を放つなんて冗談じゃない。それと死に顔はできるだけ安らかでありたい。痛みや何かに顔をしかめて死にたくはなかった。たぶん見つけるのはルーシーだろうから、そんなものを見せられるのはいやだろう。一番いいのは、自分の死について予兆を得ることだ。たとえばいまから十五年後の三月八日に、眠りについたまま永遠に目覚めないとわかっていたら、あらかじめ前日にテリーに知らせておく。「明日の午前中、わたしの姿を見かけなかったら、勝手に家に入ってきていい。自分はベッドで死んでいるが、心配はいらない。本人もそうなると知っていたのだから」と。

だが、これぐらいの歳の男だと、癌で死ぬというのが最も一般的だというのもわかっている。昼間のテレビで特集番組をやっていた。睾丸《こうがん》を手で包んで、しこりがないか確かめる方法を実演していた。そういう時間帯に、毛むくじゃらの睾丸ひと組が自分の家のテレビに映るのは心穏やかではなかった。それでもそのあとアーサーはパンツに手を入れてさぐり、自分は前立腺癌では死なないと判断した。

トラに食われて死ぬなどとは、まったく想像しなかった。新聞の見出しが目に見えるようだ――。

年金生活者、トラに襲われて死亡。大腿骨がグレイストック卿の邸で発見される。

こういう死に方は望んでいなかった。

トラの前足が動き、今度はアーサーの腕まで下りてきた。鉤爪が皮膚をひっかく恐ろしい感触にぞっとしながら、じっと横たわっていることしかできない。鋭い痛みに目を向けると、前腕に血が出て四本の赤い縞ができていた。血は皮膚表面に盛り上がって点々と玉になっている。まるで魂が身体から抜けだして、この光景を上から見ているような気がした。

以前に本の中でこれに似た絵を見たことがある。ライオンが男の身体の上にかがみこんでいた。あれはアンリ・ルソーの絵だったか？　あの絵の中で地面に横たわっている男と同じ状況に自分はいる。絵の中の男は脅えているようだったか？　血は流していたか？　地面の上に伸びながら、身体は恐怖に麻痺して、時間の感覚もすっかりなくなっている。どのぐらいのあいだこうして横になっているのか？　数秒か、数分か、はたまた数時間か。トラは自分をじっと見張っており、目を大きくひらいて待っている。黄色い目はまばたきひとつせず、感情も表に出さない。それでいて全身でアーサーを脅している。動いてみろ。オレを怒らせたらどうなるか、やってみろと。

アーサーは再びトラにちらっと目を向けた。ズボンが破れて露わになった自分の脚を、物欲しそうに見つめているように見える。バーナデットの声が頭の中で聞こえた。「まったく、どうしようもない人ね。なんだって柵を乗り越えたりなんかしたの？」

「エルシー。やめろ」男の怒った声がいきなり響きわたった。「どくんだ。まったく悪いお嬢ちゃんだ」

トラが——メスのトラだといまわかった——声の響いてきた方角へ顔を向けた。それからまたアーサーをにらみつける。互いに見つめ合い、同じひとときを共有する。トラは決めかねているようだった。その気になれば、いますぐにでもアーサーの頭をもぎ取れる。この白髪の男は美味いに違いない。多少筋っぽいかもしれないが、それぐらいは我慢できる。

「エルシー」ドサッと音がして、分厚いステーキ肉がアーサーの耳から数インチ離れた草の上に落ちた。そっちのほうが美味そうに見えたのだろう。なぜならトラは、今回は許してあげるわというように偉そうな目をちらっとアーサーに向けてから、気どった様子で彼から離れたからだ。

アーサーは罵り言葉は好きではなかった、しかし……くそっ。ヒューッと大きな音を響かせて息を吐いた。

たくましい腕が背中に差し入れられ、アーサーを起き上がらせようとする。アーサーもできる限りの力を出して起き上がった。片腕に力が入らず、脇にだらんと垂れる。

グレイストック卿が隣にしゃがんでいた。青いシャツに、それとおそろいのチョッキを着ている。チョッキに飾られた小さなミラービーズが日ざしを反射してきらりと光った。そのビーズにも穿いているズボンと同じ色が映っている。「いったい、ここで何をしている？」

「わたしはただ……」

「警察を呼ぶべきだな。私有地に不法侵入したんだから。危うく死ぬところだったんだぞ」

「わかってます」アーサーはかすれ声でいった。自分の腕を見下ろす。まるで塗料弾を撃たれたように、真っ赤な血が飛び散っていた。

「そんなものはかすり傷」グレイストック卿が居丈高にいう。自分のズボンの裾をめくりあげて、蠟《ろう》を溶かしたような傷跡が足首から膝まで広がっているのを見せる。「こういうのが本物の怪我《けが》だ。あんたは運がよかった。トラはわざわざ見に来て撫でて可愛がるペットじゃない」

「トラを見に来たわけじゃないんです」

「違うのか？　じゃあ、なんだってエルシーとレスリングをして遊んでた？」

アーサーは口をあけて、また閉じた。これのどこが遊びだというのか？「わたしはあなたに会いに来たんです」

「わたしに？　なんと！　だったらどうして、普通に呼び鈴を鳴らさない？」

「はるばる遠くからやってきたんです。お話をせずに帰るわけにはいかなかった」

「近所の若者が肝試しでもやってるのかと、最初見たときはそう思った。哀れなティーンエイジャーが柵にTシャツをひっかけてぶらさがり、すっかり脅えて助けを求める場面にも何度か遭遇した。エルシーに遊ばれただけで済んだのは、まったく運がよかった」そういうとグレイストック卿はしゃがんだまま上体を起こした。「アクロバットをするには歳を取りすぎてると、そうは思わんかね？」

「はい、おっしゃるとおりです」

「動物の権利を擁護《ようご》する団体の人間でもないな?」

アーサーは首を横に振った。「元錠前師です」

グレイストック卿が小さくうなった。アーサーに手を貸して立ち上がらせる。「中に入って、腕に包帯を巻こう」

「どうやら足首のほうも捻挫《ねんざ》しているようです」

「わたしを訴えようなんて、馬鹿な気は起こさないほうがいい。うちの一頭に遊ばれて肩をひっかかれたジャーナリストが、一度訴えを起こしてね。いっておくが、わたし自身の金はびた一文ないんだ」

「告訴するつもりなどありません」とアーサー。「自業自得ですから。馬鹿な真似をしました」


邸の中は何やら湿った感じで、家具磨きと朽ちた物の臭いが漂っていた。玄関ホールはどこもかしこも白大理石がつかわれていて、グレイストック卿の先祖たちの肖像画が壁にずらりと並んでいる。床は巨大なチェス盤のように、白と黒のタイルを市松《いちまつ》模様に敷き詰めてあり、廊下の中ほどから、オーク材の階段が弧を描いて階上へ延びている。まさに荒れ果てた邸だった。こんなものを十ポンドも払って見学する人間の気が知れないが、入ってすぐの、ドアの向かいに置いてある机には入館料としてそれだけの金額が明示されている。かつては豪壮な建物だったのだろう。しかしいまは天使が舞い降りる場面を描いた天井画は絵の具がはがれ、赤いカーテンもずたずたに破れている。

先を行くグレイストック卿から数歩の距離を置いてアーサーは足をひきずりながら歩いていく。全身が痛みを訴え、もはやどこが一番痛いのかわからなくなっている。

「この家は長いあいだ、うちの一族が所有してきた。しかしいまつかっているのはほんの一部だけなんだ」グレイストック卿がいう。「ここに住めるような金銭的余裕はないんだが、出て行くのも気が進まない。さあ、こちらへ」

アーサーはグレイストック卿のあとについて、革張りの肘掛け椅子がたくさん置いてある暗い部屋に入っていった。本物の暖炉の火がごうごうと燃えている。石造りのマントルピースの上には、ラファエル前派のような絵がかかっていて、優美な白いドレスを着た女性が一頭のトラの背に腕をゆったり回して草地にすわっており、トラは女性のあごの下に鼻をすり寄せている。近づいていって女性の顔をまじまじと見てみるものの、ミリアムではなかった。あり得ない。

暖炉の隣に置いてある、緑の革を張ったすわり心地のよさそうな椅子に、アーサーは腰を下ろした。グレイストック卿がタンブラーにブランデーを注いで勧めてくれる。

「いや、わたしは……」アーサーは断った。

「死の瀬戸際に立ったんだ。酒が必要だよ」

アーサーは受け取って、一口飲んだ。

グレイストック卿は暖炉の前の床にあぐらをかいてすわった。ブランデーの瓶から直接、ぐいっとひと飲みする。「で、なんだってきみは、うちの庭をうろついて、わたしの娘たちにちょっかいを出したのかな」

「娘たち？」

「うちのトラだよ。きみはエルシーをずいぶんと興奮させた」

「そんなつもりはなかったんです。わたしは妻のことを訊きたくて、やってきたんです」

「きみの妻？」グレイストック卿が眉を寄せた。「逃げられたのか？」

「いいえ」

「わたしのハーレムにいたのかな？」

「本当にハーレムなんてつくっていたんですか？」グレイストック卿のライフスタイルについて、バーナデットから聞いた話を思い出した。夜ごと繰り広げられる乱飲乱舞の大酒宴。

「ああ、もちろんだ。その頃は金があった。男ぶりもよかった。そういう状況にあって同じことをしない男がどこにいる？」そういうと、暖炉の床から小さな真鍮のベルを取りあげ、チリリンと鳴らした。「悲しいかな、いまじゃ文字通りの老いぼれだ。女はひとりで手一杯」

しばらくすると女性がひとり、部屋に入ってきた。優美な青いローブを身にまとい、銀のチェーンベルトを締めている。腰まで伸びた漆黒《しっこく》の髪。年を取っているものの、あの絵に描かれた女性だとわかった。グレイストック卿に近づいてくると、身をかがめて頬にキスをした。それからふたりして、トラさながらに「ウーッ」とうなりあった。

アーサーは黙ってすわっている。ベルを鳴らして呼んだら、ミリアムはどう反応するだろう。あるいは、正面から「ウーッ」とうなってみたら？　おそらく鍋つかみが頭に飛んでくるだろう。

「ケイトだ。不幸にも三十年以上にわたってわたしの妻を務め、それ以上に長くいっしょに暮らしている。わたしが酒やドラッグで財産をつかい果たしたあとも、ここにとどまってくれた。わたしを救ってくれたんだ」

ケイトは首を横に振った。「馬鹿なことをいわないで。救ったのじゃなく、愛したのよ」

「それじゃあ、愛に救われた」

ケイトはアーサーに向きなおった。「ベルで妻を呼んだからって、驚かないでね。この家の中で連絡を取り合うには、至って便利なの。わたしのほうでも持ってるのよ」

「彼は……」グレイストック卿が手で示す。

「アーサーです」

「そう。アーサーは自分の妻について、もっとよく知りたくてやってきた。うちの柵を乗り越えて、エルシーに遊ばれてるところを、わたしが救った」その先のことを思い出そうとするように、グレイストック卿は眉を寄せた。「正確には、何を知りたいんだね？」

「うちの妻が手紙にこちらの住所を書き残していたんです。一九六三年に出した手紙です」

「ふーむ、一九六三年」グレイストック卿はそこで笑い声をとどろかせた。「昨日夕食に何を食べたか、それさえほとんど思い出せないんだ。ましてやそんな昔のことなど」

アーサーは椅子の上で背筋を伸ばした。「名前はミリアム・ペッパー」

「知らないねえ」

「ミリアム・ケンプスターでは？」

「知らん」

「こういうものがあるんです」アーサーはポケットからチャームのついたブレスレットをひっぱりだした。

「ああ」グレイストック卿がいって身をのりだし、ブレスレットを手に取った。「なるほど、これについては、力になれるかもしれん」

グレイストック卿は手の中でブレスレットの重さをはかると、黒と金の漆《うるし》が塗られた戸棚へ歩いていって、ドアをあけた。中からガラスのボウルを取り出して、それをアーサーに渡す。ボウルの中には金色のチャームが山盛りに入っていて、全部で五十個ほどあるだろう。すべてトラをかたどったもの。どれもまったく同じだ。

「きみのチャームの出所は、おそらくそこだろう。六〇年代に千個ほどつくらせた。いわばわたしの……感謝のしるしだ」

「感謝のしるし？」

グレイストック卿はチッチッと顔の前で指を一本動かした。「きみが何を考えているか、わかってるよ。わたしに性の奉仕をしてくれた相手への、御礼の品」そこでワハハと笑った。「まあ、そういう場合もある。だが、愛人ばかりじゃなく、友人や仕事仲間にもやった。いわば名刺みたいなもんだ」

「トラが大好きなの」とケイト。「ふたりともね。わたしたちが授かることのなかった子どもみたいなものよ」

グレイストック卿はケイトの肩をぎゅっとつかみ、額にキスをした。

アーサーはボウルに入ったトラたちをやるせない気持ちで眺めた。指を入れてぐるぐると掻き回してみる。あのゾウのチャームがそうだったように、トラのチャームからもミリアムの知られざる過去が明るみに出ると思っていた。しかしシマシマの獣は、千もある姉妹のひとつに過ぎなかった。果たしてミリアムは、グレイストック卿の口にしたカテゴリーの、どの領域に入るのだろう。友人か、仕事仲間か、愛人か。アーサーはブランデーの残りを一気にあおった。ケイトがボウルを受け取って、戸棚にもどしに行く。

「残念だ」グレイストック卿が肩をすくめる。「長いあいだに、数知れぬ人間がここを訪れたが、わたしの記憶力は金魚ほどしかなくてね。なんの力にもなれない」

アーサーはうなずいた。立ちあがろうとしたところ、足首に鋭い痛みが走り、また椅子に腰を落とした。

「無理して動かないほうがいいわ」ケイトが心から心配そうにいう。

「確かに」

「今夜はどこに泊まるのかしら?」

「計画は立ててないんです」アーサーは疲れを覚え、いままでは身体にふるえも出ていた。「昨夜はB&Bに泊まったんです。まさかここに着くまでにこれほど時間がかかるとは思わなかったし、トラに迎えられるというのも予想外で」バーナデットに電話をかけて、車で迎えにきてもらうことはしたくなかった。いまはネイサン以外のことでバーナデットを煩《わずら》わせたくない。

「今夜はここに泊まったらいいわ」ケイトがいう。「応急手当は任せてもらって大丈夫。家に帰ったら破傷風《はしょうふう》の注射を打ってもらう必要があるかもしれないけど」

「それなら昨年打ちました」郵便局で威勢のいいテリア犬に手を噛まれた記憶が蘇る。筒にして立ててあるラッピングペーパーに手を伸ばしたところ、がぶりとやられたのだ。自分は動物から攻撃を受けるために、この世に生まれたのかもしれない。

「そうであっても、医者には診せたほうがいいわ。で、あなたの荷物は？」

アーサーは田舎道の脇に延びる生け垣にスーツケースを押しこんだのを思い出した。恥ずかしくてそんなことはいえない。「とりたてて荷物はないです。泊まりになるとは思わなかったんで」

「ぜんぜん問題ないわ」ケイトが一度部屋を出ていき、包帯と軟膏《なんこう》を小さなバスケットに入れて持ってきた。アーサーの隣に膝をつくと、消毒液を染みこませた丸い脱脂綿《だっしめん》を腕にそっと押し当てていく。それから包帯を巻いて、小さな安全ピンで端を固定する。そしてアーサーの靴と靴下を脱がせて、ねっとりした白いクリームを足首にすりこんでいく。「今日のところはズボンはこのままで、明日の朝、清潔なものを探すわね」そういうと、背を起こしてしゃがみ姿勢になった。「さてと、新鮮な豆とハムのスープをつくろうと思うんだけど、あなたもいっしょにいかが？」

アーサーの腹の虫が鳴った。「ええ、いただきます」

グレイストック夫妻とアーサーは、巨大なボウルを膝の上に置いて、暖炉の前で食事をした。グレイストック卿とケイトが暖炉の前に積み上げたクッションの上にすわったのに対して、アーサーは隠れるように、緑の革張りの大きな肘掛け椅子の隅っこに身体を押しこめている。大きなハムのかたまりが入ったスープも、いっしょに出てきたくさび形に切ったパンとチーズも美味かったけれど、アーサーとしては、家にいてクイズ番組でも見ながら、ソーセージや卵、フライドポテトを食べていたかった。

ミリアムが亡くなってから初めて、他人と語りあいながら過ごす夜。グレイストック卿の語る自由奔放なパーティや派手な友人たちの話や、「この人はなんでも大げさなんだから」というケイトの優しい言い訳に耳をかたむけている。ここにミリアムがいっしょにいてくれたらどんなにいいか。彼女なら、こういった場で語るエピソードに事欠かないし、グレイストック卿の話にどう相槌《あいづち》を打てばいいのかも心得ているはずだった。人づきあいが苦手なアーサーには適当な言葉がなかなか見つからない。

もう十分ですからと断っても、ずらりと並ぶ様々な形の瓶から、グレイストック卿はアーサーのタンブラーに次々とお代わりを注いでいく。手でグラスに蓋をしても、あっさりはねのけられてしまう。失礼にならないよう注がれるままに飲んでいくと、グラスを重ねるたびに、捻挫した足首やひっかかれた腕の痛みも麻痺していくのがわかった。

「こいつは上等のジンで、うちで採れた杜松《ねず》の実をつかってるんだ」グレイストック卿がいう。「こっちはマーロン・ブランドからもらった年代物のコニャック……それと、あのブランデー。あいつを飲むと、きみの足首はずいぶん楽になる」

そのうち胸が焼けてきて、喉を通る息もぜいぜいしてきたが、それと同時に、トラのチャームからは結局何もわからなかったという失望の苦さも消えていく。次にどこへ行くというあてもない。あとは家に帰って、ブレスレットのことを忘れてしまうしかなかった。ここまでで探索の旅も終わりだと思うと、気持ちがひどく沈んだ。アーサーはもう一杯、グラスに金色の酒を注いでもらう。

「もうそのぐらいにしておいたら」ケイトが夫に向かって笑い声を上げる。酒と暖炉の火で、頬が赤くなっている。「かわいそうに、アーサーがつぶれてしまうわよ」

「なんだか眠くなってきました」とアーサー。

「水を一杯持ってくるわね」ケイトが立ち上がった。「来てくれてよかったわ、アーサー。最近ではあまり人も寄りつかなくなってね。ふたりだけで過ごすことが多いの」

グレイストック卿がうなずいた。「来る日も来る日も、変わり映えのしない醜い顔を見るのに、妻は飽き飽きしているに違いない」

「まさか」ケイトが笑う。「どうして、このわたしが?」

しばらくしてケイトが水を入れたグラスを持ってきてアーサーに渡した。アーサーはそれを一息に飲み干し、グレイストック夫妻がつないでいる手をじっと見る。歩きながらミリアムと手をつなぐこともあったが、家の中ではめったにしなかった。ふいに妻のことをふたりに話したくなった。まず小さく咳払いして、用意をととのえる。「わたしとミリアムもシンプルな暮らしが好きでした。別行動をすることはめったにない。いっしょに立派な邸を訪ねるのが好きでしてね。ここに来たらきっと喜んだと思います」

「奥さんのことを、わたしが何も覚えていないのが残念だよ」グレイストック卿は少々ろれつが怪しくなっている。

「ええ」室内がぐるぐる回りはじめ、アーサーは目をつぶった。それからまた目をあける。

「気に病まずに、もう一本何かあけようじゃないか。ウィスキーでどうかな?」グレイストック卿は立ち上がるなり、クッションのひとつにつまずいた。

ケイトが立ち上がって、夫の身体を引き寄せる。「今日のところはもうたくさんよ」きっぱりという。「お客様はきっとベッドに入りたがってるわ」

「そうですね」とアーサー。「素晴らしい夜でしたが、わたしはすぐにでも眠りに落ちてしまいそうです」

二階に上がるとき、ケイトが肩を貸してくれたのはありがたかった。アルコールは足首にまで回っていた。それで寝室にたどりつくまでのあいだ、捻挫の痛みはほとんど感じなかった。腕のひっかき傷は痛かったが、我慢できないほどのものでもない。腕に巻かれた包帯は清潔で真っ白。素晴らしい。なぜかアーサーは、歌いたいような気分になっている。

通された部屋の壁はオレンジと黒の縞模様に塗られていた。そりゃそうだろうと思いながら、アーサーはベッドにバタンと倒れた。トラの毛皮は縞々模様――それ以外に何がある？

ケイトがマグカップに温めた牛乳を入れて運んできてくれた。「古い写真を片っ端から見てみようと思って。もしかしたら奥さんについて、何かわかるかもしれない。ずいぶん昔のことではあってもね」

「そんなお手数をかけるわけには……」

「手数なんかじゃ、ぜんぜんないわ。昔、カメラにはまっていた時期があってね。グレイストック卿の奥様専業になる前のこと。古い写真はしばらく見てないの。あなたの奥様に関する情報を探すっていうのが、いいきっかけよ。このあたりでひとつ、思い出をたどる旅をするのも素敵でしょ」

「すみません。助かります」アーサーは財布をひっぱりだした。ミリアムが写った白黒写真を渡す。ハネムーンのときに撮ったものだった。へりがずいぶんくたびれて、ミリアムの髪に斜めに折り皺がついている。いつまで見ていても決して飽きない顔というのも珍しい。鼻梁《びりょう》が高く直線的なローマ鼻に、思わず話しかけたくなる人なつっこそうな目。胡桃色の髪を小さなハチの巣型《ビーハイヴ》にまとめていて、身体に貼りつく細身の白いドレスを着ている。

「何が出てくるでしょうね。グレイストックときたら、なんでも溜めこむの。何ひとつ捨てようとしない人だから、運よく何か見つかるかも」

アーサーは横になりながら、しばらく寝ないで考えている。グレイストック卿とケイトはトラと親密な関係を築いてきた。ひょっとして自分が、ダンやルーシーと築いてきた関係よりも親密なのではないか。アーサーにとって、ネコ科の動物はいつでも卑劣な印象があった。しかしそれはロックガーデンに糞をするような猫だけにいえることかもしれない。ベッドの上でシーツに心地よくくるまりながら、ひょっとしてミリアムもこの部屋で寝たのだろうかと考える。いったいどうしてこの邸にやってきたのか？　ここで何をしたのか？

眠りに落ちていきながら、庭を裸足で駆けまわる妻を想像した。そんな彼女を守るように、トラたちがまわりを囲んでいる。

写真

翌朝、ドアをノックする音が寝室に響いた。アーサーは目覚めていたが、頭がぼうっとして、ここ二十四時間の出来事は奇妙な夢だったのかと首をひねる。あちこちに飾られたトラの絵に、オレンジ色のシーツ。足首のズキズキする痛みも、腕のひっかき傷も、何を見ても混乱が募るばかりだった。毛布を首元までひっぱりあげてから、「どうぞ」と声を張り上げた。

ケイトが入ってきて、カップに入れたお茶を差し出す。「患者さんの具合はいかがかしら？」

アーサーは腕を押してみた。顔をしかめるほどの痛みはなく、鈍痛があるだけだ。足首を回してみると、痛いというより、こわばっている感じ。ケイトの処置が功を奏したようだった。「悪くないです」とアーサー。

ベッド脇のテーブルに置かれた真鍮のトラ。その背についた、黒い漆塗りの時計に目をやると、すでに十時を過ぎていた。めんくらうとともに、心の中が泡立った。またも日課を放り出してしまった。あれもこれも、もう間に合わない。朝起きたときには、今日一日の計画が一時間刻みでできているのがアーサーは好きだった。朝食にはもう遅い。フレデリーカに水もやっていない。

そこでさらに、携帯電話をスーツケースに入れっぱなしにしていたのを思い出した。もし誰かから電話がかかってきていたら、どこかの田舎の茂みで、『グリーンスリーブス』が演奏されたことだろう。手をあごに伸ばしたとたん、硬い無精髭が指に触れて顔をしかめる。アルコールのせいで口の中も粘ついている。

「シャツについていた草のしみは洗ったらほとんど落ちたわ。ズボンはあなたに合いそうなものを持ってきたわ。あれは直しようがなかったから。これはもうグレイストックは入らないの。用意ができたら下りてきて。朝食を食べましょう。隣にバスルームがあるから、自由につかって」

アーサーはシャワーで済ませたかったが、実際三十分ほど湯につかってみると、足首のこわばりがずいぶん取れていった。包帯の下の腕を覗いてみると、縞になった傷の上に、すでにかさぶたができていた。

着がえを済ませて全身が映る姿見の前に立つ。腰から上は老人として恥ずかしくない格好だが、その下は……うわっ！　グレイストック卿の鮮やかな青のハーレムパンツは、柔らかく、ゆったりして穿き心地は抜群だが、鏡に映る姿は、まるで北欧からやってきた観光客だ。

キッチンではケイトがテーブルに焼きたての田舎パンにバターを添えたものと、水差しに入れたオレンジジュースを並べていた。ここでも、広い部屋の壁のあちこちに、飼っているトラの写真や絵が飾られている。暖炉の火が赤々と燃えているものの、部屋が馬鹿でかいために、温かみはほとんど感じられない。外に目をやっても、太陽はこれから朝の空気を温めるという感じだった。ケイトはタータンのブランケットを肩にかけていて、その下は白いコットンのネグリジェだ。「最近じゃ、肉はほんの少ししか買わないの。トラに食べさせるものは別として。グレイストックはわたしたちが食べるより、娘たちに食べさせるのが好きなの」ケイトはアーサーとベンチに並んですわり、声を立てて笑う。

「どうして、その――娘さん、たちと、暮らすようになったんですか？」

「うちの父が興行師だったの。サーカス団を率いて、イタリア、フランス、アメリカと、世界中をめぐる旅に連れていかれた。わたしはよく小さなピエロに扮して、バケツを手に円形舞台に駆け上がっていった。大きなピエロにバケツの水をぶっかけるんだけど、バケツの中に入っているのは本当はキラキラした飾り。それでもいつも客席は大笑い。うちの父は飲んべえでね。酔っ払うと人が変わった。よく殴られたものよ。ある日父が新しくやってきたトラの子に芸を教えていた。でもまだ幼すぎて、父のいう通りにできなかった。それで父は鞭《むち》をつかって、かわいそうなトラの子を打とうとしたの。わたしは走っていって、トラの子を抱きあげた。放さないとおまえも鞭で打つぞと父に脅され、いうことが聞けないならここから出ていって、もう二度と顔を見せるなといわれた。

それでね、アーサー。わたしはその子をしっかり抱きしめ、父のもとを飛びだしたの。グレイストック卿のことは友人たちを通じて知っていた。それで彼の家の玄関前に立ったの。まだ十八歳だった。グレイストック卿もトラたちも、世話をしてくれる人、守ってくれる人を必要としていた。わたしが助けた小さな子トラが、わたしたちの最初の子どもになった。そのあとも子どもたちは続々と増えたんだけど」

「それじゃあ、おふたりのあいだに子どもは?」

ケイトは首を横に振った。「とりたてて欲しいとは思わなかったわね。わたしには子どものいる友人がたくさんいて、彼らの赤ん坊を抱いてかわいがったり、身体を揺すって眠らせたりするのが好きだった。でもグレイストックとわたしのあいだには生まれなかった。後悔はまったくしていないわ。トラがわたしたちの家族。いまでは大人のトラは三頭いるだけなんだけど。エルシーとはもう会ったわね。それから、タイマス、テレサ。それに……ちょっとこっちへいらして、アーサー」

アーサーはケイトのあとについて、キッチンの一角に据えてある、黒い鉄製の巨大なレンジの脇へ向かった。そこに、大きな平たい枝編み細工のバスケットが置いてあって、中に丸めた毛布がぎゅうぎゅうに詰めてあった。そのまんなかでトラの子が眠っている。

その美しさにアーサーは息を呑む。本物のトラというよりは、子どもがそこに置き忘れたやわらかなぬいぐるみみたいだった。しかし白い胸は上下し、紐でひっぱられるように、口の端がくいっくいっと持ち上がっている。

「美しいでしょう?」

アーサーはうなずいた。

「この子はちょっと調子を崩してしまって、エルシーもいまは少し不機嫌だから、昨日の夜、ここに連れてきて寝かせたの。あなたのために写真をいろいろ調べているあいだ、ずっと注意してこの子を見まもっていた」

これまでネコ科の動物を好ましく思ったことはなかった。アーサーにとって、やつらはわがままで、あたりかまわず糞をする厄介もの。待ち伏せして獲物に飛びかかり、ロックガーデンを掘り起こすことに無上の喜びを感じている。しかしこの小さなトラは信じがたいほど美しい。「さわってもいいですか?」

ケイトがうなずく。「そっとね。起こしたくないから」

アーサーはおずおずと手を伸ばして、小さなトラの胸にさわった。「なんと。ものすごく柔らかい」

「まだ生まれて三か月のオスよ。名前はイライジャ」

アーサーはトラの子の脇にしゃがんだ。なぜミリアムがこの場に引き寄せられたのか、わかるような気がした。

ケイトがアーサーの肩に親しげに手を置いた。「奥様について、何かわかるかもしれない。いっしょに見てみましょうか?」そういって、テーブルの上に置いた、いくつかの靴箱を指さした。「今朝早くに起きて、古い書類や他の写真や手紙なんかをざっと見てみたの。こんなにたくさんあるなんて、すっかり忘れていたわ。うちの夫はまったくだらしないんだけど、幸いなことに、わたしは記録魔で、自分が撮った写真の裏には必ず日付を書いておくの」

「それは助かります」アーサーは写真の山に目を向けながら、どこから手をつけようかと考える。「グレイストック卿はもうお目覚めですか?」

ケイトは首を横に振った。「あの人は朝寝坊なの。たいていはランチの時間を過ぎた頃に起きてくるわ。とりわけ昨夜のように深酒をしたあとではね。最近じゃ、珍しいことよ」

「昨日は楽しかった」

「わたしも。朝食の後、写真も見終わったら、あなたの行きたいところへどこでも、わたしが送っていきます」そういって、ひとつかみの写真をアーサーに押し出した。「これは全部一九六三年のもの。念のため一九六二年と一九六四年のものも入れておいたわ。ざっと見て、何か見つかるといいんだけど」

アーサーは写真を手に取った。ずいぶんたくさんあって、どれにも若い女性が写っている。優美なドレスを着ている女性もいれば、つやつやした髪をビーハイヴにまとめて、墨で太いアイラインを入れている女性もいる。口をあけて笑い、パーティを楽しみ、ポーズを取っている。この中に妻がいて欲しくないという気持ちも半ばあった。グレイストック卿のハーレムを構成する女性のひとりとして彼に奉仕し、結果、トラのチャームを手に入れたなどという過去は受け入れられない。「なぜここにこれだけ大勢の人が集まったんだろう?」頭で考えたことがそのまま口に出た。

「わたしは当時、正統派の美人ではないけれど、もてはやされたケイト・モスみたいな存在だったの。グレイストック卿は圧倒されるような美男子だった。かなりの変わり者ではあったんだけど。この邸は当時、アーティストや芸人、夢を追う人や旅人に開放していたの。邸の豪華さに魅力を感じる人もいれば、世間から姿を隠したいだけの人もいた。トラをこよなく愛した人たちも。そういう人たちが集まる日々が何年も続いたんだけど、そのうちグレイストック卿がドラッグに溺れて。被害妄想が強くなって、誰彼かまわず攻撃するようになった。それにつれて、わたしたちの生活から他人がだんだんに消えていったの。最後まで彼のそばにいたのはわたしひとり。わたしは彼のことを愛し、トラも彼を愛した。どういうわけだか、わたしたちはしっくりなじんで、うまくいってるの」

その写真をアーサーはうっかり見落としてしまうところだった。黒いタートルネックのセーターにタイトなブラックのスラックスという格好をした美男子。髪をオールバックに撫でつけ、片手を腰にあてがって自信満々のポーズを取っている。アーサーはカメラを燃やしかねない火のように強いまなざしに気圧《けお》されて、その傍らに立つ、小柄な女性の姿に気づかなかったのだ。しかしあらためて見直すと、それは確かにミリアムだった。自分の妻が、クジャクのように気どって立つ男を、憧れも露わにうっとりと見つめている。

妻が他の男といっしょにいる光景を見て、アーサーの胸に吐き気がどっとこみ上げた。オレンジジュースをがぶりとひと呑みして、それを洗い流す。この自分が、これほど激しく嫉妬心を燃やすことができるとは思わなかった。ミリアムとこの男がベッドの中で抱き合っている場面を想像すると、両手を拳に固めて、なんでもいいから思いっきり強く殴りたい気分になる。アーサーは写真をケイトに見せた。「これ、誰だかわかりますか？」

ケイトが「ウハッ」と、エレガントな外見に似合わない笑い声をもらした。「彼はフランソワ・ド・ショーファァ。別名、世界一傲慢な男。六〇年代に、グレイストックは友だちづきあいをしていたの。毎回違う女を連れてしょっちゅうここに現れた。ある晩、ふたりいっしょに、客間でブランデーを浴びるほど飲んで、代々語り継がれてきた一族の話をグレイストック卿がフランソワに語ったの。それから一年後、フランソワは新しい本を出版した――それがグレイストックの語った話そのまんまだった。『我々が語る物語』というタイトルだったけど、本当なら『わたしが語る嘘』とするべきだったわね。フランソワはグレイストック家の話を自分の家の話として書いたの。まったく恥を知れといってやりたかった。そのあとふたりはもう口をきくことはなくなった。だからといって、こっちは痛くも痒《かゆ》くもないって、わたしは思ってる」

「彼は小説家？」アーサーはポケットからブレスレットをひっぱりだした。

「ふん。自分ではそういってるわ。彼はアイディア泥棒。グレイストックの心を粉々にした気どったフランス男よ」

アーサーは昨日のもやもやした気持ちを思い出した。ミリアムはどうして、トラのチャームをもらうことになったのか。きっとグレイストック卿が手当たり次第に配っていたもののひとつで、深い意味はないのだと自分を納得させようとした。しかし今度ばかりは、ミリアムの知られざる過去へ通じる手がかりが、ここにあると認めざるをえない。ミリアムはこのフランソワと恋愛関係にあったのかもしれない。

この当時の自分の写真を思い出す。髪はオールバックではなかったし、タイトなスラックスも穿いていない。黒い服は一度も身につけたことがなかった。黒という色は反抗心と不機嫌の象徴だ。ちょうどこの写真のフランソワ・ド・ショーファが危険と反体制を象徴しているように。見るからに刺激的で、嵐を思わせる男。いったいどうしてミリアムは、この男から自分へと心を移したのか？　フランソワとミリアムは恋人同士だった？　疑問に思いつつも、アーサーは答えを知りたくなかった。

出会ったとき、ミリアムは清純そのものだった。結婚までふたりに性交渉はなく、他に相手がいたとは想像もしなかった。しかしいまとなっては、考え直さないといけない。ふたりのデートを思い起こしてみても、経験豊かな女性という印象はまったく受けなかった。過去にフランス人作家と熱烈な恋愛をしたなどとはとても思えない。アーサーはまるで誰かに腸《はらわた》を固結びにされたような気分だった。

いったいこういう気分がどこから生まれるのか、アーサーは考える。これまでは嫉妬心など燃やす必要はなかった。妻は他の男といちゃついたりはしなかったし、妻に色目をつかう男がいても、アーサーは嫉妬はせず、むしろ自慢に思うほどだった。

アーサーの肩にケイトが手をのせた。

「彼女がミリアムです。間違いありません」アーサーはいった。

「すごく可愛らしい人ね。でも記憶にないわ」

ふたりはブレスレットに目を落とした。ケイトが本のチャームに触れる。「本。フランソワは作家だった。もしかして……」

アーサーも同じことを考えた。親指と人差し指でチャームをつまむ。

「本はあけてみた？」ケイトが訊く。

アーサーは眉をひそめた。「あける？」

「脇に小さな留め金がついてるでしょ」

アーサーは本のチャームを目に近づけてみるものの、一層ぼやけてしまう。老眼鏡を持ってくればよかった。小さな留め金など見えない。ケイトが腰をかがめて、キッチンの戸棚の中をひっかきまわし、大きな拡大鏡を見つけた。「これがあれば大丈夫」

ふたりはいっしょに拡大鏡を覗きこみ、ケイトが本の留め金をはずした。ひらいてみると、紙ではなく、ゴールドのページが現れた。「マ・シェリ」と文字が刻まれている。

「愛しの人っていう意味ね」ケイトがいう。

アーサーにも想像がついていた。別の男を愛しげに見つめる妻の写真に再び目をやる。

「その写真は持っていってちょうだい」ケイトがいう。「グレイストックは喜ばないわ。我慢ならない男の写真がわが家にあると知ったら」

アーサーはうなずいた。「封筒はありませんか？」写真をじかに身体に触れさせたくなかった。距離を置きたい。

「彼を探しあてるつもりかしら？」

アーサーはごくりと唾を呑んだ。このまま家に帰ることもできる。すわってテレビを観ながら、円形のクッションに足をのせて休ませ、腕にはサヴロンの消毒薬を塗る。それからまたバーナデットが毎日のようにパイや料理を持ってきて、つねに自分を見まもってくれる。道路を隔てた向かいの家ではテリーが芝を刈り、うちの玄関先を赤毛の子どもが駆けぬける。またいつもの生活がもどってくる。〈洞穴の会〉にも参加して、何か家回りで必要なものを制作する。たとえばマグカップを置く木製のコースターなんかを。

しかし何もかも元通りというわけにはいかない。この探索を始めたことで、心の中にある何かが目覚めてしまったからだ。もはやミリアムだけの問題ではない。自分自身もわからなくなってきた。

自分の中にあるとは思っていなかった感情の流出をアーサーはいま経験している。人や動物との新たな出会いに、心が浮き立っているのがわかる。もはや、肘掛け椅子に腰を下ろしたまま朽ちていくことはできない。妻の死を嘆き、子どもたちから電話がかかってくるのを待ちながら、植物に水をやり、テレビを観て一日をやり過ごすなどということは。

さらに、このフランソワという男に向ける感情が不安や嫉妬心であるならば、それこそ、自分がいままさに生きているという証拠に他ならない。自分でつくりだした、居心地のいい牢獄から外へ出るのだと、何かが揺さぶりをかけている。一度家に帰ってフレデリーカに水をやり、着がえを何着か用意する。それから旅を再開しよう。

「ええ」アーサーは答えた。「彼を探しに行きます」

車の中で、アーサーはおしゃべりをする気にはなれなかった。果たしてフランソワがまだ生きているのかどうか、それさえも定かではないし、知りたくもないとケイトはいう。道路沿いにある茂みの前で降ろして欲しいとアーサーがいっても、ケイトは顔色ひとつ変えなかった。「駅まで送っていくわ」という。

アーサーは首を横に振った。「大丈夫ですから」

本当をいえば、どうやって駅まで行くつもりなのか、自分でもまったくわからなかった。短い距離を、足をひきずりながら歩くのがやっとだろうし、いま頃になって、また腕が痛みを訴えてきた。それでもどうにかして家に帰り着くだろうと思っている。

道路脇に降りると、アーサーはケイトに礼をいった。握手をしながら、グレイストック邸を訴えることなどしませんと、ここでもう一度念を押した。それから、さてどうしたものかと思う。こういうときはキスをするべきか、それとも自分のいまの気持ちを明らかにするべきか。結局どちらもせずに、「じゃあ、さようなら」といってケイトに手を振った。

ふだんのような内股ではなく、ペンギンのように両足の爪先を外向きにして歩いていけば、捻挫した足首に負担がかからない。そうやって生け垣に沿って歩いていき、スーツケースを押しこんだすきまを見つける。昨日はまったくなかった風がいまはヒューヒューと吹いてきて、青いズボンの中に入りこんで股間をゾクゾクさせる。スーツケースをひっぱりだすと、角に大きな穴があいていた。ナイロンが破れてぼろぼろになっている。老人のスーツケースを略奪しようと考えるとは、いったいどこのどいつだ？　生け垣の向こうに広がる草地を覗いてみる。洗面道具を入れた袋が草の上に転がって露にまみれており、歯磨き粉が踏みつけられて泥の中に半ば埋もれている。遠くからヤギの群れがアーサーをまじまじと見つめていた。そのうちの一匹がカラシ色の布きれをむしゃむしゃやっている。アーサーのチョッキ。

ちょうどそのとき、『グリーンスリーブス』の演奏が賑やかに始まった。スーツケースの穴に手をつっこんで携帯電話をひっぱりだす。十二件の着信履歴があった。バーナデットの名前がずらりと並ぶ中、ルーシーからの着信が一件だけある。こういう状況でなかったら、バーナデットからかかってきたとわかれば出ないで済ませるが、今回はその名前を見て心臓が飛び跳ねる心地がし、すぐさま緑のボタンを押した。「もしもし、アーサー・ペッパーです。ご用件は？」

「アーサー。ああ、よかった。いまどこ？　何回かけても出ないから心配したのよ」

心配してくれる人がいたのだと思うと胸がじんとした。「心配ありません。携帯電話を入れたままスーツケースをなくしてしまって。いま取りもどしたところです」

結局二晩続けて、息子とふたりで同じB&Bに泊まったのだとバーナデットはいう。これから家に帰るから拾っていきましょうかと誘ってくれた。

ここしばらく、これほどまでにうれしい申し出はなかった。「ええ、お願いします。グレイストック邸に通じる田舎道に立っています。派手な青いズボンを穿いてますから、すぐわかりますよ」

ルーシーとダン

ルーシーが父親からのメッセージに気づいたのは、翌日の、学校の昼休みになってからだった。グレイストック邸を訪ねて、どうしたこうした、というとりとめのない内容だった。その前日ルーシーは、クララとアニー、ふたりの友人と外出していて、彼女たちがひっきりなしに語るわが子の話に耳をかたむけていた。それで父親からかかってきた電話を逃したのだった。メッセージは途切れ途切れにしか聞こえず、おまけに道路を走る車の音とロック音楽がうるさい。「車をとめてサンドウィッチでも食べましょう」と、女の声まで交じっている。ルーシーは片耳に指をつっこみ、眉を寄せて父親の言葉を聞き取ろうとする。ふいに、トラに襲われたという言葉が聞こえたような気がした。わけがわからないと首を横に振り、折り返し電話をかけてみるものの、気どった男の声で、「ただいま電話に出られません」といわれるばかりだった。

トラに襲われた？　地面に伸びた父親の死体に、巨大なネコ科の動物がかがみこんで、脚をぐちゃぐちゃに噛んでいる場面を想像する。聞き間違いでは？　パパは大丈夫なの？

バーナデットといっしょに出かけるという話を電話で聞いたときには、心配でたまらなかった。そんなふうに思いつきで旅に出る人ではなかった。それが今度は、トラがどうのこうのといっている。きっと近い将来、自分は教職を退いて、もっと父親に目を配る必要が出てくるだろう。実家にもどって、フルタイムで父親の面倒を見なければならなくなるかもしれない。

もちろん、それに異論はない。大好きな父親を放っておけない。しかし父親の世話に明け暮れれば、自分の家庭を築くという夢は消え去っていく。年老いていく親と同居している女性というのは、出会い系サイトにプロフィールを投稿しても、理想的な結婚相手とは思われない。

いまは昼休みで、教室にすわって子どもの宿題の採点をしていた。受け持っている三年生はちょうどいま、チューダー王朝時代の勉強をしている。その時代の一場面を想像して絵に描きましょうという宿題だったが、驚いたことに子どもたちの絵の大半に、処刑場面や切り落とされた首が描かれていた。死人ではなく、生きている人間を描きなさいと、そう指示しておくべきだった。

「あなたを誇らしく思うわ」教員免許を取得したとき、母親からそういわれた。ふたりでランチを食べに出かけてワインをボトル一本あけ、ほろ酔い気分になったところで、デベナムズ百貨店に足を向けて、様々な香水の香りを試した。「きっとあなたは、受け持った子どもたちをわが子のように思って世話をするんでしょうね」

　ルーシーはまだ仕事を愛している。それでも、自分の時間のすべてを他人の世話に費やしてきたような気もしている。何時間も子どもたちとつきあい、トイレに連れていき、ソーセージを切り分けるのを手伝う。制服のスカートに絵の具がついたといわれれば、洗って落としてやり、運動靴をなくしたといわれれば、いっしょに探してやる。それに加えて、これからは父親の面倒も見てやらねばならないのだ。

　いまよりもっと鬱々としていた頃、両親のうち、先に逝《い》くのは父親だろうと思っていた。母親はまちがいなく元気でやっていく。自分のことは自分できちんとできるし、分別も失わない。その一方で父親は危なっかしく、状況が少しでも変わると、子どもみたいに戸惑う傾向が強かった。それがいま、想像もしなかった行動に出ているのだから驚きだった。

「母さんと父さんをよろしく頼む」兄のダンはそういってルーシーの頬にキスをしてから、新しい人生をオーストラリアで送るべく、飛行機に乗りこんだ。わずかな言葉で妹に責任を押しつけ、自分は幸せな家庭を築くために、その場から姿を消すというのはなんと楽なことだろう。

　ダンと父親のあいだにはいつも緊張が走っていた。長男であれば、ペッパー家のルーツであるヨークに残って家を守るべきだというのが父親の考えで、母さんをあとに残していくのも、祖父母の顔も知らないままに子どもたちが大きくなるのも感心しないという。父や母の誕生日が近づくと、ルーシーは毎回ダンに電話して思い出させた。ときに自分はクモのように、一家をつなぐ巣の中心にいて、すべての糸を維持管理しているような気分になることがあった。

ティーンエイジャーの頃、よくダンは団地の若者たちとつるんでいた。盗みタバコが手に入ればいつでも、街角や地元の商店、公園などでたむろして喫煙し、運悪くそばを通りかかった女の子たちに野次を飛ばす。ルーシーは十一歳のとき、ダンがジャングルジムのてっぺんに腰かけているところへ通りかかった。くわえタバコで、赤い金属板に黒いマジックペンで何やらせっせと落書きをしている。妹とその友だちのエリザが見ているとも知らず、ダンはぷくぷくした文字で大きく「キンタマ」と書いていた。

「お兄さんのダンよね？」エリザが訊いた。小柄な子で、編んだ長い髪を振り子のように揺らしていた。

「みたいね」ルーシーはなんでもなさそうな振りを装って、そちらへちらっと目を向けるにとどめた。

「あんなことしてちゃ、まずいと思うけど」とエリザがいった。

ルーシーは不思議なことに、そんな兄に対して、怒りと憧れの両方を感じていた。自分より年上で、中等学校の最終学年。いかにも物慣れた感じで町をぶらつく――そんなところが格好よく見えたのだ。兄にはママとパパの知らない秘密の生活があって、そういうものがないルーシーは羨《うらや》ましい。自分の場合、出かけるときには、いつ誰とどこへ行くのか、両親に断らないといけなかった。ダンのほうは、「じゃあ、行ってくる」とひと言いい、ドアをバタンと閉めて出かけてしまう。それでなんのお咎《とが》めも受けない。「ダンが公園で、何かよからぬことをたくらんでいるのを、おまえは知らないか？」父親に訊かれたこともあった。

「さあ」とルーシーはうそをついた。兄のダンには純真さを装える特殊能力があって、もし自動車修理に興味を持たなかったら、その演技力でオスカーを受賞してもおかしくないと思えるほどだった。告げ口をしたところで、なんの意味があるだろう？　だから「わたしは何も知らない」といって終わりにする。

そのあとで兄をたしなめようとしても、ゲラゲラ笑って、固いことというなよと、しれっとしている。

ああいう図太さが自分にもあったらと思えてならない。兄は学校を退学して、自身で事業を立ち上げ、自力で銀行と話をつけて、店舗と車の部品を購入した。まったく迷うことがなかった。ゴールを定めたら、それに向かって一直線。感情に流されることなく、疑念も持たず、まっしぐらに突き進むのがダンだった。

そんなふうに自分の人生を全力で切り拓き、「トラに襲われた」などという父親の伝言にもびくびくすることなく、少なくとも生きているんだから大丈夫と、安心できたらどんなにいいか。「まあそういうこともあるよな」というのが、心配事に対するダンのスタンスだった。

ときにルーシーもストレスのあまり自堕落になることがあった。学校でくたくたになるまで働いたあと、父に電話をして、妻を恋しがる男の泣き言を聞くなんて冗談じゃないと思い、赤ワインのボトルをあけてグラスに注ぐこともなく直接瓶に口をつけて呑み、アメリカの犯罪ドラマを見る。そんなとき、自分が鳶《とび》色の髪をした刑事のひとりであると夢想する。どんな事態に陥ろうと、彼は平然とした顔をしているからだ。それはまさに兄のダンが人生に向き合う姿勢だった。自宅のガレージに死体が転がっていた？　それがどうした。貨物トラック一杯の不法移民が放火によって殺された？　誰がやったのかオレが見つけてやる。

ルーシーは窓辺に立って、校庭で遊ぶ子どもたちを眺めた。携帯電話であごをとんとん叩きながら、兄のことを考える。ダンはきっと日光浴でもしているんだろう。波が前庭で砕けるほど、海に近いところで暮らすのはさぞかし気分がいいに違いない。ルーシーはまだオーストラリアには行ったことがなかったが、ダンがフェイスブックに投稿した写真にはすべて「いいね！」をするようにしていた。

オーストラリアはいま何時なんだろうと思いながら、電話番号の一覧をスクロールして兄の番号を探す。とにかく話をしなきゃと、切迫感に追い立てられる。父親の行動について、兄の意見を聞いてみたかった。ダンなら感情的にならず、何に対しても明快な答えを出してくれるはずだった。

電話に出たのはオーストラリア訛りのある子どもの声。

ルーシーは頭がくらくらした。マリーナとカイルはいま何歳？　ともかく電話に出られるくらいの年にはなったということだ。まだほんの赤ん坊だと思っていたのに。

「こんにちは。あなたはカイル？」

「うん」

「ダンを呼んでもらえるかしら？　あなたのパパを」

「だ～れ？」

「ルーシー叔母さんよ。イギリスからかけてるの。覚えているかしら……」そこまでいって、すでにカイルは電話口にいないとわかって黙りこんだ。

ダンが出る前に、電話の向こうで息子と話す声が聞こえた。「誰からだい？」

「どっかの女の人。ぼく、知らない」

受話器をつかむ音。「お電話、代わりました。こちらペッパー自動車修理工場です」

「こんにちは、ダン。わたしよ」

「ルーシー？」

「そう」

「驚いた。うれしいな。ずいぶん久しぶりだよな」

久しぶりなのは、兄さんがまったく連絡してこないせいでしょ、そういいたいところをぐっとこらえる。「そうね。数か月ぶりかしら」

「そんなに？　ここじゃあ、時間は飛ぶように過ぎていく」それから心配のにじんだ声でいう。それはルーシーにとってうれしいことだった。「何か問題があったってわけじゃないよな？」とダン。

「まあね。ただ、そろそろ連絡したほうがいいと思って。ママが亡くなってから一年でしょ」

「ああ。一周忌。ここはひとつ、毎日忙しくして乗り切ろうと決めたんだ」

「一周忌は先週よ」

「ああ、そうか。そろそろだと思ってた。となると作戦成功ってわけだ」

ルーシーはダンのジョークに一抹《いちまつ》の怒りを感じた。ときに兄は自分を十一歳の少女のような気分にさせる。「わたしはパパのことを心配してるの」思った以上にきつい言い方になった。「最近様子がおかしいのよ」

「えっ、何かあったのかい？」

「それがね、ほら、家からほとんど出なくなって、外出といっても町へ出るのがせいぜいだったじゃない。完全な引きこもり状態。毎日同じ服を着て、ママが育てていた斑入《ふい》りの観葉植物にちょっと異常なほど執着して。それなのに、なんの説明も前ぶれもなく、近所に住むバーナデットといっしょに旅に出たの。家に寄ってみたところが、ちょうど留守で。バースまで出かけたらしい」

「それは別に心配するようなことじゃないと思うけどな。単に言い忘れただけじゃないか」

「そうじゃないと思う。何かわたしに隠していることがあるような感じ」

「父さんに限ってそんなことはないと思うけど、まあ、家から出るようになったんだから、いいんじゃないか」

「よくないわよ。旅行中に、どっかの邸宅を訪ねて、そこの主《あるじ》に会ったらしいの。でもって、トラに襲われたって。留守電を聞くとそういってるように聞こえるの」

ダンがどっと笑いだした。「なんの話だい?」

「だからトラ」

「イギリスにトラがいるって?　それって動物園の話?」

「グレイストック卿っていう人が、敷地内で飼ってるみたい」

ダンが黙りこんだ。ひょっとして、頭がおかしくなったのは妹のほうじゃないかと、兄はそう思ってるのかもしれない。「そんな話、どう考えたってありえないだろうが」

「本当なの」

「まあ、だとしたら、それはそれでありがたいことじゃないか？　父さんが来る日も来る日も家にひきこもって悲しんでいるより、よっぽどいい。もう一度人生を楽しもうと、そういう気になったってことだよ」

ルーシーはため息をついた。「たぶんまだ人生をもう一度楽しむ時期じゃないと思う。ママが亡くなってからたったの一年しかたってないんだから」

「十二か月っていうのは相当長いよ。父さんにみじめな生活を送って欲しくないだろ」

「それはそうだけど……」

「じゃあおまえは、父さんがそのバーナデットっていう女性と、男と女の関係になりかかってると、そう思ってるのかい？」

「そういうことじゃない。そんなことは考えもしなかった」

「たとえそうであっても、手をつないで公園を散歩するぐらいがせいぜいだろう。いまさら激しい色事もないさ」

「ダン！」

「だってそうだろう。キュウリのサンドウィッチとか、チョコレートの棒を突き刺したアイスクリームをふたりで楽しむぐらいさ。父さんはいつだって、節操がありすぎて冒険しないタイプ。それがいまさら変わるとも思えない」

ルーシーは目をぱちくりさせた。パパとバーナデット。それだから、娘にはっきりしたことはいわないってこと？　「まさかその手のことに興味が向くほど、まだ気持ちはふっきれてないわ。守らなきゃいけない家だってあるんだし」

「おいおい、落ち着けよ。ちょっと旅行に出かけただけなのに、まるで結婚して家を飛び出したかのように、父親の精神状態を心配している。父さんのことはほっといて、自分の人生と向き合えよ。『カウントダウン』や殺人ミステリーや、カップに入れたお茶以外に、人生で夢中になるものを見つけたんだとしたら、それはそれで素晴らしいことじゃないか。クイズ番組の『カウントダウン』、まだそっちではやってるよな？」

「ええ」ルーシーは首をひっかいた。机の前に腰を下ろす。「いずれにしてもダン、近々こっちに来られないかしら？　顔を見なくなって、かれこれ十八か月。確かママの葬儀のときにも来なかったと思うけど。パパのことで力を貸して欲しいの」

「どうして葬儀に出られなかったか、おまえだって知ってるだろう」ダンがすかさずいった。「ケリーは精密検査の真っ最中。カイルは腕を骨折。マリーナははしかにかかるし。最悪のときだったんだよ。だいたい、おまえだって……」

「別に責めてるわけじゃないの」

「だったら、自分も葬儀には出なかったと、ちゃんといえよ」

「それは……」

「それは、なんだよ……」

「だから……」

子ども時代に逆もどりだ。

「ただわたしは、パパのことが心配で。なのに兄さんは地球の裏側にいる。パパがちゃんと食べているか気にして、落ちこんでいるときには励ましてやるとか、そういう日々の心配をしなくていい」そこまでいったら、付け足さずにはいられなくなった。「子どものときから、いつもそうだった」

「おい、いったいどこまでさかのぼる気だ?」

「ごめん、ただ……」

「いいか、ルーシー。おまえも父さんも、ずっとオレの家族であることに変わりはない。だが、オレにはいま自分の妻と子どももいる。優先順位からいえば、そっちのほうが上に来る。おまえも、自分自身の家族をつくることを考えたほうがいいよ。父さんもいなくなって、おまえがひとりになる日だってくるんだぞ」

ルーシーは熱い砂糖菓子を喉につっこまれた気がした。自分がいま何より望んでいるのは子どもを持つことだった。流産したことをダンは知らない。

「おい、聞いてるのか?」

ルーシーはこみ上げてくるものを呑み下そうとした。「うん、聞いてる」

「ごめん、声を荒らげて」

「大丈夫」

「本当に大丈夫か？」

「どうかな」ルーシーはため息をついた。

「ルース、オレにできることはなにもないよ。母さんが死んだ、それはたまらなく悲しい。だが父さんに関しては、おまえは心配する必要のないことをくよくよ悩んでいるように思える。おまえに伝言を残したってことは、大丈夫ってことだよ。バーナデットっていう女性とちょっと出かけた。それはごく普通のことだ。父さんに本当に助けが必要になったら、そのときはいっしょに相談しよう。いつでも電話してくれていい」

「たぶん、そろそろ助けが必要になってきてるんじゃ……」

「大丈夫だって」

「でも、兄さんはここにいないから」

「もうそれはいうな。イギリスを離れたのは、ここに来れば素晴らしい人生が送れると思ったからだ。何かから逃げてきたわけじゃない。わかるだろ？」

興奮せずにこれ以上話を続けられない気がして、ルーシーは電話を切った。

すぐに電話が鳴って、ダンが折り返しかけてきたのだとわかる。それを無視して、受信拒否の赤いボタンを押す。もう一度かかってきたが、それも拒否した。

考える時間が必要だと思い、両手で頭を抱える。昼休み終了のチャイムが鳴るのも耳に入らず、その姿勢のまますわっていると、やがて小さな手が肩に置かれた。

「先生、みんな授業が始まるのを待ってますけど？」

スマートフォンの威力

バーナデットとネイサンとともに帰り着いたとき、アーサーはバーナデットから、コーヒーを飲んでいってと強く勧められた。本当は家に帰って破傷風の件で医師に予約を入れたかった。他人の入る隙のない、隠れ家のような自宅にこもって、常軌を逸したこ数日の騒ぎを忘れたい。ベージュの壁と、廊下にぶらさがっているポプリが恋しいし、フレデリーカに水もやりたかった。ルーシーに電話をして、ここ数日の冒険についてきちんと説明もしたい。留守電にメッセージを残すのは昔から苦手だった。

それでも結局誘いに応じてしまい、なんだかわからない歌をバーナデットが声を張り上げてキッチンで歌っているあいだ、アーサーはソファにすわっている。手を伸ばして怪我した腕に触れてみると、まるで火傷をしたみたいにひりひりした。けれども、大型レンジの隣に置かれたバスケットの中で身を丸めていた、赤ん坊のトラ、イライジャを思い出すと、顔が自然にほころんだ。それにつけても、いまの自分の姿はないだろうと思う。穴のあいたスーツケースのそばにすわる、真っ青なズボンを穿いた男。

バーナデットの家に入るのは初めてだった。どこに目をやっても、色をつけられるところは隈なくつけたという感じの内装だった。壁はスイセンのような黄色だし、壁が床と接する部分に張られた幅木《はばき》と扉は葉っぱのような緑色に塗られている。カーテンは贅をこらしたベルベット製で、赤と紫の大きな花模様だ。あらゆる平面に飾り物が置いてある――それぞれに犬を抱いた小さな陶器の女の子たち、造花を飾ったカラフルな花瓶、土産物の数々。いかにも家庭らしい生活感があって、病院のように飾り気のないわが家と対照的だった。ミリアムは極端なきれい好きだった。新聞がそのへんに出しっぱなしになっていたり、本来の置き場所ではないところに物が出ていたりすると、さっと取りあげて「正しい」場所に置く。「まあまあすわって、少しはゆっくりしたらどうだ」自分が仕事から帰ってきて、ミリアムがアイロンがけや、片づけや、掃除をしていたりすると、よくアーサーはそういったものだった。

するとミリアムは、「勝手にはきれいにならないのよ」という。「家の中が片づいているということは、頭のなかも整理整頓されているということなの」

それでアーサーは妻がコマネズミのように動き回っているあいだ、ひとりすわっていることになる。ミリアムが亡くなってからは、自分がそのあとを継いで、彼女の気に入るよう家の中の整理整頓に努めている。

ネイサンが部屋に入ってきた。「おっと、MCハマーのご登場だ」そういって、アーサーのズボンにうなずいてみせる。「キャント・タッチ・ディス！」そういうなり椅子に逆向きにまたがって、その背に両腕を垂らす。リコリスキャンディさながらに、紐みたいにひょろ長い脚を曲げて、十秒かそこらの間隔でくしゃみをしては、手の甲で鼻を拭いている。

どう受け答えしていいのかわからず、アーサーは頭の中をかきむしって言葉を探す。MCハマーというのが何者か、人間かどうかさえ見当がつかない。息子と男同士、腹を割って話して欲しいという、バーナデットの願いを思い出した。「大学の下見はどうだったのかな?」ようやく言葉を見つけた。

ネイサンは肩をすくめる。「まあまあ」

「気に入った学校はあったかね?」

再び目の前の若者は肩をつかって返答した。

アーサーは暖炉の上に飾られたフレーム入りの写真に目をやる。世界一のママを公言してはばからないバーナデットの写真が一枚。さらに、いまよりずっと幼いネイサン、バーナデット、カールが大きな魚を一匹持って、カメラに向かって微笑んでいる写真もある。そんな中、カールがひとりで写っている写真が目を引いた。グラスに入れた赤ワインを飲みながら日光浴をしている。「きみのお父さんは、どんな仕事をしていたんだい?」

ネイサンは椅子の上でもぞもぞと身体を動かした。「エンジニア。エレベーターを直したりとかしてた。あと、電気まわりのことやなんか」

「きみも大学でそういう勉強をするつもりなのかな？」

「いや、別に」

「じゃあ、何を勉強したい？」

「いま英語学科とか見てるところ。おふくろが、それもいいんじゃないかって」

「きみはどう思う？」

「さあ」

どんな話をしても、この若者の興味をかきたてることは無理なようで、アーサーはとりとめのないことをひとりでべらべらしゃべりだした。気がつくと、昔はみんな、父親の足跡をなぞったものだなどという話をしていた。自分の父親は錠前師だったから、キャリアについてすでに展望はひらけていたなどと。

「だがあの頃はキャリアなんて言葉はつかわなかった。単なる仕事、商売だった。わたしの場合、弟子入りが必要だった。つまり二年にわたって、ひとりの錠前師にぴったりくっついて修行をしたってわけだ。ただそばに立って仕事を見ている時間が大半で、給料はスズメの涙。でも師匠はいい人だったよ。スタンリー・シアリングっていってね。いつでも時間を割いて説明して、鍵や錠前がどのような仕組みで動いているか実際に見せてくれる。自分のすることを誰かが親身になって見てくれる。最近の若い人たちが果たしてそういう経験をするのかどうか。きみは自由な人生に放たれたわけだ。大学に行って、自分の好きなように生きる。時代が変わったんだな。昔は結婚も早かった。結婚するまでには、わたしも仕事で一人前になって、ちゃんとした稼ぎにありついていた。見習いの給金や奨学金じゃ、家族を養えないからね」

アーサーがしゃべっているあいだ、ネイサンはずっとスマートフォンをいじっていた。ディスプレイの上で両手の親指を忙しく動かしている。

バーナデットがコーヒーを入れたカップを三つ運んできた。「男同士、話がはずんでいるのかしら？　そういうことなら、邪魔をしないほうがいいわね」

アーサーは部屋を出ていくバーナデットの背中に寄る辺ない視線を送る。この若者と、どんな共通の話題があるというんだ？　ネイサンが、仕事のことも大学のことも話したくないのは明らかだった。しまいにアーサーはいった。「ＭＣハマーっていうのは、いったい何者だね？」

ネイサンが顔を上げた。「アメリカのラップアーティスト。八〇年代のね。ちょうどいまのあんたみたいに、バギーパンツを腰穿きにしてた。いまは牧師か、宗教っぽいことをやってる」そういうとまたスマートフォンの上で指を動かし、それからディスプレイを掲げた。

アーサーがそれに目を向けると、サングラスをかけた黒人男性が、だぼだぼの銀のスラックスを穿いている写真が写っていた。「なるほど」とアーサー。「じゃあ、きみは音楽が好きなのかい？」

ネイサンはうなずいた。「主にロック。でもすごく昔の曲も好きなんだ。ビートルズとか」

「うちにもビートルズの古いアルバムがどこかにしまってあると思った。なんならきみにやろう。ただしプラスチックのレコード盤だよ。聴くにはレコード・プレイヤーが必要だ」

「プレイヤーなら、おふくろが屋根裏にしまってあるよ。なんてアルバム？」

「『ラバー・ソウル』、だったかな」

ネイサンがうなずいた。「ダウンロードして持ってるよ。でもレコードで聴くのもいいな。まさかあんたがビートルズを好きだなんて思いもしなかった」

「わたし以上にミリアムが好きだった。彼女はジョン・レノンのファンでね。わたしはいつだって、ポール・マッカートニーのほうが好きだった」

「そうなんだ。でも一番クールなのはジョージ・ハリスンだよ」

アーサーはソファの上でじりじりと腰を移動させた。「きみはその電話でなんでも調べられるのか？　それは図書館みたいなもの？」

「まあね」

「ひとつ、わたしのために調べてもらえないかな？」

「いいよ」

「フランス人作家を探してるんだ。名前はフランソワ・ド・ショーファ。彼の住所を知りたい」

ネイサンはディスプレイをタップする。「ほらあった」

アーサーはネイサンからスマートフォンを受け取った。正方形の小さな写真。化粧漆喰塗りの玄関がついたメゾネット式のマンションが写っている。ずいぶんと豪壮な家だ。その下にロンドンの住所が記載されていた。「これは現在の住所だろうか？」

ネイサンはさらにディスプレイをタップする。「これしかひっかからない。フランスにもどっているんじゃないとしたら、ここだよ。でももともと出身はベルギーで、まだ小さな子どもの頃に家族でニースに移住した」

「そんなことまで、電話でわかるのかい？」

「少しは知ってるんだ。ド・ショーファについては学校の授業で習った。六〇年代に、人々に多大な影響を与えた小説家のひとり。彼の書いた『我々が語る物語』は古典になっている。そのタイトル、聞いたことある？」

「ああ、知ってる」アーサーはケイトの話を思い出す。グレイストック卿の語った話をそっくりそのまま盗んで小説にするとは、いったいどういう了見か。

ネイサンはスマートフォンを受け取った。「そっちもスマホ、持ってる？　ブルートゥースでリンクを送るけど」

「紙に書き取らせてもらう」アーサーはいって、スーツケースの中からペンと紙切れをひっぱりだした。「声に出して読んでもらえるかな？　老眼がひどくってね」

ネイサンはあきれ顔をしつつも、平板な声で住所を読み上げた。「本当にトラに襲われたの？」アーサーがメモを尻ポケットに入れたところでネイサンが訊いた。

アーサーはうなずいて、手首のボタンをはずして袖をまくりあげた。ケイトがテープで貼ってくれたパッドがまだくっついていて、乾いた血が錆《さび》色の縞をつくっていた。ネイサンは一瞬目を大きくひらいたが、興味を示したと見られるのはクールじゃないと思い出したようだ。肩をすくめて、またぐったりと椅子にもたれた。

バーナデットが大皿に菓子を載せてもどってきた。「あなたたちがおしゃべりをしているあいだにつくったの。パイ生地を伸ばして、四角に切り分けて、真ん中にジャムを載せる。それをオーブンに放りこめば、はいできあがり！　すごく簡単なレシピなの。熱々のうちに召し上がれ」

アーサーとネイサンは同時に菓子に手を伸ばした。息をふうふう吹きかけてから口に入れる。

「来週、ネイサンといっしょにマンチェスターに行こうと思ってるの」ソファにすわっているアーサーの隣にバーナデットが腰を下ろした。「もしまた出かける気があるなら、ぜひごいっしょしましょう。活気のある町だって聞いたわ。大学の英語学科も優秀だって話なの」

アーサーは冷めてしまったコーヒーのカップを手に取った。「じつは、次はロンドンに出かけようと思ってるんです」アーサーはいった。「訪ねたい小説家の家があって。うちの妻が彼とどこかでつながっていたようなんです」

分厚い黒い前髪の奥にあるから、はっきりとはわからないが、きっとネイサンは片眉をつり上げただろうとアーサーは思う。

ロンドン

ロンドンにやってきたアーサーは、驚いた上に愉快な気持ちにもなっていた。想像していたのは、人間味のない灰色の建物がのしかかるように立ち並び、日常に倦《う》んだ会社員がムンクの絵の人物さながらに無表情な顔を見せている、そんな想像の町だった。ところがそんなものとはまるで別世界で、あふれるほどの活気に満ちていた。

蒸し暑く、あらゆるものが動いていて、音と色と形が変幻自在に移り変わる万華鏡を覗いているようだ。タクシーがクラクションを鳴らし、自転車は疾走し、ハトは気どって歩き、人間は怒鳴っている。何語だかわからない、無数に飛びかう様々な言語。まるで回転木馬の中心にいるような気分だった。世界がぐるぐる回るなか、自分だけが誰にも気づかれることなく、じっと立ち尽くしている。

驚いたことに圧倒される気分はない。見知らぬ人間がぶつかってきて、謝りもせずに去っていっても動じない。自分はこの奇妙な世界に属さない。束の間足を踏みいれた旅行者であって、安心できるわが家にもどれるとわかっているからだ。それを思うと、ちょっとやそっとじゃびくともしないと強気でいられる。

キングズクロス駅で列車を降りたあとは、できるだけ歩くことに決めていた。駅で買った地図を見ると、足を伸ばせばどこへでも行ける気がした。

ふだん穿いているズボンは列車の旅にも、都会を歩いて回るのにも、少々暑すぎる気がしたので、ケイト・グレイストックからもらった青いズボンを一度洗ってアイロンをかけてから穿いてきた。バーナデットからスカーバラにあるアウトドアショップの割引券をもらったので、いつもの買い物より少し遠出をしてその店で旅に必要なものも買い求めた。ポケットがたくさんついた、紺色のナイロン製のバックパックと携帯用酒瓶とコンパス、さらにウォーキングサンダルも一足買った。頑丈な上に、足元を涼やかに保てるのが気に入った。

しっかり包帯を巻いた足首で、ずかずかと歩いていく。ここでは青いズボンは少しも奇異には見えない。ピンク色に髪を染めた娘と、コカコーラの瓶が通りそうなほど大きなピアスの穴を耳にあけた男がすぐ脇を歩いている。ポンポンみたいなしっぽを紫色に染めたプードルもいれば、携帯電話で話しながら舗道を一輪車で下っていく男もいる。

その男を見てアーサーは、ルーシーとまともに話していないのを思い出した。バーナデットの車の後部座席から、雑音だらけの伝言を残したのが最後。グレイストック卿の邸から帰ってきて、ロンドン旅行の途につくまで、わずか二十四時間しかなかった。そのあいだに二度電話をしたが、どちらも留守電になっていた。避けられているのか、それとも忙しくて電話に出る暇もないのか。アーサーは首をかしげた。

　様々な景色や音に触れながら、引き続き大股でずんずん歩いていくものの、先へ進めば進むほど、戸惑いと後悔が胸に湧いてくる。

　十三回目の結婚記念日に、一週間ロンドン旅行をしたいと、ミリアムがいってきたことがあった。観劇もいいし、コヴェントガーデンで昼食を食べてもいいと。すぐさまアーサーは笑い飛ばした。声を上げて笑ったのだ。「なんでロンドンなんかに行きたがる？」といって。不潔で悪臭がして、せわしないことこの上ない大都会。ニューカッスルやマンチェスターを大型にしただけの町で、スリもいれば、街角には物乞いもいる。外食をすれば、馬鹿高い金を取られる。

「ちょっと思いついただけよ」ミリアムはあっさりそういった。自分の提案を即刻はねつけられても、気分を害した様子はなかった。

　いまになってアーサーはそれを後悔している。新しい場所にふたりでどんどん出かけるべきだった。そうすれば、子どもたちが成長したあとも、新しい経験が増えていったはずだ。自分たちのやりたいことができるチャンスを逃すことなく、もっと視野を広めるべきだった。自分と出会う前、ミリアムがもっと充実した、刺激に満ちた毎日を送っていたとわかったいまでは、なおさらそう思える。自分はミリアムに息の詰まる生活を強いていた。頑固一徹に。

妻とそういうやりとりがあった翌月、アーサーはロンドンよりずっと洗練されたスカーバラの、温泉があるホテルを予約し、週末だけの短い旅行をした。奮発して取ったスイートルームには、ベッド脇のテーブルにチョコレートの全粒粉ビスケットが置かれていた。記念日の夜にはアラン・エイクボーンの芝居を観に出かけ、ミリアムは心から楽しそうだった。そのあとフライドポテトを買い、風を防ぐために、ふたりして襟巻きを頭に巻いて浜辺を散策した。

牧歌的ないい旅だった。少なくともアーサーはそう思っていた。しかしいまになって思う。ひょっとしてミリアムは失望したのではなかったか。ロンドン旅行を提案したのは、フランソワのことを考えたからでは？　昔の恋人に一目会いたいと、そう願っていたのだろうか？

嫉妬心は馴染みのないものだった。それが脇腹をえぐり、胃を掻き回し、自分をあざ笑っているようで、憎らしくてならない。ミリアムのことを笑い飛ばしたのは間違いだった。彼女が正しかった。自分はあさはかだった。

その日はひとりの観光客として、アーサーは本来ミリアムといっしょにするべきだったことをして過ごした。ロンドンの観光名所の前に立ち、口をあんぐりとあけて――ロンドン・アイ、国会議事堂、ビッグベンに見とれ、それがすこぶる楽しかった。屋根のない赤い観光バスを乗り降りし、歩いていけるところは徒歩でどこまでも行った。アドレナリンが全身の血管を駆けめぐっている。まるでこの町に抱かれているような気分だった。知らないものだらけで恐怖心ばかり先に立つと思っていたのに、すっかり有頂天になっている。

赤いバスをかたどった冷蔵庫用のマグネットと、プラスチックでできた金色のロンドン塔がお尻についた鉛筆を買う。ランチを取るために、パーリークイーン・カフェに寄った。スチール鋼のテーブルが舗道に不安定に置いてあり、男がひとり、断りもなく同じテーブルについた。灰色のピンストライプのスーツを着て、ポケットからピンクのハンカチーフを覗かせている。ずっと走ってきたのか、何かで怒っているのか、顔が紅潮していた。股を大きくひらいているために、こちらと膝同士がぶつかりそうだった。アーサーは男の脚をよけ、まっすぐ前方を見るようにする。しかし男がベーコンとチェダーチーズのパニーニを注文したときに、アーサーの目をとらえ、会釈してきた。「調子はどうです？」

「ええ、おかげさまで」

「結婚されてるんですか？」

「ええ」アーサーは反射的にテーブルの上に手を伸ばし、指にはめた結婚指輪を回してみせる。

「結婚されてどのぐらい？」

「四十年以上になります」

「驚いた。殺人罪の刑だってもっと短いのに」男は苦笑いをする。

アーサーは笑わなかった。こういう男と話などしたくない。ひとり静かにカップ一杯のお茶とベーコンサンドウィッチの昼食を食べてから、また観光を続けて、フランソワ・ド・ショーファの家を訪ねるための英気を養いたかった。男の肩越しに、アーサーはウェイトレスの注意を引こうとする。十分前に注文を取っていってから、まだお茶も来ていなかった。

「ああ、すみません」アーサーの表情の変化に気づいて男がいった。「くだらない冗談です。最近じゃあ、長く結婚生活を続けるって話はめったに聞かないでしょ。でも家に帰ったら誰かが待っているってのは、気分がいいものですよね？」

「ええ、そうでした」

「でした、と言いましたか？」

アーサーはごくりと唾を呑んだ。「妻は一年前に亡くなりました」そういうと、しまいに手を振ってウェイトレスの注意を引いた。ウェイトレスはすみませんといって、すぐアーサーにお茶を持ってきた。

「お待たせしてすみません。今日は大忙しで」ウェイトレスのピンクのワンピースの肩がずれて、紫色のブラのストラップが見えた。「いま、特大サイズのサンドウィッチをお持ちしますね」

「スモールサイズでちょうどいいんだが」

「でも値段は同じですから」ポーランド系の訛りがあり、指がチョークのように長い。

「それはまたご親切に」

ウェイトレスはうなずくと、お辞儀をした。

「そんなに食欲はないんだが」アーサーは男にいう。「小さいのにしてくれと言い張れば、向こうが気を悪くすると思ったんでね」

男の目は、カウンターのうしろに入ってホットチョコレートをつくるウェイトレスの姿を追っている。「黒い瞳に黒い髪。いいねえ」

アーサーはお茶にミルクを入れて一口飲む。自信満々な男といっしょにいて居心地の悪さを感じていた。人の迷惑を考えずに脚を広げているのも、ウェイトレスを見る目つきもいやだった。

「ちょっと、訊きたいことがあるんだけど、いいですか？」男がアーサーに向かって身を乗り出し、答えも待たずに先を続ける。「ぼくも結婚しようと考えているんです。きっとあなたなら、いいアドバイスをしてくださると思って。経験を重ねて物事を見る目もあって……世間知に長けた先輩ですから」

「まあ、わたしにわかることなら」アーサーは慎重にいった。

「ありがとうございます」男はポケットから小さな手帳をひっぱりだした。「よく物事を書き付けておくんですよ。頭の中を整理して決断できるように。寝る前にこの手帳を読み返す」

「結婚は重大な決断だ」

「だから教えてほしいんです。あなたはどうして奥さんに決めたんですか?」

「彼女と出会って、この人と結婚したいと思った」

「なるほど。それで……」

「彼女とつきあって、他の女性とはつきあいたいと思わなかった。他にそんな相手もいなかったから、この人でいいのかどうか、迷う必要もなかった。ふたりでシンプルな人生を送りたかった。出会ったのは、わたしが二十六歳のときで、彼女はひとつ年下。手をつないで散歩して、キスをした。ずっと彼女のことだけ考えていた。他の女性にはまったく目が向かなかった。婚約し、そして出会ってから二年もしないうちに結婚した。あらかじめ自分の前に伸びている目に見えない道をたどっていくような感じだった。道は途中で枝分かれしていたが、その先に何が待っているのか、好奇心も湧かず、本道をひたすらたどった」

「ふーむ。確かにシンプルだ。ぼくの人生もそうだったらどんなにいいか」

アーサーはお茶をまた一口飲んだ。

「浮気はしなかったんですか？」

　これから他者と一対一の関係に入ろうと考えている人間なのだから、気になるのも当たり前だろう。「ああ、しなかった」

「他の女性のことは考えなかったんですか？　つまり、ほら、他の女性に目が行って、もし彼女と……。失礼な質問と思われたら、お許しください」

　アーサーは考える。ああ失礼だ。まったく不愉快ではあるものの、別にスケベ心から訊いているのではないのはわかる。自分と違うから気になる、それだけなのだろう。「まあ、考えなかったといったら嘘になる。人間だからね。だが実行に移したいという気持ちはなかった。他の女性を見て、可愛いなとか、笑顔が素敵だなと思うことはある。だが馬鹿なことをすれば失うものがあるのも心得ているから、そういう考えは頭から追いだす」

「ご立派ですね。ぼくもそんなふうにいけばいいんだが。頭の中に仕切りがあって、別々に考えられたらいいと思うんです。つまり、ぼくにはふたり、つきあってる女性がいるんです」

「なんと」

「どちらも同じように愛しているつもりなんです。ぼくはいま三十五。そろそろ結婚して子どもが欲しいと思いましてね」

「わたしは三十三歳のときには、もうふたりの子どもがいた」

「家を買って、家庭を築きたい」男は頭を下げて、頭頂に指でくるりと円を描いた。「薄くなってきてるでしょ？　そろそろ家庭菜園用の納屋でも買って、妻や子どもたちと田舎を散歩する時期じゃないかと。それでも決めかねていて。ふたりの女性について、話してもいいですか？　あなたなら助言をいただけそうだ。お顔を見ればわかります」

ウェイトレスが料理を運んできた。アーサーのベーコンサンドウィッチは、それを載せた大皿とそっくり同じ大きさだった。「こちらで、よろしかったですよね？」ウェイトレスが訊く。

「ああ、バッチリだ」アーサーは親指を立ててみせる。

男はパニーニにかぶりついた。チーズが糸を引いて、あごにくっつく。「ひとりは、三年前からつきあってるガールフレンドです。じつに愛らしい子でしてね。喫茶店の窓辺にすわっているのを見たのが最初です。通り過ぎたあとですぐもどり、店に入ってケーキを買いました。ただ単にその子が気に入ったからです。まっすぐ彼女のいる窓辺に向かってデートの誘いをかけました。『高級レストランに連れていくから』といって。最初は断られました。それもまたよかった。簡単には手に入らない女って感じで。そういうの、燃えるんですよ。ひとまず名刺を渡して外に出た。それから大きな花束を持って、彼女が出てくるのを店の外で待ち伏せした。なんだか知らないが、彼女にはわたしを引きつけるものがありました。あなたが奥さんに感じたのと同じような。わたしは徹底的にくどき、彼女の友人からゲラゲラ笑われました。それからようやくイエスの返事をもらって、ふたりで劇場に行ってヒュー・グラントの出る映画を観ました。ロマンチックな夜だった。まるでティーンエイジャーのように手をつないで。それに彼女は高級レストランなんて好きじゃなくて、ハンバーガーがいいっていうんです。ドナは本当にいい子で、美容師として一生懸命働いています」そこで男は財布を取り出し、アーサーに写真を見せた。ハート形の顔をした娘が、髪に赤いスカーフを巻いてにっこり笑っている。

「可愛い子だね」

「もうひとりの女性はマンダといって……」そういうと、まるで火がついたとでもいうように指に息を吹きかけてから、また別の写真を見せた。「セクシーな女です。どんなに際どいこともさせてくれる。わかるでしょ?」

アーサーはわからないながら、うなずいた。

「風俗店で出会いました。彼女、受付にいたんです。ぼくが幸せで、ドナひとりで満足していたら、そういう場所には行かなかった。そうですよね? ちょうどそのときドナは美容師の集会で遠くへ行っていた。その隙にマンダが入りこんできたんです。会ってから一時間で……ドカン」両手を打ち合わせて、にやっと笑う。「花火でした。そういう女性がいるとは想像もしなかった。そのあとは、どっちもほとんど歩けない状態で」

「しかし、ドナは？」

「彼女にはそういったことをしてくれとはいいません。いった通りに彼女がしてくれたら、それはそれでもう、相手を尊敬できなくなるというか。彼女はマンダのような女とは違う。厄介なことになったと思いました」

「ガールフレンドを裏切って、やましい気持ちにはならなかったのかね？」

　男は眉を寄せた。「まあ、あとからは。ドナが美容師の集会に出かけなければ、どんなによかったか。それならぼくだって、トラブルの種を探しに出かける必要もなかった」

　アーサーは食欲を失った。サンドウィッチを四等分してからブラウンソースをかけたものの、食べる気になれない。

「で、ぼくはどちらを選ぶべきなんでしょう？　ひとたび結婚してしまえば、それで終わり。誠実な夫でありたいと思います。少なくともそう心がけたい。子どもが生まれれば、ぼくも家庭人、そうですよね？　やっぱりドナですかね。結婚向きの女だと思いますが、世の中にはそういう女性ばかりじゃないことをぼくは知ってしまった。ドナとは、まったくのノーマル《ヴァニラ》でやっていくでしょう。そうするとチョコレートチップが恋しくなるかもしれない。じつはマンダも変わってきたんです。ベッド以外のつきあいもしようと、そんなことをいいだした。つまり、ちゃんとしたデートです。それで劇場に行ったんですが、マンダが着飾るとそれはもう素晴らしくて、最高の夜でした。それで一層迷いが出てきた」

「しかしいつもチョコレートチップばかりでは、しつこく感じられる」女性をアイスクリームの味にたとえるなど、アーサーは許せないが、こういう比喩をつかわないとこのピンストライプのスーツを着た男は理解できないようだから仕方ない。

「あなたらなら、どうします？　素朴な味にとどまるか、それとももっと刺激的な味を求めるか」

アーサーは男の状況に思いを巡らせる。いったいどういう了見なのか。私生活の決断について、赤の他人に助言を求めるぐらいなのだから、よっぽど切羽詰まっているに違いない。そこでアーサーはいった。「最近は選択肢が多すぎるというのが問題なのかもしれない。わたしが若い頃は、与えられるものだけで満足していた。クリスマスに靴下にプレゼントが入っているだけで運がよかった。しかしいまの若い人たちは、なんでもかんでも欲しがる。電話ひとつとってもそうだ――なんでもできる多機能のものじゃないと満足しない。コンピューターが欲しい、家が欲しい、車が欲しい。外食をしたいし外へ飲みに出かけたい。それもありきたりのものでは満足せず、高級レストランに行って、高価なビールを飲んだりする。

ドナが際どいことをさせてくれたら、もう彼女を尊敬しないときみはいう。しかしマンダと二股をかけている時点で、きみはすでにドナを馬鹿にしているわけじゃないか。もしドナと結婚したら、きみは彼女を尊重するのかい？　ドナと結婚しても、きみは浮気性で、自分が本当は彼女の結婚相手に値しない男だとわかっている。それから、際どいことをさせてくれるっていう、もうひとりの女性。そういうことが、いつまできみを引きつけておくと思う？　きみらがいっしょになって、家にはたきや掃除機をかけたりする場面を想像できるかい？　母親になっても、彼女はきみに、いまと同じように際どいことをさせてくれるかな？　あるいはその彼女、きみ以外の男ともそういうことをしてるんじゃないかな？　つまり、どちらの女性が結婚に適しているかを考えるんじゃなく、どちらとも結婚しないと考えるのがいいんじゃないか。もしわたしがドナだったら、きみのような男ではなく、自分に敬意を持って接してくれる男を探すだろう。もしマンダだったら、ガールフレンドを裏切って自分と会っているような男とはいっしょにいたくない。それだから、きみはどちらの女性にも求婚するべきではないというのが、わたしの答えだ。どちらかがイエスといったら困るからね」

男は眉根を寄せ、膝の上で両手を組み合わせながら、しばらくじっとすわっている。それから首を横に振った。「それは考えもしなかった。ますます心が乱れてきた」

「すまない。真実をいうのが一番だと思ったものだから」

「ありがとうございます。しかし残酷だ。ふたつだけでも翻弄《ほんろう》されていたのに、さらに三つ目の選択肢が投げこまれた。両方捨てて、別の誰かを探すべきだと、そういうことでしょうか？」

「ヴァニラに少しチョコレートチップが交じっているような誰かを」

「残酷だ。ランチはぼくがおごりましょう」

「いや結構。自分の分は自分で払う」

「人に意見など求めないほうがいいんでしょうね」男は立ち上がり、また首を左右に振った。二十ポンド紙幣をテーブルに投げる。「答えは自分で出さないといけない」

「混乱させて、すまない」

「いいえ。ぼくから助言を頼んで、あなたがそれを与えてくれた。それも真っ向から」

アーサーはためらった。男の様子が様変わりしている。そびやかしていた肩が丸まり、真実を探す目になっている。アーサーは話をする前に、まず唾を呑みこんだ。おそらく自分もまた、残酷な真実を知る必要があるのだろう。「帰る前に」アーサーがいった。「ひとつ、訊いてよろしいかな？　もう二度と会うこともなさそうだが、きみの考えを聞かせて欲しい」

「ええ。なんでしょう？」

「自分と出会う前に、他の男たちと過去がある女をどう思うかね？　世界のあちこちで生活し、様々な体験をしたというのに、自分にはそういう話を一切しなかった。それがわかったら、いやな気持ちにはならないかね？」

男は首をちょこんとかしげて考える。「いいえ。そういう経験が現在の彼女をつくっている。自分にそういう話をしなかったのには、きっと彼女なりの理由がある。現在に目を据えて、過去を振り返らずに生きる人もいます。現在が幸せなのに、どうして過去に目を向ける必要がありますか？」

アーサーは少し考える。ナプキンを取って、それでベーコンサンドウィッチを包み、ポケットの中に入れた。「それと、きみはマンダやドナにこれまで宝飾品を買ったことがあるかね？」

「ええ。ドナは安っぽい、ぴかぴかしたものが好きなんです。引き出しいっぱいにぎっしり持ってる。マンダは値の張るものが好き。愛情を示すために、ダイヤモンドやプラチナをプレゼントしなくちゃならない。まったく金のかかる女です」

「彼女たちに買うものを選ぶときには、じっくり考えるものかな？」本のチャームをひらいた中にあった、文字を刻みつけたページを思い出している。フランソワ・ド・ショーファは、いったいミリアムにどれだけ心を奪われていたのか。

「いや、それほどでも。本人に任せます。好きなものを選ばせるか、自分で買わせる。あるいはぼくのほうで、いい品を安く手に入れられる友人から、ちょっとしたものを買うとか。でも結婚指輪については、いっぱしの努力はすると思います。一生モノですからね」

「ありがとう。参考になったよ」アーサーは立ち上がって、男と向き合った。「いい妻を選んだかどうか、きみはわたしに訊いた。それは自信を持ってイエスといえる。だが、彼女の夫選びについては、果たして正しかったのかどうか、わからない」

男が腕を伸ばして、アーサーの肩をパンチする。「何いってるんですか。あなたは見るからに優しそうだ。奥さんはいい夫を選んだと思いますよ」

「そうかね?」ふいに、そうだといって欲しくなった。たとえ浮気性で無作法な男からでも。

「あなたは浮気をしない。優しい。人の話に耳をかたむける。思慮深い。ためになる助言ができる。外見だって悪くない。奥さんはいい夫を選んだ。間違いなくね」

「ありがとう」アーサーはしんみりしていった。代金に加えて、二ポンドのチップをテーブルに置く。ウェイトレスがそれを見て手を振った。

「彼女、そそられる」男がいっていっしょにテーブルから離れる。「そう思いませんか?」

「いや」アーサーはきっぱり言う。「わたしは思わない」

本

フランソワ・ド・ショーファの家はアーサーが想像していたより大きかった。贅をこらした華やかな外観。五つ星ホテルのように、玄関口にグレーのシルクハットをかぶった男が立っていてもおかしくない。日ざしを反射して、建物の正面がきらきら輝いている。アーサーはふいに、赤レンガの棟割《むねわ》り住宅で、寝室が三つだけの自宅を思い出して恥ずかしくなった。家に限らず、何か立派なものが欲しいと思ったことはなかった。ダンとルーシーの通学の便を考えてミリアムと引っ越しを検討したこともあったが、これまで家の大きさで自分や他人を値踏みするようなことはまったくしたことがなかった。家庭は心の住まう場所と、母にしょっちゅういわれて育った。それとも、出世の階段をのぼり詰めて、家族のためにもっと豪壮な家を建てるべきだったのだろうか。もっと必死に頑張って社会の成功者になるべきだったのか？　この旅を始める前は、そんなことはまったく考えたことがなかった。

　家の前に立って、流麗な曲線を描く街路や、ポプラ並木や、手入れの行き届いた広場に目を向けると、フランソワとミリアムが手をつないで散歩をする姿が頭に浮かんできた。ミリアムは全身白一色、フランソワは黒ずくめで、近隣の住人や、通りかかる人々から賞賛の目で見られたことだろう。アーサーの想像の中で、足並みをそろえて歩くふたりは、くすくす笑いながら頭を寄せ合い、互いの身体に触れあっている。それから玄関前でキスをし、ふたりで家の中に消える。

アーサーは両手をポケットにつっこんで、自分の格好を点検する。おかしな青いズボンにがっちりしたウォーキングサンダルを合わせ、コンパスをぶら下げたナイロン製のバックパックを背負っている。格好いいとはいえない。もしミリアムがフランス人作家と暮らしていたら、贅沢でクリエイティブな人生を送っていたことだろう。家庭の雑事に追われながら、退屈な錠前師と暮らすのとは違う人生があった。ミリアムの産んだ子どもたちは私学で特別な教育を受け、欲しいものはなんでも手に入る。アーサーは、おもちゃを買って欲しいとダンやルーシーにせがまれても、ダメだということが多かった。自分の稼ぎには分不相応だったからだ。

しかしミリアムは、稼ぎが少ないと夫に思わせるようなことはまったくなかった。アーサーが勝手にそう思っていただけだ。

ふるえる膝でアーサーは階段を上がっていく。ライオンの頭部をかたどった、黒い鉄製のノッカーでドアをたたく。それから背筋を伸ばし、フランスの愛の神がドアをあけるのを待つ。年老いても、あの黒髪は健在だろう。

フランソワ・ド・ショーファァは、いまでもタイトな黒のスラックスにタートルネックのセーターという格好をしているものと、アーサーは決めつけていた。それが彼のトレードマークなのだから間違いない。きっと裸足で、耳のうしろに鉛筆を一本挟んでいる。さて彼はドアからどうやって登場するのか。颯爽《さっそう》と現れるか。それとも、最新の傑作を執筆中のところへ邪魔が入ったと、大きなため息をつくか。

アーサーはできるだけ毅然《きぜん》とノッカーを打ちつけた。数分待って、もう一度ノックする。まるで長い旅を終えて列車から降りたときのように胸がむかついていた。回れ右してこの場を離れ、こんな馬鹿げた企てのことは忘れてしまえと頭の中で声がする一方、とどまって、遂行しろという心の声も聞こえた。

ドアの向こうでガチャガチャと物音がし、チェーンがはずされるのがわかった。ドアが数インチほどひらいた。鮮やかなピンク色の服。ドアのすきまから片目が覗いた。

「はい?」

男なのか、女なのか、声からは判別できない。恋のライバルに想像していた声とは違った。

「フランソワ・ド・ショーファァさんに会いにきました」

「どちらさまですか?」

「アーサー・ペッパーといいます。うちの妻がミスター・ショーファァと親しかったはずなんですが」ドアがまだ完全にあかないので、アーサーはさらにいいたす。「妻は一年前に亡くなりまして、妻と親しかった方々を訪ねているんです」

ドアがゆっくりとひらいた。二十代半ばか後半と思《おぼ》しき若い男が立っている。ぎすぎすに痩せていて、腰まで下ろして穿いたジーンズから尻が見えそうになっている。レッド・ツェッペリンと書かれたTシャツの裾は臍《へそ》が見えるほど短く、臍にはきらきらした赤い石がはまっていた。落ちくぼんだ紺色の目がパウダーピンクのつんつんとがった髪の奥から覗いている。

「彼には、あなたの奥さんがわからないと思いますよ」柔らかな東欧訛り。

「写真があります」

すると男は首を横に振った。「誰であっても、見分けるのは難しい」

「妻と彼が親しかったと、信じるだけの理由があるんです。ずっと昔のことです。六〇年代に……」

「彼はアルツハイマーなんです」

「なんと」予想外だった。想像の中にあった黒ずくめの格好をした、生意気なビート族の姿はあっさり消えたが、かといってそれ以外にどんな姿も浮かばない。

若い男はドアを閉めるかと思ったら、「中に入りませんか？　少しすわったほうがいいと思いますよ」といってきた。

それで初めてアーサーは、足首が体重を支える限界に来ているのに気がついた。カフェで女性に二股をかけている男と会ってから、ずっと歩き通しだった。「それはご親切に、助かります」

「ぼくはセバスチャンといいます」若い男が振り返っていった。モザイク模様のタイルの床を歩く足音がキュッキュと鳴り、廊下に残す足跡は数秒後には消えている。「どうぞ、遠慮なく入ってください」そういってドアのひとつを手で示す。「お茶でもいかがですか？　ひとりじゃ、淹れる気にもなれなくて」まるで懇願するように目を大きく見ひらいている。

「ではありがたく」

アーサーはドアをあけ、部屋の中に入った。四方の壁は床から天井まで書棚になっていて本がぎっしり詰まっていた。長い脚立《きゃたつ》がひとつ、壁の一面に立てかけてある。重量感のある黒い木材でできた家具と、ベルベット張りの椅子やクッション。ベルベットの色は、ルビー、サファイイヤ、ゴールド、エメラルドときらびやかだが、どれも色あせて古びている。天井はインディゴブルーに塗られていて、銀色の星が点々と散らばっている。すごいとアーサーは思う。その場に立ってぐるりと室内を見回す。まるで映画のセットのようだった。すわってなどいられない。室内を一周してじっくり見て回りたかった。蛇腹《じゃばら》式の蓋がついたオーク材の机が、張り出し窓に向かって置いてあり、そこにすわると通りを眺めることができる。机の上には古いタイプライターが置いてあって、フランソワ・ド・ショーファがまた新たな傑作、あるいは剽窃《ひょうせつ》を打ち出せるよう、紙が一枚セットしてある。ぱりっとした白い紙に打ち出されている文章を見てみようと、アーサーはそこに近づいていく。紙は白いまま。少しがっかりした。自分自身はアーティスティックでもクリエイティブでもなく、だからこそ、絵や小説で生活していける人種には興味を惹かれる。

しばらくして、サイドボードがほこりまみれなのに気がついた。寄せ木張りの台の上に、マグカップが点々と置いてある。ソファに並んだクッションの陰から覗いているチョコレートバーの包み紙。最初の印象とは違って、よく見るとどこもかしこも薄汚れている感じがする。アーサーは明るい薄黄緑色のベルベットが張られた椅子を選び、そこに腰を下ろした。

セバスチャンが部屋に入ってきた。赤と白の水玉模様がついた、プラスチックの盆の上に、ゴージャスな花模様が描かれたティーカップふたつと、カップとおそろいのポットを載せている。それをコーヒーテーブルの上に置きながら、山積みになった雑誌を床に落とした。アーサーが手を伸ばして拾い集め、あいている椅子の上に置いた。

セバスチャンは気にもとめない。まるで動く先々で物が散らばるのは日常茶飯だといわんばかりだ。「用意ができました」セバスチャンがいう。「シャル・アイ・ビー・マザー、アンド・ポア（わたしがお母さんのように、お茶を注ぎましょうか）？　イギリスではそういうんですよね？」

「ええ」アーサーはにっこり笑った。相手の手がふるえているのに気づいて、手伝おうと伸ばした手をひっこめた。

「どうぞ」セバスチャンがアーサーにカップとソーサーを渡した。それから部屋のあちこちに置いてある椅子を順番に指差していき、一番大きなものを選んだ。色あせた、青緑色の布地の隅から詰め物が飛び出している。セバスチャンは椅子の上であぐらをかいた。「奥さんのこと、話してください。なぜここまでいらしたんですか？」

アーサーはブレスレットのことを話し、そのチャームに隠された物語を探る旅を通じて、自分と出会う前の妻について知ることができたことを打ち明けた。「自分についても、これまで以上に知ることになりましてね」アーサーは認めた。「人に会って、話を聞くたびに、まるで自分が変わっていくような、成長していくような感じがしました。それにおそらく、わたしが訪ねたことで相手にも少しいいことがあるようで。不思議な感じです」

「それは心が躍りますね」

「そうなんですが、やましさもある。わたしは生きていて、妻はそうじゃない」

セバスチャンは小さくうなずいた。気持ちがわかるというように。「ぼくも以前は生きているると実感できた。ここでも、どこでも、心躍る毎日を過ごしていた。しかしいまはここにいると、囚われの身になった気分です」

「実際には囚われているわけじゃないでしょ？　つまり、その気になれば、出ていけるのでは？」

とんでもないというように、セバスチャンは手を振った。「ぼくの人生について、少しお話させてください。アーサー、あなたは自分の人生を探しているけれど、ぼくの人生は死にかけている。芝居がかった言い方に聞こえるでしょうが、それがぼくの本音です。ぼくがフランソワと知り合ってから二年ほどで、彼は自分が誰であるか忘れてしまった。始まりはささいなことでした——照明を消し忘れたとか、眼鏡をなくした、ベッドの下に靴を置き忘れた。そういうことなら誰にだってあるじゃないですか？　朝食のシリアルを間違えてコーヒーカップの戸棚にしまったとか、二階に上がってきたところで何をしにきたのか忘れた、冷蔵庫にすでに入っているのにミルクをまたひと瓶、買ってしまったとか。しかしフランソワは、家を全焼しそうになった」そこで感極まったようにセバスチャンの目がうるむ。「午睡《ごすい》のために二階に上がるんです。だいたい二時から四時のあいだに。そのあいだはひとりにしておいて、彼が再び書き出すためのエネルギーを充電させるんです。ある日起こそうと寝室に上がっていくと、ベッドが燃えていた。炎が天井近くまで高くあがっているのに、フランソワはただすわって、窓の外を見ていました。危険のさなかにいることもわかっていない。ぼくは毛布を持ってガゼルのように走り、バスルームに入ってシャワーで毛布をびしょびしょにした。それをつかって、なんとか火を消し止めました。マットレスは黒焦げになって煙をもうもうとあげている。それでもフランソワは何もいわない。ぼくは彼の肩をつかんで訊いた。『大丈夫ですか?』って。それでもぽかんと前方を凝視《ぎょうし》しているだけ。それでわかった。完全にイカレちまった。もう以前のような冴えた頭にはもどらないって」

アーサーの胸に不思議な思いが湧いてきた——セバスチャンはフランソワ・ド・ショーファについて、一介の助手として語っているのではない。「きみはどうやって彼と知り合ったのかね?」

「四年前にロンドンに出てきて、ナイトクラブのバーカウンターで働いていました。雇い主にいびられて、グラスをひとつ割ると給料を減らされた。若かったから自分を擁護することもできなくて。ある夜、フランソワが仲間を連れてやってきて、ぼくもああだこうだと、おしゃべりに加わった。彼はそれから毎晩のようにやってくるようになって。そうやって三週間が経った頃に、ぼくに仕事をしないかとフランソワが持ちかけた。家事をやり、仕事の管理をし、話し相手にもなるという、そういう仕事でした。ぼくはすっかり有頂天。そんな有名な作家が自分に興味を持ってくれるなんて、うれしくてたまらなかった。それでぼくがここへ移ってきて、それから関係が始まったんです」

アーサーはお茶を飲みながら、いったいどういう「関係」だろうと考えている。

「あの、ぼくの話に気分を害してないといいんですけど」セバスチャンがいう。「言葉が暴走しているのが、自分でもわかります。でも長いこと自分の胸に閉じこめてきたものだから。みんなフランソワを憎んでるんです。友人も家族も、いまでは誰ひとり彼のことを気にかけない。フランソワはエージェントも代えてしまって、新しいエージェントは金儲《かねもう》けしか考えない。あとはぼくしかいないんです。この仕事をやめるわけにはいかない。それでとどまって、彼の世話をしているんです。見捨てることなんてできない。二十八歳にして、人生終わったたって感じです」

「きみは彼の……介護者？」

「いまではそうです。ふたりのあいだには、いまはそれ以外何もない。以前とは違います。出会ったとき、彼は光り輝き、自由だった。そういう彼が好きだった。日々の家事をこなしながら、彼の口にする言葉をタイプし、日記を書くのを手伝う。ぼく、プードルみたいだといわれました。すごく可愛らしくて、一生懸命だからって。これにはぼくも声を上げて笑った。そうやって怒らないところもまたいいといわれました。意地悪なこともいうし、不機嫌で扱いにくいところもあるけれど、それでも彼はぼくに居場所を与えてくれた。自信をつけてくれた。家族に仕送りができるほどの給金ももらっています。だからぼくはここにとどまって、彼の世話をしなきゃいけないと思う。もしぼくが出ていったら、誰が彼の面倒を見るんです？　とにかく心配なことばかりで……」頭のまわりで両手をくるくる回す。

「力になってくれる人はいないのかね？」アーサーが訊く。

セバスチャンは首を横に振った。「ぼくにはいません」

「相談をする相手は？」

「友人は何人かいますが、そこまで親しくはなくて。アーサー、あなたに話せてよかった。頭の中から言葉をひっぱりだしてくれた。人と話をするって必要なんですね。気分が少し軽くなりました。いつの日か、出ていかなきゃいけないことはわかってるんです……でないと、自分がおかしくなってしまう」

「確かに、わたしも家を出て、いろんな人と会ったら気分はよくなった」アーサーは認める。「まったく予想外だった」

セバスチャンがうなずいた。「話を聞いてくださって、ありがとうございました」

ともにお茶を飲み終わると、セバスチャンがカップを集め、すでにそこに置いてある四つのカップといっしょにサイドボードの上に置いた。「フランソワとあなたの奥さんが恋人同士だったと、そう思っているんですか？」

単刀直入な質問だったが、ケイト・グレイストックから写真を見せられて以来、アーサーはずっとそう思っていたのだった。「そうじゃないかと思っている」

「それを思うと悲しくなる、そうなんですね？」

「それほど悲しくはないが、混乱はする。自分と出会う前に別の男と暮らしていたなんて知らなかったからね。そんな大層な評判を持つ男に自分が太刀打ちできるか自信がない」

「うーん」セバスチャンは思案顔。それから口をひらいた。「フランソワが同性愛者だって、ご存じですよね？」

アーサーは首を横に振った。「いや。その彼がどうして……」セバスチャンがゲイであることは予想していたが、フランソワ・ド・ショーファは？　ケイトの話からすると、相手構わず関係を持つ女たらしといった印象だった。

「彼とあなたの奥さんは恋愛関係にあったのかもしれません。六〇年代か、七〇年代に。フランソワは、なんといえばいいのか、つまりあっちのほうは歯止めが利かなくて。でも男も好きだったんです。ただ当時はそれを公言してしまえば仕事や評判に傷がつく。自分を一種の伝説だと考えるのが好きで、幅広い年齢層の女性と山ほどつきあっていました。そりゃあもう、ものすごい数で。みな浅いつきあいだから、別れても相手は傷心するまでには至らない。ただし、あまりに愛情に飢えた相手の場合はそうはいきませんがね」まるで、厄介そうな口ぶりだ。

「ミリアムは強い女だった」

「それじゃあ、フランソワにぼろぼろにされはしなかったでしょう……だからといって、あなたの心が慰められるのかどうか……」

　慰めにはならない。「彼に会うことはできるかね？」

「あなたがいらしたことを伝えてきます……来客はあまりないんです。きっと喜びますよ」

　女たちに嘘をつき、わたしの妻に嘘をつき、グレイストック卿のアイディアを盗んだ男。それを自分の目で見たかった。いったいどんなやつなのか。「ぜひ」アーサーは立ち上がった。「会わせてもらいましょう」

　セバスチャンのあとについて、踊り場のある階段を上がっていく。上階にたどりついて、ひとつのドアの前に立つ。気がつくとアーサーは両手を拳に握っていた。しかし妻の過去のこの部分を避けて通ることはできない。自分とは何から何まで正反対の男。破天荒で向こう見ずな、この天才は、本当にミリアムのハートを盗んだのか？

　セバスチャンがドアを押しあけ、先に入った。「起きてますよ。ただし、長居はやめてください。すぐ疲れるんです。そうするとこのぼくが最初にやられる」そういって、指を銃に見立てて、自分のこめかみに発砲する真似をする。

　アーサーはうなずいた。一瞬、部屋の外でためらったのち、中へ入った。

　フランソワ・ド・ショーファの病気については知っていたが、部屋の隅の肘掛け椅子に背を丸めて腰を下ろす、その姿は予想を超えていた。小柄で頭はぼさぼさの白髪で、眉毛が異常に伸びている。両手を鉤爪のように丸め、顔はゆがんでいた。前方を凝視する目はうつろで、ケイト・グレイストックからもらった写真に写る、肩をそびやかした若い男の面影はほとんどない。目の前にアーサーやセバスチャンがいることにも気づいていないようだった。

部屋の中には尿と消毒薬の臭いがこもり、消臭剤のバラの香りもあまり役に立っていない。シングルベッドの上にはグレーの毛布が、その脇には、つかいこんだ尿瓶《しびん》が置いてある。ベッド脇のテーブルには山積みになった本とベビーモニターがひとつ。モニターの赤いランプが点灯している。まだ読書はできるらしい。この哀れな男にも、それだけの楽しみが残されていると知ってアーサーはほっとする。

アーサーが前に進み出ると、セバスチャンはあとずさって部屋から出ていった。「五分したら、もどってきます」

アーサーはうなずき、それから本人と向き合った。「ミスター・ド・ショーファ。わたしはアーサー・ペッパーと申します。わたしの妻をあなたはご存じだと思いまして」写真を差し出す手がふるえる。「残念ながらこれはかなり昔のもの。一九六三年の撮影です。ここにあなたといっしょに立っているのが妻です。わかりますか？　これを見たとき、わたしはかなり妬けましたよ。彼女が一心にあなたを見つめているんですから」

アーサーは写真に写ったミリアムの頭をそっと叩く。それから、ド・ショーファの反応が返ってくるのを待つ。干からびた顔に笑みのようなものが浮かぶか、あるいは瞳孔が大きくひらくか。しかし反応はなかった。

アーサーはポケットからブレスレットを取りだした。「妻のブレスレットなんですが、このチャームをあなたがプレゼントされたのではないかと。本をかたどったチャーム。中に『マ・シェリ』という言葉が刻みつけられています」しゃべりながらも、相手はまったく聞いていないとわかる。誰かが自分に向かって話しかけていると、そういう認識もないようだった。アーサーはしばらく立ち尽くしていたが、やがてため息をついて、相手に背を向けた。

ドア口にセバスチャンが腕を組んで立っていた。ここで初めてアーサーは、彼の腕に青みがかった灰色の痣《あざ》が点々と浮いているのに気づいた。セバスチャンに近づいていって、「これは、彼にやられたのか?」と小声で訊く。

「まあ何度か。動いてもらわないといけないときがあって、そういうとき、本人は混乱してしまうんです。ただ、昨夜はぼくがさみしくなって。それで昔の……友人に連絡したんです。彼がやってきたら、フランソワが手のつけられない状態になって。身体を揺さぶられました」

「警察に連絡しなかったのかい?」

セバスチャンは首を横に振った。「ぼくが悪いんです。フランソワがどういう人かわかっていたはずなのに。しかしそれでも、支えてくれる誰かが必要だった。そういう気持ち、わかってもらえますか？」

「ああ、わかるとも」

セバスチャンは階下に下りていき、アーサーもそのあとに続いた。

「まもなく彼を下に下ろさないといけない。ぼく、体力はないんですけど」

「助けが必要だよ。きみひとりでなんでも抱えこむべきじゃない」

「まあ、なんとかやっていきます」

廊下でアーサーはブレスレットを差し出した。枯葉のように丸まって椅子にすわるド・ショーファを見たのを最後に、この旅を終わりにしたくなかった。「この本のチャームの中に、マ・シェリという言葉が刻まれている。それについて、何か思い当たることはないかな？」

セバスチャンはチャームに触れると、こくりとうなずいた。「ええ。これならお力になれると思います」そういうと、居間に行って腰をかがめ、戸棚のひとつをあけた。アーサーに一冊の本を手渡す。「フランソワの仕事に関しては、表も裏も知り尽くしてるんです。小説も詩集も思索の書もすべて読みました。掃除をしたり、彼を着がえさせたりする合間に。ここにあるのは詩集です。いまお渡ししたのが、『マ・シェリ』というタイトル。何か関係があるんじゃないですかね？」

「ああ。おそらく」

セバスチャンはページをぱらぱらめくった。「一九六三年に書いたものです。フランソワと、あなたの奥さんが友人だったと思われる年ですよね？」

アーサーはうなずいた。中身を読んで、この小説家と、妻のあいだに何があったのか、それを探るのは気が進まないが、やらずには済まされないこともわかっていた。

「お持ちください。十冊ほどありますから。彼はいつでも自分の作品のファンでした。ぼくは好きじゃない。あまりに……凝りすぎていて。芝居がかっている感じがするんです。ぼくが彼を大事に思うのは、以前の彼を知っているからで、それでもここから出られないと思うと憎くもあります。まるで贅沢な檻《おり》に閉じこめられているように感じて」

「役所の福祉事務局に連絡をするべきだよ」

「ぼくは不法移民。この国には存在しない人間なんです。名前を出すわけにはいかない。国民番号だってないんですから。陰の存在であって、これからもそれを通さないといけないんです。ぼくに個人的自由はありません。生きていくためにはふたつのうち、どちらかの選択肢を選ばないといけない。とどまるか、去るか。でも去ったところで、それからどこへ行けばいいんです？」そこで両手をぱっと振りあげた。「行き場なんかない。彼なしでどうやって生きていけばいいのか、わかりません」

ピンク色の髪をしたこの若者に対して、ふいにアーサーは、なんとかしてやらねばならないと責任を感じた。つねに自分勝手に生きてきた老人のために、若者が人生を滞らせているのだから、放ってはおけない。「自分で道を切り拓かなくちゃいけない。まだ若いんだ。目の前にまだ丸ごと人生が残っている。このままじゃあ、冒険も、有意義な体験も、恋愛も、すべて機会を逃すことになる。メモか手紙でも残すか、匿名で電話をかけてもいい。とにかくきみは自分の人生を生きないと。誰かきっと見つかるよ。きみを傷つけるような人間との生活に甘んじてちゃいけない。きみを愛している人を見つけるんだ。おそらく同じ年代のね」いったいどこからこういう言葉が出てくるのか、自分でも不思議だった。若者に助言をしたのは、科学の宿題についてダンにアドバイスしようとしたのが最後だった。結局息子にノートをひったくられて終わりだった（「パパになんか指図されたくない。これはママの仕事なんだ。パパなんていつもいないくせに」といわれた）。

突然の反抗に驚いて、気がつくとアーサーは息子の顔をまじまじと見ていた。自分はミリアムのように、つねに子どもたちのそばにいられるわけではないが、それでも別の形で力になることはできた。そのことがあってから、アーサーは子どもたちの宿題には一切口を挟まなくなった。親身に相談に乗って子どもたちを「理解」するのはミリアムの役目。自分の役目は仕事に出かけて稼いでくることだとわかったのだ。

「ありがとう、アーサー」セバスチャンが身を乗り出し、アーサーの頬にキスをした。

「ぼくも力になれたなら、うれしいんだけど」

「助かったよ、ありがとう」幼小期の息子は別として、男性からキスを受けるのは初めての経験だった。妙な感じがして、うれしくはなかった。しかし少なくとも自分が人の力になれたのだという実感を得ることができた。

長い一日だった。結局求めていた情報は得られなかった。ひょっとしてミリアムも、ここにいるセバスチャンのように、結婚生活を檻に閉じこめられた暮らしのように感じていたのではないか。痣には触れないようにして、セバスチャンの腕を下からそっとつかむ。「もしいま出て行きたかったら、そうするといい」アーサーはささやくようにいった。「わたしがここにいる。ミスター・ド・ショーファの手続きは、わたしのほうでやっておく。彼は大丈夫だ」

セバスチャンはその場に凍りつき、アーサーの申し出について考えた。やがて首を横に振った。「そんなことはお願いできません。ぼくには彼を見捨てられない。いずれにしてもいまはまだ。でもあなたのおっしゃったことも考えてみようと思います。あなたは本当に優しい方だ。奥さんは運がよかったと思いますよ」

「運がよかったのはわたしのほうだ」

「その本の中に、あなたの探している答えが見つかるよう祈っています」

「わたしも、きみにとって物事がうまく運ぶよう祈っているよ」

外へ出ると、紺色の空が広がっていた。両側に並ぶ家々には灯りがともり、人々の暮らしを垣間《かいま》見せている。フランソワ・ド・ショーファの家をあとにして歩いていくと、黒髪をおかっぱにした女の子がピアノの練習をしているのや、家の正面の窓枠に上がって立つティーンエイジャーの少年ふたりが通りかかる人々に向かってVサインをしているのが見えた。ブロンドの髪の根もとが黒くなった女性が苦労してベビーカーを一台家の中に入れたところで、さらにもう一台を入れようとしている。「双子なんです」とこちらに声を張り上げた。「手間も二倍です」

56番地の家の中で、何が起きているのか、近隣の人は知っているのだろうか。若い移民男性が、元パートナーである、病気の老人の世話をしており、その老人はかつて傑出した作家だったということを。セバスチャンの立場を危うくするから、誰にもそんなことはいえない。自分が首をつっこむようなことではないのだ。

広場に向かうように置かれたベンチがひとつあった。広場ではカップルが飼い犬のイングリッシュ・ブルテリアといっしょに暗い中でピクニックを楽しんでいた。白のスパークリングワインの瓶に直接口をつけて飲んでいる。

街路灯に明るく照らされたベンチの上に腰を下ろして本をひらくと、ページがオレンジ色にぼうっと輝いた。目次に指をすべらせていくと、「マ・シェリ」と題された詩が

見つかった。

マ・シェリ

鈴の音の笑い声と、輝く瞳
きみなしで、どうして生きていける？
ぼくの生きる力、悲しみの聞き手
きみの唇は秘密を守り、嘘をつかない

小さな身体と、胡桃色の髪
はるばるインドから、ぼくのところへ
なのにきみは、もう会わないという
それがぼくにはとてもつらい

束の間の恋が、人生の命綱に
指が触れあっただけで、きみもわかる
ぼくの大事な人、輝きの人

いっしょにいたい

マ・シェリ

アーサーは本を閉じた。吐き気がしてきた。この詩が妻のことを謳《うた》ったものであることは疑いようがない。たとえフランソワが男のほうが好きだとしても。髪の色や、彼女が以前に住んでいた場所が言及されていることからも明らかだ。

大恋愛であったことが、アーサーにもはっきりわかる。情熱的な恋をしたからこそ、ド・ショーファはペンを取って詩をつづったのだ。アーサーは詩はもちろん、手紙ひとつ妻に書いたことはなかった。

「ダンゴムシを見つけたくないなら、縁の下を覗かないこと」母が昔口にした言葉が、突然蘇ってきた。目をつぶって、いつどこでそんな言葉を聞いたのか思い出そうとするものの、そういった細かい状況はすべて記憶から抜け落ちていた。いま母がそばにいて、自分がなんの心配も責任もない少年だったらどんなにいいか。しかし目をあけてみると、皺くちゃになった手が本をつかんでいた。

さて、これで本とゾウとトラのチャームについては解明された。それでもまだ、パレット、指輪、花、指ぬき、ハートが残っている。

ロンドンのベンチに腰かけている老人。それが自分だった。足首が痛い。本の壁に囲まれた牢獄にセバスチャンを置き去りにしてきたことを思うと、心の中にぽっかり穴があいたようで、それもまた痛い。けれどもこの探索は最後まで続けなければならない。

詩集を閉じ、ベンチの上に置く。歩み去りながら、次に秘密が明らかになるのはどのチャームだろうと、考えないわけにはいかなかった。

また別のルーシー

アーサーには計画はなかった。ド・ショーファを見つける、考えていたのはそこまでだ。バックパックの中にわずかな洗面道具が入っているものの、今夜泊まる場所は予約していない。その夜のうちに家に帰るものと半ばぼんやり考えていたのだ。しかしもう遅く、十時を過ぎている。ヨークへもどる列車の時刻表はざっとメモしてあるが、これから夜のバスに乗ってキングズクロス駅まで行くのは気が進まないし、まだ乗ったことのない地下鉄に挑戦するのもいやだった。

やみくもにどこまでも歩いていると、いまいる場所がどこなのか、自分は何者であるのかさえわからなくなってくる。様々なイメージと会話の切れ端が頭の中を駆けめぐっている。ドアのすきまから覗くセバスチャンの目のイメージと並んで、ハネムーンでベッドに寝ているミリアムの姿が浮かび上がる。ダンを初めて学校に送っていって帰る道すがら、ひと筋流れた涙をぬぐう自分の姿が浮かんだかと思えば、パーリー・クイーン・カフェでどちらの恋人と結婚するか決めかねている男の姿も浮かんでくる。

自分はかつて、ミリアムの最愛の夫であり、ダンとルーシーの献身的な父である、アーサー・ペッパーだった。じつにシンプル。しかし、こうして胸の中でそう唱えてみると、まったく規格通りの死亡広告のように聞こえた。自分はいま何者なのか？　ミリアムという妻に先立たれた男やもめ。違う。それだけでは終わらない。妻の死によって定義される存在であっていいはずがない。さあ、次はどこへ行こう？　どのチャームの秘密を探ろう？

疲れ切って考えられず、頭の中でぐるぐる回っている物事に嫌気が差してくる。頼むからとまってくれと思いながら、とぼとぼ歩いてまた新たな角を曲がる。そのうちに、賑やかな通りに出た。ファストフード店の前に子どもたちが集まって、ボール紙の箱から直接、チーズが糸を引くピザを食べ、互いを道路へ押し出そうとしている。黒いタクシーが急ブレーキをかけてとまり、クラクションを鳴らした。子どもたちが野次を飛ばす。観光客用の商品を並べた露店がまだ通りにずらりと出ていた。パシュミナのスカーフ二枚で十ポンド。携帯電話の充電器、Tシャツ、ガイドブック。

様々な物音と光景がアーサーの頭をさらに一杯にしていく。どこか静かなところで横になり、今日の出来事を整理して、これからどうするか、計画を立てたかった。

通り沿いに、小さな看板のかかったドアがあった。ユースホステル。アーサーは迷わず中に入っていった。

若いオーストラリア人の女性が受付にすわっていて、白いタンクトップの、右の肩口から、青いトライバル・タトゥーを覗かせている。一泊三十五ポンドでベッドはひとつしかあいていない、とアーサーに伝えた。ロール状に巻いたグレーの毛布と、でれっとした枕を渡されて、アーサーは教えてもらった廊下の突き当たりにある部屋へ向かった。

ツインルームを他人と共有するのだろうと思っていたが、部屋に一歩入るなり、二段ベッドが三つあって、床にドイツ人の女の子が五人すわっているのが目に入った。みなデニムの短パンを穿き、色つきのブラの上にきつきつのチェックのシャツを着ている。堅いパンに厚切りのエダムチーズ、缶に入ったシードルをみんなで分け合っていた。

驚きを隠すため、アーサーは陽気に「こんにちは」といって、衣類やバックパックが山積みになっていないベッドを目で探す。いまそこへ、のこのこと上がっていって、膝も立てられないと気づいてうろたえる失態を演じたくなかったので、いったんその場を辞して受付にもどり、そこで三日前の新聞を読んでいると、女の子たちが部屋からぞろぞろ出てきた。それぞれに馬乗りになってふざけあいながら、そろって夜の町へ出ていく。

ミリアムとまだデートを始めたばかりの頃、元気に満ちあふれていた自分を思い出した。胸をときめかせながら、顔を洗い、髭をそり、櫛《くし》で髪を撫でつけて、ヘアクリームをなすりつけた。スーツにもシャツにもしっかりアイロンをかけ、靴もぴかぴかに磨いた。櫛をポケットに入れ、口笛を吹きながら彼女に会いに行く。ふたりでアイスクリーム店の窓辺の席にすわって、レモネードにヴァニラアイスクリームを浮かべたものを飲んだり、ときには映画も観に行った。その当時はまだアーサーも見習いで、少ない給金を一週間分貯めておいて、ミリアムがおいしいものを食べたいといったときに備えていたのだが、彼女はいつでも、いっしょに散歩をするだけの、質素なデートで満足していた。当時はまだ、ミリアムがトラと暮らしていたとか、有名なフランスの作家に詩を贈られていたなどとは知りもしなかった。

　女の子たちの一団がユースホステルの窓辺を通り過ぎていく。ひとりは花嫁用のベールと「L」の文字をつけ、他の子たちは、赤い悪魔の角をくっつけて、赤いチュチュと網タイツを穿いている。みな声を限りに歌っていて、『ライク・ア・ヴァージン』という言葉が聞きとれた。

　女の子たちがアーサーに手を振り、アーサーも振り返す。ミリアムのヘン・ナイト（結婚直前の女性のために開かれる女性だけのパーティ）は、母親と、友人ふたりといっしょにバーニ・イン（英国のファミリーレストランチェーン）に食事に出かけた。それが洗練の極みだったのだ。結婚式の前日、アーサーと友人のビル（すでに鬼籍に入っている）は、サッカーの試合観戦に行き、そのあとでビールをレモネードで割ったシャンディを二パイント飲み干した。そのあいだずっとアーサーは、翌日にミリアムと結婚することを思って、興奮し、神経が高ぶっていた。シャンディにつかってあるレモネードは甘く、サッカーの応援の声に耳がじんじんした。シャツのラベルがうなじをこするのまで感じられた。全身の隅々まで、ミリアムを妻にする準備をしていたのだ。

結婚式当日は、教会をあとにするときに舞い降りる紙吹雪のように、何もかもが、ぐるぐる回っている感じがした。披露宴は地域の集会場を借りて三十人の客を招待した。厳しい顔をしたミリアムの母親が、結婚祝いの贈り物としてサンドウィッチとポークパイをつくってくれ、アーサーの両親はハネムーンとして、ある農場で二泊する旅行をプレゼントしてくれた。アーサーの小型乗用車、モーリスマイナーに乗って出かけたのだが、後部にはガラガラいう空き缶が結びつけられ、ボール紙でつくった「新婚です！」の看板が貼り付けてあった。

農場の母屋は歯の根が合わないほど寒かった。ひと晩中ヒツジが鳴いて、女主人はハチを一匹呑みこんだような顔をしていた。けれどアーサーはその旅行がとても気に入った。ミリアムは寝室に置かれた木製の仕切りの陰でベッドに入る準備をし、アーサーは屋外トイレに行って着がえをした。パジャマの裾を長靴の中にたくしこんで、着ていたものを胸に抱えてぬかるんだ畑をつっきった。

ミリアムは首回りにピンク色のバラの刺繍《ししゅう》がある、裾が床まで届くコットンのネグリジェを着ていた。欲望にうめき声を上げないようにしながら腰に手を回すと、ミリアムがぎこちない足取りでアーサーの胸の中に入ってきた。ふたりでベッドに入り、初めて身体を重ねる。そのあと互いに腕を回し、これからの生活について、子どものことも合わせて、ふたりで話し合った。いまでもその日は人生最高の日として記憶に残っている。愛情と安心と欲望に満ちあふれた一日だった。もちろんそのあとも、素晴らしい日はたくさんあったけれど——ダンやルーシーが生まれた日、家族で休暇を過ごした日など——ミリアムとともに、夫と妻として最初に過ごした数時間はやはり最高だった。

「L」の文字を身につけた女性も、結婚式の日には同じような気持ちになって欲しいと願わずにいられない。

問題は、自分ぐらいの年齢になると、もっと素晴らしい日がやってくるという期待が持てないことだ。かつては、「この日を永久に忘れない」と思うような日もあった。たとえば、孫のカイルとマリーナの甘いミルクの匂いがする息をかぎながら、くねくね動く身体を抱っこした日。いまは何を楽しみに待てばいいのだろう。

ロンドンなんぞをうろついていないで、自宅のベッドでいつものようにホットチョコレートを飲みながら新聞を読んでいられたらどんなにいいか。こんなところにひとりでいても、当惑するばかりだ。

気分が落ちこんできたのを自覚すると、一番いいのはベッドに入って寝てしまうことだと自分に言い聞かせた。ちょうど真夜中になったところで部屋にもどり、足首の痛みを覚えながら自分のベッドに上がった。着のみ着のまま毛布をかぶってハネムーンのことを考えることにする。窓の外をバスが走り去る音や、山ほどの怒鳴り声が響くなか、救急車のサイレンを子守歌代わりにようやく眠った。

午前三時に女の子たちがもどってきて目が覚めた。酔っ払ってドイツ語で何か歌を歌っている。男を連れてきた子もいて、ふたりしてアーサーの下のベッドに潜りこんだ。くすくす笑う声と寝具のすれる音。

幸いなことに、ベッドがきしんで揺れる音はわずか数分しか続かなかった。他の女の子たちはまだくすくす笑って小さな声で話をしている。アーサーはチクチクする毛布をひっかぶって闇の中で目を大きくあけていた。まさかセックスをするなんてあり得ないと、最初はそう自分に言い聞かせていた。街で出会った男を連れこんで、他人がぎっしりいる中でそういう行為に及ぶ人間がどこにいるだろう？　しかしあえぎ声や吐息からして、いま自分の寝ているベッドの下で行われているのは、まさにその行為であることは明らかだった。時代が大きく変わったのはわかるが、ときにその新しい世の中を好きになれないことがある。

女の子たちのおしゃべりはしだいにやみ、下のベッドにいるカップルはしばらく音を立ててキスをしていた。バッグのファスナーをあける音に続いて、ティッシュのパッケージをひらく音がしたかと思うと、それきり静かになった。

横になったままアーサーは考える。一年あまり、ずっと独り寝を通してきた。よもや他人とひとつ部屋で眠ることがあろうとは考えもしなかった。それなのに、かすかな寝息やいびきがさざ波のように広がっていくと、不思議なことにアーサーは安心して眠りに落ちていった。

朝になってベッドから下りたとき、まだ女の子たちは眠っていた。サンダルに足をすべりこませると、下で寝ていた男が床にすわってスニーカーの紐を結びだした。黒ずんだピンクのジーンズを穿いて、裾を足首まで折り返している。男のごわごわした銅色の髪がアーサーにぶつかった。「シーッ」男は指を一本立てて唇に当て、「そっとずらかろうぜ」とアメリカ訛りでいった。まるでアーサーが共犯者でもあるかのように。

自分はひとり旅をしている者で、昨夜のおふざけとも、ドイツ人の女の子たちとも、一切関係がないと説明したかったが、結局アーサーはうなずいた。

「キングズクロス駅はどっちだかわかるかね?」ふたりで建物の階段に立ったところで、朝日にまばたきをしながらアーサーが訊いた。ユースの朝食は名前のついた茶色い紙袋に入って受付に並んでいた。誰が書いたか知らないが、アーサーの袋には、「アーサー・ピーパー(覗き魔)」と書かれていた。アメリカ人の男は「アンナ」と書いてある袋を勝手に取っていた。

「ああ、それなら左へまっすぐ行くと地下鉄の駅がある。それに乗ってキングズクロスまで行けばいい」男は袋の中身を確認して、不満そうに鼻の根に皺を寄せた。「リンゴひとつに、大きいクッキーとオレンジジュース一パック。頭にくるよな？」

むしろアーサーは、男のほうが厚かましいと思った。セックスを楽しみ、一晩無料で泊まり、朝食までタダでいただこうというのだから。

男はクッキーをポケットに入れ、オレンジジュースをまた別のポケットに入れた。それからリンゴをくわえると、紙袋を丸めて玄関の床に放り投げた。「それじゃあ」というなり、まるでこんな場所にいるべきじゃなかったというように、いきなり全速力で駆け出した。

アーサーは歩いて地下鉄の駅まで行き、地下道に入った。男がフルートを演奏しているかと思えば、その先には、ギターをつまびいている女もいた。どちらも中折れのフェルト帽をひっくり返してそばに置いていたので、五十ペンスずつ入れてやってから、人の流れに乗って駅の奥へと踏みこんでいく。

ぴかぴかの機械に硬貨を入れてやると、切符を吐きだした。さあ困ったと思っているのは、地下鉄に乗るのが初めてだからというだけではない。ロンドンに行けば、妻の過去について明快な答えが得られると思ったのに、謎は何層もの皮に覆われていた。巨大なタマネギのように、皮をすべて剝がしたほうがいいのか、それともこのまま放っておくのがいいのか？

タイルの壁に描かれた路線図は、これ以上はないほど大きなものだった。黒々とした文字でしっかり書かれているので一目瞭然のはずが、アーサーは首をかしげるばかり。昔エンジニアが、公衆電話の中身を露わにしているのを見たことがあった。色つきのワイヤーがぐしゃぐしゃにからみあっていて、(少なくともアーサーには)まったく不可解だった。この地図も一見それと同じようだが、実際にはもっと複雑だ。手を伸ばして、自分の行き先を指でたどりたくなる。目で追っていても、いつのまにか見失ってしまうからだ。まわりを見ると、みな要領がよく、自分の行き先はわかっているらしい。地図をちらっと見上げてうなずき、あとは迷いのない足取りでずかずかと歩いていく。アーサーは自分があまりにちっぽけで取るに足りない存在のような気がしてくる。

キングズクロスへ向かうルートをもう一度たどってみるが、どこで乗り換えをしていいのか、依然としてわからない。こうなったら、適当な電車に乗って、どこへ着くか運任せにするか、外に出てバス停で待つしかない。

ところがそこで、「こんにちは」と親しげな声が左の耳に聞こえた。「何かお困りですか?」

振り返ると、すぐ隣に若い男が肩を並べて立っていた。股上の浅い、バギージーンズのポケットの奥に手をつっこんでいて、ジーンズのウエストから、優に数インチほど赤い下着が覗いている。Tシャツは黒と白で、「The Killers《殺人者たち》」という文字が躍っているものの、満面の笑みが人なつっこさを感じさせる。

「ええ、そうなんです。じつは地下鉄に乗るのは初めてで」

「じゃあ、ロンドンも初めて？」

「そうなんです。このあたりの地理に暗いもので。キングズクロス駅まで行って、そこから家に帰る列車に乗り換えようと思ってるんですが」

「家は遠いんですか？」

「ヨーク近郊です」

「いいところでしょうね。えっと、キングズクロスでしたっけ？　難しい旅じゃあ、ありません。ここから二度乗り換えるだけでいい。切符はお持ちですか？」

「ええ」

「ちょっと見せてください」

　若者の親切心がありがたかった。アーサーは尻のポケットから財布をひっぱりだした。切符を取り出そうとしたところ、ふいに手から財布が消えた。文字通りぱっと。男が鉄砲玉のように飛びだしていき、たちまち人混みに姿を消した。

　まるでスローモーションの映像のように、アーサーはからっぽの手をじっと見つめ、信じられない気持ちで男が消えた方角に目をやった。財布を盗られた。どうしようもないマヌケ。こういうタイプの人間を新聞はこぞって記事に取りあげる――騙されやすい老人。我知らずがくんと肩を落とし、敗北感に打ちひしがれる。

しかし自分を情けなく思う気持ちは、まもなく強い怒りに取って代わられた。財布の中にはミリアムの写真が入っていた。にっこり笑って、まだ幼い子どもたちに腕を回している。あれは一枚しかない。よくもやってくれた。胃の中でたぎる怒りがこみ上がり、口から言葉となって吐き出された。「待て、泥棒！」アーサーは全身の力を振り絞って怒鳴り、その声の大きさに自分で驚きながら、もう一度怒鳴る。

アーサーは駆けだした。

最後にこんなふうに脚を動かしたのはいつだったか、思い出せない。おそらく二年前、バスを追いかけて全力疾走をしたと思うが、それは別に逃したところでどうということもなかった。それより前となると、とんとわからない。海岸で子どもたちを追いかけたときか？　歩いて済むものなら、わざわざ走らないのがアーサーだった。しかしいまはまるで脚に意志があるかのように勝手に動いている。脚は泥棒を逃がすつもりはないようだった。

よろめくんじゃないか、膝がガクンとなるんじゃないか。そんな心配などどこ吹く風で、男を追いかけて、脚はぐいぐいスピードを上げていく。アーサーは「すみません」とか「通してください」と周囲に必死になって詫びた。

書類とブリーフケースを手にした勤め人たちをよけて、馬鹿でかいサングラスをかけて巨大な地図を広げている日本人観光客の横を過ぎる。友人同士らしい、スミレ色の髪の女の子と、緑色の髪で眉毛に鋲《びょう》を数個つけている女の子。アーサーが前を通りすぎても、誰もまったく関心を向けない。まるで老人が泥棒を追いかけるのは日常茶飯だとでもいうようだった。

「あの男に財布を盗られた」アーサーは誰にともなく叫びながら、男を指さしている。胸の中で心臓がドカドカ音を立て、一歩ごとに膝がガクガクする。地下鉄の駅構内の、灰色の壁にずらりと貼られた映画館やオペラ劇場のポスターがぼやけて見える。人混みの中を縫って走り、疲れてくると少しよろけながらも、追跡を続けた。

しかし地上へ続く狭い通路に出ると、人がどっと押しよせた。泥棒の姿が消えた。これじゃあどうしようもない。アーサーは一瞬脚をとめて息をととのえる。もう放っておけ。

あきらめて追跡をやめようとしたところで、赤いパンツの色がぱっと目に飛びこんできた――素晴らしい追跡の目印。脚に鞭打って、アーサーはまた走りだした。行け、アーサー。走り続けろ。

ルーシーとダンがまだ幼い頃の記憶がフラッシュバックする。休みの日で、ミリアムはアイスクリームを売っているヴァンの前に立っている。子どもたちは鬼ごっこに夢中で、相手の腕や背中にタッチしては、さっと逃げていく。ルーシーが腕を伸ばして兄の脚にタッチしようとするのを、ダンがさっとよける。そうやって、あとずさる格好で小さくジャンプしながら、ダンはルーシーの手の届かないところへひょいひょい移動していく。そのうち舗道の端まで行って道路に出てしまった。憎らしい兄になんとしてでもタッチしてやろうとルーシーはむきになっており、兄以外のものは一切目に入らない。車が一台そばを走り抜けていき、さらにもう一台が、危険なほど近くを通っていった。連結式の大型トラックが、轟音《ごうおん》を上げながら、ふたりのいる場所に近づいていく。アーサーは危険を察知しながら、その場に根を下ろしたように動けなかった。距離は二十五フィートほど。ミリアムに怒鳴ったが聞こえないようで、彼女はアイスクリームコーンのへりに垂れてきたラズベリーソースをなめている。次の瞬間、アーサーは自分の内側にあるありったけの力を、不可能と思えるほどに振り絞った。気がつくと、ダンとルーシーの腕をひっつかんで危険から遠ざけていた。まるでスーパーマン。舗道にもどすなり、ダンは不満そうに父親をにらみつけ、ルーシーは勝ち誇ったように兄をぴしゃりと叩いた。涙がひと粒、アーサーの頬を流れた。何も知らないミリアムがあわただしく駆けてきて、みんなにアイスクリームをひとつずつ渡した。一歩間違えばぞっとすることが起きていた、それを知っているのはアーサーだけだった。

あのときの経験をいまに生かさんと、アーサーは人混みを掻き分けて日ざしの下に出ていった。まぶしい太陽の光にまばたきしながら、よろけるように前へ飛び出す。白い光が消えて、二階建ての赤いバスや木々、よく目立つ黄色い上っ張りを着てふたりずつ並んで歩く、児童の長い列が見えてきた。「待て、泥棒！」アーサーはまた声を張り上げた。

いまでは男の姿はずいぶん先にある。相手の歩幅が広いため、どんどん距離がひらいている。それでもアーサーは走っている。心臓と足がともにドスドス音を立てている。でこぼこした敷石、裏返しになって落ちているフィッシュアンドチップスのトレイ、ポテトチップの空き袋をものともせずに走っていく。するといきなり胸に痛みが走った。こりゃまずい。よろけながら足をとめた。まるで誰かに心臓を鷲づかみにされているように胸が痛い。「逃がしなさいよ。追う価値もないわ」ミリアムの声が頭の中で響く。もう体力の限界に来ていると自分でもわかっていた。アーサーは財布の中に入っているものを思い出そうとする。クレジットカード、十ポンド紙幣か二十ポンド紙幣、写真。刺されなかっただけでも幸運だった。

はあはあ息を切らしながら立っていると、また別の若者が大股でこちらへやってきた。この男もバギーパンツを穿いており、あの強盗と同じような格好だ。グリーンのフード付きパーカーは、肩のところに穴があいている。鼻にはそばかすが散っていて、髪は錆釘色。「やつに何か盗られたのか？」

アーサーはうなずいた。「財布を」

「わかった。ここにいて」二番目の男は、アーサーの手に何か押しつけてから消えた。

目を下ろすと、アーサーは手によれよれのピンクの紐を握っていた。即席のリードで、犬の首にゆるく巻きつけて蝶結びにしてある。

　犬は小さくて、ふるえている。毛は黒で、思慮深そうなオレンジ色の目でアーサーをじっと見上げている。「ご主人様はすぐ帰ってくるよ」アーサーはいった。「心配しなくていい」手を伸ばして犬の頭をかいてやる。ちゃんとした首輪はしていなくて、名前のタグもない。気がつけば傍らの地面にツイードの帽子が落ちていた。さっきの若者がここに放り投げたのだろう。

　アーサーと犬は日ざしの下に立っている。他にやることもなかった。小銭の音がすると思ったら、紫色のウールのケープをまとった女性が犬の頭をくしゃくしゃに撫でて帽子の中にひとつかみの硬貨を入れていた。なんと、自分は物乞いだと思われている。あらためて考えれば、文なしと思われても仕方なかった。髭を二日そっていないし、青いズボンが少々垢《あか》じみている。

「きみの仕事は、これだったのかい?」アーサーは犬に声をかける。「ここにすわって、人々から施しを受ける?」犬は目をぱちくりさせている。

　アーサーは急にすわりたくなった。なんてことをしてくれたんだと、身体が訴えているようだった。

　それから十分が経過。男がもどってこなかった場合どうするか、計画を練り始める。

犬は一番近いところにある警察署に連れていって、あとのことを頼むしかないだろう。電車に乗せて家に連れて帰るわけにはいかない。だいたい犬は地下鉄に乗れるのか？

とうとう男がもどってきた。アーサーの財布を突き出す。アーサーは信じられない気持ちでそれをまじまじと見た。「取りもどしてくれたのかね？」

「まあね」男は息を切らしていた。身体を二つ折りにして、両手を膝につく。「あの野郎、前にもここで盗みを働いていた。寄る辺ない老人や、外国人を狙うんだ。社会のクズだ。なんとか追いついて、脚を突き出してやったら、それを飛び越えてそのまま地面に激突した」してやったり、という感じでくすくす笑う。「あれで少しは懲りたんじゃないかな。これからは、自分の財布はしっかり握っておかなくちゃな」

自分は寄る辺なくはないし、老人でもないと、すぐさま言い返してやろうかと思ったが、いえば嘘になる。「気をつけるよ」弱々しげにそういった。「とんだマヌケで情けない」膝から力が抜けた。もうこれ以上立っていられそうにない。

若い男は帽子を拾いあげると、腕をさっと伸ばした。倒れないようアーサーの背中に腕を回して支えてくれる。「あっちにベンチがひとつあるんだ。そこへ行きましょう」

アーサーは導かれるままに歩いていき、ベンチの上にどっかり腰を下ろした。その両脚を押し分けるようにして犬が入りこみ、舗道にすわってアーサーの足に頭をもたせかけた。

「見て見て。あんたが気に入ったみたいだ。珍しい。いつもたいてい脅えていて、自分のしっぽまで怖がるっていうのに」

「可愛いね」

犬でも飼ったらいいわと、バーナデットから再三勧められていた。そうすれば生きる目的ができると。しかし自分の世話をするだけでも大変なのに、四本脚の生き物を世話するなど願い下げだった。過去数年、ミリアムはペットを欲しがっていたが、「自分たちより長生きするんだぞ」とアーサーが指摘した。それでわざわざ飼うことはなかったのだ。

「この子の名前は?」

「ルーシー」

「なんと」アーサーは驚いた。

男が片眉をつり上げた。

「うちの娘がルーシーという名前なんだ」

「なるほど。それは失礼。元カノがつけた名前なんだ」

「失礼なんかじゃない。この犬にぴったりだよ。物腰が似ている。うちの娘はおとなしくて思慮深いんだ」

「ぼくが心配してやる以上に、この小さな犬はぼくのことを心配しているようなんだ。

ある日ドアをあけたら、まるで守護天使かなんかみたいに、そこにすわっていた。それで彼女にいってやった。『おまえはオレなんかよりずっとうまくやっていける。もっといい仕事をしてるやつを見つけな』ってね。アパートの外まで送り出してやった。ところが翌日ドアをあけると、またいるんだ。小走りで部屋の中に入ってきて、ちょこんと腰を下ろす。以来ずっといっしょにいる。オレには見えないものを、彼女はオレの中に見つけたらしい」

アーサーは目をつぶった。日ざしがまぶたに熱く感じられる。

「コーヒーをご馳走するよ」男がいう。「あんな目に遭ったあとには、何か飲んだほうがいい。警察に通報するべきだとオレは思う」

「全部わたしの責任だよ。警察だってそっぽを向く」

「わかるよ。オレもお巡りとは何度もケンカしてるんだ。オレたちを目の敵にしやがる。オレとルーシーはただ生活費を稼いでいるだけなのに」

そこで初めてアーサーは男のポケットからフルートが突き出しているのに気づいた。

「きみの帽子に、あるご婦人が金を投げてくれたよ」とアーサー。

「ありがたい。つまり、誰かが気にしてくれるってのがさ。それっぽっちの金で億万長者にはなれないけどね」そういって肩をすくめた。

「わたしがコーヒーを買ってこよう。きみには大きな借りがある」

「どうってことない」男が握手の手を差し出した。「オレ、マイク。コーヒーは砂糖三つのブラックで」

「わたしはアーサー。アーサー・ペッパーだ」

「じゃあ、アーサー、頼みがあるんだ。ルーシーをいっしょに連れていって欲しい。そろそろおしっこの時間だ。地下鉄の駅の入り口近くでやられると困るんでね」

ルーシーは見るからにうれしそうにアーサーのあとをとことこついてくる。いっしょに歩くと、ルーシーの爪が舗道を叩く音が軽やかに響く。道路を隔てた先に、コーヒーと熱い料理を売るヴァンがとまっていた。アーサーはコーヒーをふたつ注文したあとで、ソーセージのサンドウィッチふたつを追加注文した。支払う段になって、通りで食事をする人間をミリアムが嫌っていたことを思い出したが、かまいやしないと、アーサーはその記憶を振り払う。マイクはしばらく食事にありついていない様子だった。

フルートの奏でる音楽がする方へ歩いていくと、草の上であぐらをかくマイクと、足元に置かれた帽子が見えてきた。アーサーが近づいていくと、マイクはフルートを置いた。「いないあいだに、いくらかでも金を稼いだほうがいいと思ってね。ほら」帽子の中を探って、二ポンド硬貨一枚を取り出した。「オレのコーヒー代」

「馬鹿な。わたしのおごりだよ。ソーセージサンドも買ってきた」

マイクが目を輝かせた。「ケチャップ付き?」

「もちろん」

他にすわる場所がないので、アーサーも草の上に腰を下ろした。パンの端をちぎって、片脚のハトに投げてやる。と、さらに五十羽ほどのハトがやってきてアーサーを囲んだ。一羽はアーサーの靴紐をつっついている。

「餌《えさ》をやっちゃいけないんだよ。こいつらは害鳥だ。空飛ぶネズミ。ネルソン提督記念柱が山のようなハトの糞にまみれて毎年掃除が必要なんだ。知ってたかい？」

アーサーは知らなかったと答えた。

ふたりはいっしょにすわって食事をした。屋外で若い男と犬一匹と、ひなたぼっこしながら、パンに挟んだソーセージを食べる。この場面をもしミリアムが見たら、間違いなく目を剝《む》いただろう。すまない、ミリアム。

「ねえアーサー、あんたの話を聞かせてよ」マイクは銅色の髪にとまったハチを追いはらった。

「話？」

「とぼけないでくれ。そのズボンはあんたのものじゃない。ロンドンに来るのはこれが初めてだっていうのに、地図も持たずにこのへんをうろうろして、財布まで見せびらかしてる。何か事情があるに決まってる」

最初アーサーは、ロンドンには観光目的でやってきたのだと適当な話をしてお茶を濁そうと思ったが、ついいましがた、この自分のために、自ら危険に身を投じた若い男性に嘘をつくのは間違っているような気もした。それでアーサーはマイクに本当のことを手短に語って聞かせた。ミリアムとブレスレットのことを皮切りに、バーナデットのことや、トラと暮らしている男、本を書いていた男の話もした。それからマイクに、きみの話も聞かせて欲しいと頼んだが、首を横に振られてしまった。

「オレには、あんたに語って聞かせられるような、そんな面白い話はないよ」とマイク。「ただなんとか生活していこうと頑張っているだけだ。けど、ゴールドのブレスレットについてなら、詳しいことがわかる人を知ってるよ。ここからそう遠くないところに店を構えてるんだ。何か教えてもらえるかもしれない」

じつのところアーサーは、また列車に乗る気分にはなれなかった。別に急いで帰る必要もない。残りのチャームについても、探索の目処《めど》はつかないままだった。「じゃあひとつ、そこへ行ってみるか?」アーサーはいった。「散歩にはうってつけの天気だ」

ファストフード店の発泡スチロールでできたカートンが踏まれて転がり、妙な臭いが漂う脇道に入ったところで、アーサーは初めて、人を簡単に信じてしまう自分の性格を心配しだした。ひょっとしてマイクは、あの泥棒の仲間だということはないか? これはひとつの作戦で、財布ひとつでは飽き足らず、マヌケな老人を身ぐるみ剝ごうというのでは? 永遠とも思える時間歩き続けた気がしたが、ここがどこなのか、さっぱり見当がつかない。ある角を曲がったところで、それまでつねにあたりをうろうろしていた群衆が、まるで蒸発したように消えてなくなった。歩いているのはアーサーとマイクとルーシーだけ。薄暗い石畳の街路をまだまだ進んでいく。両側に並ぶレンガ造りの建物がのしかかってくるような威圧感がある。太陽は雲の陰に隠れてしまった。アーサーは歩を緩めた。

「あんたには、歩くのが速すぎたかな？　あともう少しだ」

ミュージカルの『オリバー！』で見た場面がアーサーの頭に突然浮かんできた。集団でスリを働く、汚らしい格好の子どもたちと、その頭《かしら》であるフェーギンと黒い目をした犬。犬の名前はなんだったか？　そうだ、ブルズアイ。ヴィクトリア朝のイギリスで、何も疑わない人々を食い物にしていた。いまにも戸口から手がいきなり突き出され、棍《こん》棒《ぼう》で頭を殴られるかもしれないと、アーサーは心の準備をする。人には必ずいい面があり、そこを信じたいとこれまでずっと思ってきた。それがここに至って、骨折りがいもなく、またもや強盗に襲われるとは。

しかしそこで、ふいに希望が湧いてきた。通りの突き当たりに市場が見えてきた。買い物客と露天商人で大変な賑わいを見せている。マンゴー、電子タバコ、耳当てなどが台に並び、カラフルなスカートが風にはためいている。道路沿いには店やカフェが軒を連ねていた。

「さあ着いた」マイクが足をとめ、小さな店のドアを押しあけた。黒っぽい窓には、〈金。売買。新品及び中古〉と金色の文字で書かれている。頭上ではベルがチリンチリン鳴っている。入ったとたん、ミートパイと磨き粉の匂いがした。「ジェフ」マイクが店の奥に向かって声を張り上げた。「ジェフ、いるんだろう？」

キーキー、ガサガサと物音がして、ビーズを連ねたのれんの奥から、男がひとり現れた。古いハンドバッグを思わせる、すりきれたような茶色い顔。赤いタータンシャツの下に軛《くびき》でもかけていそうな、人並みはずれた広い肩をしている。「やあ、マイク、調子はどうだい？」

「ああ、いいよ。あんたに会わせようと友人のアーサーを連れてきた。ブレスレットを見てもらいたいそうだ。ゴールドの素敵な品だよ」

ジェフは頭をかいた。爪と関節が黒くなっている。「よっしゃ。じゃあちょっと見させてもらおうか。おまえが上物を持ってくるとは思ってないがな、マイク」

アーサーはポケットに手を入れ、ブレスレットを指で包んだ。マイクとジェフは立って待っている。屈強そうな男ふたり。もしここで何か厄介事に巻きこまれたら、自分は逃げられない。いまとなってはもう遅い。アーサーはブレスレットをカウンターの上に置いた。

ジェフが歯のあいだから低い口笛のような音をもらした。「こりゃすごい。じつに美しい」そういってブレスレットを取りあげ、ことさらうやうやしい手つきで扱う。引き出しのひとつから拡大鏡を取り出してきた。「これがあれば、もっとよく見える。こりゃあ、究極の職人技だな。じつに素晴らしい。いくらで売ろうと考えてるんですかね、アーサー？」

「売るつもりはないんです。ただ、それに関する情報が欲しくて。妻のものだったんです」

「それなら喜んで。まずこのブレスレット本体は、十八金のゴールドで、頑丈そのもの。たぶんヨーロッパ、おそらくイギリスでつくられたものでしょうな。商標があればはっきりするんですが。しかしチャームのほうは品質も年代もばらばらだ。どれもいい品には違いないが、飛び抜けて上等なものが交じっている。このゾウがそうです。ほら、ここにトップクラスのエメラルドが入っている。ブレスレット自体はヴィクトリア朝時代のものでしょうが、チャームのほとんどはもっと新しい時代のもの。このハートはまだ新しくて、現代のものでしょう。ほら、きちんとはんだ付けをせずに針金の輪でつないでるだけです。奥さんは、最近これをお買いになった？」

アーサーは首を横に振った。「いえ、そうではなく……」

「となると、あとから急いで付け足したって感じでしょうね」ジェフが続ける。「トラは上等の品だが量産品。おそらく五〇年代か、六〇年代。指ぬきと本も素晴らしいものだが、ゾウにはとてもかなわない」

「ゾウは、インドでつくられたものだと思うんです」

「ええ、そうでしょう」ジェフはさらにじっくり見ていく。「ふーむ。この花のチャームはアクロスティックだな」

「不可知なんとかって、やつ？」マイクがいう。

ジェイムズがアハハと笑った。「違う。不可知論は『アグノスティック』。これは『アクロスティック』で、ヴィクトリア朝時代に流行ったんだ。宝石を並べて、名前やメッセージをつづる。心のこもったプレゼントで、たいていは血縁者や愛する者から贈られる」そこでジェフが戸棚からゴールドの指輪を取り出した。「宝石が一列に並んでいるのが見えるかい？　それぞれの宝石の頭文字を並べていくと、『最愛の人《dearest》』になる。ダイヤモンド、エメラルド、アメジスト、ルビー、エメラルド、サファイヤ、トパーズ」

「じゃあ、花のチャームも何か言葉をつづっていると？」アーサーがいった。

「まあ、見てみましょう。おそらくこれは一九二〇年代。アールヌーボー様式です。環《かん》が優美なところからすると、もとはチャームじゃなくてペンダントトップですな。エメラルド、アメジスト、ルビー、ラピスラズリ、ペリドット」

アーサーは頭の中で数回、頭文字を組み合わせてみた。「外側の石からはパールというつづりができる。それと、真ん中にあるのも真珠《パール》ですよね？」

ジェフがうなずいた。「ええそうです。見事な品ですよ、アーサー。パールって名前の人物を誰かご存じですか？」

アーサーは眉をひそめた。「確か、妻の母親の名前がそうだったような」いつもアーサーはミセス・ケンプスターと呼んでいた。妻と結婚したあともそう呼んでいた。彼女はダンが生まれる前に他界した。

ミリアムに初めてお茶に招かれたとき、母親のアーサーに対する印象は、「足が大きい」だった。アーサーは自分の足を見下ろして、並外れて大きいとは思わなかったが、それ以来、自分は足が大きい人間なのだと意識するようになった。

ミセス・ケンプスターは、もの静かな堅苦しい女性で、あごが角張っていて、まなざしが鋭かった。ミリアムはいつも「ママ」ではなく、「お母様」と呼んでいた。

「そうか、じゃあそれですね。で、一九二〇年代と聞いて、何かピンときませんか？」

「たぶん、生まれたのは、そのぐらいの時代だと」

「じゃあ、洗礼の贈り物でしょう」ジェイムズが肩をすくめた。「その後、あなたの奥さんに譲った」

アーサーはうなずいた。いかにもありそうな話だった。

「このパレットもいいですよ。じつによくできてる。小さくイニシャルが彫ってありますよ。S・Yってね。この意味はわからないな」そういって、アーサーにブレスレットを返す。「極上の品ですよ。売るとなれば千ポンドは下らない、いやもっといい値がつくかもしれない。その気があるなら、うちで喜んで買い取らせていただきます」

「なんと。そんなに値打ちがあるんですか？」

「チャームブレスレットってのは特別なんです。持ち主にとって、何か大事な深い意味を持つ。そのブレスレットにずらりとついたチャームを見ると、奥さんは刺激的で変化に富んだ人生を送ったと見える。そういう話のひとつやふたつ、聞いてませんか？」

アーサーは床に目を落とした。

マイクが察して「じゃあ、ジェフ、今日のところはこれで」といった。

外に出ると、アーサーはポケットの中のブレスレットが重たく感じられた。この店を訪れたことで、さらに謎が深まった。ハートのチャームが新しいものだなんて、そんなことがあるだろうか？　それにミリアムの母親が本当にパールという名前だったのか、それも自信がない。S・Yなどという頭文字がついているのも以前は気づかなかった。

「ひょっとして売りたくなった？」マイクが訊く。

「さあどうだろう」赤の他人から、次へつながる手がかりを、これだけ多く指摘されたことに少々動揺している。この探索は袋小路に入りこんだと思っていたからだ。「じゃあ、帰るとするか」

「帰るってどこに？　家までの電車の切符は持ってるのかい？」

アーサーは持ってないといい、あたりをぽかんと見つめる。

「今晩泊まるところは？」

「そこまで考えていなかった。どこかのホテルに泊まるよ」しかし、また昨晩のようなユースホステルに泊まるなど論外だった。

「そうか」マイクはしばらく考える。「このへんのホテルはバカ高いんだ」「じゃあ、うちに泊まんなよ。なんにもないけど、寝る分には困らない。」


この場当たり的な冒険でアーサーの頭はすっかり混乱していた。カフェで出会った男を混乱させたかと思ったら、今度は自分も同じ目にあっている。他人の家で眠りたくはなかったが、全身が石になったようにこわばっている。また地下鉄の駅にもどることを考えるとぞっとした。

アーサーはうなずき、ルーシーのリードをつかんだ。

マイクのアパート

マイクは殺風景な部屋に住んでいた。コンクリートの通路の突き当たりにある暗緑色のドアから中に入ったのだが、そのドアには誰かが蹴りを入れたみたいな穴がぽっかりあいていた。一九七〇年代のものと思しきコーヒーテーブルにはオレンジのニスが塗られていて、テーブルトップは青と白のタイルがモザイク模様をつくっている。木の脚のついたソファは花模様の布でくるまれ、床は傷だらけでペンキが飛び散っている。

気がつくとアーサーは本棚をまじまじと見ていた。六フィートの高さがあるそれには本がぎっしり詰まっている。スリラー、伝記、聖書、『スターウォーズ』年鑑。「ずいぶんたくさん本があるじゃないか」

「ああ、読めるんでね」マイクがいった。声にとげがある。

「すまない、別に他意があっていったんじゃないんだ……」

「いや、いいんだ」マイクが両手をポケットに入れて引っかき回す。「ごめん。言い方がきつかったんだな。ほら、大道芸みたいなことをやってるとさ、頭はからっぽだって、自動的にそう思う連中がいるんだよ。何やかやと、いやなことを山ほどいわれたよ。それでちょっとぴりぴりしてるんだな。なんか飲もう。コーヒーでいいかな？　お茶は切らしてるんだ」

アーサーはうなずき、ソファに腰を下ろした。ルーシーが跳び上がって、アーサーの膝の上に身を落ち着けた。頭を撫でてやると、オレンジ色の目でじっと見上げてきた。

「次はどこ？」マイクがいって、湯気を立てるマグカップふたつをテーブルに置いた。

「どのチャームの謎を解きに行くつもり？」

「わからない。パレットのチャームが気にはなってるんだが。それに義理の母のことはもう何年も考えてなかった。あるいは、こんな探索はきっぱりやめてしまったほうがいいのかもしれない。頭が痛くなってきたよ」

「あきらめちゃダメだよ」とマイク。「ブレスレットについたチャームはきっと幸運のお守《チャーム》りだ」

アーサーは首を横に振った。これまでくぐり抜けてきた経験を振り返ると、とてもそうは思えなかった。「幸運？」

「そう。幸運のお守り。オレにとってはルーシーが幸運のお守り」

「わたしには、ブレスレットがそうだとは思えない……」

「アーサー、年はいくつ？」

「六十九」

「なるほど、年は重ねているけど、老いぼれじゃない。あわよくば、あと二十年は生きられる。残りの人生を、ヒヤシンスを植えて、お茶を飲んで過ごす、それでいいと思ってるのかい？　奥さん、あんたにそういう人生を望んだかな？」

「わからない」アーサーはため息をついた。「ブレスレットを見つけるまでは、そういう生活をしていたし、そうすることがミリアムの望みだと思っていた。しかしいまはわからない。妻のことならなんでも知っていると思っていたのに、彼女がわたしに話さなかったこと、話したくなかったことが、次々と出てきた。こういったことをずっと隠し通してきたんだから、他にもわたしに話してないことがあるんじゃないか？　妻の相手は本当にわたしだけだったのか？　わたしは退屈なばかりで、妻が本当にやりたいことをする障害になっていたんじゃないか？」アーサーは床に敷いてある多色のラグに目を落とした。

「本人が本気でしたいことがあるなら、まわりがなんといったってやるよ。きっとあんたに出会う前の生活は、奥さんにとって、もう関係ないんだよ。人生のある一章を生きている最中は、うしろのページなんて見返したくないってときがある。オレは人生の五年間をドラッグで失った。その頃は毎朝クソみたいな気分で目覚めて、そのあとは、ヤクの売人を探して町をうろつくか、ヤクを注射したあとの譫妄《せんもう》状態でいるか。それしか覚えてない。そういう時代を振り返りたくはないよ。立ち直って、ちゃんとした仕事について、自分に似合いの女の子なんかも見つけたい」

アーサーはうなずいた。マイクのいいたいことはよくわかったが、それがそのままこっちの事情に当てはまるものでもない。「きみは本とどうつきあってきたんだい？」アーサーはいった。「そういう話に興味があってね」

「単純に好きなんだ。子どもの頃に読んだ本でいまでも覚えてるのがある。ハチミツの入った壺《つぼ》の中に入ろうとするクマの話。そのクマ、絶対あきらめないんだ。ドラッグを断とうとしているときに、その話をいつも思い出してた。あのハチミツの壺をなんとしてでもあけるために頑張り続けないといけないんだって」

「わたしも若い頃は、子どもたちに本を読んでやるのが好きだった。息子のほうは、母親に読んでもらうほうがずっとよかったんだが。それでも読んでやるのは、楽しかった。物語はいいねえ」

「誰にだって、語れる話があるんだよ、アーサー。もし昨日の夜に、明日の晩、おまえの部屋に冒険じいさんがやってきて一晩泊まる、なんて話を聞かされたら、それだけでワクワクする。それが実際にやってきた。アーサー、年金生活者にしちゃあ、あんたはなかなかイカしてる」マイクがからかった。

「それをいうなら、きみだってイカしてる。売れない芸人にしては」

ふたりはゲラゲラ笑いあった。

「さてと、そろそろ限界ってところかな」アーサーがいう。「もう寝てもかまわないかね？」

「ああ、もちろん。バスルームは廊下の突き当たり。あんたはオレのベッドで寝てくれ。オレはソファで寝る」

「それは承知できない。わたしはここで十分快適だ。それにルーシーも添い寝をしてくれるようだし」小さな犬はアーサーの傍らで身を丸め、すでに寝入っていた。

マイクは部屋を出ていって、緑色の毛布を持ってきた。ウールだが少々かび臭い。

「これがあれば寒くないよ」

「ああ、助かるよ」アーサーは脚に毛布をかけた。

「それじゃあ、アーサー、お休み」

「お休み」

寝る前にもう一度ルーシーに電話をかけてみた。自分の所在を明らかにするとともに、同じ名前を持つ、毛のふわふわした、小さな生き物のことも話したかった。けれどもルーシーは電話に出なかった。ソファの上にあるクッションの下に携帯電話を入れておく。横になるとすぐに眠気に襲われた。街路灯の光を反射して、パレットのチャームがきらりと光るのを見たのが最後で、そのまま眠りに落ちていった。

翌朝目が覚めたときには、ルーシーはいなかった。あくびをしてから、マイクの居間を眺め回す。目がゆっくりとコーヒーテーブルに向いた。テーブルの上はからっぽ。チャームのブレスレットがない。何も光っていない。

アーサーは目を大きく見ひらき、弾かれたように起きあがる。喉の奥に吐き気がこみ上げてくる。どこだ？　テーブルに置いたのは間違いない。立ち上がろうとして、危うくひっくり返りそうになった。膝がガクンとなったまま動かなくなり、背中は丸まったままだ。おそるおそる上体を起こしていく。マイクがブレスレットを奪うはずがない。彼は信用できる男だ。それにここはマイクの部屋。いや待てよ、本当にそうなのか？　マイクの私生活を示すものは何も置かれていない。それに、本がたくさんあるといったら、彼の顔に緊張が走ったのではなかったか。

「ルーシー？」大声で呼んだ。がらんとした室内に声が反響する中、ルーシーの爪が床を叩く音が聞こえないか耳をすます。聞こえるのは、隣の部屋の男女が怒鳴り合う声だけ。男は女を〝怠け者の役立たず〟と呼び、女は男を〝デブの負け犬〟と呼んでいる。

緑の毛布を床に落とし、立ち上がって室内をひとめぐりする。やはり、どの家具も機能一点ばり。写真立てや装飾品は一切ない。バスルームに行ってみると、シンクにコルゲート歯磨きのからっぽのチューブが転がっているだけだった。冷蔵庫には牛乳が半パイント入っているだけ。身ひとつで放り出された。ここには何もない。

ソファに身を沈め、両手で頭を抱える。クッションの下から携帯電話をひっぱりだしてみるものの、ルーシーからの着信はなかった。こんな旅を始めるんじゃなかった。まるでジェットコースターに乗っているような激しい感情の振幅と、事態の急展開。それに比べると、以前の退屈な日々が、安らぎに満ちた贅沢な毎日に思えてくる。そこでバックパックのことを思い出した。あれも消えたか？　あの前ポケットに財布を入れておいた。一文なしで、どうやってロンドンの街を横断する？　ここがどこなのか、それさえわかっていない。「ミリアム、わたしはまったくのマヌケだよ」声に出していった。何をどうしたって、ここを出て家に帰らなくちゃいけない。

あり得ないほどに大きな重圧を心に感じていると、玄関のドアで鍵の回る音がした。アーサーの心臓が飛び跳ねる。「マイク？」大声でいった。「マイク。きみなんだな？」「そうだ。人の名前を無闇やたらに呼ばないでくれ」玄関のドアがバタンと閉まった。ルーシーが弾むようにして駆けてくる。脚に飛びついてきたので、アーサーは首を撫でてやる。

マイクはソファの上に買い物袋を下ろした。「ちょっと出て、二、三、買い物をしてきた。たくさんは無理だけど、パンと、トースト用のバターを買ってきた。牛乳を買う余裕はなくて、冷蔵庫に入っているのも腐ってるから、コーヒーはブラックだけ」

アーサーはもう我慢できなかった。近づいていってマイクをぎゅっと抱きしめる。若い男は身体を固くした。「ちょっ、ちょっと、大丈夫かよ？」

「ああ」アーサーはほっとしてうなずいた。コーヒーテーブルに目をちらっと向ける。

「そうか。ブレスレットがどこにいったかって、心配したんだな。目が覚めたらなくなっていて、オレもいっしょに消えていた。ずらかったと思ったわけだ」

「すまない。ちらりとそんな思いがよぎった。このところ、人をあまり信用できなくなってるもんだから」

「わかるよ」マイクは本棚のほうへ歩いていって、辞書を一冊ひっぱりだす。その中からブレスレットを取り出した。「先月泥棒に入られた。それで貴重品は出しっぱなしにしないようにしてる。といっても、もうそんなものは何もないけど」

「何か大事な物を盗られたのかね？」

「おやじの腕時計を。ゴールドのロレックスだった。ジェフには大金で買い取るっていわれたんだけど、手放せなくて。あの時計を売るぐらいなら、飢え死にしたほうがいいって、そう思ってた。オレが手元に残した、おやじのたったひとつの形見だから。それ以外のものはドラッグが欲しくて全部売った。いまとなっては後悔してるよ。おやじはオレが三歳のときに死んだんだ」

「それは気の毒に」

「問題は、誰が盗ったか、犯人をオレが知ってるってことなんだ。隣のろくでなし夫婦。

オレが出かける時間と帰ってくる時間を心得てる。あの時計は箱に入れて、キッチンの戸棚にしまってたんだ。ある日ストリートでの仕事からもどってくると、ドアがこじあけられていた。隣の部屋をノックしたら、妙に愛想よく出てきやがって。ふだんだったら、わざわざオレに時間を割くなんてしないのに、このときばかりは、お茶でも飲んでいけというんだ。腕時計のことを尋ねてみたところ、相手は小ずるそうに目をキョロキョロ動かしているだけ。絶対やつが盗ったに違いないんだ。時計の裏にオヤジの名前が彫ってあるんだ。ジェラルドってね」

何をいったところで慰めにはならないとアーサーにはわかっていた。その手の宝飾品には、山ほどの感情と思い出が詰まっている。「それは本当に残念だった。わたしをここに泊めてくれたんだ、きみはいくらか金を取ってしかるべきだ」

「いらないよ」マイクはクッションを持ち上げて、またそれを落とした。「人の施しは受けない。オレのフルートはどこに行った?」

「本棚の上にある」

「ああ、助かった」マイクはフルートをポケットに突っこみ、コーヒーテーブルの上から、犬のリードを取りあげた。それをルーシーの首に巻きつけて蝶結びにする。ルーシーは首をぶるぶるっと振ってから、アーサーを見つめた。

「今日はいっしょに行けないよ」アーサーはルーシーのあごを撫でてやる。「きみとマイクで行っておいで」

手早く淹れたコーヒーを飲み、トーストを食べてから、いっしょにアパートを出る。ふたりのあいだに流れる雰囲気が一変していた。自分がマイクを怒らせてしまったのだとアーサーにはわかっており、これ以上状況を悪化させたくなかった。

マイクがドアに鍵をかけ終わると、みんなでコンクリートの階段を下りる。

「じゃあ、アーサー」下りきったところでマイクがいった。「あとはひとりで頑張ってくれ。突き当たりにバス停がある。87Aのバスに乗れば、キングズクロス駅まで行ける」

「ありがとう。本当にわたしはなんのお返しもしなくていいのかね？」

マイクは首を横に振った。「いらない。楽しかったよ。それじゃあ、また」そういうと、くるりと背を向けて歩み去った。

アーサーはマイクの背中をじっと見つめた。ひとつの体験をふたりで共有した。そんな相手と別れるのに、これだけでいいはずがない。マイクのおかげで人間に対する不信感が少しだけ和らぎ、他人を信用してもいいのだと、もう一度思えるようになった。アーサーは歩いていって、「マイク」と呼びかけた。

彼の救世主は振り返り、眉を寄せた。「何？」

「いろいろとありがとう」

「どうってことないって。道に迷うんじゃないぞ。知らない男に話しかけるのもダメだ。それから、いつでも物事のいい面に目を向けること。あのチャームはあんたにきっと幸運をもたらしてくれるよ」

花

アーサーはマイクにいわれた通り、バスに乗ってキングズクロス駅まで行った。列車に乗ってからは、降りる駅に着くまでずっと眠り通しだった。骨ばった手に肩をつかまれて目が覚めた。「ヨークに着きましたよ」白い羽毛のような眉毛をした老人がいう。「ここで降りるんじゃなかったですか？」

アーサーはうなずいて礼をいった。駅でペットボトルに入った水を買い、手のひらに出した水を顔にかける。まだ疲れてはいるものの、帰ってきたことで胸に温かいものが広がっている。

駅を出たところで立ち止まり、あたりの様子を眺めた。タクシーの列。列車から降りて走ってくる人々と、それを迎える親類縁者。みな恋人や友人を待っているのだ。ホームグラウンドに帰ってきて、耳慣れた訛りを耳にするのはうれしかった。

家に帰ってフレデリーカに水をやって、おいしいお茶を飲みたい気持ちが半分。しかしもう半分は、まだ家に帰ってもとの生活に落ち着くわけにはいかないと思っている。まだダメだ。ミリアムの母親について、もっと詳しいことを知りたかった。

ちょっと回り道になるが、ソーンアップルの真ん中を通る道を進んでいく。家に直行するなら別の道があるのだが、いまは少し考える時間が欲しかった。過去数日の出来事が頭の中でひしめいていて、それらをひとつひとつ整理したい。

ミリアムが冒険のさなかにどこに滞在し、誰と知り合ったのか、それは判明した。しかし、なぜ冒険に出たのか、その理由がわからない。ソーンアップルで生まれ育った人間は、地元で結婚して子どもを産むというのが、お決まりの人生コースであって、それ以上に何かしようとする者は少ない。

立派な邸宅でトラといっしょに暮らすのは、ミリアムにとって心躍ることだったのか？　それとも、別にしたいことが見つかるまでの不便を強いられるつなぎだったのか？　フランソワ・ド・ショーファがゲイであることは知っていたのか？　それともミリアムにとって、彼は生涯忘れられない恋人だったのか？　あの冷たい母親は、小さな花のペンダントを娘に渡すとき、にっこり微笑んだだろうか？　母と娘のあいだに、心温まる瞬間はあったのだろうか？　そういったことのことごとくが、永遠にわからずじまいになるのだろうとアーサーは思う。

わかったのは自分のことだった。まさかトラに襲われながら、自分があれだけ気丈に対処できるとは思ってもみなかった。驚くほど冷静だった。きっと悲鳴を上げてパニックになると思っていた。さらには、自分の歯磨き粉もパジャマもなしに、他人の邸宅で一晩を過ごしてもいる。その前日には、日課をきちんとこなせないことを思っただけで、額に汗が噴き出していたというのに。

カフェでは知らない男に結婚に関するアドバイスをした。取るに足らない老人だと自分では思っていたのに、いっぱしの意見を堂々と述べていた。また、避けようと思えば避けられたのに、過去の恋敵とも対面し、セバスチャンを助けようとした。ドラッグ依存症だった過去を持つ若者と、その飼い犬にも心をひらき、受け入れたのも意外だった。どれもこれも、自分に備わっているとは知らなかった資質。自分には思っている以上の力と、人間としての深みがある。その新しい発見はうれしいものだった。

この旅で出会った人々と得た体験は、彼の中に眠っていた欲望を目覚めさせた。といってもそれは、情欲や渇望ではなく、他者と関わったときに自分の中に生まれる強い意欲だ。誰かが困っていたら、手を差し伸べたくなった。トラに襲われたら、生きのびたいと心底思った。オレンジ色の獣が、目の前にぬっと現れた瞬間、自分が考えたのは未来であって、過去ではなかった。

これは、ミリアムが死んでから何か月ものあいだ、ずっと自分を支配していた感情とは正反対だった。その頃は夜ベッドに入ると、このまま目覚めたくないと思ったものだった。通りを挟んだ向かいに暮らすテリーに、うちに来てベッドで死んでいる自分を見つけて欲しいと、そんな手紙を書こうと考えていたときとは大違いだった。

他の人間がどんな暮らしをしているのか、わずかでも考えてみようとしたことは過去になかった。国民全員が自分の家とまったく同じ間取りの家に住んでいるのだろうと、アーサーはそんなふうに思っていた節がある。自分と同じように、みな毎朝同じ時間に起きて、日課を着々とこなしているのだと。番組に参加する素人の日常を追う、リアリティ番組に関する記事を新聞でしょっちゅう読まされ、ああ、なんて退屈なのだろうと思っていた。実際には、人々の生活が自分の生活とは大きく異なるのだと気づきもせずに。

いまになってアーサーはそれに気づいた。知り合ってわずか二年ほどで恋人から別人のように変わり果てた男をかいがいしく世話しているセバスチャンのように、豪華な檻にこもっている人間もいる。グレイストック卿夫妻のようにベルを鳴らして互いを呼び合う暮らしをしている者もいる。そういう生活を目の当たりにすると、アーサーの人生は、ミリアムのたんすに並んでいたカーディガンのように灰色に見えてくる。

かつては過去を振り返っても、あらゆるものが鮮明に見えていた。空も砂も妻の服も。ところが今回の旅で自分の知らない世界を見るたびに、思い出の色が薄れていった。いまではどれもこれも混じり合ってぼやけている。これ以上ぼやけさせたくない。時計の針を逆もどりさせ、今度はミリアムの茶色いスエードブーツの中に手などつっこまず、そのまま寄付用の袋に入れてしまいたい。そうすれば、何も知らずに済んだ。波風の立たないやもめ生活に安住して、妻と過ごした日々をバラ色の眼鏡をかけて回顧し、何もかも完璧だったと思っていられた。

しかし、それは事実に反する。いまになってそれがわかった。ふたりの子どもは徐々に実家と疎遠になっている。娘としゃべれば、父親を心配し、思いやってくれているのが声からわかるものの、いつも遠く距離を置いている感じがある。いままでルーシーにはブレスレットのことを話せないと思っていた。ルーシーもまた、父親に何か隠していることがあるらしいこともわかっている。ダンは、たまに電話をしてもいつもワサワサして、自分の家のことで忙しい。どうやったら家族の足並みがそろうのか、ミリアムを失ってから、まだみんな見つけられずにいた。

このあたりで手綱《たづな》を締め直さないといけない。ブレスレットに秘められた物語をそのままにせず、解明の旅に出たように、家族に対してもなんらかの手を打つ必要がある。なぜ家族がばらばらになっていくのか、その原因の根っこをつきとめて、再びまとめなければならない。

アーサーは自分がまるで休耕地の畑にばらまかれた種のように思えた。悪条件だらけの中、一本の根が現れ、それが土中深くに力一杯潜りこんでいく。そのうち若い新芽が勢いよく顔を出す。アーサーは成長を続けたかった。フレデリーカだって、一度はしおれて、葉が茶色っぽく変色した。それから水をやり、目をかけて、いまのような状態にした。同じことを自分にもしてやるのだ。

胸に勇気が湧いてきた。

そうだ、あれだけ世話になったマイクに御礼をしないと。気がつくとアーサーは郵便局に足を向けていた。御礼用のカードを買うためには敵陣に入っていく必要があった。

郵便局の小さな赤い建物に着いてみれば、「昼食休憩」と書かれた看板がかかっていた。再び開局するのは午後一時半。ドアの脇に立ち、十二時二十五分きっかりに看板を裏返して「クローズド」にすることに、ベラが無上の喜びを感じているのをアーサーは知っていた。遅れてやってきた客はドアをガタガタ揺するものの、中には入れない。

あと十五分あるので、アーサーは外のでこぼこした通りを行ったり来たりしてみる。この敷石の上で、何人の老人がひっくりかえったかわからない。

どれもそっくり同じ、小さな石造りのコテージが道路に沿ってずらりと並んでいるのを見やる。そのうちの赤いドアの家にかつてミリアムが住んでいた。いまではそこに、女性ふたりと、それぞれの子どもが、ひとつの家族として暮らしている。噂では（ベラが話しているのを盗み聞きした）、この女性たちはともに夫から逃げてきたらしい。

ミリアムは一人っ子で、母親はすこぶる過保護だった。ミセス・ケンプスターを味方につけようと、アーサーはいつも靴をぴかぴかに磨き、ケーキを手土産にして、彼女の語る紡績《ぼうせき》工場の機械に指が挟まってしまった話に何時間でも耳をかたむけた。「わたしが事故に遭った話、もうしたかしら？」と始まるたびに、必ずアーサーとミリアムはにやっと目配せをした。

ふたりの結婚式の写真には、頬をくっつけあい、希望に満ちた将来を思って、にっこり笑う新郎新婦が写っている。ところがミセス・ケンプスターだけは別の写真から切り抜いてきたようだった。茶色の革でできた馬鹿でかいハンドバッグを胸に押しつけ、酸っぱいソーダキャンディでも食べてしまったように、口をぎゅっと結んでいた。

ミリアムが家を出ていくとき、引っ越しの荷物は小さなワゴン車の後部座席にすべて収まってしまった。つましい暮らしをしてきたようだった。ひょっとして、あのときに母から娘へ、花のチャームが渡されたのだろうかとも思うが、ミリアムからそんな話を聞いたかどうか、思い出せなかった。

さらに歩を進め、気がつくとアーサーは48番と書かれた建物の前に立っていた。ちょうどそのドアがあいて、ひとりの女性が外に出てきた。「あら、大丈夫ですか？」陽気な声で訊く。紫色のスカーフで髪を包み、緑のタンクトップをノーブラで着ている。弾力のある黒い巻き毛とコーヒー色の肌。玄関前の踏み段でふきんをしぼり、振って広げている。

「ええ、大丈夫」アーサーは片手を上げた。

「何か、お探しでしょうか？」

「いいえ。いやまあ、そうかな。うちの妻がかつてこの家に住んでいたんです。通りかかるたびに、ちょっと思い出しましてね」

「ああ、そうでしたか。奥様はいつここを出られたんですか？」

「一九六九年に結婚。そのあと七〇年か、七一年に妻の母親が亡くなりまして」

女性は首をついと動かした。「中に入って、ちょっとご覧になったら？　もしよろしければ」

「いいえ、とんでもない。その必要はありません。お世話をかけてすみませんでした」

「ぜんぜん。自由に覗いていってください。子どものものがごちゃごちゃあって、またがないといけませんけど」

いや結構と、もう一度断ろうとして考え直す。何をためらう必要がある？　何か思い出すかもしれない。「ありがとうございます。ではお言葉に甘えて」

家はすっかり様変わりしていた。カラフルで明るい部屋の中は、散らかり放題だった。なんだか幸せそうだ。自分がミリアムといっしょに暖炉脇の椅子に向かい合わせに気どってすわっていたのを思い出す。ミセス・ケンプスターがそのあいだにすわって編み物をしていた。編み棒をカチカチいわせながら、ふしくれだった指を誇らしげに見せていた。壁は茶色で、カーペットはすり切れていた。石炭のあげる炎の匂いと、火のぎりぎり近くにすわっていた犬の毛からあがる湯気の匂いを思い出す。

「懐かしい感じがしますか?」女が訊く。

「いや、さほどでも。というのは、間取りこそ同じですが、それ以外はすっかり様変わりしているもので。いまのほうがずっと快適に見える。モダンですよね」

「お金をかけずにできるだけのことをしようと思って。そんなに見苦しくはないと思うんですが、郵便局の女性には白い目で見られていて。ほら、もうひと家族といっしょに住んでるじゃないですか。どっちも生粋のイギリス人じゃないから、なおさら始末が悪いって思われてるみたい」

「ベラはあまり心の広い人間とはいえない。ゴシップ好きでね」

「そうそう、そうなんです。何から何までよくご存じで」

アーサーはキッチンに入っていった。ぴかぴかした白いユニットキッチンと黄色いダイニングテーブル。ミセス・ケンプスターの暮らしていた時代には、もっと暗くて人を寄せ付けない感じがあり、床はきしみ、裏のドアから、ひどく冷たいすきま風がヒューヒュー音を立てて入ってきた。昔から変わらないものはひとつもなかった。

そのあと二階へ上がってみる。上がりきったところで、かつて妻がつかっていた、寝室のドアの奥を覗く。鮮やかな赤に塗られた壁。二段ベッドにたくさんのテディベアが散らばっている。壁に貼られたカラフルな地図。それを見ていたアーサーは突然目を大きく見ひらいた。記憶が少しずつもどってきた。

ミセス・ケンプスターがアーサーを二階に上がらせたのは一度だけ。ベッドの脚を直させるためだった。彼女は、つねにアーサーとミリアムを目の届くところに置いておくのを好んだ。目を離すと、何か悪さをするとでも思っていたのかもしれない。用を足したくなると、アーサーはいつも裏庭のトイレをつかった。

あのとき自分は、ドライバーとねじ釘、オイルの入った缶を持って、修繕仕事のために階段を上がった。上がりきったところで、ミリアムの部屋をちょっと覗いてみたくなった。ベッドはパッチワークのキルトに覆われていて、木の椅子の上に人形がひとつちょこんと置いてあった。そして壁に世界地図が貼られていたのだ。いまの部屋に貼ってあるのとちょうど同じ位置だが、あのときの地図はもう少し小さかったし、色あせてへりが丸まっていた。

そのときは、地図が貼ってあるのに首をかしげたものだった。ミリアムは旅行の話は一度もしたことがないし、知らない場所へ出かけたいともいわない。尻に赤い玉がついたピンが三つ刺してあると気づいて、部屋の中に入って近づいて見たのを覚えている。薄緑色の大陸の中で赤いピンはよく目立っていた。触れてみようと手を伸ばしながら、ミリアムは地理に興味があるのか、それともこの地図は彼女のものではないのかと、考えた。ピンはイギリス、インド、フランスにひとつずつ刺さっていた。

主寝室にもどって、ベッドの脚をきっちりねじ留めしてから、ミセス・ケンプスターの体重を支えられるかどうか、自分で腰を下ろして確かめてみた。これでよしと満足すると、道具を集めて階下へ下りていった。

地図のことはミリアムには何も訊かなかった。覗き趣味があるとは思われたくなかったからだ。それでそのあとは、どうでもいいこととして記憶の棚の隅に押しこんで、今日まですっかり忘れていた。

いまではミリアムがロンドンに出かけ、インドで暮らしていたこともあるとわかっている。となると、フランスにも出かけたのではないかと思えてくる。

主寝室にさっと目を走らせながら、ミリアムの母親は間違いなくパールという名前だったのだと、いまにも頭の中でそんな声がいきなり響くものと期待する。しかしそれはなかった。ミリアムが母の遺品を整理したが、その中には出生証明書はなく、家族の写真が数枚残っていただけだった。

名前について確かめるにあたって、頼りになる人物はおそらく、ひとりしかいない。ソーンアップルの住人や、そこで起きた出来事のすべてを把握している人――郵便局のベラだ。

アーサーは階下に下りていって、さっきの女性に御礼をいってから、また郵便局を目指して歩いていった。

ドアは重たかった。アーサーを認めるなり、ベラがはっと息を呑むのがわかった。バーナデットの件であれこれ訊かれたのにかっとして相手に嚙みついて以来、ずっと足が遠のいていた。

中を歩きまわりながら、胸に勇気を奮い起こす。小さなセロハンテープを手に取り、ポロミンツ一本と荷札ひとパックをつかむ。さらにパーティハットをかぶった犬の写真がついた御礼用のカードをマイクのために、ネコが一匹描かれているカードをグレイストック夫妻のために選んだ。そのあいだずっと背中にベラの熱い視線を感じている。まもなく両手がいっぱいになって、これ以上何も持てなくなった。選んだものをカウンターの上にそっと置くと、ガラスの仕切りがパタッとあいた。ベラはひとつひとつの商品の値段を大げさなそぶりで見ながら、これまた大仰な手つきで電卓に数字を打ちこんでいく。

「今日は天気がいいですね」アーサーは思い切って会話を始動させた。

ベラはふんと鼻を鳴らした。少しも動じないというようにゆっくりとまばたきをする。

アーサーはごくりと唾を呑んだ。「妻が昔住んでいた家に、ふらりと立ち寄りましてね。48番の家です。そこにいま住んでいる女性が、あなたなら地元の人々についてなんでもよく知っているといってました」

ベラはまた電卓を叩く。

「まあね。あそこもすっかり様変わりしてしまって。年月が飛ぶように過ぎたってことよね。まだ小さな女の子だったミリアムが住んでいた頃とは隔世《かくせい》の感があるわ」

　ベラの唇がぴくぴく動いているのがわかる。しゃべりたくて仕方ないのだろう。ところがベラはずかずかと棚に歩いていってセロハンテープの値段を確認する。それからオレンジ色の付箋《ふせん》を持って席にもどり、机の上にそれを置いた。

「あなたは長年にわたって、人の出入りを見てこられたんですよね。郵便局を所有して、地域社会の要になるのは、名誉なことに違いない。このあいだここを訪れたときには、わたしもずいぶんぴりぴりしてたと反省してるんですよ。ミリアムの死からなんとか立ち直ろうと頑張ってはいるのですが、まだまだでして……」そこでアーサーは足元に目を落とした。これじゃあ埒《らち》があかない。ベラはもう自分とはしゃべりたくないのだ。まあ自業自得だろう。

「素晴らしい女性でしたよ、奥さんは」

　アーサーは顔を上げた。まだベラの唇は一文字に結ばれている。「ええ、確かに」

「それにミリアムのお母様も」

「義母《はは》をご存じなんですか？」

「うちの母の友だちだったの」

「それじゃあ、力になってもらえるかもしれません。ミセス・ケンプスターのファーストネームはなんだったのか、確かめたいと思って。パール、でしたか？」

「ええ、そうよ。うちの母がわたしをすわらせて、大変なことがふたつ起きたのよっていって、語り出したのを覚えてるわ。マリリン・モンローが死体で発見されたというのがひとつ。もうひとつは、パール・ケンプスターが恋人を家に連れこんだ。まだ正式に離婚が成立していないというのにって」

「ひょっとしてマリリン・モンローが死んだのは一九六二年ですか？」

「ええ、その通り」

「素晴らしい記憶力だ」

「ありがとう、アーサー。古くはなったとはいえ、いつでも脳は忙しくさせておくようにしているの。だけどパールの新しい恋人っていうのが悪いやつでね。それがパールにはわからない。かわいそうに、ミリアムがあんなふうに家を出たのも当然よね」

「そのあたりの事情をご存じなんですか？」

「ええ、知ってるわ。両親の離婚を経験した若い娘が、今度は母親が乱暴な男を新しいボーイフレンドにするのを目の当たりにする。だからでしょうよ。その下で働いていた医者にくっついてインドへ旅だったのは。そうでもなきゃ、そんな遠い外国に誰が好きこのんで行くもんですか」

アーサーは目をぱちくりさせた。それですべて腑《ふ》に落ちた。そういうことなら、ミセス・ケンプスターが自分に対してずっと渋い顔をしていたのも納得できる。離婚を経験したと思ったら、娘は家を飛び出して外国へ行ってしまうし、自分の恋人はとんだ期待はずれ。苦労の多い人生を生き抜いてきた人だったのだ。

「ありがとう、ベラ。あなたの情報が大変役に立ちました」

「どういたしまして。またお役に立てればいつでも」そういって鼈甲の眼鏡を鼻の上にぐいとずり上げる。「わたしは四六時中ここに立って噂話にうつつを抜かしている。そう思っていたでしょ？」

「いや、それは……」

「でもそうじゃないの。わたしは地域住民の近況を知らせているだけ。郵便局って地域住民の社交の場でもあるの。田舎町では重要なのよ」

「わかります。あらためて御礼を申し上げます」彼女の果たしてきた役割を思うと、謙虚にならざるをえない。

　帰ろうとして振り返ると、老人たちが半円状に広がってアーサーを取り巻いていた。てんでんばらばらな方角に首をかしげ、会話の中身を聞き取ろうとしていたようだ。一瞬アーサーは、夜遅い時間にテレビで見たゾンビ映画を思い出した。いましも獲物に襲いかかろうと、ゾンビたちが一心に狙いを定めている。しかしそれはあまりに意地悪な見方だ。おそらく彼らは寂しいだけなのだろう。自分と同じように。「こんにちは」アーサーは片手を上げて挨拶をした。「うれしいなあ、こういうところでみなさんと会え

ると は。ベラと楽しくおしゃべりをしていたところでね。ちょっとそこを通してもらえますか？　ああ、すみません、すみません」

外に出ると日ざしが降りそそいでいた。また新たなチャームの謎がひとつ解けた。今度はなんの不都合もない。おそらく他のチャームも同じで、新たな恋人が発覚したり、疑念や心配を掘り起こすことにはならないのだろう。気がつけばアーサーはずいぶん気が晴れていた。

「あら、アーサー」道路の向こうからバーナデットが彼を見つけて、手を振ってきた。ネイサンに合図して、いっしょにこちらへやってくる。「驚いたわよ。グレイストック邸から帰ってきたと思ったら、またすぐ次の旅に出るなんて。まるで急にコメディアンのマイケル・ペイリンにでもなったみたい」

アーサーはにっこり笑った。

「今日、あなたの家にパイを持っていったの。すると、お向かいの家の、いつも芝を刈ってる素敵な男性が、あなたは出かけたっていうもんだから。パイはミセス・モントンにあげてしまったわ」

「すみません。事前にお話ししておくべきでした」

「そんな必要はないのよ、アーサー。わたしはあなたの保護者じゃあないんですから。あなたが外出して、外を歩き回っているのを見る、それだけでうれしいの」

「大学の下見はどんな感じ？」アーサーはネイサンに訊いた。

若い彼は肩をひょいっとすくめた。「まあまあ」

「マンチェスターにいい大学があってね」バーナデットがいう。「すごくモダンなの」

「それはいい」

「バックパックを買ったのね」

「ええ。ウォーキングサンダルも」

「すっかり旅人らしくなって」

「ロンドンに行ってたんです」

ネイサンが顔を上げた。期待に満ちた表情が浮かんでいる。アーサーはそれには応えない。ド・ショーファについて話したくはなかった。

「明日は何か予定がおありなの？」バーナデットが訊いた。「ラグ・プディングをつくろうと思ってるの。白い木綿のハンカチーフで包んで蒸して」

アーサーの口の中に唾が湧いてきたが、すでに明日の計画はできていた。「娘を訪ねようと思ってまして。ずいぶん長いこと顔を合わせてないもんですから」ミリアムがパールから離れていったように、自分の人生からルーシーが消えてしまうのを黙って見過ごすわけにはいかない。

「素敵ね。じゃあ、またの機会に。いいわよね、アーサー？」

「ええ、もちろんです。じゃあ、また」

アーサーは携帯電話を取りだして、娘に電話をかけた。出ないとわかって一度電話を切る。それからもう一度番号を押して、伝言を残した。「ルーシー。父さんだ。ロンドンに行っていた。もう一度やり直せないかと思って電話をかけた。あ……会いたいよ。もう一度ちゃんとした家族にもどるべきだと思ってね。母さんに関係することで、話をしておかなくちゃならない。明日の朝十時半に、おまえの家に行く。会えるのを楽しみにしているよ」

それからアーサーは郵便局で買った品物をバックパックに詰め、家をめざして歩きだした。なぜミリアムが旅に出たのか、その理由はわかった。しかし、なぜそういったことについて、自分に一切話をしなかったのだろう？

緑の新芽

翌朝アーサーが目覚めると、何かがいつもと違っている気がした。ひとつには、寝過ごした。目覚まし時計の数字は午前三時を表示したまま固まっている。そんなに早い時間のはずがない。外では空がティッシュのように白くなっているし、テリーの芝刈り機の音も聞こえる。腕時計を確認すると九時になっていた。ふだんならパニックになるところだ。朝食の時間をすでに一時間過ぎている。しかしいまは枕に頭を載せたまま、今日はルーシーの家にいくのだと、それしか考えない。

起きあがっても、今日着る服をベッドの上に並べはしなかった。パジャマのまま階下に下りていく。今朝はシリアルを入れたボウルを膝の上に置いて、テレビの前で朝食を取ることにする。広すぎるキッチンのテーブルにひとりぽつんとすわって食べるよりいい。今日の自分は、ふだんの日課を無視することに喜びを感じている。

家を九時四十五分に出たのは、歩きながらじっくり考えようと思ったからだ。目の前を通りかかったアーサーにテリーが手を振る。「アーサー。もどったんですね。このあいだ娘さんが訪ねてきましたよ」

「みたいだね」

「おやおや。心配してましたよ。ほら、あなたはめったに外出しないから」

「まあ、そうだね」先へ行こうと、片足を踏み出したところで、はたと考え直した。つかつかと歩いていって、隣人に声をかける。「バースにあるグレイストック邸に行って、そのあとロンドンに足を向けた。まあ、観光旅行みたいなもんだね」

「そりゃ、素晴らしい」テリーが芝刈り機にもたれて身を乗り出した。「本当にそう思いますよ。うちのおふくろが死んだあと、おやじはもうぼろぼろ。一種の引きこもりになって、自分の人生をすっぱりあきらめちまった。あなたみたいにどんどん外に出ていって……できるだけ楽しもうってのはいいことです」

「ありがとう」

「砂糖を切らしたら借りに来ればいいし、おしゃべりでもしていってくれていいんですよ。こっちもひとりだから、話し相手が欲しいんです。ひとり暮らしはサイコーって感じでもないでしょ?」

「ああ、違うね」

「それに、〈洞穴の会〉にも、また顔を出してくれるとうれしいな」

「ボビーは相変わらず、ああしろ、こうしろと指図してるのかい?」

「そうそう。それにオレの木工細工は相変わらずひどい。車にしか見えないカメを相変わらずつくってる」

アーサーはそこで爪先立ちになって背伸びをした。「カメといえば……」テリーの美しい芝生の一角でもぞもぞ動いているものを、アーサーは目を細めて観察する。

テリーがうんざりしたようにため息をもらした。「またか」ずかずかと歩いていって、また逃げこんできたカメをすくいあげた。「いったいうちの庭の何が、爬虫類《はちゅうるい》を引きつけるんだろう？」

「たぶん、きみが好きなんじゃないのか？」

「なるほど。それか、こいつには冒険心があるのかも。ひとところにじっとしているのが好きじゃない」


ルーシーの家へ向かう道すがら、アーサーはふだんは気にも掛けない沿道の景色を堪能し、折々に足をとめては、自分はなんて美しい場所に暮らしているんだろうと、うっとり眺めた。遠くに見える畑は緑のパッチワークのようだ。舗道の割れ目からデイジーが勢いよく生えているのも見かけた。ひとあし歩くごとに、足首の痛みとともに、娘の家に一歩ずつ近づいていると実感して胸が躍った。

ヨーク大聖堂のてっぺんが日ざしを浴びて金色に光っている。最後にいつあそこを訪れて中に入ったのか、思い出せなかった。やるべきことをリストにするなんて、これまでしたことがない。その日その日で、ミリアムと子どもたちのしたがることを自分もしてきた。しかしそろそろリストづくりを始める時期かもしれない。

ルーシーの家にたどりついたところで、もう何か月もここには足を向けていなかったと気づいた。クリスマスでも誕生日でも、毎週の訪問でも、いつもルーシーのほうから実家にやってきた。ミリアムが亡くなってからは、それもしだいに間遠になっていった。ルーシーが果たして伝言を聞いてくれたのか、いまはそれさえ定かではない。

ドアは真っ赤に塗り替えたばかりのようで、窓のフレームも白く輝いている。ルーシーがドアをあけたとたん、アーサーはマイクにやったように抱きつきたい衝動に駆られたが、娘がどう反応するかわからず、結局やめた。いまではルーシーが自分のことをどう思っているのかわからない。

「入って」ドアがさらに広くあいた。ルーシーは白いエプロンをつけて、ゴムでできた緑色のガーデニング手袋をはめている。目もとからあごまで土のしみがついていて、横を向いたその一瞬、母親と瓜ふたつに見えた。アーサーはその場に固まった。怖いぐらいに似すぎている。鼻の傾きも、アクアマリンの瞳も、落ち着いた雰囲気もそっくり同じ。「パパ?」ルーシーがいう。「大丈夫?」

「ああ、大丈夫だ。その……いや……おまえを見て母さんを思い出したものだから。一瞬ね」

ルーシーはさっと目をそらした。「入って」また繰りかえした。「庭に出ましょう。こんな天気のいい日に家の中にいたんじゃもったいない」

そこでアーサーは思い出した。ダイニングルームには以前ベージュのカーペットが敷いてあった。それがいまは床がむきだしになっている。男物の長靴が一足、ドアのところに置いてあった。あれはアンソニーの履いていた古いものか？　それとも、別の男のもの？　ルーシーが誰か別の男とつきあっているのかどうか、それさえ知らない。あるいは、まだダメになった結婚を嘆いているだろうか。

まるで父親の心を読み取ったかのように、ルーシーはアーサーが凝視しているものに目をやった。「あれ、大きすぎるんだけど、庭仕事につかってるの。アンソニーに返しにいくつもりはないし、かといって、ものがいいから捨てるのももったいなくて。分厚い靴下を何枚か重ねばきすれば、わたしにも履けるから」

「それはいい。かっこいいし頑丈そうだ。父さんも新しい長靴を買わないと。いま持ってるのには穴があいてるんだ」

「これはサイズ10よ」

「そうか。父さんも昔は10だった。いまは8・5だ」

「持っていっていいわよ」

「いや。いい。おまえが……」

「大きすぎるの」そういって長靴をつかむと、アーサーの胸につきつけた。「お願いだから、持ってって」

いらないと、もう一度断ろうとして、ルーシーの目に決意が表れているのに気づいた。傷ついた表情といってもいい。それでアーサーは折れた。「ありがとう。買わなくて済んでよかった。たぶん母さんが、おまえの足に合うものを残してるだろう」

「ママはサイズ4で、わたしはサイズ6」

「そうか」

ふたりはそれからおしゃべりをし、今年はニンジンが育つにはいい気候だったが、ジャガイモにはかわいそうだったと意見が一致した。ルバーブをつかった料理のレシピのアイディアを出し合い、棒付きキャンディの棒は野菜の畝《うね》づくりに便利だといった話をした。今年は日照は十分だったが、降雨量が足りないという点でも意見が一致。ルーシーは父親に、最近バーナデットはどんなものをつくって持ってきてくれるのかと訊いた。アーサーはバーナデットのつくるものではソーセージロールが一番の好物で、できればマジパンのケーキは勘弁して欲しいといった。食べなかったら相手が気を悪くするから、無理して食べているのだった。ルーシーもマジパンは想像する限り最悪の食べ物だという。でもマジパンの原料って粉末のアーモンドでしょ。アーモンド自体は好きなのに、不思議よねと。結局クリスマスケーキは砂糖衣《アイシング》を何層にも重ねたものが一番だということで親子の意見は一致した。

　暑い日だった。アーサーはスラックスに、しっかりした襟《えり》がついたシャツを合わせていた。来る日も来る日もこういう服ばかり着ていて、どうして快適だと思っていたのか、自分でも不思議だった。毎日ミリアムがそろえてくれて、それを制服のようにアーサーは着続けてきた。

　汗が襟の下に小さくたまる。身をかがめるとベルトが腹に食いこんだ。「旅について、おまえに説明が必要だ」アーサーがいった。

　ルーシーは移植ごてを地面にズブリと突き刺し、土をすくってから雑草を放り投げ、飛んでいった先には目も向けない。「当然よ。グレイストック邸に出かけていって、トラに襲われたとかなんとか、雑音だらけのメッセージを残したきりなんだから」

「ロンドンにも行ってきたんだ」本当のことを話すべきだと、心を決めた。ブレスレットについて、そこに秘められた物語について、娘に知って欲しかった。

　ルーシーは歯を食いしばり、そのせいで頬にえくぼが現れた。雑草のひとつひとつに意識を集中して、にらみつけたあとで、移植ごてをズブリと突き刺す。「すごく心配してたのよ」

「そんな必要はなかった」

「あるに決まってるでしょ。まったくおかしな行動を取ってるんだから。いったいなんだって、あちこち旅を始めたわけ？」

アーサーは靴に目を落とした。爪先にルーシーの掘り返した土がぱらぱらとかかっている。「話をしないといけない。それを聞けば父さんが何をしようとしていたのか、わかってもらえる。じつは母さんのことなんだ……」

ルーシーは顔を上げない。「話して」

アーサーは娘と目を合わせて話したかったが、ルーシーは一心に芝生を攻撃している。あたりはまるでモグラが暴れ回ったような様相を呈していた。とにかくアーサーは語りだした。「母さんの衣類の整理を始めたんだ。ほら、ちょうど一年だろ……。そうしたらブーツの中にゴールドのチャームブレスレットが見つかったもんだから、ものすごく驚いて。そんなものは見たことがなかった。いろんなチャームがついていた――ゾウ、ハート、花。おまえ、何か知らないか？」

ルーシーは首を横に振った。「知らない。ママはそういうものはつけなかった。チャームブレスレット？　それ、本当にママのものなの？」

「ああ、ミリアムのブーツの中に入っていた。それにインドにいるミスター・メーラが、彼女にゾウを渡したといっていた」

「ゾウ？」

「そう、ブレスレットについていたチャームのひとつだ。母さんはゴアで、ミスター・

メーラの家の子守として働いていたのは間違いないんだ。彼が子どものときにね」

「パパ」ルーシーはしゃがみこんだ。頬が赤くなっている。「いっていることの意味が通らない。ママはインドなんて行ったことないのよ」

「わたしもそう思っていた。だが行ったんだよ、ルーシー。母さんはそこで暮らしていた。ミスター・メーラがそういい、わたしは彼を信じた。まったく不思議な話だと思う。他にミリアムがどこで暮らしていたか、結婚前に何をしていたのか、突き止めようと思ってる。それでグレイストック邸を訪ね、ロンドンに足を向けたんだ」

「何がどうなってるのか、ぜんぜんわからない。わかるように話してくれない？」

アーサーはひとつひとつ段階を踏んで話すことにした。「ブレスレットについているチャームのひとつに番号が刻まれていた。それは電話番号だったんだ。そこにかけたら、インドで暮らす親切な男性が出て、ミリアムが昔、彼の世話をしていたという話をしてくれた。それを皮切りに、ミリアムについて、これまで自分がまったく知らなかったことが少しずつわかってきた」

「ママはインドには一度も行ったことがない」ルーシーは言い張った。

「わかるよ。信じがたいことだ」

「何かきっと誤解があるのよ」

「ミスター・メーラは医者だ。おまえの母さんの笑い声が鈴を鳴らすようだったといったし、ビー玉を入れた袋のことも知っていた。彼は真実をいってるんだと思う」

ルーシーはまた地面を突っつきだした。つかのま手をとめたかと思うと、移植ごての先で虫をすくって植木鉢のひとつに捨てる。それから再びガシガシと土を掘っていく。そのあいだずっと小さな声で何やらぶつぶついっている。

アーサーは人の感情をどう扱っていいかわからない。ルーシーが十三歳になって、思春期のホルモンが醜い頭をもたげてきたとき、アーサーはすべてミリアムに任せて、自分は新聞を広げて熟読しているのが一番だと考えた。男の子にふられて涙にくれたときも、遊び半分で髪を青い縞に染めたときも、ドアを乱暴に閉めたり、ときにコーヒーカップを投げつけたりしたときも、すべてミリアムが対処した。ダンがいきり立っているようなときも、ミリアムが落ち着きなさいと声をかけたし、「お父さんにそんな口をきくんじゃありません」としょっちゅうたしなめてもいた。

一時的な強い感情は、放っておけば自然に消えるとアーサーは感じていた。しかしいま目の前にいる娘は、何かでひどく神経を消耗しているようだった。まるでハチの大群を丸呑みして、それがいまにも一斉に外へ飛び出そうとしている感じだった。これはさすがに放っておけない。「ルーシー、大丈夫か？」娘の腕に手を置いた。「すまない、もっと早くに話しておくべきだった」

ルーシーはまぶしそうに目を細めた。額にさざ波のような皺が寄る。「大丈夫」

アーサーは一瞬考える。これまでずっとそうしてきたように、やはりこれ以上踏みこまないでおくのがいいのだろうか。しかしまだ手はルーシーの腕をしっかり押さえている。「いや、大丈夫じゃない。父さんにはわかる」

ルーシーがすっくと立ち上がった。移植ごてを地面にぼとりと落とす。「何もかも全部は無理」

「何もかも？」

「パパは常軌を逸した旅に出て、ママに変ないいがかりをつけてる。こっちはアンソニーなしでなんとかやってかなきゃいけなくて、しかもわたしは……」そこで、片手で髪をかき上げて、首を左右に振った。「もういい、どうでもいいの」

「いや。どうでもよくなんかない。おまえに心配させるつもりはなかったんだ。すわって話をしようじゃないか。ちゃんとおまえの話を聞くって約束する。何があったのか、話してくれ」

しばらくルーシーは遠くを見るような目をしていた。それから唇をゆがめて左へつり上げ、どうしようか考えている。「わかった」とうとうルーシーがいった。

ルーシーは納屋からデッキチェアを二脚、苦労してひっぱりだしてくると、芝生の上に並べて置き、手袋をはめた手でほこりや土を払った。ふたりして椅子に腰を下ろすと、ともに太陽に顔を向けた。こうすれば相手の目を見て話さずに済む。いいにくいことも、一種の一般論として、さらりといえそうだった。

「で、何があった？」アーサーが訊いた。

ルーシーは深く息を吸う。「なぜママのお葬式に出なかったのか、それには理由があるの。パパには話しておかなくちゃいけない」

「もう終わったことだ。おまえはつらかったんだよ。自分なりの方法でさよならをいうといっていた」あの場に娘がいなかった。それはたまらなくつらいことだったが、すでにアーサーは許していた。それでも自分の娘がどうしてそんなことをしたのか、どうしても知りたくて全身の骨がうずいている。

「病気だったんだけど、そればかりじゃないの。本当にごめんなさい……」

次の瞬間、ルーシーは泣き声を上げた。アーサーは目を大きく見ひらく。ルーシーはもう幼い子どもではない。そうであっても腕に抱きあげるべきか？　本能に従ってデッキチェアから立ち上がった。太陽を背にして立ち、それから地面に膝をついた。娘に腕を回し、きつく抱きしめる。この子が育つときに幾度となくしてやったのと同じように。一瞬ルーシーは抵抗した。身体をこわばらせ、無反応でいる。しかしそれから、まるで誰かが糸を離した操り人形のように、アーサーの腕の中にくずおれた。ルーシーは父親のあごの下に頭を入れ、ふたりはそのままの格好できつく抱き合った。

「なんでもいいよ、話してごらん」

一度泣きやんだかと思ったら、次の瞬間、アーサーがこれまで聞いたことのないような嗚咽《おえつ》を胸の奥から漏らした。まるで誰かに胸を締めつけられたような声。それからごくりと唾を呑み、あごに流れた唾を手でふき取った。「流産したのよ、パパ。十五週目だった。超音波検査をして、何もかも順調だといわれたのに。面と向かってパパとママに報告するつもりだった。あまりに興奮して電話じゃとても話せない。だってビッグニュースでしょ。それで、お茶を飲みに来てって誘ったでしょ、覚えてる？　そのときに妊娠したって発表しようと思ったの」そこで後悔に満ちたため息をつく。「超音波検査をした翌日に、胃にさしこみが来たの。バスルームの床に転がってボールのように身を丸めているうちに流産してしまった。アンソニーが救急車を呼んでくれて、数分後にはやってきたんだけど、もうどうすることもできなかった」ルーシーは首を横に振る。「ごめんなさい。そのときのことはもう考えたくない」

「妊娠がわかるまえから、アンソニーとはぎくしゃくしていたの。その後、ママが死んだ。なんとか立ち直らなきゃと思ってた。自分に鞭打ってベッドから出て、身体を洗って着がえをした。でもママのお葬式の日はもうだめだった。棺《ひつぎ》が置いてあって、お祈りの言葉や泣き声が響いている教会に自分がいることを考えたら、耐えられなかった。そこはわたしとアンソニーが結婚した場所なのに。本当にごめんなさい、パパ」

アーサーは黙って話を聞いていた。いまではすべてのことが腑に落ちていた。なぜルーシーが距離をおくようになったのかも。アーサーは娘がひとりでバスルームの床で丸くなっているイメージを頭から締めだそうとした。「よく頑張ったな。母さんはきっとわかってくれるだろう。ただ、何も知らずにいた自分が情けない……」

「葬儀の準備で大変だったじゃない。パパも悲しんでいた」

「家族として、いっしょにいるべきだった。だが、あのときはやるべきことが山ほどあったんだ。証明書にサインをしたり、医者と話をしたり、いろんな準備や、花の手配なんかも。忙しいと考えないで済む。だからおまえと話しているときも、何かあったとはまったく気づかなかった」

ルーシーはうなずいた。「わたしたち、だんだん離れてしまった、そうよね？　わたしのほうは結婚生活をなんとかして救おうと、それで頭がいっぱい……ダンはダンで遠くへ引っ越してしまって」

アーサーは手を伸ばして、娘の涙をぬぐってやる。「いまはいっしょにここにいる」

ルーシーは弱々しい笑みを浮かべ、それから芝生にさっと目を走らせた。「庭をめちゃくちゃにしちゃった」

「たかが芝じゃないか」

ルーシーは椅子に背中を預け、片手で頭を押さえた。「ママのこと、よく考える？」

「ああいつも」

「わたしもよ。電話を手にとってママとおしゃべりでもしようって思うの。でもそれから、もうママはいないんだって気づいて。だけど、じつはいるんだって思いこむことにしているの。パパといっしょに実家で過ごしているのを想像して。ママはいまごろバタバタと掃除をしていたり、手紙を書いていたりするんだって。そうでも考えなきゃ耐えられない」

アーサーはうなずいた。デイジーを一本抜き、指ではさんでくるくる回す。「今日は来てよかった」

「わたしも。ダンに電話で報告しないと。何もかも大丈夫だからって」

「大丈夫？」

「パパがバーナデットと旅に出ちゃって、トラに襲われたなんてメッセージを残したものだから、わたし、ダンに電話をしたの。もしかしてパパ……」

「もしかして、なんだ？」

「認知症が始まったんじゃないかって……」

「ああ、ルーシー、すまなかった。頭はまだはっきりしてるよ。ただブレスレットに刺激を受けてね。おまえの母さんについて、もっと知りたいって思ったんだ。おまえを心配させようなんて気はこれっぽっちもなかった」

ルーシーは父親の顔をまじまじと見た。優しそうな目と赤い鼻。昔から少しも変わっていない。これなら大丈夫だ。「とにかく、なんでもなくてよかった」ほっとしてため息をつく。「それで、ブレスレットの件は本当なの？　そのチャームとか、インドとかって？」

「ああ」アーサーはポケットからブレスレットを取り出してルーシーに渡した。

ルーシーはひとつひとつのチャームをじっくり見る。それから首を横に振った。「ママが身につけるとはとても思えない」

「母さんのだよ。間違いない」

「それじゃあ、もっと聞かせて。パパの冒険の話も」

アーサーはうなずいた。ブレスレットが見つかった経緯をまずは話す。それから袖を肩までまくりあげて傷を見せた。セバスチャンが老齢のフランソワ・ド・ショーファの介護に縛られているのが心配なことを話し、マイクの犬がルーシーという名前だったことも話した。郵便局のベラを訪ねて話を聞いたことも。

ルーシーはゾウのチャームにはまったエメラルドを指で回転させる。「パパがそんな冒険をしていたなんて、信じられない」

「おまえには話しておくべきだったんだが、信じてもらえそうもなかったからね」

「もう信じるしかないわね」ルーシーはブレスレットを父親に返した。「次はどこへ行くつもり？」

アーサーは肩をすくめた。「わからない。パレットのチャームにはイニシャルが入ってる。S・Yってね。宝石商の主人は何を意味するのかわからないっていってたよ」

「探索は続けるべきね」

「だが、本来なら知らずにいたほうがいいことが、また明るみに出てしまったらどうする？　新たな事実がわかるたびに、疑念がふくらんでいく」

「知っておいたほうがいいんじゃない？　ママが亡くなる前にわたしにくれたピンクと白のストライプ模様の箱、覚えてる？　あの中に写真がぎっしり入ってるの。これまでずっと見る気にはなれなかった。でもいまなら……」いいだしたものの、断言できずにいる。

ミリアムがベッドの上の棚に置いていたキャンディストライプの箱のことをアーサーはすっかり忘れていた。娘にあげてもいいかと訊かれて、かまわないと答えた。人間でも事物でも、自分は頭の中に記憶しており、写真を撮ったり、列車の切符や絵はがきや土産品を取っておくことはしなかった。アーサーは空を見上げ、それから土の散らばった芝生を眺めた。「おまえの好きなようにするといい」

ルーシーは箱を取りに行き、親子はキッチンのテーブルについた。ルーシーが蓋をあけ、アーサーは古い紙とインクとラベンダーの香水の匂いを嗅いだ。

ルーシーが写真の束を取り出して、一枚ずつ見ていくのをアーサーはじっと観察する。

写真の向きをあれこれと変えて見ながら、ルーシーはにっこり笑う。そのうち一枚を父親に掲げてみせた。アーサーの結婚式のときの写真だった。彼の茶色い髪はカールしていて、前髪が右の眉毛の上にふわりとかかっている。スーツの袖が長すぎて、指の関節まで隠れてしまいそうだ。ミリアムは母親から譲られたウェディングドレスを着ている。代々母から娘へと受け継がれてきたドレスで、祖母も同じものを着た。ミリアムの身体にはウエスト部分が少し大きい。「本当に、見なくていいの？」とルーシー。

アーサーは首を横に振った。自分の過去の写真を見る気はしなかった。

すべての写真を見おわったあと、ルーシーは箱の中を覗いた。「何か隅に挟まってる」そういって、親指と人差し指で隅をつっつく。

「貸してごらん」とアーサー。どうにかして丸まった紙切れを取り出した。それを渡すとルーシーが広げて皺を伸ばした。灰色の紙で、印刷された文字は消えかかっている。

「これって、謹呈票か、あるいは古いレシートよ」ルーシーが顔を近づけてよく見る。

「Le Dé à Coudre D'or って書いている。そのあとにも何か書いてあるけど、破り取られてる。番号じゃないかな」

ふたりはぽかんとして顔を見あわせた。

「まったく心当たりがない」アーサーは肩をすくめた。

「d'or ってフランス語でゴールドを表すと思ったけど」とルーシー。「スマホで確かめてみる」

アーサーは紙切れを手に取った。「番号は、一九六九だろう。父さんと母さんが結婚した年だ」

ルーシーは翻訳のために、スマートフォンを何度かタップしている。眉をひそめ、またもう一度やってみる。「Le Dé à Coudre D'or。金の指ぬきって意味よ。そういう名前のウェディング・ブティックがパリにある」

「パリ？」とアーサー。ミリアムの寝室に貼ってあった地図。あれに刺してあったピンを思い出した。イギリス、インド……フランス。そのピンがパリに刺さっていたかどうか、思い出せない。

ルーシーがスマートフォンの画面を見せる。しゃれたブティックが写った一枚の写真。店のウィンドウには、見るからに洗練された、細身の白いドレスが飾ってある。

アーサーは一瞬心臓がとまったような気がした。偶然であるはずがない。ミリアムのブレスレットについている、金の指ぬきのチャームと、「金の指ぬき」という店名と自分たちが結婚した年が記されている紙切れ。間違いなくつながっている。しかしそこに隠された妻の過去を知る心の準備が自分にあるか？　結局困惑し、心を痛めるだけではないのか？　この秘密を探るには、おそらくパリくんだりまで足を向けることになる。それだけに不本意な結果を招けば、なおさら深い傷が残るだろう。

「わたしたち、やっぱり行くべきかしら」ルーシーがそっと訊く。

アーサーも同じことを考えていた。「この手がかりは放っておけないな……」

「ママに昔、ちょっとしたお金をもらったの。年金が入ったときにね。何か自分の楽しみのためにつかいなさいっていわれたんだけど、まだ手をつけずに置いてあるの。『自分のためにつかうのよ。何か特別なことに。電化製品を買ったり、請求書の支払いに充てたりしてはダメ』って、ママがいってたのをはっきり覚えてる。それで妊娠がわかったときに、赤ちゃんのために何か素敵なものを……と思っただけで終わっちゃった。まだわたしのたんすの中に、ジャムの瓶に入れてしまってあるわ」

「自分のためにつかうべきだ。母さんがいったように、何か素敵なものを買いなさい」

「よし、決めた。わたしたちふたりのためにつかおう。フランスまで旅に出るっていうのはどう？　そのウェディング・ブティックを訪ねるの」

アーサーはちょっと考えてすぐに結論を出した。たとえブレスレットについては空振りに終わっても、娘と素晴らしいひとときを過ごすことができる。

「それはいい。出かけよう」アーサーはいった。

指ぬき

パリはどんなところだと思っていましたかと訊かれたら、あまり考えたことはないとアーサーは答えただろう。エッフェル塔なら、セインズベリー・スーパーマーケットの特売でミリアムが半額で買ってきたランチョンマットについていた写真で見たことがあるし、以前にテレビで、船酔いするし、人助けも大嫌いな人間が船長を務める、セーヌ川を下る遊覧船を見たこともあった。セーヌ川の水はアーサーの目にはどんよりしたものに映り、どうせ船旅をするなら、甲板にプールがある流麗な白いクルーズ船に乗って、地中海あたりを遊覧するほうがいいと思っていた。パリといってもアーサーにとっては、あまり気をひかれない観光地のひとつに過ぎなかった。

ところがミリアムのほうは、フランスに関係するものなら、なんでも夢中になった。『ビバ!!』という雑誌も、格安で読めるという広告が入るなり、さっそく定期購読に踏み切った。女性たちが、傘を片手に水たまりの上を踊るように飛び跳ねていたり、ちっちゃなカップからコーヒーを飲んでいたり、自転車の前カゴに小さな犬を乗せて走っている、そんな写真が満載の雑誌だった。

それでもアーサーが覚えている限り、ミリアムはどうしてもパリに行きたいと、口にしたことは一度もなかった。物価が非常に高いとはいっていたが、それも雑誌を通じて知ったのだとアーサーは思っていた。アーサー自身はステレオタイプのイメージしかなかった。みんながみんなストライプのシャツやセーターを着ていて、紐でつないだニンニクやバゲットをバスケットからはみださせていると思っていた。

そんな思いこみの数々にまたもや挑戦状を突きつけられた。これまでの見識や考え方さえも、すべて書き換えなくてはならないような気分になった。パリは美しかったのだ。

道路脇に立って、絵はがきのような風景を目に入れる。痩せた黒猫が目の前の歩道をしゃなりしゃなりと歩いていく。サクレクール寺院の白いドームが日ざしの中で白いケーキのように輝いている。カフェの上にあるアパートメントの鎧《よろい》張りの窓から、ヴァイオリンの奏でる音楽が流れてくる。

自転車に乗った男も、何か美しい旋律を口笛で吹いている。パティスリーから漂ってくる、焼きたてのパンの香り。フラミンゴのようなピンク色をしたマカロンやメレンゲがケーキスタンドに高く積んであるのを見て、口の中に唾が湧いてくる。

木から花びらが舞い散る中、アーサーは道路を渡ってブティックに向かった。ルーシーはアンソニーとの結婚を思い出すといやだから、パリのウェディング・ブティックには入りたくないといった。「わたしは道路を隔てた先にあるカフェで、コーヒーとクロワッサンを食べながら待ってるから。幸運を祈ってるわ」

ショーウィンドウには、ウェディングドレスが一着、鉄製の白いガーデンチェアの上に広げてあった。天井からつり下げられた鳥かごの中には、張り子に羽根を飾ったハトがちょこんととまっている。灰色味を帯びた白いドレスは、ボディス部分に小粒のパールをつかって二枚貝の装飾がなされ、スカートには波をイメージした渦巻き模様が刺繍されている。まさに人魚が着るのにふさわしいドレスだった。看板には次のような文字が記されていた。

Le Dé à Coudre D'or

その下にもう少し小さな文字で——

Propriétaire: Sylvie Bourdin

大きな真鍮のドアノブを回そうとしたところで、自分の手の甲に目がとまった。透き通るような皮膚の下に、道路地図のように走る青い血管。爪は肥厚《ひこう》して黄変している。ミリアムと結婚した若い男はどこへやら、ガラスのドアに映るのは白髪頭がやけにぼさぼさした、胡桃のように皺だらけの老人だった。時間は矢のように過ぎ去った。ときにいったいこれは誰かと思うときがある。にやっと笑ってみると、昔からちょっと曲がっている前歯が見えて、それでかろうじて自分だとわかる。

店に入ると同時に、一連の小さなベルが鳴った。店内はひんやりしていて、思わず身ぶるいする。天井からつり下がるトラクターのタイヤほどもあるシャンデリアに照らされて、白い大理石の床がきらきら輝いている。店の一面にはウェディングドレスがハンガーにかかってずらりと並んでいた。青いベルベットを貼った金色の台座にポメラニアン犬が一匹。犬の首輪には座面と同じ青の鋲が打たれている。

アーチをくぐって女性が現れた。寸分の隙もない仕立てのいいコバルトブルーのスーツを着て、手首にゴールドのバングルをびっしりつけている。年齢は自分と同じぐらいだろうと思うが、入念に手入れした肌に、黒いマスカラと赤い口紅がよく映えて、実年齢より十五歳ほど若く見える。プラチナ色の髪を高い位置でお団子にまとめ、小柄な身体はダンサーのようにしなやかそうだ。「ボンジュール・ムッシュ」愛想の良い声を弾むように響かせる。「どんなご用でしょうか?《コマン・ブイ・ジュ・ヴ・ゼデー》」

フランス語の授業に逆もどりした気分で、緊張して言葉を探す。フランス語に限らず、外国語はすべて苦手だった。いずれヨークの外へ出ようなどという気は起きそうもないから、習得したところで使い道がないと自分を納得させてきた。「ボンジュール」ぐらいは口から出てきたものの、そのあとが続かない。それを表情で補うように、にっこり笑ってみせる。「わたしは……店のオーナーの、マダム・ブルダンを探しているのですが」

「あらムッシュ、それならわたしです」

「ああ、よかった」ほっとして息を吐いた。「英語がしゃべれるのですね」

「なんとか。そこそこに《コム・スイ・コム・サ》」ドアの上につり下がった銀のベルのような笑い声を立てる。「でも、通じないこともしょっちゅうです。何か結婚式のお召し物をお探しですか？」魔法の杖を振るように、アーサーの身体に向かってさっと手を振る。

　ひょっとして白馬に乗った王子に変身しているのではないかと半ば期待して、自分の格好に目を向ける。「いや、わたしじゃありません。見ればおわかりの通り、結婚式とはもう縁がありません。そうじゃなくて、わたしはあなたに会いに来たんです」

「わたし《モワ》に？」両手を胸に持っていく。「まあ、うれしい。どうぞおかけになって」白いデスクまで案内して、それと向き合うように置かれた椅子をアーサーに勧める。この椅子もまた豪華で、青いクッションが置かれていた。「で、ご用件は？」

　アーサーはポケットから写真を一枚取りだしてデスクの上に置いた。ミリアムが子どもたちといっしょにスカーバラの浜辺にいる写真だ。「このお店は長いこと経営されているんですか？」

「ウィ。もうずっとずっと昔から。自分で立ち上げた店なんです」

「それじゃあ、うちの妻のことをご存じかもしれない」

マダム・ブルダンは片方の眉をつり上げて、写真を手に取った。しばらくじっと見つめる。それからアーサーの顔を見上げた。その目が大きく見ひらかれる。「驚いた。これ、ミリアムですよね？」

アーサーはうなずいた。

相手はまた写真に目をもどし、まじまじと見る。「となると、あなたは……アーサー？」

「はい」心臓が小さく飛び跳ねた。「わたしのことをご存じで？」

「ずっと昔、ミリアムから手紙をもらったんです。珍しいことでした。といっても、それはわたしも同じですが。ドレスのデザイナーとしての腕はいいんですけど、どちらかというと手紙は苦手で。で、ミリアムはその手紙の中で、アーサーという魅力的な男性と結婚をするって報告してきたんです。結婚式にも招待してくれました。ところがわたしのほうは、母の世話をしていたため、パリを離れることができなくて。ミリアムにうちの店からウェディングドレスを贈りましょうかと申し出たんですが、彼女はお母様のドレスを着た。そうですよね？　それで代わりに何かプレゼントを贈ろうと思ったんです。アンティークショップで小さなチャームを見つけました――ゴールドの指ぬき。それがうちの店の名前にもなったんです」

「娘とわたしが、その名前の入った小さな紙切れを見つけました」

「ミリアムにそのチャームを送るときに、添えたメモね」

アーサーはポケットからブレスレットを取り出して相手に見せた。

「そうそう、これ!」マダム・ブルダンが歓声を上げた。「このブレスレットをミリアムはしょっちゅうつけていたの。それであのチャームを見つけたとき、これは買って贈らなくちゃ、って思ったんです」

「あの、マダム、わたしはそれを含め、すべてのチャームに隠された物語を知りたいと思っていまして」

「マダムはやめてください。シルヴィーと呼んで。わたしからそれを聞き出そうというおつもりでしょうけど、ミリアムに聞いたほうが早いでしょうに」そこで期待をこめて声が一オクターブ高くなる。「彼女、ここにいっしょに来てるの？　もうずいぶん長いこと会ってないわ」

アーサーは目を落とした。「残念ながら、一年前に亡くなりました」

「まあ、それはそれはお気の毒に。おつらいわね《セ・テリーブル》。昔から連絡を取ろうと何度も思ったの。いつか必ず彼女を見つけだして、連絡を取らなくちゃいけないって。でも店が忙しくなって、いろんなことでバタバタしているうちに、彼女のことが頭から抜け落ちて。

それでも心の中にずっと思い続けている相手っていうのがあるものでしょ？　生涯忘れられない人が」

「どうやって知り合ったのですか？」

「ひとりの男性を通じて。フランソワという名前だった」

「フランソワ・ド・ショーファ？」

「ええ。ご存じなの？」

「少しだけ」

「ミリアムが彼のもとで働いているとき、わたしは彼の数いるガールフレンドのひとりだった。彼はわたしに対してもミリアムに対しても、いい加減な扱いをしてね。そのうちわたしも目が覚め、パリに帰ろうと心を決めて、いっしょに来ないかとミリアムも誘ったの。それでふたりで逃げてきた！　計画も、お金もなしに。一種の冒険ね」そこでちょっとためらってから訊く。「彼女、どうして亡くなったの？」

「肺炎です。大変なショックでした」

シルヴィーが首を振った。「いい人だったわ。出会ったとき、わたしは英語がちょっぴりしか話せなくて、彼女もフランス語はちょっぴりしか話せなかった。それでも心はつながっていた。彼女がこの店の立ち上げに力を貸してくれたのはご存じかしら？　わたしは昔からウェディング・ブティックを経営したいと思っていたの。わたしとミリアムは、よくセーヌのほとりにあるベンチにすわって、白鳥に種子やパンの餌をやってい た。そうしながらお互いの夢を語り合った。話すのはもっぱらわたしのほうだったけど。ほら、夢追い人というのかしら？　いつもわたしはそうだった」

アーサーはうなずいた。

「ある日、ふたりで散歩をしているときに、卸売店の前を通りかかったの。ちょうど閉店の作業をしているところで、ウェディングドレスが箱単位で、信じられないほど安く売られていた。道路にヴァンを一台とめて、男ふたりが箱を荷台に運んで載せていたの。わたしたちは立ちどまって、その作業をじっと見まもっていた。ヴァンが走り出そうとするところで、男のひとり――店主ね――が、わたしたちが興味を持っているのに気づいて、残りのドレスを買わないかって、話を持ちかけてきたの。相手が何をいっているのか、ミリアムにはほとんどわからなかったから、わたしが訳して教えた。ドレスは確かに安かったけど、わたしにとってはまだまだ高い。すごく貧しくて、パンとチーズだけで生きのびていたような時代だった。でもミリアムは、わたしに『ノー』とはいわせなかった。その人にこういってやりなさいといわれて、その通りに店主に話したの――『わたしはまだ若い娘で、ウェディングドレスを販売するチャンスを待っているの。あなたが力になってくれれば、わたしは人生を変えられる』ってね。ミリアムといっしょになって愛嬌を振りまき、なんとか相手にうんといわせた。

結局、最初の言い値の半分で、二十着のドレスを買うことができたの。でもドレスは手に入ったものの、今度は売る場所がない。店なんて持ってなかったし、その頃暮らしていたのは、コインランドリーの上にある三階の部屋。あきらめようとするわたしに、ミリアムは首を横に振って、「絶対どこかに、売る場所はあるわよ！」といった。それで結局、ちょうど花盛りだった木からドレスをつり下げて、通りで売ったの。ドレスは日ざしを浴びて、まるで異国の小鳥みたいに見えた。おしゃれな女性がたくさん通りかかって、その人たちは別に結婚する予定があるわけじゃないんだけど、友人に話してくれた。それで女性から女性へ話が広がっていってね。結局その日は、二枚のドレスを残して、あとは全部売れたの。そうやってわたしの事業がスタートした。〝開花した〟ともいえるわね。また卸売店の店主のところへ行って、新たにひと箱買ってきて売る、それを三日間繰りかえした。その結果、この店の賃貸料金を三か月分払うことができたの。それから数年のあいだに店は成長して、わたしも商売を広げていった。いまでは自分でドレスをつくっているけれど、すべては、あなたの奥さんといっしょに、一本の木から二十着のドレスをつるしたのが始まりだった」

「いい話ですね」アーサーは初めて聞く話だったが、ミリアムとシルヴィー、ふたりの若い女性が笑い声を上げながら、花盛りの木にのぼっている場面は容易に想像できた。

「ミリアムがイギリスへもどってからしばらくは、手紙のやりとりが続いていたの。わたしには店があって、ミリアムには子どもがいた。時間は飛ぶように過ぎていくのね」

シルヴィーの話を聞きながら、アーサーの頭に思い出が蘇ってきた。そういえばミリアムは婦人服の店を経営している友人がいるといっていた。フランスだったかどうかはわからない。それでもこの件については、隠し通したわけではないのだとわかる。折々にミリアムはフランス語の単語を口にした――プルクワとか、メルシーとか。なぜあのときにもっと注意を払わなかったのか、いまになってアーサーは自分を呪った。仕事から帰ってくると、とにかくお茶が飲みたいと思うばかりで、それ以外のことに意識を向けるのは難しかった。子どもがベッドに入れば、あとは夫婦の時間だったが、その日の出来事についておしゃべりするぐらいで、過去のことを語り合うようなことはなかった。あのときに、少しでも過去に目を向けていたらと、後悔が募る。

「ミリアムを偲《しの》んで、いっしょにシャンパンと料理で、軽く一杯やらなくちゃね」シルヴィーがいう。「彼女と知り合ったときのことや、どんな楽しいことがあったか、詳しくお話しするわ。いっしょにいた期間はほんの数か月だけれど、あの日々は永遠に忘れない。それにあなたのお話も聞きたいわ。ミリアムとの人生について、お子さんたちのことも含めてね。彼女についてもっと知りたいの」

ルーシーのいるコーヒーショップにアーサーがやってきたときには、別れてからかれこれ一時間以上経っていた。

「一日もどってこないんじゃないかって思っちゃった」ルーシーが笑っていう。

アーサーは腕時計を確かめる。「おっと。そんなに長居したとは気づかなかった。ずっとここにいたのか?」

「素敵よね、ここ。アンソニーはスターバックスにしか連れていってくれなかった」

「マダム?」ふたりの目の前にウェイターが現れた。黒いシャツとスラックスという格好で、青と白のストライプ模様のエプロンを腰にさりげなく巻いている。鼻にかすかな段があって、一九二〇年代のサイレント映画に出てきそうな風貌だ。

「わたしは、カフェ・クレームのお代わりを」ルーシーがいった。

「ムッシュ、あなたはどうなさいますか?」

アーサーはぽかんとした顔になる。

「コーヒーはいかがでしょう? 食べる物もなにか?」

「コーヒー。うん、それがいい」そこでルーシーに顔を向ける。「ランチは食べるかい?」

ルーシーは自分の腹を叩いていう。「すでにチョコレートクロワッサンを二個も食べちゃったから、やめておくわ。でもフレンチオニオンスープがおいしそうよ。何度かここをボウルが通るのを見たの」

「じゃあ、それを頼もう」

ウェイターはうなずいた。

アーサーはナプキンを膝の上に置いた。「シルヴィーが、結婚祝いとして、あの指ぬきを贈ったそうだ。おまえの母さんは、ここでしばらく暮らしていたらしい」

「パリで暮らしていたことがありながら、そのことをわたしたちにひと言もいわないって、いったいどういうこと？　パパ、何か理由を知ってる？」

アーサーは首を横に振った。「だが、またひとつチャームに隠されていた物語が判明した」

ふたりの飲み物とアーサーのスープが数分後に運ばれてきた。茶色い陶器のボウルの中を覗きこむと、分厚いグリュイエールチーズのクルトンが浮いていた。「あのウェイターはおまえが気に入ったようだな」そういって、すくったスープに息を吹きかける。

「道路を渡ってくるときに、彼がおまえのことをじっと見つめているのが見えた」

「チップをたっぷり置いていって欲しいってだけよ」ルーシーが顔を赤らめた。

「そうじゃないだろう」

「それ以外に、わたしを見つめる理由なんてわからないわ」

アーサーは目を上げた。自分の娘ながら、大層魅力的に見える。ピンク色に染まった鎖骨と、そばかすが愛らしい。まるで顔にかかっていたベールを持ち上げたら、それといっしょに緊張や動揺もぬぐい去られたかのようだった。一瞬褒め言葉でもかけてやろうかと思ったが、ちょうどいい言葉が見つからない。代わりにボウルの中を覗きこんだ。「このスープはじつに美味い。いったいどうやったら、タマネギがこれほど軟らかくなるんだろう」

アーサーがスープを食べ終わるまで、ふたりは黙っていた。ルーシーは隣のテーブルから新聞を取り上げる。黒いプードル犬を連れていた男が置いていったもので、それにざっと目を通す。

アーサーはボウルをかたむけて、最後の一滴まで飲み尽くした。腹が温まった上に、木の間《こま》からもれてくる日ざしが気持ちよく、すっかりくつろいで気分は穏やかだった。ルーシーとこうしているあいだに、過去数週間の出来事についてじっくり考える時間ができた。道路の向こうに立つブティックに目を向ける。「それにしてもなんだな。旅を続けていろんな人と出会ってわかってきたよ。人は自分の話したことや成したことによって、他人の記憶に残るもんなんだってね。ミリアムはここにはいないが、人々の心や思い出の中に生きている」

「それって素敵な考え方ね」

「父さんも母さんのように、懐かしく思い出してくれる人がいるんだろうか」

「パパ、冗談はよして」

「いや、真面目にいってるんだ。父さんと会う前に母さんはめくるめく人生を送っていた。それに比べて、自分は冒険もしない、旅もしない、誰かに影響を与えるようなこともなかったんだって、ひしひしと感じられる」

「でも、いまそうしているじゃない。手遅れにはならなかった」

アーサーは両肩をぐいと動かした。

ルーシーは首を横に振る。「パパは情緒不安定になってるのよ。それもしょうがないわ。長い旅をして、これまで知りもしなかったママの話をいろいろ聞いたわけなんだから。でも、パパはいつだって、わたしの人生の大事な一部。わたしにとって特別な人だって、自信を持っていえるわ」

アーサーは小さくうなずいた。娘が気の利いたことをいってくれるのがうれしかった。「ありがとう」御礼に何かいってやらなきゃいけない気持ちになってくる。生まれた瞬間から大好きになったと、そういいたかった。ミリアムはじつに自然に、そういうことを何度もいっていた。しかし自分の場合、そういうことを口にするのはどうしようもなく照れくさい。ルーシーが子どもの頃には、眠ったあとでおでこにキスをして、「愛してるよ」とささやいたものだった。だがいまこの場で、人目のあるカフェなどで、そんなことはできるはずもない。「おまえだって……そうだ」

「ああ、パパ」

ふいにルーシーが首にしがみついてきた。「大丈夫か？　いったいどうした？」

ルーシーが鼻をくすんといわせた。「ママに会いたくなった。それだけよ。ここに、ママがいたらいいなって」

「そうだな」どういう言葉を口にすれば娘の心が慰められるのか、それがわからないために、背中を優しく叩く。

ルーシーが身体を離した。ティッシュを探してバッグの中をひっかきまわす。

「マダム?」ウェイターがルーシーの傍らに立った。片方の眉をつり上げて、「大丈夫ですか?」といったあとで、アーサーにちらっと目を向ける。おまえが若い連れを悲しませたのかと、非難するような目だった。

「ええ、大丈夫。この人は父なの。仲良くやってるから大丈夫」

「仲良く?」

「ええ。とっても。気にかけてくれてありがとう。ティッシュが欲しいんだけど」

ウェイターはいったんテーブルを離れ、ティッシュの箱を持ってもどってきた。「どうぞ」といって、テーブルにそっと置く。

「メルシー。本当にご親切な方ね」

「クロード」ウェイターがいう。「ぼくの名前はクロードです」

「ここはわたしがおごるから」ルーシーは目をティッシュで押さえ、鼻をかみながら、きっぱりいった。「自分の好きなことにつかっていいお金なんだから。そうでしょ?」

「ああ、そうとも」アーサーはにっこり笑って、女性の尻に敷かれる男に徹する。

アーサーが手洗いに入って出てくると、クロードがテーブルにやってきてルーシーとおしゃべりをしているのが見えた。ウェイターは盆を脇に挟み、ルーシーは笑顔で髪の一房を指でくるくる回している。アーサーはかがんで靴紐を結び直し、それから顔を上げたが、ふたりはまだ話しこんでいた。財布をあけて、あとどれだけユーロが残っているか確認する。クロードがテーブルから離れたのを見て、アーサーはもどった。「もういいのかい？」

「ええ。帰りましょう」とルーシー。頬が赤くなっている。

「あのウェイターと話していたじゃないか」

「ええ、そうよ。彼に……」そこでゴホンと咳払いをする。「彼に、今夜いっしょに散歩をしないかって誘われたの。そんなことがあるなんて、思わなかった」

「それは奇遇だ。じつは父さんもシルヴィーから、ディナーの誘いを受けたんだ」

ふたりは顔を見あわせると、声を上げて笑った。

「おまえが断っていないといいんだが」とアーサーはいった。

パリ・マッチ

シェービングクリームを塗りつけたところで、アーサーはカミソリを手に構えた。ホテルのバスルームにある鏡の前でポーズを取り、自分の姿をしげしげと見つめる。この期に及んで外見に気をつかっている。その事実に奇妙な感じを覚える。パリで金曜日に見知らぬ相手とディナーをともにする。シルヴィーのように美しい女性に、他に予定がないというのも驚きだった。

指がじんじんしてきた。あまり深く考えたくはなかった。でないとやっぱりやめようと怖じ気づきそうだった。ミリアムがいた頃は金曜の夜は手抜きと決めて、テレビの前でフィッシュアンドチップスを食べることにしていた。しかし今夜シルヴィーとディナーをともにするのは、ミリアムの思い出を語り合うためだ。それこそ本望で、何も怖じ気づく必要はない。

今夜食べる料理についても、あまり心配するなと自分に言い聞かせている。フランスのレストランでは、カエルの脚を出したり、何にでもニンニクを入れて料理するのではなかったか？　そうでないことを祈るばかりだった。一瞬、バーナデットのパイが恋しくなった。彼女のつくる家庭料理と、いっしょに過ごす時間が懐かしい。どうかシルヴィーが手厳しい女性でありませんように。

ブティックの向かいにあるカフェでランチを取ったあと、アーサーはルーシーとともに買い物に出かけた。ミリアムといっしょに買い物に出ることはめったになかった。もし出たとしても、アーサーは試着室の前をうろうろしながら、しょっちゅう腕時計で時間を確認するはめになる。ミリアムはシャツやズボンを取りあげてはアーサーの身体に当てて、こくりとうなずいて、ショッピングカートに入れるか、ハンガーにかけてもどす。そうやって購入された衣類は、次にアーサーがたんすをあけたときには、まるで魔法のようにすぐ着られるようになっている。店内に陳列されていたときの折り皺はアイロンで伸ばされ、タグはハサミで切り取ってあった。同様に、家族の誰かが誕生日を迎えたり、クリスマスが近づいてきたりすると、いつのまにかキッチンの調理台の上に、鮮やかな色の包装紙できれいに包まれて、リボンを飾り結びにしたプレゼントが、「アーサーとミリアムより」と書かれたタグつきで載っているのだった。これはあいつが好きそうだなどと思いながら、品物を選ぶのは楽しいだろうとアーサーは思う。しかし、プレゼントの購入はミリアムの仕事。その楽しみはアーサーには味わわせてもらえない。

今回、やっぱり買い物は楽しいと、アーサーはつくづく思う。ルーシーといっしょに通りをゆっくりそぞろ歩きながら、ふたりでフランス製のチーズをあれこれと試食し、オリーブオイルの味見をする。閉店セールの服飾店を見つけると、ルーシーに勧められてアーサーは、シャツを五枚、セーターを二着、ズボンを一本買った。試着室に立って鏡の前に立つと、ずいぶん若返ったと自分でも思わざるを得なかった。

フリージアの小さな花束をシルヴィーのために買い、本人が見ていない隙に、黒いエナメルでできた猫のブローチをルーシーに買った。アンティークショップのウィンドウにシンプルなパールの一連ネックレスが飾ってあるのを見ると、それを指差して、「あれはおまえの母さんが好きそうだな」とアーサーは娘にいった。

ルーシーはうなずいた。「パパは本当にママのことがよくわかってる」

アーサーは新しく買った服を身につけて、ウェディング・ブティックの前に再び立ち、シルヴィーが出てくるのを待った。店内の照明は消えていたので、ひょっとしてシルヴィーは心変わりしたのかもしれないと一瞬思い、そうであって欲しいと半ば願った。店の前を行ったり来たりしながら、小さなフリージアの花束を握る手に力がこもりすぎないよう気をつける。

パリでは、金曜の夜は恋人たちのものらしい。着飾った美しいカップルが、年齢層も様々に次々とアーサーの目の前を颯爽と通り過ぎていく。みなこちらを見てにっこり笑い、「大丈夫、きみの相手もまもなく来るよ」と、そういっているみたいだった。

十分後、ドアがガタガタ鳴る音が響き、シルヴィーが現れた。「ごめんなさい、アーサー。ちょうど出ようとしたところへ電話がかかってきてしまったの。若い花嫁がドレスのことでパニックになって。結婚式のためにダイエットをしていたんだけど、痩せすぎちゃって胸もとがぱかぱかになってしまったの。心配しないで大丈夫、明日店にいらっしゃいといってなだめてね。彼女のお式は三週間後だから、それまでに体重ももどるでしょう。仕立て直しまでは必要ない。胸にちょっとパッドを入れる必要があるかもしれないけど……やだ、わたしったら」シルヴィーは手で髪を払う。「あなたにこんなことをくどくど話す必要はなかったのに。ごめんなさい、お待たせしてしまってと、それだけいうつもりだったのに」

シルヴィーは笑顔でアーサーから花束を受け取った。顔を近づけて花の香りを嗅いでから店の中に持っていき、それからドアに鍵をかけた。午前中に着ていたスーツと同じものだとアーサーは気づいた。それに、きらきらしたターコイズのネックレスと、かぎ針編みのクリーム色のショールを足している。シルヴィーがディナー用に特別な格好をしていないことで、アーサーの緊張が少し和らいだ。

セーヌ川に向かってくねくねと長く続く、石畳の舗道をふたりで歩く。途中でシルヴィーがつまずき、アーサーの差しだした腕につかまった。それから再び歩きだしても、シルヴィーはその腕を放さず、アーサーは腕にこわばりを感じた。ふたりで腕を組んで歩いている。狎《な》れすぎているような感じがしてアーサーは妙に落ち着かない。ひょっとして通りがかりの人にはカップルと思われるのではないかと、自意識過剰になり、いや、フランスはこうなんだと自分に言い聞かせる。気さくなスキンシップが当たり前の国なのだと。

そこでちらっとシルヴィーに目をやる。相手は笑顔で、踊るような足取りだ。電話線にとまっている一羽のハトや、風船をいくつもつかんだ女の子が宙を運ばれていく壁画なんかを指さしている。ある店の外に出してあるボウルの中から、シルヴィーがオリーブをふたつつまみあげた。店主に手を振ってから、アーサーにひとつ手渡す。受け取ったアーサーの手がオイルで汚れ、ポケットからハンカチをひっぱりだした。そのあとは腕を自分の脇にぴったり押しつけたままにしておく。

ふたりはテーブルが八つしかない小さなビストロに入っていった。店の名はシェ・リュペール。この店の店主が知り合いなのだとシルヴィーがいう。「わたしたちが好みそうなものを適当に見繕って出してちょうだいと頼んであるの。あなたはシンプルな味を好むイギリス人だっていっておいたわ」そういって声を上げて笑う。「少量ずつ、いろんなものを食べようと思って」

「タパスみたいなものかな？」アーサーはいった。昔ミリアムといっしょに、スペインの夜と題されたイベントに出かけたことがあった。教会の屋根を修繕する寄付金集めで、村の集会所でひらかれた。リンゴやオレンジを細切れにしたものがグラスの中に山積みになったサングリアのグラスをひとつずつ受け取った。「まるで酒浸りのフルーツサラダだな」一口飲んだあとで、アーサーはそんなことをいった。どのテーブルにもテラコッタの小さな皿が六つ並び、それぞれに違う料理が載っている。アーサーはミリアムといっしょにひとつひとつ順番に見ていった。なんだかよくわからないものもあったが、一通り全部食べてみた。結局それだけでは腹がいっぱいにならず、帰りにフィッシュアンドチップスの店に寄ることになったものの、総じて楽しい夜だった。

「ええ、タパスと同じ」シルヴィーが同意した。

料理が出てくるのを待つあいだ、上等のメルローをひと瓶、ふたりで楽にあけてしまい、もう一本頼んだ。アーサーは頭がふわっと軽くなって、あらゆる悩みがあとかたもなく消えてなくなりそうな気がした。

ガーリックバターで調理したムール貝や、ブイヤベースというこってりしたフランスの魚介スープまで味わってみる自分に驚いている。子羊とマッシュルームの煮こみを食べ、赤ワインをぐいぐい飲んでいく。なぜ自分はこれまで、新しい料理を味わおうとしなかったのかと思うものの、あまり考えないようにした。

流しのミュージシャンがバーカウンターに入ってアコーディオンを演奏し始めると、シルヴィーが、立って踊ろうといいだした。イギリス男が情けないダンスを懸命に踊る姿に、まわりの客から笑いが上がるものの、アーサーはお辞儀をして、いっしょになって笑った。

ディナーのあと、シルヴィーがまたアーサーの腕を取り、今度はそれが前よりずっと自然に感じられた。ふたり腕を組んでセーヌ川のほとりを歩く。夕焼けが目をみはるほど美しく、空が燃えているようだった。アーサーはシルヴィーを、なんとも魅力的なパートナーだと思ったが、これがミリアムだったらどんなにいいかと思わずにはいられない。いっしょに笑って、いっしょに夕陽にみとれる。何をしにここへ来たのか、それを忘れないためにも、アーサーは妻の名前を口にする必要を感じた。「ミリアムがここに来たら、きっと大いに気に入ったと思います」アーサーはいった。

「彼女、ここには来ているのよ」とシルヴィー。「ふたりで何度かここを散歩して、将来の計画について語り合ったの。若者らしい向こう見ずな野心でいっぱいだった。わたしは世界一腕のいいウェディングドレスのデザイナーになるって宣言したわ。世界中のセレブや映画スターがこぞってシルヴィー・ブルダンのドレスを着たがるようになるんだって。でもそれから、数週間、数か月、数年と過ぎていくと、ちゃんと分別が備わってくる。夢と現実は違うんだってね」

「しかし、あなたは夢を実現したのでは？　見事に成功を収めている。夢の実現に力を尽くしたわけでしょう」

「ミリアムの夢は実現したのかしら？　素敵な男性と知り合って、たくさんの子どもを産み育てて、大きな庭のある田舎で暮らす」

「そんなことをいってたんですか？　トラと暮らすとか、リッチな小説家と大恋愛をするとか、そんなことはいってませんでしたか？」

「あなた、わたしをからかってる？」

「ちょっぴり」ふたりは立ちどまり、薄れゆく光の下、水銀を流したように見える川面《かわも》を切りながら、手漕《てこ》ぎボートが進んでいくのを眺めた。「小さな家で、子どもはふたり、郊外で暮らしました。わたしといっしょの人生は、彼女の夢にそぐわなかったんじゃないかって、それが気になっているんです」

「わたしたちふたりのうち、どちらが正しく夢を実現したかといえば、それはミリアム。見ての通り、わたしには子どもがいない。ずっと仕事が忙しくてね。赤ちゃんの代わりに、美しい店を持つことになった。うちの店に来てくれる女性たちは、みんな自分の娘みたいなもの。たくさんたくさんいるのよ」そういってシルヴィーは笑った。「できれば結婚式のあとも、わたしのことを思い出してくれるといいんだけど。ときどき思うのよ。あまり仕事で欲張らなければよかったんじゃないかって。そうしたら家族と店の両方を持てるだけの時間ができたかもしれない」

ふたりは笑い声のさざめく小さなバーを見つけ、舗道に置かれた、黒い錬鉄製のテーブルについた。「こんな店があるなんて知らなかった。あなたのおかげで冒険心が目覚めてきたわ」

ウェディング・ブティックへの帰途についたときには、午前二時を過ぎていた。結局ミリアムのことはあまり話さなかったので、アーサーは幾分気がとがめていた。ヨークのことや、ルーシーとダンのこと、バーナデットやフレデリーカ、ブレスレットの別のチャームに隠された物語のことなどをしゃべるだけで終わってしまった。シルヴィーのほうは過去数年につきあった男のことを話した。いっときはパリを出て、素寒貧の芸術家と田舎の水車小屋に暮らそうと考えたこともあったが、結婚する直前に目が覚めてやめたという。「ウェディング・ブティックを経営しているくせに、自分では一度も花嫁になったことがないの」シルヴィーはいった。

ブティックに近づくにつれてアーサーの脈が速くなった。こういう場面ではどうするのが礼儀に適うのか？　頰にキスをする？　左右の頰に？　ハグをする？　わからなかった。張り出し窓の前にふたりで立つと、アーサーは沈黙した。

「素晴らしい夜だったわ、アーサー。こんなに笑ったのは本当に久しぶり」

「わたしもですよ」シルヴィーに対してはあまり気を張らずに済んだ。妻以外の女性とこんなに自然に気楽な雰囲気になったのは初めてだった。妻とつながりのあった女性だから、近しく感じられるのだろう。目もとの皺に手を触れ、頰を撫でてみたい。シルヴィーが少し近づいてきた。首もとに彼女の息づかいが感じられ、睫毛《まつげ》の先がカールしているのや、眉間に刻まれた小さな皺が目に入る。

キスをしたい。

彼女にキス？

いったいどこからそんな考えが出てきた？　キスをしたいと思うのは妻だけであるべきだった。

シルヴィーがにっこり笑いかけてきた。まるでアーサーの考えを読み取ったかのようだった。

気がつくとアーサーはシルヴィーの腰に手を回していた。手遅れにならないうちに、彼女から離れるべきか？

まだ迷っているうちに、ふたりの唇が重なった。

妻以外の女性とキスをするというのは不思議な感じがした。いったんやめて、本当にこれでいいのか考えてから続けるべきだと思うのに、どうしても離れることができない。人間同士の肌の触れあいを再び欲している自分がいる。シルヴィーの唇は柔らかで温かい。時間が知らぬ間に過ぎていく。

シルヴィーのほうから離れた。「寒くなってきたわね」ぶるっとふるえて、肩のショールを前でかき合わせる。「うちに寄って、コーヒーでも飲んでいらっしゃらない？」

それは想定外だった。しかし、すわって、あと少しおしゃべりして夜を終えるというのは、自然なことに思える。訊きたいことはまだあって、本当はそういう話を先にするべきだった。しかしこの誘いには危険な面もある。彼女はコーヒーを飲む以上のことを考えていやしないか？

「いや、さすがにもうホテルにもどらないと。いったいどこに行ったのかと、ルーシーが心配します」いいながら、自分でも馬鹿げた言い訳だとわかった。もちろんホテルの部屋は別々だ。朝食の時間までルーシーと顔を合わせることはない。

「でも、ルーシーはウェイターのお友だちといっしょじゃなくって？」

「ええ。クロードです」

「あなたの娘さんは、もう一人前の大人だと思うけど」

「ええ、しかし幾つになっても心配すると思います」

「クロードが無事ホテルまで送り届けてくれるわよ。それに彼女、携帯電話は持っているんでしょ？」

「ええ」アーサーは自分の携帯電話をポケットからひっぱりだした。「おっと、メッセージが届いてる」アーサーはメールをひらいた。ルーシーから二十五分前に送られたものだった。〈ホテルにもどる途中だから心配しないで。朝九時に朝食を取る部屋で会いましょう〉と書かれている。「ああ、よかった」アーサーはにっこり笑った。

「じゃあ、コーヒーを飲んでいけるのね？」

アーサーは電話をポケットにしまい、そのまま手がとまった。「いや、それは……」

すると、シルヴィーがあごをきりりと持ち上げて、アーサーの言葉をさえぎった。

「あのね、アーサー。わたしも寂しくなるときがあるの。時間ばかりが過ぎていくような気がして。あなたにコーヒーを飲んでいって欲しいし、一晩いっしょに過ごしてもいいと、心から思ってるの。わたし、若い男性にたくさん会うのよ。この店にやってくるお婿さん。それに、本来なら、してはいけない誘いをしてくる、花嫁の父親も大勢いるけど、こちらはプロだから、お断りする。自分からいいなと思って、心惹かれるような人はそう多くないの」

アーサーは下腹部がうずいてくるのがわかった。まさか再びこういう欲望が湧き起こるとは思いもしなかった。ぞくぞくするが、それと同時に罪悪感で胸が悪くなる。たとえば映画スターや、手の届かないアイドルに欲望を募らせるなら、既婚者であっても罪はない。しかしシルヴィーは生身の女性。美しい女性が目の前にいて、自分の部屋に行きましょうと誘っている。

それに乗ってしまえば妻を裏切ることになる。

ほとんど本能的にそう感じた。もちろんミリアムはもうこの世にいないのだから、浮気とはいえない。しかしこの誘いに乗ってしまえば、きっと浮気をしたような気分になるとわかっていた。シルヴィーは妻の友人。それがずっと昔のことではあっても、ミリアムを裏切ることはできない。

アーサーは両腕を脇に落とした。「すみません、シルヴィー。コーヒーをいっしょに飲みたいのは山々ですが、しかし……」そこで目を落とす。

シルヴィーが背筋を伸ばす。それから小さくうなずいた。「わかる気がするわ」

「だといいんですが。あなたは魅力的な女性です。美しく、気品があって、センスがよくて頭も切れる。しかし……」

「しかし、まだ他の女性と恋愛する気分ではない？」

アーサーはうなずいた。「妻しか、考えられない。ずっとそうだと思います。もし別の誰かが現れたら、といっても実際にはとてもそうは思えないんですが、もし現れたら、そのときには時間をかけてゆっくり行きたい。わたしはここにあと一晩しかおらず、それだけでは時間が足りない。誰かと新たな関係を結ぶ際には、ミリアムも理解してくれるという実感がないと」

「彼女はあなたに、幸せになって欲しいと思ってるはずよ」シルヴィーがバッグから鍵を取り出した。

「わたしはあなたと特別な時間を過ごしたあとで、幸せな気分になれるかどうか、自信がない。もちろん幸せになりたい。そういう経験を素晴らしいものとして感じたい。間違ったことはしていないと、確信したいんです」

シルヴィーはネックレスに手を触れた。「信じられないかもしれないけど、昔はわたしも、自分から誘う必要がなかった時期があるのよ。黙っていても男がわたしに恋い焦がれ、あとをついてくるような時代が」

「当然でしょう。信じられますよ。あなたは、とても素晴らしい《トレ・マニフィーク》」アーサーが頑張ってフランス語を口にした、それがおかしくてふたりして笑った。「しかし――」そこでアーサーがポケットに手を入れてブレスレットをひっぱりだした。「――このブレスレットについたチャームの謎がすべて解けない限り、わたしは次へ進むことができないんです。妻以外の女性と関係を結ぶ用意ができていない」

「立派なものだわ」シルヴィーが唇をすぼめた。「ただし、その探索を続ければ、知りたくなかったことまで耳に入るかもしれない」

「すでにそれは経験済みです」

「まだあるかもしれないわ」

相手の冷ややかな口調にアーサーは気づいた。シルヴィーの手を取っていう。「シルヴィー、何か知っていることがあるんですか？」

「ノン」否定しながら、そのまなざしにかすかな揺らぎがあった。「ただ……」

「何かご存じなら、どうか教えてください」

「話したように、ミリアムから何度か手紙をもらっているの」

「何が書いてあったんです？」

シルヴィーは息を詰めた。それからまた口をひらく。「もしもっと知りたいなら、彼女の友だちだった、ソニーを見つけるべきね」

「ソニー？」

「わたしの記憶が確かなら、彼女は宝飾品をつくっていた」

アーサーはブレスレットのことを考えた。「その人の姓をご存じですか？」

「うーん。確かYで始まっていたと思うわ。そうそう、ヤードリー。どうして覚えているかっていうと、従姉が同じ姓の男性と結婚したから。記憶力、いいでしょ？」

「ええ。素晴らしい。ソニー・ヤードリー。その頭文字S・Yがパレットのチャームに入ってるんです。これはどうやら関係がありそうだ。どこに行けば彼女が見つかるでしょう？」

「さあ」

「彼女に関して、何か他の手がかりを知りませんか？」

シルヴィーは眉を寄せた。「彼女の弟さんが芸術家だったと思うんだけど、それ以外は何も」

「彼女を見つけ出します」

「見つかったとして、彼女から得られる情報は、あなたが知りたかったことかもしれないし、知らずにいたかったことかもしれない」

「どういう意味です?」

シルヴィーは肩をすくめた。「それは自分で見つけてちょうだい」

シルヴィーが家の中に入りたがっているのがアーサーにはわかった。彼女のプライドを傷つけてしまった。結局会話のすべてが、妻にもどってしまったのだから。アーサーはシルヴィーの頬にキスをし、楽しいひとときの礼を述べてから、ホテルへ歩いてもどった。相手に悪いことをしたとを感じて胸が重たくなってはいるものの、これでよかったのだと納得もしていた。

朝の準備にかかった空に、淡青色の縞目ができて、星が消えかかっている。アーサーはホテルに着くまで、歩きながらずっとブレスレットをぎゅっと握りしめていた。ホテルの回転ドアに飛びこむ前に、一度とまって襟を直す。そうしているうちに、目の隅に何か動くものが映った。振り返ると、ルーシーとクロードが通りに立っているのが見えた。ルーシーがクロードの頬にキスをして、それから離れた。

アーサーはわざとぐずぐずして、ルーシーといっしょにホテルに入れるようタイミングをはかった。

「あら、パパ」さりげなさを装ってルーシーがいう。

「やあ。楽しかったかい？」

「ええ。とっても。パパは？」

アーサーは昇る朝日に目をやった。「ああ。楽しかったよ。だけど、もうシルヴィーには会わないだろう。父さんは……やっぱり……おまえの母さんが……」

ルーシーはうなずいて、ドアに飛びこんだ。「わかるわ、パパ。クロードもわたしにとっては、一晩限りの相手。時にはそういうのもいいものよ」

ブックフェイス

わが家に帰ってきて、自分のベッドにいるのは気分がよかった。ユースホステル、マイクの家のソファ、パリのしゃれたホテル、オレンジと黒の縞模様の壁紙の邸宅。様々な場所で寝泊まりしたが、やはり自分の部屋が一番いい。まるで繭のように、しっくりなじんで安心する。好きなときにいつでもお茶が飲める。

ベッドに横になって、しばらくシルヴィーとのキスを思い出し、唇と唇が重なる瞬間を頭の中で何度も再生する。柔らかな腰の感触や、身体を押しつけてきたときの肌のぬくもりが、いまでも感じられた。胃の奥がかっと熱くなって、そこに両手を当てて広がる熱を感じる。目を閉じると、またパリに舞いもどる。彼女の香水の匂いがまだするようだ。

シルヴィーとコーヒーを飲まなかったのは正しい判断だと思っているが、もし誘いに乗っていたら、そのあとどうなっただろうかと、想像をたくましくせずにはいられない。もし彼女のあとについて、二階に上がって彼女の寝室に入っていったら？　セックスをするだろうか？　それともできなくて、あわてふためいて夜の街へ逃げだしたか？　いまとなってはもうわからない。いままで夜を過ごした相手は妻だけ。別の女性と一晩いっしょに過ごすことを考えると、吐き気と同時に好奇心がこみ上げる。不適切な考えをした自分にいらだって、目をあけ、横向きに転がってベッドから出た。それでも胸の中に小さな欲望がしこりのように残っている。

ルーシーとパリで買ったズボンとシャツを着て、シルヴィーの匂いがしみこんだシャツを洗濯籠に入れる。鏡に映った自分の姿を見て、結構見栄えがするのに驚いた。頭頂の髪が伸びてきている。ミリアムがいれば、街の床屋へ行ってらっしゃいと口を酸っぱくしていわれそうだが、自分ではかなり気に入っている。手を伸ばして髪をくしゃくしゃにしてみる。

一瞬、いつもの日課をこなして、きちんとした一日を送ろうという考えが頭をよぎった。腕時計を見ると、もうトーストをつくる時間になっている。しかしそう思ったところで、ちくしょう！　と悪態をついた。今日は流れに任せて過ごし、それでどうなるか見てみようと心を決める。

キッチンに裸足で立ち、リンゴをひとつかじりながら、窓の向こうの庭を眺める。庭を縁取るフェンスがあまりに高いと気づいて驚く。なんだって自分たちはあんな背の高い構造物を張り巡らして、近隣の庭の景色を閉めだしたのだろう？　小さな杭《くい》を並べたような柵で十分なのに。

秘密を探るべきチャームは残り三つ。しかし手がかりは、ひとつの名前しかない。ソニー・ヤードリー。記憶の棚をどれだけ探しても、ミリアムがソニーという名前を口にしたことがあるかどうか、思い出せなかった。

まずは電話帳で探すことにし、Yの項目を指で慎重にたどっていく。S・ヤードリーという名前はふたつ掲載されていた。電話をかけてみると、ひとりはスティーブで、もうひとりはスチュワートだった。ひょっとして結婚して名前が変わったか、あるいはもう生きていないのかもしれない。他に探す手立てがなく、いらだったアーサーは家の中を隅から隅まで掃除することにした。日課のひとつだからではなく、必要だからだ。二週間近くのあいだ、毎日のように家をあけていれば、あらゆる物の表面にうっすらとほこりがたまる。アーサーは、シルヴィーといっしょに入った小さなバーでアコーディオンが演奏していた曲を口ずさむ。フレデリーカに水をやったあとで、新鮮な空気を吸えるようロックガーデンに出してやった。

ハムサンドウィッチをつくり、グラスに牛乳を注いだところでドアの呼び鈴が鳴った。バーナデットだ。弾かれたように立ち上がり、新しいシャツに手をすべらせる。もはやナショナルトラストの銅像モードになろうとは思いもしない。彼女に会えるのはうれしいことだった。パリの話をすれば、きっと喜ぶだろう。おまけにこっちはちょっとしたお土産も買ってきている――コットンの袋にラベンダーを入れたサシェで、小鳥が封筒を咥《くわ》えている絵が刺繍されている。にっこり笑ってアーサーはドアをあけたとたん、思いっきり驚いた。玄関前の踏み段に立っていたのはバーナデットではなくネイサンだった。


「やあ、タイガーマン」

「やあ、ネイサン。こんにちは」

「オレが訪ねてくるなんて、思わなかっただろ?」

「ああ。きみのお母さんかと思った」

「おふくろ、来てないの?」ネイサンがいい、手の甲で鼻をぬぐった。着ている白いTシャツには黒い大文字がでかでかと書かれている――PARENTAL ADVICE(親の忠告)。

「いや。しばらく会ってないんだ。娘とフランスに行っていたもんだから」

ネイサンはひょいと肩をすくめ、「じゃ、他当たってみる」とかなんとかいいながら、かったるそうな足取りで去っていくものと思ったら、玄関前の踏み段に根を下ろしたように動かない。互いに顔を見合わせる。「ちょっと入ってお茶でも飲んでいかないか?」アーサーがいった。

ネイサンは肩をすくめたものの、あっさり中に入ってきた。

「どうぞどうぞ。気はつかわなくていいから」

「この家、うちとちょっと似てるよ」ネイサンが居間に入ってきた。ソファにどさっとすわると、両脚を振りあげてソファの肘掛けにのせた。「間取りもいっしょ。ただしおふくろはけばけばしい色が好きなんだ」目をぐるりと回して、あきれてみせる。「この家はおとなしい色ばっかで、落ち着いてるよね」

「そうかい？　わたしには古くさいだけの部屋に思えるが」

ネイサンは肩をすくめた。「いい感じ」

そこでまたもや奇妙な沈黙が広がった。どちらも相手が話すのを待っているか、あるいは、実際どちらも話すことがないのに気づいた感じだ。「やかんを火にかけてくるよ」とアーサー。

せかせかとキッチンに入って、ポットにお茶の用意をし、ソーサーにビスケットを並べて、それも盆に載せる。居間に運んでいくと、ネイサンは暖炉の上に飾った写真を見ていた。まだ子どもが幼児の頃の写真が二枚と、ルーシーが十八歳のお祝いをしたときの写真が並んでいる。このお祝いは地元の集会所を借りて行ったのだが、招待もしなかったのに郵便局のベラが来ていた。

「フランソワ・ド・ショーファには会ったの？」ネイサンが訊いた。

「ああ。家を訪ねた」アーサーは盆を下ろした。「きみが教えてくれた住所のね」

「白くてでかい豪邸？」

「そう、そう」

ネイサンは舌を鳴らし、またソファにそっくり返った。「へえ、やるねえ。だって生きた伝説を訪ねたんだから。やっぱ家の中には、山ほどの本がずらずら並んでるわけ？ベルベットのガウンを着て、あの細い葉巻みたいなのを吹かして、気ままにぶらぶら？きっとガールフレンドがいるよ。それも二十一歳とかそのぐらいの」

アーサーは屋根裏のような部屋にひとりすわっている、しなびた老人の姿を思い出す。しかしネイサンの夢を壊したくはなかった。「ああ、本がいっぱいあった。ずいぶん忙しそうだったんで、すぐお暇《いとま》したよ」

「サインはもらった？」

「いや、もらわない。だが彼の詩集を一冊もらった」

「すごいじゃん。見せてよ」

アーサーは最後にそれを見たときのことを思い出した。ロンドンのベンチに腰かけて、街路灯の、オレンジ色の光の下で読んだのだった。「残念ながら、もらってすぐなくしてしまったんだ」

「なんだ」ネイサンは顔をうつむけた。前髪が顔にぱさっとかかる。

アーサーはお茶をカップに注いでネイサンに渡した。「きみの力を借りたいと思ってたんだ」

「なに？」

「以前に郵便局のベラと、ブックフェイスってもののことを話したことがあるんだ。それをつかうと人の名前を調べたり、本人を探し出すことができるらしい」ベラの場合はストーカーの真似事だ。なにしろ学生時代のボーイフレンドを見つけようというのだから。「わたしも、探したい人がいてね」

「それって、フェイスブックじゃないの？」

「えっ、そうなのかい？　じゃあ、フェイスブック。それって、どうすればいい？」

「その郵便局のばあさんがいった通りさ。オンラインで人を探しだしてダチになる、みたいな。プロフを入れて、画像や写真なんかをアップする。最初はウザいって思ったけど、またたくまに広がった。よれよれの老人は別だけど、三十代以上の多くの人はつかってる」

アーサーは外国語を聞いているようにちんぷんかんぷんだったが、ちゃんと理解しているかのようにうなずいた。

「ソニー・ヤードリーっていう人物を探してるんだ。きみのコンピューター技術で助けてもらえないだろうか？」

ネイサンが音を立ててお茶をすすった。「今夜、やってみるよ。スマホが故障しちゃってさ。アイフォンを持ってる人間はみんな落とすって知ってる？　オレのは今朝便器に落ちた。そのソニーって人について、何か手がかりは？　年は幾つ？」

「わたしと同じぐらい」

「ジュラ紀か」

「間違いなく有史以前」

「よし、任せてくれ」

ふたりでお茶を飲み、ネイサンはビスケットをすべて平らげた。「それで、きみはお母さんが見つからないのかい」とアーサー。

「うん。たぶん街に出てると思うんだ。また自分が力になれる、かわいそうな人間でも探してるんだろ」

「きみのお母さんは本当に優しい人だ」

「ああ」そこで口をひらいたまま、しばらくためらっていたが、やがて頭をついと持ち上げた。「時々思うんだ。なんでおふくろは、オレを遠くの大学にやりたいのかって。そりゃ、迷惑かけてるのもわかる……けどさ、厄介払いしたいほどじゃないだろって」

「お母さんはただ、きみにとって最善の道を探してるだけだよ」

「近くの大学に行けば、家から通えていっしょに暮らしていける。おふくろはそうしたいだろうって思ってた。なのに……」そこでひょいと肩をすくめる。

「そういう話を、お母さんにしたのかい？」

「しない。オレは大学に行って、まともに勉強をするって、おふくろはそれしか頭にないんだ。そうすれば、卒業と同時にいい職について、出世して大きな家を建てて……とかなんとか。英語学科なんてものに入って、何がいいのか、オレにはさっぱりわからない。だって英語ならしゃべれるじゃん。勉強してなんになるのさ？」

「それは」アーサーはいいながら、自分は十八歳の若者に的確なアドバイスができる立場にはないとわかっていた。「じゃあ、きみは何を勉強したい？」

ネイサンは首を横に振った。「いったところで、信じちゃもらえない」

「どうして？」

「そうに決まってる。うちのおふくろだって耳を貸さなかった」

ルーシーと庭ですわっていたとき、ちゃんと話を聞くと約束したことがきっかけとなって、ふたりのあいだに橋がかかり、再び家族にもどった。アーサーはそれを思い出した。

「話を聞くのは得意なんだ」アーサーはいった。「時間はいくらでもある」

ネイサンは下唇を嚙んだ。「ビスケット、まだある？」

「ブルボンの？」

「カスタードクリーム入りがいいな」

「よし、ちょっと見てこよう」

キッチンでアーサーはわざとぐずぐずして、本当に他人に話したいのかどうか、ネイサンに考える時間を与えた。どうやら彼は、自分の気持ちを表現する言葉を少ししか持たないようだった。居間にもどると、いろんな種類のビスケットを新たに盛りつけた皿を渡した。

「パーティーリングズ！」ネイサンが歓声をあげた。「これ大好きなんだ」そういったあとで、砂糖衣のかかったビスケットごときに興奮するのはクールではないと気づいたようだ。「さてと、タイガーマン……あんたはオレが大学で何をしたいか、それを知りたいんだったよな。それはつまり、菓子をつくることだ」

アーサーはよくよく考えた。笑ってもいけないし、驚いた顔も見せてはならない。

「菓子？」無表情にいった。

「そうだよ」ネイサンは前髪をぷっと吹き上げた。「おふくろにいったら、気が変になったのかって目で見られた」

アーサーはネイサンの肩に手を置いた。「わたしはそんなことは思わない。いいか悪いか、判断を下すつもりはない」

ネイサンは深く息を吐いた。「わかってる。すまない。とにかくオレはそういうのが好きなんだ。いつもやってきたことだし。おふくろの手伝いもよくやった。こういうことは勉強の対象にはならない、何か役立つことをしないとダメだっていうんだ。何をいっても、まったく聞く耳を持たない。自分でソーセージロールやパイなんかをつくるのはいいのに、オレはダメ」

「料理は役に立つ。シェフになったり、菓子店を経営することだってできる……」

「あるいは、自分のレストランを持って、様々な料理を生み出す。オレはそういうことも考えてる。なのにおふくろにはわからない。いつも他人の世話で忙しくしてて」

「誰よりもきみのことを心配しているはずだよ」

ネイサンはそっぽを向いた。「わかってる。そうなんだろうよ。だからさ、アーサー、その……おふくろに、いってやってくれないかな。オレの味方につくように」

「わたしのいうことなんか、聞くとは思えないが」

「いいや、聞くよ」ネイサンがすかさずいった。「あんたのこと、よく考えてるよ。オレにはわかる」

アーサーは少しだけ胸がふくらむのを感じた。「じゃあ、話してみるか」そういってうなずいた。バーナデットは息子にいい影響を与えてやってくれといっていた。それが今度は逆。いまはネイサンが自分に助けを求めている。

「助かるよ。それと、ひとつ訊いてもいいかな？　ただし正直に答えて欲しい」ネイサンがいう。

アーサーはティーカップを下ろした。「ああ、もちろん」

ネイサンが鼻をこする。「うちのおふくろ、死ぬの？」

アーサーは咳きこんだ。お茶がカップからこぼれて膝を濡らした。跳び上がって身を引いたところ、股間までお茶が広がった。まるでおもらしをしたようだ。「なんだって?」

ネイサンは感情のこもらない声でいう。「今度はちゃんと心構えをしておきたいんだ。おやじが死んだときはショックだったから。おふくろが病院を予約したメモを見て……」

病院の予約? アーサーにはまったく寝耳に水だった。バーナデットからは何も聞いていない。訪ねてくるときは、いつもこちらの心配ばかりして、気分はどうだとか、最近何をしているのかと、そういう話になる。バーナデットのことをアーサーが訊くことはなかった。「他人のメモなんか見るべきじゃない」いいながら、アーサーはティッシュで濡れたズボンを拭く。

ネイサンは肩をすくめた。「見られたくないなら、ちゃんとしたところに隠しておいて、そのへんにほっぽっておかなきゃいいんだ。癌の診療科に行くらしい。それってつまり、そういうことだろ?」ネイサンはアーサーの答えを待たない。「こっちがもっと事情をよく知っていれば世話だってしてやれると思ったんだ。秘密にしておくことで、オレを守ろうとしてるんだろうけど、そんなんじゃ悪くなる一方さ。あんたなら知ってると思ったんだ。おふくろのやつ、きっと何か話してるんじゃないかって……」

「いいや。何も」そばにいて聞いてやる姿勢を見せていたら、きっと話してくれていただろう。ところが、こっちは顔を合わせればふさぎこんでいて、そうでなければ居留守をつかう。よくもまあこんな男に我慢できたものだ。バーナデットが気づかってくれるのがいつのまにか当たり前になって、そのありがたみがわからなくなっていた。「きみはお母さんと話をするべきだ。大学について、きみがどう思っているのか。お母さんのことをきみが心配していることも話す。ちゃんとした会話をしないと」

ネイサンは茶葉で占いをするように、カップの底をしげしげと覗きこむ。しかしそのお茶はアーサーがティーバッグで淹れたものだった。「オレ、マジ、びびると思うんだよね。それって超かっこわるいじゃん。そういうとこ、おふくろに見られたくないんだよ」

「お母さんは気にしないさ。とにかく、話してごらん。わたしも子どもたちともっと話をするべきだったんだ。いま頃になって過去にもつれた糸を解きほぐしている。わたしのように、先延ばしにしないほうがいい。騙されたと思って、いう通りにしてごらん」

ネイサンはうなずいた。アーサーの助言を受け入れたようだった。それから立ち上がり、「助かったよ、タイガーマン。あんたは頼りになる」というなり、アーサーの腕にパンチをした。ちょうどトラにひっかかれた傷に当たった。

アーサーは痛みをこらえて笑顔をつくった。

その日の遅い時間、郵便局へ行ってみた。入るなりベラが上機嫌で手を振ってきた。

今日バーナデットを見かけなかったかと訊いてみたところ、見ていないという。それでもブリッジストリートに夫を亡くした女性がいて食事もろくに取れないようだから、たぶんバーナデットはそこにいるだろうと教えてくれた。

家に帰ると、電話のライトが赤く光っていて、留守番電話に録音メッセージが入っていることを知らせていた。ボタンを押して、伝言に耳をかたむける。

「タイガーマン。ソニー・ヤードリーって人が見つかった。なんと女！　どうしてそれが驚くことなのか、わかんないけど。その名前でフェイスブックをやってるのがふたり。でもひとりは十八歳。鼻にリングのピアスをつけてて、髪はピンク。たぶんあんたが探してるのはスカーバラ・カレッジで講師をやってる人だと思う。宝飾を教えてる。それ以外にめぼしい情報は載ってなかった。基本的なことだけ。フェイスブックの友だちが五人しかいないんだ、あはは。何か役に立つといいんだけど。じゃあ、また」

パレット

アーサーはその夜バーナデットに電話をかけてみたが、相手は出なかった。家に寄ってみようかと思ったが、それは不審を招くかもしれない。病院の予約のことは絶対口にしないとネイサンと約束してあった。

おそらくベリーダンスのレッスンに行っているのだろう。宝石色の美しいドレスは実際彼女に似合いそうだし、揺れる小さな真鍮のベルが心配も振り払ってくれるだろう。明日バーナデットに電話をすることと、自分用にメモを書いておく。

テレビで流れていた『ＮＣＩＳ～ネイビー犯罪捜査班』に、ちょっと残酷すぎると思いながらも結構ハマり、そうしながらスカーバラ・カレッジの電話番号を調べる。宝飾科の直通番号はなかったが、芸術・デザイン学部の番号が載っていた。

受話器を握りしめたまま十五分、ようやく電話をかける勇気を奮い起こす。インドのミスター・メーラにかけた電話が火付け役となって、妻の人生を探る長い旅が始まった。知りたくないことを知るはめになるかもしれないと、シルヴィーのいっていた言葉が頭の中で鳴り響く。ミリアムとソニーが友だち関係にあるのなら、こっちが聞いて不快になるような話はないはずだろうに。

電話番号を押しながら、心臓がドキドキ音を立てる。心配するな、夜のこんな時間に電話に出る者はいないと自分に言い聞かせる。

留守番電話のメッセージが流れてきたとたん、アーサーは詰めていた息を吐いた。カレッジの開校時間は九時から五時まで。連絡を取りたい相手の学部と名前をいってから、メッセージを残すようにという。

ソニー・ヤードリーに、アーサー・ペッパーができるだけ早く連絡が欲しいと伝えてくれといって、こちらの自宅の電話と携帯電話の番号を残しておく。

翌日の十時半になってもまだ電話がかかってこないので、もう一度メッセージを録音し、四時半を過ぎたところで、もう一度メッセージを入れた。その合間にバーナデットにも電話をかけたが、相変わらずつかまらなかった。

その翌日、バーナデットの家を訪ねようと心を決め、外に出たところで、芝を刈っているテリーと出くわした。

「やあアーサー、あれから娘さんとはどうですか？」

「ああ、順調だ。ありがとう。ふたりで長めの週末をパリで過ごしてね」

「ああ、彼女から聞きましたよ。素晴らしかったって」

「休暇のこと、ルーシーがきみに話をしたのかい？」アーサーは眉をひそめた。ルーシーとテリーが知り合いだとは知らなかった。「いつ？」

「学校でばったり会ったんです。ぼくは姪《めい》っ子の面倒を見てるもんだから、そこで少しおしゃべりをした」そういって遠くをじっと見るような目をしたあとで、またアーサーに注意をもどした。「彼女、近々お茶でも飲みにやってくるのかな？」

「おそらく」

「じゃあ、遠くに住んでるわけじゃないんだ？」

「ああ、そんなに遠くない」

「そりゃよかった。家族は近くで暮らすのが一番ですからね」

アーサーは芝生をあごで指した。「どうしていつもきちんきちんと芝を刈ってるのかね？　それほど頻繁にする必要はないだろうに」

「そう。でも自分を忙しくさせておきたいんでね。なんでもきちんとしているのが好きなんです。整理整頓については女房から口を酸っぱくしていわれていた。まだいっしょに暮らしていたときに」

「きみが結婚していたとは知らなかった」

「ミッドランドから、ここへ引っ越してきたあたりから、うまくいかなくなった。離婚して一年になりますよ。ひとり暮らしもそろそろ飽きてきた。誰か新しい相手を見つけて、いろんなことを分かち合いたいって思っています。ちなみにルーシーは、いま誰かつきあっている人がいるのかな?」

「ちょっと前に夫と別れたばかりだ」

テリーは首を横に振った。「そりゃ、つらい」

「ああ。ルーシーはいい子だよ」

「あなたのことを、すごく気にかけてる。家族はやっぱりそうでなくちゃ。互いのことをいつも気にかける。ぼくは母親が弱ってきたんで、ここへ引っ越してきたんです。面倒を見たかったから。母親にひとりで頑張らせるのもいやだし、見知らぬ人間の手を借りるのも気がひけた。別れた女房はその引っ越しにちょっと不満だったんです。まあでも結果的には満足だったんじゃないかな」そこでゆがんだ笑みを見せた。「いい男を見つけて、それで出ていったんだから」

「なんと。それはつらかっただろう」

テリーは肩をすくめた。「修復の努力はしたんだけど、無理だった」

「それで、きみのお母さんは……?」アーサーは慎重に訊いた。

「ああ、母親は至って元気」テリーが声を上げて笑った。「毎日のように会ってますよ。母親にはボーイフレンドまでできた。二軒先に住んでいる魅力的な男性でね。日曜日はたいてい、三人でランチを食べに行くんだ。おっと、そろそろ仕事にもどらないと。芝を刈って、カメをつかまえないといけない。ぼくが元気かと尋ねていたと、ルーシーに伝えてもらえないかな？」

「ああ、わかった。じゃあ」歩き出しながらアーサーは考える。果たしてテリーは友人としてルーシーのご機嫌伺いをしたのだろうか、それとも、それ以上の感情があるのだろうか？　もしそうだったとしても気にするまいとアーサーは自分に言い聞かせた。

バーナデットの家のドアをノックする。居間の窓があいているので、誰か中にいるのだとわかる。廊下の壁に背中をぴたりとくっつけて、彼女が居留守をつかっている様子を想像する。なんと自分は残酷で馬鹿げたことをしていたのか？　ロックの音楽がかすかに流れてきたので、そこで足をとめて、「ネイサン、いるのかい？」と声をかける。しかし答えはなかった。

家の裏手まで回るのは厚かましいような気がしたので、そのまま自宅にもどった。留守電の赤いランプはついていない。ソニー・ヤードリーはまだ電話をかけてこない。

こうなったら自分で事を運ぶしかないだろう。


スカーバラ・カレッジは学生でごった返していた。まるでシロアリに覆われた小山のように、受付のあるエリアから、その先に枝分かれしている通路へ、ひとかたまりになって移動している。元気旺盛《おうせい》な若者たちの生気にあてられて、アーサーは自分がひどい老いぼれに思えてくる。自分たちの目の前には無限の未来が広がっている。若者たちはそう思いこんでいて、人生はあっというまに終わることに気づいていない。

ああいった若者の集団にミリアムがいたと想像するのはたやすい。いまもかつての流行が残っているからだ——黒いアイライン、睫毛とくっつきそうな長さに切りそろえた分厚い前髪、すっきりとしたミニスカート。しかし、ふたりがデートを始める頃には、ミリアムはもっと大人っぽい格好をするようになっていた。まるで出会いと同時に、自分のパーソナリティの一部をお蔵入りにしたような感じだった。いま目の前にいる若者たちの間では、アーサーをぎょっとさせるファッションも流行っていた——眉毛にあいた幾つもの穴や、あらゆる場所に入れたタトゥー。

宝飾科のミズ・ヤードリーに会いたい旨を伝えに受付に行く。机を前にしてすわっている女性は片方の耳に固定電話を、もう片方の耳に携帯電話を押し当てて、別々の相手に順番に応答しながら、目の前にファイルをひらいて、それにじっと目を落としている。両方の電話を切ったところで、アーサーが声をかける。「腕がもう一本必要だね」

「はっ?」女性がアーサーをにらみつける。アイフォンをなくしたといってやってきた、また新たな学生を相手にするような調子だ。

「タコみたいに、何本も腕があれば、用事をいっぺんに済ませられる」

「そんなことは百も承知です」そういって、チューインガムを口の中に放りこんだ。丸顔で、プラチナ色の髪をきっちりとしたお団子にまとめている。「〈シルバー・ネットサーファーの会〉にご参加を？」

「サーファー？　ここでサーフィンをするのかね？」

「からかってらっしゃるんでしょうか？」

「いや」正直、相手が何をいっているのかわからなかった。「宝飾科に行きたいんです。ソニー・ヤードリーさんに会えればと思いまして」

「今日は会えません。病欠なんです。もう数週間になります」

　アーサーの希望がしぼんだ。「でも彼女はここで働いているんですよね？」

「ええ。でも非常勤です。今学期が最後で、そのあとは引退するようです。アダムに会われたらどうでしょう。彼が代講をしています。三〇四号室で」

　行き方を教えてもらってアーサーはその部屋に向かった。カレッジの中でも古くからある校舎の一角にあるらしい。着いてみれば玄関はずいぶんモダンなつくりで、ガラス張りになっていた。建物からは長い通路が延びていて、また別のヴィクトリア朝時代の赤レンガの建物とつながっている。窓はどれも背が高く、小さなガラスを山ほどつかっており、壁は深緑とクリーム色の板タイルが貼られている。なんだか学生時代にもどったような気分だった。いまにも教室からミセス・クランチャードが、手のひらに定規をぴしゃりと打ちつけて生徒を威嚇《いかく》しながら出てきそうだった。一瞬ぶるっとふるえたもののの、ドアについた表示を見ながら先へと進んでいく。陶芸スタジオ、彫刻、製紙、ガラス。それからようやく三〇四号室を見つけた。

教室の中には生徒が円陣をつくっていた。立ってイーゼルに向かっている者もいれば、木製のベンチに腰かけている者もいる。真っ白な紙に顔を向けているのはみな同じだった。中央に男がひとり立っている。他の者たちよりも年配で、赤いチェックのシャツを着て、ジーンズにあいた穴から膝が飛びだしている。男は髪に手をつっこんだ。

アーサーは男の肩を叩いた。「あの、アダムさんですか？」

「やった！」まるで自分のサッカーチームがゴールをしたような勢いだ。「ああ、助かったよ、来てくれて。ずっと待ってたんだ」

受付の女性があらかじめ電話を入れてくれたに違いない。「アーサー・ペッパーといいます。じつは……」

「アーサー。ああ。よかった」アダムがぴくっと顔を引きつらせた。「すまないが、電話をかけなくちゃいけない。うちの妻がまた別れるっていいだしてるんだ。もし電話をしないと、急所をすっぱり切られる。どうぞこっちの部屋へ。五分でもどります」さっさと歩きだし、アーサーはそのあとについていく。

離婚したいという配偶者を思いとどまらせるのに、五分で済むとは思えない。ましてや相手がナイフを持っているのならば。そう思ったものの、いわれた通りにする。

「ここで少しお待ちを」アダムがいって出ていった。

その部屋は鏡板張りになっていた。前にハリー・ポッターの映画をテレビで観たことがあって、この部屋はあれに出てきたホグワーツを思わせた。天板に緑の革を張った、オーク材の古い机がひとつあり、壁には絵画がずらりと並んでいる。ぶらぶら歩きながら一枚ずつ鑑賞する。三枚目（木炭画で非常に表現力豊か）に目を向けたところで、どの絵もヌード・モデルを描いているのに気がついた。男も女も裸だ。長々と横になったり、立っていたり、すわっていたりと、どれもモデルがポーズを取っている。素人目で見ても非常に上手いとわかる作品が何枚かある。筆遣いが鮮やかなもの、色遣いが巧みなもの、顔立ちや表情が豊かに表現されたもの。それ以外は理解の範疇《はんちゅう》を超えていた。ただ乱暴なだけの筆致のものや、落書きにしか見えないもの、絵の具をぶちまけたとしか思えないものもある。どれにも日付が記されていた。見れば制作年順に並んでいて、毎年一枚ずつ、壁に飾られる絵が増えていくようだった。

歩きながら、新しいものから古いものへ、時代をさかのぼるように見ていく。古いものは七〇年代、六〇年代のものまであった。最後尾に飾ってある絵がアーサーの目を引いた。他の絵と違って、このモデルの女性はにっこり笑っている。まるで知っている人間のためにポーズを取っているようで、仕事というよりは、ふたりで芸術作品を生み出すために、モデルを務めている感じだった。乳房を誇らしげに突きだし、唇をなかばひらいている。なんだかミリアムとよく似ていると思って、アーサーはにっこり笑った。

次の瞬間、顔から笑みが消えた。

近づいていって、絵に描かれた座位の女性をあらためてじっくり見てみる。アクアマリンの瞳にまずピンときて、それから左尻の痣に目がとまった。ミリアムはあの痣をいつも嫌っていた。大きな丸い形の痣の下に、小さな四角い痣がついていて熱気球のように見える。

気がつくとアーサーは、自分の妻のヌード画をまじまじと見ていた。

「まいったよ」アダムが部屋に飛びこんできた。髪を手でぎゅっとつかんでいる。「妻のやつ、オレのいうことを聞こうとしない。それどころか電話を切られた。折り返しかけなきゃならない。少なくとも十五回はかけないと、出てくれないんだ。そうやってこっちの愛情を試してるんだ。ゲームみたいなもんだが、妻に逃げられないためには、それにつきあわなくちゃいけない。くそっ、まったく世話が焼ける。ともあれ、学生たちが落ち着かなくなってきた。じゃあ、こっちへ」

アーサーはアダムについていって最初の部屋にもどった。学生たちはまだ突っ立ったりすわったりしていて、ぺちゃくちゃおしゃべりをしながら退屈そうな顔をしている。

アーサーの頭には妻のポートレートが焼きついて離れない。いつモデルなんかしたんだ？　いったい誰のために？　なぜヌードなんだ？　頭がぼうっとしてきて、ここがどこで、誰に何を訊きにきたのか、意識を集中できない。片方の足の前にもう片方を出しながら、歩いているというより宙に浮いている気分だった。パレットのチャームについて知っているのかどうかを、イエスかノーかで聞くだけでよかった。それがいま、こんな事実を発見してしまった。いったいミリアム・ペッパーとは何者だ？

「そこの衝立《ついたて》の陰に入ってください。それから始めましょう」アダムが両手を打ち合わせた。

アーサーは目を大きくみはってぽかんとするばかりで、頭が働かない。他にも待合室があるのか？　どこだ？　ああ、そこか、なるほど。アーサーの足が再び動きだした。自分の身体と不快な思い以外、何も意識に入ってこない。

部屋というよりは、木製の衝立で仕切られただけの空間だった。プラスチックの椅子が一脚と、低いテーブルがひとつあるだけで、テーブルの上にはグラスに入った水がひとつ置いてある。あとはタオル地のローブが一着。アーサーは腰を下ろしてアダムを待った。そうしながら、子どもたちといっしょに海岸に出かけたときのことを思い出す。ミリアムはよく、身体にタオルを巻きつけた状態でくねくねと動き、濡れた水着を脱いで手早く下着に着替えていた。魔術師さながらの早業だった。夫婦の初夜でも、ミリアムは灯りを消してくれと言い張って聞かなかった。それがここではヌードになっている。ミリアムの裸体を描いた絵が、あの壁に四十年にわたって飾られ、衆目にさらされていた。それをどう考えればいいのか、自分でもわからない。ずかずかと歩いていって、壁からはずしてくるべきだろうか？　それともミリアムはあの絵を誇らしく思っていたのだろうか。自分自身は問題ではなく、あれを描いた画家に敬意を抱いていたのか？

いったい誰が描いた？

嫉妬心と困惑の両方に身を苛まれる。いまでは馴染みとなった感覚にまた襲われる。チャームの謎をひとつひとつ追いながら、妻は平凡な女性で、自分の理解を超える人間ではなかったと、そう思わせてくれる事実が今度こそ判明すると希望を抱いていた。それがわかれば、ふたりの関係はまったく安泰だったと、心から安心できると思っていた。ところが次から次へ驚くべき事実が明らかになっていく。かつてはあんなに素直に妻を信じられたのに、自分の好奇心のせいでそれが台なしになってしまった。

おしゃべりがだんだんにやんだ。数分が経過。アダムが衝立の脇から顔を突き出した。

「もう用意はいいですか？」

「ええ」アーサーはいった。「そちらの用意ができしだい」そこでグラスから水を一口飲んだ。手を伸ばしてローブに触れてみる。何度も洗濯をしたせいでごわごわになっている。それからさらに数分が経過。

今度は女の子がひとり現れた。黒い髪だが、切りそろえた前髪だけ明るい紫色に染めている。タータンのキルトスカートを穿いているが、靴はバイカーブーツ。「アダムがまた電話をしにいったの」女の子がいう。「そちらはもう用意ができてるのかしら？」

「ああ。アダムにそういったんだが。ここでずっと彼を待ってるんだ」

「でもまだ服を着ています」

なんと奇妙なことをいうのか。見れば明らかなこと。「それはそうだよ」

「あの、アダムから聞いてませんか？　このクラスでは、人体の構造を勉強しているんです」

アーサーは眉をひそめた。話の筋が見えない。

「写生をして、ボディ・ジュエリーのデザインに生かそうと」

「それはいい考えだ」

「もう一時間と十五分しか時間が残っていないんです。もし用意ができているなら……電気ヒーターも入ってますし、寒くはないと思うんですが」

相手が何をいいたいのか、しばらくしてようやくわかった。アーサーはごくりと唾を呑む。「きみは――つまり、わたしにモデルになれ……と？」

「はい、そうです」

「いや、ダメだ」アーサーは首を激しく横に振った。「絶対にダメだ。わたしはミズ・ヤードリーに会いに来たんだ。そうしたら受付の女性から病欠だと聞いて。それでアダムに会うよう勧められた。彼に、ある宝飾品について聞きたかったんだ。アダムには、絵の飾ってある部屋で待つようにいわれて、それから今度はここに連れてこられた」

「じゃあ、あなたはモデルさんじゃないんですか？」

「ああ、とんだ勘違いだ」

「それじゃあ、モデルは来ない？」女の子が目を大きく見ひらいた。その目がみるみるうるんできて、いまにも泣きだすようにアーサーには思えた。「でも、わたしたちは描かないと。これを描いて提出しないと最終試験に合格できない」

「残念だが、わたしには力になれない……」

女の子はかぶりを振り、それから考え直したようで、背筋をすっと伸ばした。「わたしも前にやったんです。またやってもいいけど、今日はわたしも描かなくちゃいけない。ただそこに、すわっていてくださるだけでいいんです。簡単なことです。あなたはすわっていて、わたしたちは描く」

「だが、裸になれる人間が必要なんじゃないかね？」

「ええ、そうです」

「わたしはモデルじゃない」

「それでも構いません」

「アダムはどうなんだ？　彼なら……？」

女の子はあきれたように目をぐるりと回した。「運がよければもどってくるかも。授業の最初から最後まで姿を消してるときもあるんです。奥さん、相当怖い人みたいで。

ちなみにわたしはエディスといいます」そういって握手の手を差し出した。その手をアーサーが握ると、「お願い、わたしたちを助けてください」といってきた。

「わたしはアーサー。アーサー・ペッパーだ」

頭の中にミリアムの絵がまたちらついた。いったいどんな気持ちでポーズを取っていたのか。自由になった気分か？　それとも人助けのためにやったのか？　あるいは金？　自分の意に反して強制されたのだったら、心配にもなるが、絵の中の彼女は笑っている。まるで楽しんでいるようだった。同じ状況に自分を置けば、妻のことがもっと理解できるかもしれない。

ミリアムは若く美しい身体をしていた。自分の身体は完全にたるみ、まるで骨や筋肉から皮膚がずり下がって、もう二度とくっついていたくないという感じだ。

しかしいまさら何を隠す必要がある？　この先恋人ができるはずもなく、旅行に行って海辺で水遊びをすることもない。次に自分の裸体を見る者がいるとすれば、それは死の床で清拭《せいしき》をする看護師ぐらいだろう。そう考えたら、恐れることなど何もないはずでは？

甘い記憶がどっと蘇って胸が苦しくなる。ミリアムといっしょにナショナルトラストの地所にピクニックに出かけたことがあった。子どもたちが学校に行っているときで、思いがけずアーサーの仕事が休みになった。ひとつ約束がキャンセルされたためだった。

ミリアムがサンドウィッチをつくり、それを持って森の中へと歩いていって、ポピーが丈高く生い茂る野原を見つけた。腰を下ろすと、草のてっぺんが頭の上に来た。そこでランチを食べたのだが、熱くて服が身体にくっつくとミリアムが不満をこぼした。「脱いじゃえよ」とアーサーは軽口をいって、オレンジを食べようとバスケットに手をつっこんだ。親指の爪を突き刺して皮を剝いていく。それから顔を上げると、ミリアムが白いコットンのパンティを一枚身につけただけの素っ裸になっていた。

「いい考えね」といって声を上げて笑った。しかし次の瞬間その顔から笑みが消えた。ふたりは欲望に抗《あらが》えず、夢中になって互いを求めた。太陽の熱で温まり、光り輝く妻の肌に触れながら、アーサーは思わずうめき声をもらしていた。服を着たまま、裸の妻を上に乗せてことを素早く終わらせた。それからしばらくミリアムは草の上に仰向けになっていた。一糸まとわぬ姿がじつに自然で、これまで目にした、どんなものよりも美しいとアーサーは思った。

「ミリアム、ほら……」いつもの臆病な自分にもどってアーサーが声をかける。「誰か来るかもしれない」

「そうね」ミリアムは服に手を伸ばし、頭からするりとかぶると、アーサーの鼻のてっぺんにキスをした。「ケーキを持ってきたでしょう?」

ふたりは色鮮やかなバッテンバーグ・ケーキを食べながら、こそこそと、秘密めかした目配せを交わし、犬を散歩させている人が通りかかると、あいさつをした。

　そういうことがしょっちゅう起きたわけではなかったが、ときにミリアムは自由奔放になることがあるのをアーサーは知っていた。

　しかしそれは自分のまえだけだと思っていた。

「それじゃあ、やってくださるんですね？」エディスが訊く。鼻を指でひっかくと、鼻先に木炭のしみが残った。ミリアムと同じ黒々とした濃い睫毛。心から懇願するように両手をもみしだく。「どうか、アーサー、お願いです」

　気がつくとアーサーはふるえていた。もしエディスがいなかったら、両手で頭を抱えて叫んでいただろう——あの妻とすごした甘やかな日々は二度ともどってこない。喪失感は永遠に消えない。

　エディスは首を横に振った。「やるとなった場合、下着はつけていても構わないのかな？」「すみませんが、脱いでいただきます。ベンは男性器を模した鎧の一部をつくるつもりなんです。細部まで見せていただかないと。水泳はしたことがありますよね？　人前に裸体をさらすことはこれが初めてではないと思いますが？」

「ああ、しかし……ポーズを取ったことはない」

「本来人間は裸で自然に生活していました」

「わたしにとっては自然じゃない」

「別にわたしたちは、あなたの裸を見て欲情するわけじゃありません」

その通りだった。むしろ、顔をしかめられるか、肩をすくめられるか。

「わたしたちとは二度と会うことはないんですよ」彼女は笑った。

「そういわれても、あまり気持ちは楽にならないが」アーサーはズボンの片方の裾を持ち上げて、足首をさらす。冬でも脚は日焼けしていた。目をつぶって、ピクニックの日の妻を再び思い出す。「脱いじゃえよ」あの日に妻に叩いた軽口を頭の中で自分にいってみる。ものの数秒でミリアムは裸になった。なんの気負いもてらいもなしに。「脱いじゃえよ」自分だってできないはずがない。「やりましょう」静かにいった。

「助かります」エディスがすぐさま衝立の外に出た。アーサーの気が変わらないうちにやってしまおうというのだろう。

これでよかったのかと、まだためらいながら、アーサーはシャツを脱いだ。胸は問題ない。なめらかで、まだ張りもある。白くなった固い胸毛が数本飛びだしている。いい身体をしているとミリアムにいわれたこともある。まさか誰かと比較してそういっているのだとは、当時は思いもしなかった。ズボンを振り落とし、靴下と下着を脱ぐ。とうとう素っ裸になった。ローブを股間に当て、横歩きで衝立から飛びだし、部屋に出ていく。ミリアムはひとりの前でポーズを取ったのか？　それとも部屋をぎっしり埋める人間の前で？　学生の数人が顔を上げた。飽き飽きした顔というのが一番ぴったりの形容だろう。アーサーは椅子に近づいていって腰を下ろし、脚を組んで大事な部分を隠す。エディスが顔を左右に振ったのを見て、アーサーはしぶしぶローブを床に落とした。

　ふいに心地よい音がした。鉛筆や木炭や消しゴムが紙に擦れる音。アーサーは前方に目を据えてランプシェードを凝視する。ほこりっぽく、電球にウジ虫が一匹ついていて、くねくね動いていた。エディスのいうとおりだった。じつに自然な解放感。ネアンデルタール人が洞窟からふらふら出てきてアートスタジオに入りこんでしまったような感じだ。実際こうなった経緯はそれに近い。

　途中アダムがドアの脇から頭を突き出したが、アーサーは動いてポーズを乱したくなかった。小さな電気ヒーターの放つ、オレンジ色の光が脛に当たって、身体がぽかぽか温かく、あのピクニックの日を頭の中で再生するのを自分に許す。甘やかなひとときの、一秒一秒を余すところなく追体験しながら、脚を組んでいてよかったと思う。

　十分が経過したところで、誰かから声が上がった。「別のポーズを取ってもらえませんか？」

　裸であることを気にせず、アーサーは立ち上がって両腕を脇に垂らした。前方をまっすぐ見すえる。

「あの、ポーズを取るみたいなこと、できませんか？　それじゃあ、寂しそう」

「どうしたらいいか、教えてくれたまえ」

若い男がこちらへずかずかとやってきた。アーサーの両腕を自在に動かし、片腕を前に伸ばさせ、もう一方の腕の肘を曲げさせる。「弓を引いているつもりになってください。ぼくは戦闘をイメージしたボディ・ジュエリーをつくるつもりなんです」

「きみはベンかな?」

「はい。そうです」

「きみの希望を正確にいってくれたまえ」

こういった若者たちが美しい宝飾品やアート作品をつくるのに自分が力を貸す。自分がこの世を去ったあとも、股袋や腕章として、アーサー・ペッパーの思い出は生き続ける。ミリアムの思い出が鏡板張りの部屋で生き続けてきたように。

そこでふいにある考えが浮かんだ。ずいぶんと妙な考えだった。気がつけばアーサーは、ミリアムのポートレートがあの部屋にずっと飾ってあることを望んでいる。たとえヌードであろうとも。自分がモデルになって描かれた絵が、長い年月にわたって飾られるのだと本人が知らなかったとしても。美しい作品だった。自分の人生とは関わりがないが、紛れもないミリアムの人生の一部。大勢の人が見られるようにしておくべきだ。

「お疲れ様でした」写生の時間が終わったところでベンがアーサーに声をかけてきた。

「みんなが描いたものを見てみますか?」

アーサーは服を着てから、ベンとエディスのあとについて教室内を見てまわった。二十枚以上の作品に描かれた自分の姿を見てまわるのは、なんとも不思議な体験だった。木炭、パステルなどで、タッチも様々に描かれている。写実的に姿を写し取ったものもあれば、戦士や射手などに変えて描かれたものもあるが、どれも美しく、有用な人間に見える。ここで描かれた作品はこれからどうなるのだろう。画集に入れられたり、壁に誇らしげに飾られるのは間違いない。いまから二十年後、この世を去ったあとも、自分の肉体を人々が関心を持って見る。そう思うと目に涙が盛りあがってきた。モデルはひと目で自分だとわかるものもあれば、そうでないものもある。毎朝鏡で見る、皺だらけの疲れきった顔とは正反対で、ここに描かれた顔は幸せそうだった。

「うれしいですか?」とエディス。

「どれも素晴らしいね」

「妻がもう一度チャンスをくれたよ」アダムがとぼとぼと部屋にもどってきた。顔から血の気が引いて、背を丸めている。「おっと、授業は終わったのかい?」教室内に目を走らせ、腕時計をちらっと見る。「よしみんな、よく頑張った」

ベンとエディスが見くだしたような目をアダムに向け、教室から出ていった。

「なんだ、あのふたりは?」アダムが信じられないという声でいう。「何かあったのか?」

「モデルが来なかったんです」

「だが、描いたんだろ。ほら……」そこで絵に描かれた人物はモデルではなかったと気づいて、声が尻すぼみになる。「なんと……」

アーサーは襟を直した。「わたしはアーサー・ペッパーです。さて、それじゃあ、本来の用件に移りましょう。あなたにパレットをかたどったゴールドのチャームについてお訊きしたかったんです。S・Yという頭文字がついている。おそらくソニー・ヤードリーを表していると思うんです」

カレッジでは生徒の作品についてすべて記録を残しているわけではないとアダムはいう。しかし将来性があると見られる生徒の作品については毎年スケッチや写真の形で残してあるらしい。六〇年代半ば頃につくられた宝飾品だと思うとアーサーがいうと、アダムが書棚からずっしりした一冊をひっぱりだし、アーサーの目の前でひらいた。

「作品を見つけにここに来たと、最初からおっしゃってくださいよ」とアダム。「脱がせてしまって、本当に申し訳ないと思っています。これで二度目だ。もしこんなことが人に知られたら、ぼくは解雇される。そうしたら妻に完全に見放される。他言しないでくれますよね?」

アーサーは同意した。「なぜそんなふうに、いつも奥さんにビクビクしてるのかね?」

「なぜって、ぼくはしがない講師だから。妻は弁護士で、ぼくよりずっと格が上です。太刀打ちできやしない。妻はほとんどの時間、仕事のことで頭がいっぱいで。それなのに、いつでも別れてやるからと脅すことで、ぼくを緊張させておきたいんです。こんなことをずっと続けているわけにはいかない」

「そりゃ疲れそうだ」

「ええ。でもどっちも好きでやってるんです。仲直りをしたあとのセックスがもう素晴らしくて」

「そりゃけっこう」アーサーはページをぱらぱらとめくって、なお一層真剣に見ていく。

「その年はチャームをつくるのが課題だったのでしょう」アダムがいう。「今年は鎧や、ボディ・ジュエリーなんです」

「ベンから聞いたよ。わたしのペニスのスケッチを元に、鼻用のかぶとやなんかをつくるらしい」よく考えもせずにいったあとで噴きだした。「ペニス」などという言葉を口にしたり、学生たちの前で一時間以上も裸で立ち尽くしたりしたなんて。馬鹿げている。

アダムがこちらに困惑の目を向け、それがまたアーサーの笑いを増幅する。頬にひと筋流れてきた涙をぬぐう。ベンが真鍮のかたまりをつかって、この自分の股間にぶらさがった器官を模して作品づくりをする。それを考えただけで腹の皮がよじれて痛くなり、目の下ににじむ涙を指で押さえた。どうしても笑いがこらえられない。妻といっしょに生きた自分の人生は一種の嘘だった。

「見つかりましたか?」アダムが訊く。「いま、何年のものを見てます?」

「えーと、一九六四年。すまない、ちょっとはしゃぎすぎた」

するると、それが見つかった。めくったページに精緻なデザイン画があった。六色の絵の具がしぼりだされたパレットに、ほっそりした絵筆が添えてある。「これだ」ポケットからブレスレットを取り出して、ページの上に広げて置く。

アダムが覗きこんできた。「ああ、これですか。ソニー・ヤードリーが自分でつくった作品だ。彼女は素晴らしいアーティストですよ。非常に興味深い作品をつくる。すごいな、その彼女がつくった本物の作品を持ってるなんて」

「ソニーは病気だと聞いたが、このチャームに隠された物語を知りたくてね。どのような経緯があって、これを妻が持っているのか」

「なるほど、それじゃあ彼女がカレッジにもどってきたら伝えましょう。あなたに電話をするようにと」

アーサーは妻の絵がかかっている部屋に足を向け、もう一度それをじっくり見た。笑っているミリアムに向かって自分も笑ってみる。

そこへアダムもやってきた。「この絵、ぼくのお気に入りなんです。この瞳に、なんともいえない情感がこもっている。そんな気がしませんか?」

アーサーはうなずいた。

「これは、マーティン・ヤードリーの作品。ソニーの弟です。絵を描いていた時期は短くて。どうして描かなくなったのかわかりません」アダムはそこで声を落とした。「誰にもいったことはないんですが、じつはこの絵を見て、ぼくは教師になろうと決めたんです。学生時代には自分がどんな職業につきたいのか、よくわからなかった。絵は好きだけど、それが仕事になるとは思えなかった。そんな状態でこのカレッジを訪ねたんです。あのときソニーはオレンジ色のだぶだぶのズボンを穿いて、髪をスカーフで巻いていたのを覚えています。十五歳の少年たちが集団でやってきて、くすくす笑いながら、こういった女性のヌードが描かれた絵を次々と見ていく。想像できるでしょ？　ぼくは大人の振りをしようとしたけど、何しろ部屋いっぱいに、おっぱいの絵がずらりと並んでいるんですから、そりゃもう興奮もピークに達します。女の人の裸を描いて生活するなんて、そんな仕事があることにも驚きました。それからこのギャラリーをよく訪ねるようになって、筆遣いなんかを学んだ。とりわけ熱心に鑑賞したのがこの絵です」

「彼女はわたしの妻なんだ」アーサーはそっといいながら、その言葉が自分の耳にも奇妙に響いた。若い男性とともに立って、裸の妻が描かれた絵を感嘆の目で眺めながら、そんなことをいうなんて。

「本当ですか？　そりゃびっくりだ。ぜひ奥さんをここに連れてきて、見せてあげるべきですよ。奥さんの絵のおかげで、ぼくは美術の世界に入り、美しい女性ともたくさん巡り会った。そう伝えてください。そういうことなら、奥さんがソニーに会えば、すぐわかるんじゃないですか?」

アーサーは相手の顔をまじまじと見た。残念ながら妻は亡くなったんだといおうとして、思いとどまった。また慰めの言葉を聞きたくはなかった。あなたも、奥さんも、お気の毒です、なんて言葉は。この男はミリアムを知らない。彼にとっては赤の他人にしか思えないはずだった。「かつてはふたり、友だち同士だったらしいんだ」アーサーはそういった。

アダムに別れを告げてカレッジの建物を出た。額に手をかざして、午後のまぶしい光をさえぎりながら、さてこれからどうしたものかと途方に暮れた。

バーナデット

この日、バーナデットが鳴らした呼び鈴の音は、いつものようにがんがんとは響かなかった。控え目なリリリーン。アーサーはちょうどお茶を淹れていた。手が勝手に動いて、戸棚からもう一脚カップを取り出す。菓子作りを仕事にしたいというネイサンの夢のことも、バーナデットの病院予約についても、まだ話ができていなかった。

玄関に応対に出る前に、スカーバラのカレンダーを横目でちらっと見る。明日は自分の誕生日。数週間前に、その日に丸をつけたものの、実際には忘れていた。七十歳になる。祝う理由などない。また一歩死に近づくというだけなのだから。

カレッジを訪ねてから、アーサーは自分が馬鹿みたいに思えていた。少し頭を冷やす必要がある。まるできかん坊の子どもたちが駆けめぐっているように、頭の中で様々な考えが暴れている。それを鎮めて、落ち着きたかった。考えることといえば掃除とフレデリーカの水やりぐらいだった、そんな毎日があったことを忘れかけており、だんだんにそういう日々が懐かしくなってきた。

ヌード・モデルを喜んで務めるほど親しい相手がミリアムにいたというのが理解でき

ない。そんな人物がいたことをミリアムはひと言も口にしなかった。頭の中をどれだけかきむしっても、ソニーという名前を耳にした記憶は見つからない。ミリアムは彼女に手紙を書いていただろうか？　どれほど考えても、アーサーにとってソニーという人物はまったく未知の人物だった。

呼び鈴がまた鳴った。「はい、いまあけます」アーサーは声を張り上げた。

天気のいい日で、黄色い日ざしが廊下にさしこみ、空中を舞う、微細なほこりの粒がラメのように、きらきら輝いている。ミリアムは日ざしが大好きだった。そう思ったそばから、アーサーはその記憶を振りはらった。本当にそうだったか？　妻に関する自分の記憶が、果たして正しいのか、間違っているのか、もう何がなんだかわからなくなってきた。

カレッジへの復帰について話すため、ソニー・ヤードリーは今週電話で連絡を入れてくることになっているらしく、アーサーに忘れず連絡するようにいっておくと、アダムが約束してくれた。残りのチャーム――指輪とハートについても、それでいっぺんに片がつくかも知れない。とにかくこの探索をできるだけ早く終わらせて、金輪際振り返りたくなかった。

「こんにちは、アーサー」バーナデットが戸口に立っていた。

「やあ、いらっしゃい」きっとずかずかと入ってきて、廊下にほこりが落ちていないか点検するものと思っていたのに、バーナデットはじっとその場に立ち尽くしている。癌科を予約していたというネイサンの言葉を思い出して、アーサーは反射的に目をそらした。何か知っていると勘づかれたら困る。「どうぞ、中へ」

バーナデットは首を横に振った。「お忙しいんでしょ。これをつくってきたの」そういって、手のひらの上に紙袋を載せて差し出した。「ウィンベリーのパイよ」

気がつくとアーサーは相手の声の調子に耳をすましていた。動揺したり、悲しんだりしている様子はないか？　今日はひとつ、彼女のために、ひと肌脱ごうと心を決めた。

「ああ、ウィンベリー。そりゃうれしい。好物なんだ」

「よかった。おいしいといいんだけど」バーナデットは帰ろうとした。

アーサーは彼女の背中を見つめた。ここでひとりになったら、きっとまた自分はクリーナーシートをひっぱりだしてきて、キッチンの調理台をせっせと拭き始めるだけだろう。それにバーナデットの具合も知りたい。「そんなに忙しいわけでもないんだ。どうだい、いっしょに食べていったら？」

振り返ったバーナデットはしばらく迷っていたものの、結局中に入ってきた。

そんな彼女をアーサーはちらっと観察する。目の下に黒い隈《くま》。赤い髪は黒ずんでいて、ほとんどマホガニーのような色。病院の予約のことは口に出せない。ネイサンの信頼を裏切ることになるからだ。ミリアムがいなくなったあと、また別の誰かが自分の人生から消えるといったことは考えたくない。だがこの年齢になれば、友人や家族が年老いて、徐々に弱っていくのは当たり前なのだ。グレイストック卿の庭でトラに襲われそうになったときと同じように、胃の中を掻き回される感じがしてぞっとする。

いやそれは物事を大げさに考えすぎだとアーサーは自分を戒める。まだ何か判明したわけじゃない。定期健診の結果待ちと同じなのだ。なんとか明るい話題を振ろうと考える。「ネイサンも、パイや菓子なんかを作るのが好きだっていってたよ」軽い調子でいって、紙袋の中に入っているパイを覗く。

バーナデットは気もそぞろな感じだった。「ええ、そうなの」

アーサーはパイを焼き皿に載せてオーブンのスイッチを入れ、失敗しないよう低い温度に目盛りを合わせた。「もう何も持ってこなくていいんだよ。わたしは暗い森を抜けだした。自殺なんかしようと考えないし、絶望の海に沈んでもいない。もう負け犬は卒業だ。ちゃんとやっていく」アーサーはふりかえってにっこり笑う。相手もまた、「それはおめでとう」といって、にっこり笑ってくれるものと思っていた。

「負け犬？　あなた、自分をそんなふうに思っていたの？」バーナデットはむっとした顔でいう。

アーサーは頬がピンク色になるのがわかった。「いや、まさか。自分ではそんな風に思わない。郵便局で耳にしたものだから。きみは運に見放された人間の世話をするのが好きだって、ベラがいってた。わたしは、きみが面倒を見ている負け犬だって」

バーナデットがあごをついと持ち上げた。「冗談じゃないわ、あのバカ女。四六時中人の噂ばかりして、ろくなことをしやしない」嚙みつくようにいった。「ぼんやり立って、誰の役にも立たないでいるより、わたしは人の役に立ちたいの」

すっかり怒らせてしまった。バーナデットがこんなふうにいらだつことはめったになかった。「すまない」アーサーはしゅんとなった。「余計なことをいうんじゃなかった。まったくわたしは考えなしの人間だ」

「話してくれてよかったわ。わたしはあなたを負け犬だなんて思ったことは一度もありませんから。素敵な男性で、奥さんを亡くしてから少し世話が必要なんだって、そう思っていただけ。それって、いけないことかしら？　ちょっとだけ気をつけて見てあげて力になる、それのどこがいけないの？　もう二度とあの郵便局はつかわない。ベラって、ときにどうしようもなく残酷になるのよ」

これほどまでに興奮するバーナデットを見るのは初めてだった。いつも顔に浮かべている、愛想のいい笑みもすっかり消えている。ふだんよりアイラインを黒々と塗っていて、ひび割れて粉が飛びちっている。それが悪い兆候を示すものとは考えたくなかった。「パイが美味そうな匂いをさせてるよ」アーサーは弱々しくいった。「外で食べよう。天気がいいから」

「ふん、すぐに崩れるわ」バーナデットが鼻を鳴らした。「天気予報では明日あさってと、嵐になるっていってるの。黒雲が湧いて雨が降るって」バーナデットは立ち上がってオーブンのほうへ歩いていく。何度に設定しているか、温度調節つまみをじっとにらんでいたかと思うと、それを回して温度を上げた。オーブンのドアをあけ、焼き皿をつかんで引き出すと、パイがついっとすべって、半分ほどが焼き皿からはみだした。焼き皿のへりでぐらぐら揺れるパイをふたりはじっと見まもる。はみでた半分が徐々に割れ、とうとう直角に折れたかと思うと、リノリウムの床に落ちてパイ屑が散らばった。焼き皿に残った半分は中から紫色の中身が流れだしている。バーナデットの手がふるえているのを見て、アーサーは素早く駆け寄って彼女から皿を奪った。

「大丈夫、大丈夫」とアーサー。「すわっていてくれ。わたしがささっと片づけるから。ほうきとちりとりを取ってくるよ」掃除用具を取ってもどり、腰をかがめたところで腰の骨がぼきっといった。その瞬間、バーナデットの目が涙でうるんでいるのに気づいた。

「心配ないよ。まだ優に半分も残ってる。いや、本当のことをいうと、わたしはウィンベリーがどういうものかも知らなかったんだ」

バーナデットが頰の内側を嚙むのがわかった。「ブルーベリーとかビルベリーって呼ぶ人もいるの」声がふるえている。「子どもの頃によく摘んだわ。舌と指を紫色に染めて家に帰ってくるから、すぐ母が気づいて。摘んだばかりのものは新鮮で美味しいの。

塩水に浸けておくんだけど、そうすると小さな虫がくねくね動きながらみんな出てくるの。そのうちのいくつかはパイの中に残っていて、食べちゃってるかもしれない、なんて思ってた」

「でもオーブンで焼いてしまうわけだから」アーサーは優しくいった。

「溺れ死ぬんじゃなくて、焼け死ぬのよね。いずれにしても、いい死に方じゃない」

「いい死に方なんてないさ」なんだかまずい方向へ話が進んでいく。

「そうね」バーナデットは窓の外に目をやる。

アーサーも窓に目を向けた。フレデリーカは相変わらずロックガーデンに置いてあって、幸せそうだ。フェンスが依然として高い。バーナデットが庭や天気について何かいうかと思ったが、しんと黙っている。アーサーはいうべき言葉を探して必死に考える。とりわけパイをダメにしてしまったことでバーナデットは動揺しているようだったから、なんとか話題を明るいほうに持っていかないと。共通の話題といったら食べ物のことしかない。「ロンドンに行ったとき、草の上にすわってソーセージのサンドウィッチを食べたんだ」アーサーは話しだした。「油がぎとぎとして、ケチャップといっしょに、例のよれよれになった茶色いタマネギが載っていてね。なのにそれがもう、近来まれに見る最高の味だった。もちろんきみのつくるパイは別として。屋外で、しかも人の目があるところで物を食べるのはマナーとして最低。とりわけ歩きながら食べるのは許せないとミリアムにはよくいわれたよ。気がとがめたけど、それと同時に、ある種、自由な気分も満喫できた」

バーナデットは窓に背を向けた。「カールは、日曜日にはローストビーフを食べるもんだって、言い張っていた。子どもの頃はずっとそうだったって。一度七面鳥を出したら、もうかんかんで。彼の家の伝統を侮辱したって、そう取られてしまった。日曜日の牛肉はある種、心がほっとするものだったんでしょう。あの七面鳥の料理を出したことで、彼の生まれ育ちをあなどることになってしまった。カールが亡くなっても、しばらくは彼を偲んでローストビーフをつくり続けたけど、まったくおいしいとは思えなかった。それである日、もうローストビーフを見るのがいやになって。代わりに自分で食べるためにチェダーチーズとタマネギのピクルスでサンドウィッチをつくったの。でも彼の思い出に対する裏切り行為のような気がして、ほとんど喉を通らなかった。ところが翌週にもう一度同じものをつくってみたら、これほど美味しいものはなかった。いまではいつでも、自分が食べたいものを食べるようにしているの。でもあの頃はずっとローストビーフのランチを日曜日につくり続けて変えようとは思わなかった。なぜって、わたしにとって大切なのは口にする料理じゃなくて、いっしょに料理を食べる相手、カールだったから」

ふたりともしばらく黙りこんで、お互いの配偶者に思いを馳せる。

「街で買って来た美味いチェダーがいくらか残ってる」アーサーがいった。「それとタマネギのピクルスは常備している。わたしがサンドウィッチをつくるから、それを食べてから、きみのつくったウィンベリーパイをご馳走になろう」

バーナデットはまじまじとアーサーの顔を見た。彼女が何を思っているのか、表情からは読み取れない。「初めていっしょに食べようと誘ってくれた。わかる？」

「そうだったかな？」

「そう。うれしいわ、アーサー。でもお時間を取らせちゃ悪いから」

「悪いことなんて何もない。いっしょにランチを食べたら楽しいだろうなって、思ってたんだ」

「すごい前進ね。人と交流しようと思い始めたんだから」

「別に科学の実験じゃない。きみも腹が減ってるだろうと思っただけだ」

「それじゃあ、お誘いをお受けするわ」

今日のバーナデットはいつもと違っていた。ふだんなら、てきぱき動いて迷いがない。それが今日はゆっくりと熟慮しながら動いているようで、なんでもかんでも深刻に考えすぎのように見える。キッチンに入れば、通常は彼女がすべて仕切り、わたしが数分ごとにオーブンを覗くからあなたはすわって新聞でも読んでいて、となる。ところが今日はアーサーが冷蔵庫からチーズを取り出すと、ちょっと庭を見せてもらうわといって外へ出ていった。バーナデットが庭を見てまわっているあいだに、アーサーはオーブン・ボトム・マフィンふたつをそれぞれ半分にスライスして、バターを分厚く塗った。

ミリアムが亡くなってから、自宅で他人と食事をするのは初めてだったが、いっしょに食べる相手がいるというのは実際気分がいいものだった。バーナデットはやってきても、アーサーがソーセージロールやパイをちゃんと食べるかどうか、見張っているだけで、いっしょに食べることはなかった。

ここでまたアーサーの胸に罪悪感が押し寄せる。バーナデットがやってくるたびに何度も居留守をつかい、ナショナルトラストの銅像モードに入ってじっとしているときに、彼女の持ってきたものが玄関マットに置かれると悪態をついていた。彼女は聖人だ。いったいどうしてバーナデットはこんな恩知らずな人間に耐え、愛想を尽かさなかったのか、不思議だった。

「ランチができたよ」裏口からバーナデットを呼ぶ。マフィンはひとつを四つに切り分けて皿に並べ、塩味のポテトチップを添えてある。しかしバーナデットは動かない。庭の向こうに目をやって、ヨーク大聖堂の尖塔《せんとう》をじっと見ている。

アーサーはサンダルをひっかけて、砂利の上を歩いていった。「バーナデット？　ランチの用意ができたんだけど」

「ランチ？」バーナデットは一瞬眉をひそめる。何か他のことを考えていたようだった。

「ああ、そうだったわね」

ふたりでテーブルについた。ミリアムが亡くなってから、たいてい料理の見てくれは気にもせず、鍋をかたむけて皿に落とし、そのまま食べるだけだったが、いまはサンドウィッチがきれいに並んでいるのを見て心がぱっと華やぐ。マフィンはきちんと等分に切り分けて、少しずつ間隔を置いて並べた。いつもミリアムがすわっていた席にバーナデットが、妻よりももっと幅を取ってすわっている。バーナデットの装いがまたカラフルで、赤い髪と紫色のブラウスがオウムを思わせる。今日は爪に緑色のマニキュアを塗っており、それはゾウのチャームに入っていたエメラルドと同じ色だった。

「それで、パリに行ったのよね？」

アーサーはうなずいた。シルヴィーのこと、ウェディング・ブティックのことを話し、ルーシーが魅力的なウェイターと出会ったことも伝える。バーナデットに買ってきたラベンダーのサシェはピンクの薄紙に包んであり、食事の途中ではあったが、アーサーはそれを持ってきてバーナデットに渡した。

「何かしら？」バーナデットは心から驚いたようだ。

「ちょっとした贈り物だよ。感謝の気持ちをこめて」

「何に対して？」

アーサーは肩をすくめた。「いつも助けてもらっているから」

バーナデットは包みをあけると、両手の中でそれをひっくりかえし、鼻を近づけた。

「素敵なプレゼントだわ」

きっと満面に笑みを浮かべて、腕をぎゅっとつかんでくるものと思っていた。そうではないとわかって、アーサーは胸の中で潮が引いていくような心持ちがした。確かにささやかなプレゼントではあったが、それを彼女に贈るというのは、自分にとってずいぶん思い切ったことだった。バーナデットに対して感謝と好意を示し、彼女が寄せてくれる友情を大切にしたいと思う気持ちを伝えたかった。その小さな布袋の中に山ほどの気持ちをこめていたのだった。しかし、そんなことがどうして相手にわかる？　気の利いた言葉を書いたカードでもつけるべきだったかもしれない。これから彼女は大変な時をくぐり抜けなければならないのだから、それぐらいの心遣いを見せてしかるべきなのだ。なんといえばいいか、言葉を探しているうちに、口の中がからからになってきた。「きみは本当に優しい人だ」かろうじてそういった。

「ありがとう。アーサー」

ふたりはランチを食べ終わった。しかしアーサーの胸はまだ満たされなかった。なんだか胃がむかむかして、サンドウィッチとパイがずっとそこにとどまってくれるか、自信がなかった。バーナデットのことも心配だが、それと同時にソニーが早く電話をかけてきて、すべての疑問を解いてくれないものかとうずうずしている。

「きみと出会う前にカールがどんな人生を送っていたか、気になったりはしないかい？」皿を片づけながら、さりげなく訊いた。

バーナデットは片方の眉をちょっとつり上げたが、答えてくれた。「出会ったとき、彼は三十五歳だったから、当然過去につきあっていた女性はいたでしょう。そもそも一度結婚していたし。でもわたしはそういうことはあの人に訊かなかった。知りたくなかったから。あなたが知りたいのはそういうことかしら？　自分と出会う前につきあった女性がふたりいようと、二十人いようとどうでもいいことだと思うの。わたしが気になっているのは、ネイサンのこと。まだ小さいうちに父親を亡くしてしまって」

この立派な女性――そして友人でもある――になら、信頼して何もかも事情を打ち明けることができるとアーサーにはわかっていた。今日はちょっとよそよそしい気がしてはいても。とにかくいまは病院の予約の件を話すタイミングではなかった。

「何か、わたしにいいたいことがあるんじゃなくって？」バーナデットがいう。

アーサーは目をつぶり、丸椅子の上に裸で腰を下ろした自分の、たるんで皺だらけの身体を思い浮かべた。それと同時に、ミリアムが画家に向かって魅力的に微笑む光景も浮かんできた。「なぜ……」いいかけて、あとの言葉が続かずに口をつぐんだ。本当に話したいのかどうか、わからなくなっていた。「なぜミリアムはわたしといっしょに暮らしていたのか、不思議に思えてきて。だってほら、見るべきところもない男じゃないか。野心もなければ闘志もない。絵も描かないし、詩も作らない。ろくでもない錠前師。きっと妻はわたしに退屈していたに違いない」

　バーナデットが眉をひそめた。いきなり感情を吐露されたのに驚いている。「どうして奥さんが退屈するの？　いったいどこからそんな考えが湧いてくるの？」

「さあ、それは」アーサーはため息をついた。なんだかいやになってきた。こんな謎とつきあうのにうんざりしてきた。「わたしと出会う前、彼女は刺激的な人生を送っていた。しかしそんな話は一切わたしにしなかった。ひた隠しにしていたんだ。ずっといっしょにいたけれど、そのあいだ彼女は、インドでの生活を思い出し、トラや芸術家や小説家のことを考え、最後はこんな退屈な男との生活に収まって後悔していたんじゃないかって思うんだ。妊娠をしたんで、わたしといっしょの生活に甘んじるしかなかった。本当はもっと別のことがしたかったのに」情けないことに、目に涙がちくちく盛り上がってくるのがわかった。

　バーナデットは落ち着いていて、穏やかな声で話しだした。「退屈だなんて、そんなことはぜんぜんないはずよ。子どもを授かって、立派な大人に育てるのって、一種の冒険だと思うの。昔、あなたたちふたりが教会のお祭りに参加しているところを見たことがあるわ。お互いを見つめるまなざしを見てピンときた。彼女、あなたに守られていると感じてたのよ。ああ、あのふたりは赤い糸で結ばれてるんだなって、そう思ったわ」

「いつのこと？」

「数年前」

「たぶん、見間違いだろう」

「いいえ」きっぱりという。「見間違えるわけがない」

アーサーはそっぽを向いた。バーナデットに何をいわれようと、気分がよくならないのはわかっていた。こういう考えは自分の胸の内に収め、口は閉じておくのが一番だ。めそめそした気分を他人に押しつけるよりは。

「どこで誰が見ているかわからないってことね」バーナデットは立ち上がって、皿をシンクに持っていった。まだ自分は食べ終わっていなかったのに、蛇口から水を出してすすいでいる。

「置いといてくれればいい」アーサーが声をかける。「あとでやるから」

「いいのよ」声がふるえている。

アーサーは思わず凍りついた。ひょっとして泣きだすのではあるまいか。カールのことなんて口にするべきじゃなかった。教会で見たといわれたら、素直にそうですかといえばよかった。さあ、どうする？　アーサーは椅子の上で身を固くし、肩をこわばらせた。バーナデットがくすんと鼻をすすりあげる。アーサーは前方を凝視して、何もまずいことはないというふりをする。こういう状況は苦手だった。「大丈夫かい？」そっと訊いた。

「わたし？　もちろんよ」蛇口をきゅっとひねって水をとめた。ふきんを取ろうと向きを変えた瞬間、目が涙に濡れているのがわかった。

昔ミリアムとした会話を思い出す。誕生日に何が欲しいと訊いたら、何もいらないわといわれた。それでカードと、白いフリージアの小さな花束だけ買ってやった。ところがその夜、ミリアムがほとんど口をきこうとしないので、何が気に入らないんだとアーサーが訊いた。するとプレゼントを期待していたといわれた。

「何もいらないっていったじゃないか」アーサーは反論した。

「ええ、でもそれは言葉の綾《あや》。女の人がかっかしているのを見て、何かまずいことでもあるのかって訊いても、『別に』っていうでしょ。でもそれは本音じゃないの。本当は頭に来てることがあって、もう一度訊いて欲しいの。答えが得られるまで、何度でも訊いて欲しいのよ。たとえわたしが何もいらないっていったって、やっぱり何かプレゼントしたいって思うものじゃないかしら。どれだけわたしのことを思っているか、それを示す機会なんだから」

その一件があってから、わかった。女性はときに思っているのとは反対のことを口にすることがあるのだと。「大丈夫には思えないが」アーサーはいった。それから立ちあがってバーナデットに歩み寄る。手を伸ばして相手の肩をポンポンと叩いた。

バーナデットは身をこわばらせた。「大丈夫よ。たぶん」皿を取りあげ、ふきんで拭いてから、調理台の上に置く。

アーサーは手を伸ばしてバーナデットからふきんを受け取った。水気をしぼってから、これも調理台の上に置く。「どうしたんだい？　何か心配事でも？」

バーナデットは目を伏せ、話すべきかどうか考えている。「先月ベリーダンスのレッスンに行って、着がえをしているときにしこりに気がついて……胸に。病院に行ったら、乳癌の検査を受けたほうがいいって医者に勧められて。明日結果が出るの」

「そうだったのか」なんといっていいかわからない。ネイサンの推測は当たっていた。

「定期健診では正確なところはわからない、まあ念のためにって、医者はそういったの。でもうちの母も妹も乳癌で死んだの。わたしだって十中八九そうよ」だんだんに早口になる。「ネイサンは大学に入るために家を出てしまうし、カールもいないっていうのに、どうしたらいいのかわからなくて。ネイサンには話していないの。心配をかけたくないから」

「明日、わたしが車で病院へ送って……」

「運転なんて一年もしてないでしょ」

「これでも昔は仕事で乗りまわしてたんだから、大丈夫だよ」

バーナデットが笑顔になった。「ありがたいけど、お断りするわ」

「いつもこっちがお世話になりっぱなしなんだから」

「お返しは不要よ」

「お返しという意味じゃない。きみを車に乗せたいってだけだ。友だちなんだから」

バーナデットは聞いていないようだった。「ネイサンはまだ十八……。もしわたしに何かあったらと思うと。最初はカールで、今度はわたし」

「あまり心配しないほうがいい。結果が出るまで、何もわからない。明日になれば、すっきりするよ」

バーナデットは深く息を吸い、しばらく胸にためておいてから、鼻から吐き出した。

「そうね。ありがとうアーサー」

「明日はタクシーで送るよ。こういうことをひとりで切りぬける必要はない」

「本当に優しいのね。でもこれは自分だけで切りぬけたい。病院にはひとりで行くわ」

「ネイサンはおそらく心配でたまらないだろう」

「あの子には伏せておくつもりよ。何も知らなくていい」

ネイサンがやってきて、死ぬほど心配していたと、教えるべきかどうか。アーサーが迷っていると、電話が鳴った。

「電話よ」バーナデットがいった。「わたしはそろそろお暇するわ」

「え、もう？　電話はまたかかってくるから大丈夫だよ」

バーナデットは首を横に振った。「帰るわ。ランチをごちそうさま。とてもおいしかったわ」

「病院に行くのは何時だい？」

「午後。電話が鳴ってるわよ。キッチンで」

「結果を教えてほしい」

「ほら、電話……出なきゃダメよ」

アーサーはしぶしぶ玄関のドアをあけた。バーナデットが外に出る。庭の小道を歩いていく彼女を眺めながら、アーサーは気もそぞろに受話器を取る。

「アーサー・ペッパー？」感情を抑えた女性の声がずけずけといった。あまりに冷たい声音にアーサーはぶるっとふるえた。

「そうですが？」

「わたしのことをずっと探してたんでしょ。ソニー・ヤードリーよ」

「はっきりいって、あまりいい気分じゃないのよ。いきなりわたしの職場に現れるなんて」ソニーがいう。「そういうことを許すのは、職業人としてあるまじきこと。授業をしている真っ最中だったかもしれないでしょ。たまたま病気で休んでいたから、そういうことにはならずに済んだわけだけど、迷惑なのには変わりない。職場にもどったら、あなたがじきじきにやってきて、わたしを探していたってアダムにいわれたの」

「すみません。最初に電話をして、メッセージを残したんですが」

「ええ、聞きました。だからといって、人をつけまわしていいってことはないでしょう」

言葉に含まれる毒の強さに頭がくらくらする。自分の行為がこれほどの怒りを引き起こすとは思いもしなかった。「ミズ・ヤードリー、ご迷惑をおかけするつもりはなかったんです」

「そう。でも現にかけてるじゃない。知りたいことは、アダムを通してわかったんじゃないの？」依然として舌鋒《ぜっぽう》は鋭い。

「じつはある宝飾品についてお訊きしたくて。チャームブレスレットです。パレットをかたどったチャームがついてるんですが、これはあなたがデザインされたものではないかと」

「そうよ」

「それで、メッセージにも残したように、あなたはわたしの妻、ミリアム・ケンプスターをご存じではないかと思いましてね。あなたがうちの妻にチャームを渡されたのではありませんか」

ソニーは無言。アーサーは居たたまれない気持ちになる。電話をキッチンのテーブルに持っていって、なんとか沈黙を埋めようとする。「シルヴィー・ブルダンから、あなたのお名前を聞きました」

「シルヴィー・ブルダンなんていう人間は知らないわ」

「彼女もまた妻の友人でした。ミリアムがパリに滞在しているときに、いっしょだったんです。彼女があなたのことを教えてくれました」

「余計なことを」うんざりした声だった。

相手のあまりに邪険な対応に、アーサーもだんだんにむかっ腹が立ってきた。「ミズ・ヤードリー。うちの妻は死にました。それから十二か月が経っている。ご存じだったかは知りませんが。わたしはずっと妻の過去を追っているんです」

そうとは知らず失礼をしたと、詫びの言葉が返ってくるかと思ったが、相手はまたもや黙した。激しい怒りのせいか、それとも黙っていることでこちらに威圧感を与えているのか。おそらくまだ病み上がりのせいだろう。それでアーサーのほうがまた長々としゃべることになった。言葉は次から次へ出てきた。チャームブレスレットが見つかった顚末《てんまつ》から始まって、その謎を解くために、パリやロンドンやバースにまで出かけたことを話し、解明すべきチャームは残りふたつ――指輪とハートだけであることも教えた。

たまにカチカチという音がすることから、まだ相手は話を聞いているとわかる。おそらく受話器にイヤリングか何かが当たっているのだろう。話し終えたところで、「とまあ、そういう事情があったのです」とアーサーは言い足した。

「どうして電話を切っちゃいけないのか、わたしにはわからないのだけど、ミスター・ペッパー」氷のように冷たい口調。

「なんだって切る必要があるんです？」

「奥さんは、わたしのことを何も話さなかったの？」

「ええ。妻からは何も。わたしの記憶は少々錆《さ》びついてはいますが……」

「外聞をはばかる過去の秘密を彼女はどれだけたくさん隠し通したのかしら。あなたは知ってるの？」

「えっ、いえそんな」まるで互いに異なる言語で会話をしているような気分で、アーサーは疲れてきた。どこへたどりつくともわからない、そんな手がかりを追うゲームはうんざりだった。

「でしょうね。その口ぶりからすると」ソニーがいう。「じゃあ、あなたには同情してしかるべきね」

「あなたを探すために、大学まで足を運びました。そこであなたの弟さんが描かれた絵を見ました。モデルはミリアム。弟さんは素晴らしい画家ですね」

「ええ、素晴らしい画家だった」

「もう絵はお描きにならない？」

「もうこの世にはいないってこと。あなた、本当に何も知らないの？」

相手が何をいいたいのか、アーサーにはわからなかった。「それはお気の毒でした。でもああやって作品が飾られているると、弟さんを思い出す、素晴らしいよすがになりますよね」

「何よ、あんな絵。わたしにいわせれば、軽薄の極み。もしわたしにその権限があって、弟が画家じゃなかったら、取りはずしてるわ。あるいは焼いたっていいかもしれない」

「なんと、あんなに美しい絵を」

「ご機嫌取りはやめてちょうだい。だいたいわたしには、こんな会話をしている時間はないの」

アーサーは動じなかった。「わたしは妻について知りたいだけです。何かわたしの知らない、聞いたこともない話があるんでしょうね」

「知らないほうが身のためよ。もうこの話は終わりにしましょう。構わないから、パレットのチャームなんか放り捨てて。むしろ忘れたい過去だから」

アーサーは頭がくらくらしてきた。受話器を持つ手がふるえている。いわれたとおりにできたらどんなにいいか。ブレスレットなんぞ捨てて、通常の生活にもどる。それこそ望むところだ。だがもどるには遠くへ来すぎてしまった。「昔は、あなたと妻も、親友だったのではないですか?」アーサーは優しく訊いた。

ソニーはためらっている。「ええ、まあ、かつては。ずっと昔の話だけど」

「それにマーティンも?　彼女の絵を描いたぐらいだから」

「ずっと昔は……」

「何があったのか、知る必要があるんです」

「いいえ、放っておくのが一番」

「できませんよ、ミズ・ヤードリー。ミリアムとわたしはお互いになんでも知っていると思っていた。それがいまは彼女のことをわたしは何も知らない気がしている。心に大きな穴があいたようで、どうにかしてそれを埋めないと。聞きたくないことを聞く結果になっても構いません」

「聞いて喜ぶとは思えない」

「でも知る必要がある」

「よくわかったわ、ミスター・ペッパー。あなたは真実が知りたい。ならばお教えするわ。あなたの妻は殺人者。それを聞いてどんなお気持ちかしら？」

アーサーは巨大な穴に落ちたような気分だった。胃がぐっと下がり、手脚をばたつかせてもがいている気がする。「すみません。意味がわからないのですが」アーサーはあえぐようにいった。

「彼女がわたしの弟、マーティンを殺したの」

「まさか」

「本当よ」

「何があったのか、話してください」

ソニーはごくりと唾を呑んだ。「わたしとミリアムは長いあいだ友だちだった。いっしょに遊んで、いっしょに宿題をした。彼女が家で困ったことがあれば、打ち明ける相手はわたしだった。わたしが話に耳をかたむけ、アドバイスをする。メーラ家について、インドに行くよう勧めたのも、このわたし。旅立つ前に、幸運のお守りとしてゴールドのブレスレットを買ってプレゼントした。彼女がパリに行ったときも、わたしが支えたわ。そのシルヴィー・ブルダンっていう名前もなんとなく記憶にある。彼女が旅をしているあいだ、ずっと手紙のやりとりをしていたから。これ以上はないくらい、仲のいい友だちだった。

　ところが、パリやインドやロンドンを旅したあと、彼女はあちこち移り住むのに疲れてしまって家にもどった。でもわたしに注意を向けて、再び友情を育てあげるのではなくて、彼女はマーティンに目をつけた。彼に色目をつかったの。それからわたし抜きで、ふたりで出かけるようになった。そうして数か月後には、結婚の約束をした。それについては知っていたかしら？」

「いいえ」アーサーはささやくようにいった。

「マーティンは彼女にダイヤモンドの指輪を買いたかった。きちんとしたかったのね。それでさっそく一銭も無駄にしないよう貯金を始め、ひとまずミリアムには指輪の形のチャームを買ってあげた」

「それがここにあります」自分の声が他人の声のように聞こえる。「それであなたは、パレットの形のチャームをつくったんですね？」

「そう。それは誕生日プレゼントだった」

「ミリアムとマーティンは婚約したと、そうおっしゃいましたね？」つまり彼が、彼女の初恋の相手だったのだ。

「わずかなあいだ。マーティンが死ぬまでね。マーティンの運転していた車が木に突っこんだの」

「それはお気の毒に。でもあなたはわたしの妻が殺したと――」

「ふたりでわたしの父の車に乗っていたの。マーティンはまだ運転免許の試験に合格していなかった。それでもミリアムにいいところを見せたくて、両親が出かけた夜に車のキーを勝手に持ちだしたの。ミリアムが彼を焚《た》きつけた。また新たな冒険がしたくなったって、彼女がそういうのを聞いたもの。ミリアムは黒いアイラインを引いて、つやつやの髪をビーハイブにまとめて、しゃれた服を着てパールをつけていた。そういう女性が自分に目を向けてくれたとなれば、マーティンのような若い男はもうイチコロよ。彼は絵を描いていたけど、本当は物書きになりたかったの。ジャーナリストのようなね。ミリアムがあのフランスの作家、フランソワ・ド・ショーファァと親交があるとわかったら、すっかり焼き餅を焼いちゃって。自分も彼女を感心させたくなったの。

天気のいい夕方だったわ。小鳥のさえずりをバックに、ふたりが腕を組んで出かけたのを覚えてる。わたしはマーティンにやめなさいといった。そんなわたしをふたりは笑い飛ばし、そんなに大騒ぎしないでよってミリアムはいった。でもほんの一瞬、マーティンがためらったのをわたしは見逃さなかった。それでもミリアムにひっぱられて出ていって、わたしはふたりの乗った車が走り去るのを見送った。

目撃者の話では、カーブを曲がりきれなかったって。車を制御できずに木に激突した。ふたりとも病院に運ばれて、ミリアムは額にかすり傷を負っただけで済んだけど、弟は三週間昏睡状態が続いた。助かる見こみはなかった。すべては、彼がミリアムにいいところを見せたいって思ったのが始まりよ。もし彼女がマーティンに注意を向けたりしなければ、彼はいま頃生きていた。誰か別の人と結婚して、子どもも生まれていたかもしれない。わたしの両親には孫ができていた。わたしは両親にそういう喜びを与えられなかったけど、マーティンならそれができたかもしれない」

「しかし運転していたのは、あなたの弟さんだった……なぜミリアムが――」

「彼女が殺したも同然よ」

アーサーは妻のこめかみにあった傷を思い出した。子どものときに転んでできた傷だといっていた。

「それじゃあ、彼女はマーティンについては、あなたに何も話さなかったのね？　名前さえ口にしなかった？」ソニーが訊く。

「ええ。結婚前に彼女が一度婚約していたことも知りませんでした」

「なるほど。それじゃあ、あなたもわかったでしょ。彼女が嘘つきだってことが」

「嘘はついていません。わたしに話さなかっただけ。ミリアムは自分の過去を封印したんです。わたしたちが出会う前の人生については話さなかった。きっと平凡な人生で、取り立てて話すようなことがないんだろうと思っていました。でもどうやら実際にはその反対。そういう恐ろしい事故が起きなかったら、いま頃彼女はマーティンと結婚していたんでしょうか？　わたしと出会ったものの、心の中ではいつも彼のことを考えていたのでしょうか？　たとえそうであっても、わたしはいまでも彼女のことをこの上なく愛しています。彼女なしでは生きられないと思うときもあるんです」

ソニーは咳払いをした。「そういう人のことを口汚くののしって、ごめんなさいというべきなんでしょうね。でもそのつもりはないわ。彼女はわたしの人生と、わたしの家族の人生を台なしにした」

「それじゃあ、謝るのはこちらです。そういう事故が起きたことは残念だと思います。謝ったところで、どうにかなるものでもないでしょうが」

「彼女は毎日マーティンの病室にやってきて、ベッドの脇にすわっていた。見るに耐えない光景だった。虫酸《むしず》が走ったわ。わたしと彼女のあいだでは、それまでマーティンはずっと迷惑な弟だったのに、ふいにミリアムが彼に惹かれ、マーティンこそが、わたしの探していた男性だといいだした。落ち着きたかったんでしょうよ。わたしは弟に、誰か別の女性とつきあって欲しかった。あんなふうに軽薄じゃない女と。ミリアムはわたしを捨てて、彼を取ったようなものよ」

アーサーは身体がふるえてきた。妻について、どんな秘密が明らかになるにせよ、まさかかつての友人が彼女のことをこれほどひどくいうのを聞くはめになるとは思わなかった。「ミズ・ヤードリー。あなたがミリアムのことをどう思おうと、彼女はわたしがこれまで会った人間の中で、一番優しく、思いやりのある女性でした。結婚生活は四十年続いた。あなたの弟さんの身に起きたことは大変気の毒ですが、あなたが話しているのは、はるか昔のこと。あなたが語る女性は、わたしの知っている妻とはまったく違う。人は変わるんです。お話を聞いていると、まるであなたは自分の弟の幸せに嫉妬していたように思えます」

「ええ、そうよ。それは認める」ソニーがすかさずいった。「彼女の友だちはわたしであって、マーティンじゃない。わたしと彼女はなんでも分かち合った。それが、帰国するなり、マーティンを自分だけのものにした。彼女はわたしを捨てた。わたしよりマーティンにもっと会いたがって……」

　相手が言葉に詰まっても、アーサーは放っておいた。ソニーがさっきそうしたように、彼もまた黙っていることで相手を威圧したかった。

「聞いてるの、ミスター・ペッパー？」

「はい、聞いてます」

「彼女が彼を殺した。あのいまわしい車を誰が運転していようと関係ない。わたしには、ミリアムが弟を殺したとしか思えない。彼女はうちの両親から息子を奪い、わたしから弟を奪った。葬儀にはやってきたけど、わたしはそれから二度と彼女とは会わなかった。会いたくなかったたし、それを彼女にもわからせたかった。誰か別の人と結婚したというのは知っているわ。彼女がまたもや、ろくでもない手紙を書いてきたから。ミリアムは前へ進む。でもヤードリー家にはそれはできない。ミスター・ペッパー、これであなたの疑問がすべて氷解したのならいいんだけど。あなたは真実を知ったわけだから」

アーサーは耳から受話器を遠ざけた。これ以上ソニーの言葉を聞いていられなかった。

「とにかく、なんであろうとわたしは妻を愛していました。心の底から」

それだけいってアーサーは電話を切り、嗚咽した。

ろくでもない誕生日

今日はアーサーの誕生日だ。七十歳。記念すべき重要な日といっていい。ミリアムがいれば、ささやかな贈り物をくれたことだろう。おそらく、ストライプの靴下や、一冊の本なんかを。それから街へ出て「クラウン&アンカー」でフィッシュアンドチップスか、ハムとマスタードのサンドウィッチなんかを食べる。シャンディを二杯ほど呑んで、この日は特別にアップルパイとカスタードを奮発する。いずれにしろ妻は贅沢を好まない。と、いままではそう思っていた。

ルーシーからまだ連絡はない。ダンが父親の誕生日を覚えているとは思えないし、バーナデットはもっと重要なことで頭がいっぱいだ。今日は玄関マットにカード一枚落ちることはないだろうとアーサーは確信していた。

昨夜はソニーとマーティンのことを考えながらベッドに入り、眠れないままにひと晩じゅうふたりのことを考えていた気がする。眠りは断続的に訪れ、どれが夢で、どれが自分の考えたことなのか、わけがわからなくなっていた。ミリアムが笑いながら車に乗っていて、マーティンが彼女の肩に腕を回している。まるで彼女は自分のものみたいな顔をして、危険から守ろうとしている。車は深緑のオープンカー。それが車線をふたつ飛び越え、一本の木に突っこんでいく。その場に自分もいて、走って助けに行くと、ミリアムが横たわっていて、首をだらんと垂らし、額から血をしたたらせている。運転していた男はハンドルに突っ伏している。頭がまったくおかしな方向を向いていて、折り方を間違えた折紙みたいだった。そこへ自分の腕が伸びていき、男の頭に触れる。黒蜜のような血が髪を濡らしているのがわかる。するとそこでマーティンが頭を上げる。正気を失ったようにゲラゲラ笑う、その歯が真っ赤に汚れている。「彼女がオレを殺した。あんたの女房に殺されたんだ。ハッピーバースデー、アーサー」

ベッドの上でガバッと起きあがった。着ている服が汗でじっとり濡れ、第二の皮膚のように身体に張りついていた。最初、あわてて剝がそうとしたが、やがて冷静になって脱いだ。濡れた服をバスルームの床にぞんざいに置き、まだ五時前だったが、シャワーを浴びた。

顔を湯に打たせながら、じっと立ち尽くし、頭の中から考えやイメージを追いだそうとする。ミリアムはここにいない。彼女は男を殺した。一生をともに過ごしながら、そういうことをまったく知らずにいるなどということがあるのだろうか？　ひょっとしてミリアムは話そうと思ったのでは？　なんら察知できずに、過去のことを尋ねもしなかった自分はまったくの馬鹿者に違いない。ふたりが出会う前も、彼女の人生は自分のそれと同じように、重要なことは何も起きなかったのだと思いこんでいた。それが間違いだった。

身体を拭いて、なんの考えもなしに古いシャツとグレイストック卿の青いズボンを身につける。まだ外は暗かった。元気が出なかった。希望もなく、助けてくれる人もなく、なんの役にも立たない――まさに負け犬。何かすることを考えようとするものの、どれも意味がないように思える。今日は誕生日。めでたくも幸せな一日のはず。なのに自分は世界から切りはなされて、ひとりぼっちでここにいる。

ベッドの、いつもミリアムが寝ていた側に腰を下ろす。ベッド脇にある戸棚の引き出しをあけて、罫線の入った便箋とペンを取りだし、これといった考えもなく手紙を一通書き出した。妻はソニーに手紙を書いていた。ならば自分も彼女宛に書いてやろう。ミリアムはマーティンの死に関係していたかもしれないが、自分は彼女を長年愛してきた。たとえそういう話を自分に打ち明けていなかったとしても、これからもずっと妻のことを思って生きていくつもりだった。

書かなきゃいけない。混乱して傷ついてはいるが、妻に恨みを抱くことはしたくない。そういう気持ちと闘わねばならない。昨日ソニーと話していたときはショックが強くて言い忘れていた。それを手紙で伝えるつもりだった。

ミズ・ヤードリーへ

　わたしは心の底から妻を愛していました。彼女は完璧ではありませんでしたが、それをいうなら、この世に完璧な人間などいません。

　わたしはおとなしい男で、これといって頭が切れるわけでも、ハンサムでもありません。いったいミリアムはわたしのどこが気に入ったのだろうと、長年首をかしげてはいましたが、やはり何かいいところを見つけてくれて、それでふたり幸せに暮らしてきたのだと思います。

　これまで知らなかった妻の秘密を幾つも知ることとなりました。あなたのこともマーティンのことも、インドのこともパリのことも、わたしはまったく知らなかった。どうして妻は話してくれなかったのかと、ここにすわってぐじぐじと考えながら残りの人生を終えるのかもしれません。しかし彼女には理由があり、その理由は決して自己保身ではなく、後ろ暗いことを隠したかったからでもないと、わたしは素直にそう思います。彼女が話さなかったのは、わたしへの愛情からでしょう。

　あなたからすれば、わたしは妻に欺かれた愚かな老人にしか見えないかもしれません。でも、そうではなく、ミリアムを愛し、ミリアムに愛された人間だったと記憶に刻んでいただきたいのです。彼女といっしょの人生を送ることができて、わたしは世界一幸せな人間だと思っています。彼女のおかげで、わたしはよりよい人間になれた。

彼女はあなたのことも、マーティンのことも、心の底から愛していたという気がします……。

どんな言葉が飛び出してくるのか、自分でもわからないままに、ペンがすらすらと動いていく。あらゆる怒り、満たされぬ思い、妻に対する愛情が、言葉となって紙に吐き出される。

全部で四枚。書き終えると、綴《と》じられたままの便箋四枚を両手でつかんだ。手首が痛み、激しい感情の揺れに、目に涙がにじんでいた。まるで黄味のない卵のように、心がからっぽになった気がする。読み返すことはしなかった。書きたいことは書き尽くしたという実感がある。最後の一枚に次のように書き足した。

これだけ長い年月が経ったのですから、あなたの心に訊いて、彼女を許してもらいたいと切に望みます。もし許すことができないのなら、せめて、かつて捧げ合っていた友情を忘れないでください。

敬具

書いた紙を破り取り、折り畳んで封筒に入れた。それから表に、「ミズ・ソニー・ヤードリー」と書いた。

袖をまくりあげて前腕を出し、指で強くつねってみる。動いた皮膚がゆっくりもとにもどり、指の跡がピンク色に残った。痛くもかゆくもない。それでもう一度やってみる。今度は爪を立てて強く。何か肉体に痛みを感じることで、自分は生きている、これは現実なんだと実感したかった。

気が滅入るような、ひどい天気だった。寝室の窓から見える空はインクを染みこませた脱脂綿のような色。天気が崩れると、バーナデットがいっていたとおりだった。しかし家にいるわけにはいかない。四方を壁で囲まれていると思うと、閉所恐怖症になったように息苦しくなる。こんなところで誕生日を過ごすなんて、みじめとしかいいようがない。ただぼうっとすわって、過去に対して愚にもつかない思いを巡らせて終わりだ。ひょっとして妻は四十年以上にわたって、夫ではなく、死んだマーティンを思って悲しんでいたのだろうか？

そういうことを考えると、頭がくらくらしてきて、階下へ下りていくのにも、壁に手をついて身体を支えないといけなかった。ここから出ないとまずい。

玄関でコートをはおり、靴を履く。天気に合った服装か考えることもしない。出がけにポケットに封筒を突っこんだ。

空にはまだ星と月が出ていた。七十年前の今日、アーサーという名前の、生意気で、ずんぐりした身体の赤ん坊が産まれたことを思い出す人はいないだろう。いつもと同じ変わり映えのない一日。今日の日に意味があるとしたら、それは友人のバーナデットが癌に侵されているのかどうか、午後には判明するということだけだ。

それを考えたら、道の途中で足がとまった。どうかよい結果であって欲しいと、心の底からそう願う。またひとり、大切な人を失ったら、自分はどうやって生きていけばいいのか？　困っているときに助けてくれる、バーナデットはただそれだけの相手ではない。彼女は友。愛しい友人なのだ。

テリーがちょうど家から出てきた。「やあ、アーサー、ひどい天気だ。ぼくの車に乗っていきませんか？」大声でいって、アノラックのフードを頭にかぶる。

「ありがとう、でも結構だよ」

「こんな朝早くにどこへ出かけるんです？」

「日帰り旅行をと思ってね」

「ルーシーの家へ？」

会話をする気にはなれなかったので、聞こえなかったふりをして、そのまま先へ進んでいく。ずっと歩いていって三つ先の停留所でバスに乗り、ヨークの中心まで行った。そこから列車に乗ってスカーバラへと向かう。四十分の列車旅のあいだ、ずっと窓の外を眺めていた。雲が分厚い黒い毛布のように広がって、空が白く光っている。

列車を降りたときには、木々から雨がしたたり落ちていた。しかしアーサーの足はとまらない。カレッジを目指して通りをずかずか歩いていく。びしょ濡れになって到着すると、受付にすわっている銀髪の女性に手紙を差し出した。

「まあ、大変」アーサーがびしょ濡れなのに気づいたらしい。「傘をお持ちじゃないんですか？」

アーサーは答えない。「これをミズ・ソニー・ヤードリーに渡して欲しい。出勤してきたらすぐ。非常に重要な手紙なんです」それだけいうと受付に背を向けて、玄関のガラス張りのドアから外へ出た。受付の女性が、わたしの上着を貸しましょうかと大声でいっているのに耳も貸さない。

学生たちの横を過ぎていく。みなタバコを吸ったり、おしゃべりをしたり、携帯電話をチェックしたりしながら、これから始まるカレッジでの一日に備えている。カフェがあって、そのストライプのひさしの下に雨を避けようと家族が入っていくのも、アーケードに並ぶ店が開店して硬貨の音や電子音楽を響かせているのも、アーサーの目には入らない。海岸にたどりついたところで、人気《ひとけ》がなくなった。こんな天気の日に外出はもちろん、海まで下りていこうなどと考える愚か者はいない。

灰色のカーペットのように目の前に広がる海が、動いてさざ波を立てている。波打ち際に立って海を見つめながら、何もかも忘れて潮騒《しおさい》にひたる。靴に海水がしみこんできて爪先が濡れた。立っているうちに足首が赤くなってひりひりしてきた。

ほんの数週間前までは、亡くなった妻にただもう恋い焦がれていた。それがいまは妻に対する疑念で頭がいっぱいになっている。

お互いのことは何もかも知っていると安心していた。それが結婚のいいところだとも思っていた。ふたりは心の友であり、考え方も感じ方も好みも、すべて一致していると信じていた。ただし、相手が過去にどんな人生を送ってきたのかは知らなかった。なぜ出会う前のことを妻に一度も尋ねなかったのか？　なぜなら、妻に過去があるとは思わなかったから。

妻の他に、自分には誰がいる？　ルーシーがいる。バーナデットがいる。地球の裏側には息子もいる。しかしそう考えても心の中にあいた穴は痛みを訴え、その穴が埋まることは二度とないだろう。愛する女、自分の知らない女のことを思って、心が痛みを訴える。彼女がいなくては、あの家は暮らしの場所にはならない。壁とカーペットに囲まれた空間を愚かな老人が所在なげに動いているだけの場所。

もう二度と自分の肩に妻が頬をくっつけてくる感触も味わえない。それでどうやって生きていけるのか？　いっしょに朝食をつくりながら妻が響かせる歌声はもう聴けない。家族がひとつの単位として機能していた、あの頃にはもう二度ともどれない。それを思うと、流砂の中に足からずぶずぶ沈んでいくような心持ちになる。

いつのまにか雨が本格的に降り出していた。最初はパラパラとまぶたに当たるぐらいだったのが、まるで空からストローが一斉に落ちてくるように、雨が肌を打っている。顔を打つ雨が頬へ流れていく。ズボンはぐっしょり濡れて脚に張りついていた。両手を口のまわりにあてがって、「ミリアム！」と大きな声で呼ぶ。その声を風がつかまえ、どこか別のところへ運び去ってしまう。「ミリアム」何度も何度も呼んでみる。聞こえるはずがない、呼んでも無駄だとわかっていながら。「ミリアム」

呼んでも呼んでも消えていくだけの言葉が出尽くしてしまうと、まるでそれだけで身体が維持されていたように、自分が抜け殻になった気がした。波が足に打ち寄せ、靴の中が海水でいっぱいになる。石につまずいてうしろによろけ、濡れた砂に足をとられた。膝がガクンとなって尻餅をつき、砂の上に両手をついた。打ち寄せた波が脚の上で砕け、またアーサーを濡らした。白い泡が後光のように、彼の身体をふちどる。「ミリアム」力ない声でまた呼びかけ、砂に指を突き刺した。砂に指を吸われて、どこかへ持ち去られそうな気がする。放っておけばよかったのだ。過去を詮索し、追跡することなどしないで、思い出の中にある妻を完全無欠のまま取っておけばよかった。妻の過去を閉ざしていた扉の鍵がずっとあかないままだったらどれだけよかったか。自分がブーツの中に手をつっこんだりしなければ、チャリティショップでそれを買った客が、チャームブレスレットを見つけて、うれしいサプライズに大喜びしただろう。そうして新しい持ち主に幸運を授けることになったかもしれない。

ポケットからブレスレットをひっぱりだす。思い出を台なしにしたそれが、いまでは憎くてたまらない。目の前に広がる灰色の海が自分を差し招いている。手を肩の高さまで上げて、てのひらでブレスレットの重みを確かめる。これが空中を回転して飛んでいき、海に落ちて沈んでいく光景を想像する。ブレスレットは海中を漂いながらさらに沈んでいき、やがて海底に落ち着き、何百年もそこで眠り、やがて誰かが見つけて、いったいこのチャームはどこからやってきたのだろうと首をかしげる。ただし発見者にとって、そのブレスレットはなんの意味もない。骨董品《こっとうひん》としての値打ちか、ゴールドという貴金属の価値があるだけだ。

これを手放せば気分が楽になるのだろうか。しかし、まだ何もわかっていないチャームがひとつ残っている。ハートのチャームがそうだ。ハートの形をしたケースと、ハートの形をした南京錠と、ハートの形をしたチャーム。おそらくそれこそ、妻が心から夫を愛していたことを、ふたりで暮らした日々は妥協の産物ではなかったことを教えてくれるに違いない。最後のそれが答えを握っている。

そうでなくては困る。

それでも、ブレスレットを持って海の中に入っていくという考えにも非常にそそられた。海に抱かれ、優しく揺すってあやしてもらえる。ブレスレットを持っていけば、間違いなく波間に消える。足も、足首も濡れている。だったら股間も腰も胸も肩も、全部濡れてしまっていいのでは？　波が口を覆い、鼻を覆い、目を覆い、しまいに白髪の房が残るだけで、それもまた海が波で覆って持っていく。

そうなったところで、誰が気にする？

数か月前なら、誰も気にしないといっただろう。しかしあれからアーサーはルーシーを取りもどした。シルヴィーとキスをした。バーナデットとのあいだに友情が芽生えた。ルーシーのことを考えて、アーサーは無理やり立ち上がった。あの子には自分が必要だ。自分もルーシーを必要としている。足が砂利を踏む音を聞いて、アーサーはほっとするような気持ちになった。海の誘惑をはねつけることができた。ルーシーはもう十分な悲しみを受けている。流産を経験し、結婚は破綻《はたん》し、母親は死んでしまった。それなのに、この老いぼれの身を自死させて、またもや新たな悲劇をあの子の家の戸口にもたらすというのは、あまりに身勝手ではないか。一歩、また一歩とアーサーはあとずさりしていき、やがて足が玉石の土手を踏んだ。岩に背をもたせかけてすわり、手にしたブレスレットをじっと見つめる。暗い灰色をした玉石と砂と、インクを流したような空を背景に、なんともまばゆく輝いている。ハートのチャームは底光りしているように見える。

足もとに水が丸く光っていると思ったら、アーサーは潮だまりの隣に腰を下ろしていた。小さな灰色のカニが海水の中に浮いていて、死んだように動かない。しばらくじっと観察していると、カニは外へ出られないのだとわかった。いずれ潮は完全に引いてしまう。太陽が顔を出せば水は蒸発する。カニの小さな身体はぱりぱりに乾いてしまうだろう。

アーサーは水の中に指先を浸した。カニは片方の爪を動かしたが、それからまた動かなくなった。まるでこちらに手を振ったみたいだった。アーサーはさらに深く手を水の中に入れた。小さな友は、彼なりにナショナルトラストの銅像モードになっている。「この潮だまりにいると死んじゃうぞ」カニに話しかける。「岸に取り残されてしまう。海にいたほうが安全だ」そういって、片手をお椀《わん》状にしてみると、カニがゆらゆらと手の内に入ってきた。アーサーはそっと手を持ち上げる。カニはピンで突き刺した穴のような小さな黒い目をしている。「怖がらなくていいんだよ」

カニを海まで運んでいって、小さな波がゆるゆると浜に這い上がってきたところで、水際に置く。カニは一瞬動きをとめ、まるでありがとう、さようならと、あいさつをしているようだった。それから横歩きで水に近づいていく。優しい波がカニにかぶさった。

引いていく波とともにカニは消えた。

いまさっきまでカニがいた砂浜の一角をアーサーは見つめる。おそらく、自分もまた潮だまりのような場所から出られずにいたのではないかと、そんなふうに思えてきた。海に出る必要がある。何が待っているかわからない、そういう恐怖があるにしても。そうしなければ、やがて干からびて死んでしまうだけだ。

全身びしょ濡れになって、カニを救出している自分をルーシーが見たらどうするか、想像してみる。「ひどい風邪を引くわよ。こっちへ来て、暖まって」と、そういうだろう。子どものとき、あの子がこんなことをしていたら、自分もそういっていた。立場が逆転したと思うと不思議だった。これはきっとミリアムも面白がるはずだ。

いまでは何をしようと構わない。男やもめひとり。生き方を教えてくれる人はいない。海で馬鹿げたジグを踊りたかったら踊ればいい。そうだ、何をためらう必要がある？　試しに一度飛び跳ね、波が押し寄せるのを待ってから、また飛び跳ね、腰をくいくい回して踊る。「ごらん、ミリアム」気が触れたようにゲラゲラ笑い、目からあふれる涙が頰を流れて雨と混じり合う。「馬鹿だよな、オレは。きみを許すよ。きみがいわなかったのは、それが一番いいと思ったからだ。ちゃんとした理由があって伏せていたんだね。きみを信じなくちゃいけない。オレはまだ生きている。きみも生きていたらうれしいが、死んでしまった。たとえつらくても、オレは生きたい。干からびたカニになるのはごめんだ」

いきなり小走りになり、途中何度か歩きながら水際を走っていく。足が何度も水をかぶり、その凍るような冷たさに、自分は生きていると実感する。両腕を突きだして風を抱きしめながら走っていく。風が服をはためかせ、目を刺してくる。

許して、忘れる。それしか道はない。

両肩を腕で抱きながら、風の中を進んでいくと、やがて海辺のカフェにたどりついた。黒雲がすっかり吹き払われていた。太陽が顔を出している。青と白のストライプ模様の日よけのへりにそって、たまった雨水がきらきら光る。舗道の水たまりも鏡のように輝いていた。

カップルがひと組、ドアをあけて店の中に入っていく。連れているフォックステリアの毛は濡れて丸まっていた。ふたりが身につけた防水のズボンとコートから水がしたたり落ちている。彼らと同じように、おまえだってびしょ濡れなんだぞと、アーサーは心の内で自分にいう。ミリアムがいれば、「そんな状態でお店に入れないわよ」といわれるだろう。いや、入れる。勢いよく吹きだしてきた温風が頬に当たるのをうれしく感じながら、アーサーは店の中に入っていった。

「まあ、大変」明るい黄色のエプロンをつけた女性がアーサーを迎えた。「ちょっと乾かしましょう」そういうと一度カウンターの奥にひっこんで、空色のふわっとしたタオルを持って出てきた。「しっかり拭いてくださいね」といってアーサーにそれを渡してから、犬用のちょっとくたびれたタオルをカップルに渡した。「さんざんな目に遭われましたね。お散歩中に突然、でしたか？　まったく天気っていうのは困りものですよね」そこでパチンと指を鳴らす。「何もかも明るく輝いていると思ったら、一気に暗くなって、何もかも灰色になる。でも必ず太陽が出てくるから、ありがたいですよね。ほら、いまがまさにそう。まもなく、まぶしいばかりの晴天になりますよ」

アーサーは借りたタオルで丹念に全身を拭いた。身体はまだ濡れていたが、顔のほうはすっかり乾いた。若いカップルがホットチョコレートを分けあっているのが目に入る。女性はミリアムのような黒い髪で、男性は痩せているのに髪の量はずいぶんと多い。ホットチョコレートは背の高いグラスに入っていて、てっぺんに載ったホイップクリームにチョコレートの粉がふりかけてある。黄色いエプロンの女性が注文を取りに来ると、アーサーは同じものを頼んだ。運ばれてきたものには小皿に入れたチョコレートの粉と長いスプーンが添えられていた。窓辺の席にすわってガラスについた雨粒を見つめた。クリームをすくって、一口一口をおいしく味わい、熱くて甘い液体に息を吹きかけながら少しずつすすった。

飲み終わって店を出ると、駅で電車に飛び乗り、降りた駅でバスに乗り換えて家路をたどる。服が肌に張りついて、歩みに合わせてシュッシュッと音がする。家の近くまで来ると携帯電話がポケットの中でふるえた。バーナデットからメールが来ていた。「電話して」とひと言。

思い出

帰ってきたとき、自宅の廊下は暗く冷え冷えとしていた。バーナデットが送ってきたメールの文字をアーサーはまじまじと見つめる。そのものずばり、用件のみ。まさか、そんな……。最初に見たときはそう思った。どうかよい結果であって欲しいと、祈るしかない。着がえを済ませたら電話をしよう。

予想どおり、バースデーカードは一枚も届いていなかった。ルーシーは学校で子どもの宿題に丸つけをしているのだろう。バーナデットはまだ病院。ひとりでやり過ごすしかない。

つり下がったポプリのそばにある棚。そこに鍵を置いたところで、はっとする。いま、物音が聞こえなかったか。妙だ。しばらくじっと立ったまま、耳をすます。年のせいで幻聴まで聞こえるようになったかと、そう思いながら居間のドアを少しずつ押しあける。次の瞬間、心臓がとまりそうになった。

窓を背にしてぬっと立つ人影。でかい――男だ。動かない。泥棒。

アーサーは口をあけた。怒鳴るか、叫ぶか、なんでもいいから声を出そうとしたのに、出てこない。玄関のドアには鍵をかけたから、方向転換してまた鍵をいじりたくはなかった。どうしてわが家に？　金目のものはない。つまらぬ老人の家に押しこんでどうしようというんだ。

　しかし、それから力がもどってきた。朝からさんざんな目に遭っている。その上さらに、他人を自宅に入れて好き勝手をさせるわけにはいかない。ミリアムがいなくてよかった。当然脅えただろう。前へ踏みだして、闇の中へ大声で呼びかける。「金目のものはないぞ。いますぐ出ていくなら、警察には通報しない」

　キッチンで、ガタンと音がした。ほかにもいる。口の中がからからになってきた。勝ち目はない。仲間がいるなら、こっちの話には耳も貸さないはずだし、説き伏せるのは無理だ。何か武器になるようなものはないか、あたりを手で探る。見つかったのは傘一本。とがった先を手でつかみ、柄部分で敵を殴ってやろうと構える。勇を奮って前へ踏み出してドアのすきまから中を覗き、頭を殴打されないかと身構える。

　背後でキッチンの照明がぱっとついた。びっくりしてアーサーは目をぱちくりさせる。「サプライズ！」一斉に声が上がった。ダイニングルームに人が集まっている。アーサーはよろけながら、侵入者たちの顔を見分けようと目を凝らす。白いエプロンをつけたバーナデット。カメを抱いていないテリー。靴を履かない赤毛の子どもがふたり。「誕生日おめでとう、パパ」ルーシーが現れてアーサーを抱きしめた。

アーサーは武器を手から落とした。「忘れていると思ってた」

「暗い中で、何時間も待ってたのよ。メールを送ったでしょ」バーナデットがいう。

「ちょうど電話をかけようと思ってたんだ。大丈夫だったかい？」

「その話はまたあとで。今日はあなたの誕生日」

「びしょ濡れじゃない」ルーシーが息を呑む。「日帰り旅行に出かけたってテリーがいってて。そろそろ帰る頃だと思ったの」

「外に出る必要があった。なにしろ……ああ、ルーシー」娘をまたぎゅっと抱きしめる。

「おまえの母さんが恋しくて……」

「わかるわ。わたしもよ」

額と額が触れあった。

アーサーが立っているカーペットの足元に水がたまっていた。青いズボンが薄い膜のように脚に張りついている。コートも水を吸って重たくなっていた。「散歩に出かけたんだ。そうしたら雨に降られてしまって」

「あきれた。さっさと着替えてから、また下りてきて」ルーシーがいう。「でも居間にはまだ入らないでね」

「中に男がひとりいる」とアーサー。「泥棒だと思ったんだが」

「あとで大きなびっくりプレゼントをあげるつもりだったの」ルーシーがいって、アーサーの肩越しに向こうを見る。「でも、いまあげるしかないみたいね」

「やあ、パパ」

アーサーは耳を疑った。無意識のうちに振り返ると、目の前に息子が立って両腕を差し伸べていた。「ダン……」思わず舌がもつれる。「本当に、おまえか？」

ダンがうなずいた。「ルーシーから電話をもらったんだ。それで帰りたくなった」

離れていた時間が消えてなくなった。もう一度息子を抱きしめたい。息子に近づきたい。ダンがオーストリアに旅立つとき、父と息子は互いの背中を親しげに叩くのが精一杯だった。それがいま、自宅の廊下で、しかと抱き合っている。頭の上にある、髭がつんつん飛び出した息子のあごと、たくましい腕の感触がうれしい。このひとときを親子がしみじみと味わえるよう、客はしんと黙っている。

父親の両肩をつかんで、ダンが身体を離した。「ちょっと、なんて格好をしてるんだよ」

アーサーは青いズボンを見下ろして、笑い声を上げた。「話せば長くなる」

「ここには一週間いるつもりだよ。本当はもっと長くいたいんだけど」

「それだけあれば、ここ最近、父さんが何をしていたか、話してやれる」

着がえをしに二階へ上がると、階下から話し声と笑い声が響いてきた。これまでパーティや家族の集まりを心から楽しんだことは一度もなかった。人を楽しませる話をしたり、気の利いたことを口にしたりできないから、いつも居心地の悪い思いをする。それで、アーサーがキッチンにこもったり、飲み物のお代わりを注いでまわったり、つまみ食いをしたりしているあいだに、ミリアムが客の相手を務めることになる。ところがいまアーサーは、家の中にあふれる人の声を好ましく感じていた。懐かしく温かい響き。ずっと求めていたものだった。

たんすの中から無意識のうちに、いつものスラックスとシャツをひっぱりだしていた。それらをベッドに並べてから濡れた服を脱ぐ。とそこで、ベッドの上に広げた服に、あらためて目が向いた。年配者向きのスラックスは、裾で足首がこすれ、腰を下ろせばベルト部分が腹に食いこむ。これを穿くのも日課のひとつ。男やもめの制服だ。ルーシーといっしょにパリで買った服ではちょっとフォーマルすぎるので、たんすの底をひっかきまわして何かないか探す。見つかったのは、ダンの脚がまだポパイのようではなかった頃に穿いていた古いジーンズと、胸に「スーパードライ」という文字が書かれたスエットシャツ。実際にはまだびしょ濡れだというのに、こいつは面白い。身体をタオルで拭き、髪もごしごしやってから、服を着て下へおりていった。

ダイニングルームにキッチンのテーブルを運んで、その上に料理がビュッフェ形式で並べてある。ソーセージロール、ポテトチップ、ブドウ、サンドウィッチ、サラダ。七十歳の誕生日を祝うきらきらした横断幕が壁に粘着テープで留めてある。アーサーの席にはカードやプレゼントが小さな山をつくっていた。

「お誕生日おめでとう、アーサー」バーナデットが頰にキスをしてきた。「プレゼントをいまあけてみる？」

「あとであけよう」贈り物を人前であけるのは苦手だった。喜んだり、驚いたりしてみせなくてはならないからだ。包み紙を剝がしながら、何が入っているのだろうと中身に思いを巡らせるほうがいい。「全部きみが準備したのか？」

バーナデットがにっこり笑う。「全部じゃないわ。ダンとルーシーが大活躍。赤毛の子ふたりは、両親が夜に映画を観に出かけるっていうんで、自分が預かりますってテリーがいって、それでいっしょにこっちに来てもらったの」

「しかし……」アーサーはためらった。「病院の検査結果は……メールをもらったのは、てっきりその件かと。どうだったんだい？」

「しーっ。そういう話はまたあとで。今日はあなたの日よ」

「大事なことだ。他の何よりも、きみは大丈夫だという言葉が聞きたいんだよ」

バーナデットがアーサーの腕をぽんと打った。「わたしは大丈夫よ、アーサー。結果は良好。腫瘍は良性だった。やっぱり心配だったから、あなたを驚かせる計画のお手伝いで、忙しくしていられてよかった。ルーシーから電話をもらったのよ。彼女がみんなに連絡してくれたの」

アーサーはにっこり笑った。

「ネイサン、あなたに相談したんですってね。あの子から聞いたわ」バーナデットがいう。「わたしが病院に予約をしているとわかったみたい。あなたが話を聞いてくれてよかった。とにかく、わたしは大丈夫ですから」

「ああ、よかった」途方もない安心が胸に押し寄せる。膝ががくがくして、喉がきゅっと締まった。伸ばした両腕でバーナデットをくるみ、そばに引き寄せる。「なんでもなくて、本当によかった」柔らかく温かい身体で、スミレの匂いがした。

「そうね」バーナデットの声が少しふるえる。「本当によかった」

玄関の呼び鈴が鳴り、「わたしが出るから」とルーシーが大声でいった。

数秒後、キッチンのドアがひらいた。「おいタイガーマン、おふくろを放せ」ネイサンがいった。

アーサーがぱっと手を脇に下ろすと、ネイサンはゲラゲラ笑った。

髪を短く刈っていて、浅葱《あさぎ》色の瞳が見えている。伸ばした両腕の先に、何かアルミホイルで覆ったものを持っていた。「あんたに」

「わたしに？」アーサーは受け取った。ホイルをはずすと、その下からチョコレートケーキが現れた。とても美しく、高級店で買ってきたもののように見える。つやつやしたコーティングがかかっていて、口金から絞り出した砂糖衣で、「六十五歳の誕生日おめでとう、アーサー」という文字が書かれている。

「オレがつくったんだ」とネイサン。「進路の件、うまくいったよ。おふくろとふたりで話をしたんだ。オレが菓子をつくりたいっていったら、喜んじまって。検査結果はシロだったって、おふくろ、いわなかった?」

「ああ、聞いたよ。お母さんも、きみも、本当によかった。それにこのケーキ」自分は七十歳であって六十五歳ではないと、間違いを正すつもりはなかった。「すごいじゃないか。すごく美味そうだ」

そこへ、道路の向かいに住む、赤毛の子どもふたりが走ってきて、アーサーは危うくひっくりかえりそうになった。ひとりがアーサーの肘にぶつかった。「おい、おまえたち」ネイサンがケーキを置いてからいった。「気をつけろ。それと靴下と靴をちゃんと履けよ」

子どもふたりは足をとめて、すぐにいわれた通りにした。「やっぱ注意を向けてやる人間が必要なんだよな。あの子たちの世話を買って出る、テリーは聖人だよ」

ルーシーが現れた。「パパ、見せたいものがあるの。パパへのプレゼントよ」

「プレゼントなら、ここに山のようにある。それもまだあけてない」

「わたしとダンからの、大きなプレゼント。居間に用意してあるから」そういってドアを押しあける。

アーサーは首を横に振った。「わざわざそんな」いいながらもルーシーのあとについていく。

気がつけばアーサーは、様々な色と人間が爆発したように散らばった空間に立っていた。四方の壁が無数の写真で覆われている。それも絵の具の色見本のように、縦にも横にもきれいに並んでいた。しかし近づいてみると、その一枚一枚に顔があった。自分の顔。ミリアムの顔。ダンやルーシーの顔。「これはなんだ?」アーサーがいった。

「これはパパの人生」とルーシー。「ピンクと白のストライプ模様の箱。中に入っている写真をパパは見ようとしなかったでしょ。だからここに持ってきたの。パパにじっくり見てもらって、ママとの人生がどれだけ素晴らしいものだったか思い出して欲しい」

「だが、おまえたちが知らないこともあってだな。新たな事実がわかって……」

「どんな新事実がわかったにせよ、ふたりが過ごしてきた日々は何も変わらないわ。パパとママは、長きにわたって幸せな年月を過ごしてきた。それなのにパパは過去にとりつかれてしまって。自分がいっしょにいなかった時代の、ママの人生を掘り起こすのに夢中になった。そうやって掘り起こしたママの人生を頭の中で再構成して、自分と暮らしていたときのママの人生より、ずっと大きくまぶしいものにつくりかえていたの」

アーサーはその場でぐるりと一回転した。自分とミリアムがいっしょにいる写真が何百枚もあった。

「見てよ。ほら、ママもパパもうれしそうに笑ってる。本当にお似合いのふたりよ。幸せなふたり。トラも、おそれ多い詩も出てこないし、パリでの買い物も、外国旅行もない。でも人生を丸ごといっしょに過ごした。そこに目を向けて慈《いつく》しむべきじゃないかしら」

写真はまるで、四方八方に伸びる高層ビルについた小さな窓のようで、そのときそのときのふたりの人生を垣間見させてくれる。ルーシーとダンは時系列に沿って並べてくれたようで、左手のドアに最も近いところに貼られた写真は白黒で、ミリアムと出会った頃を切り取っていた。初めて彼女を見たときのことをアーサーはいまでも覚えている。肉屋の店先で、馬鹿でかい買い物籠を肘から提げていた。籠の中身まで覚えている——紙に包んだひとつながりのポークソーセージがバターのかたまりの上に載っていた。籠はすり切れていて、枝編みの一部が壊れていた。アーサーはゆっくりと室内を歩きまわりながら、一枚一枚写真を見ていき、目の前で展開されていく自分の人生に目をみはった。

バーナデット、ネイサン、テリーが気を利かせてキッチンに引っこみ、赤毛の子どもたちに、こっちへ来いと手招きする。

アーサーは一枚の写真に手を伸ばした。結婚式の日に撮ったものだ。思いっきり得意げな顔をした自分を、ミリアムがうっとりと見つめている。ミリアムが乳母車を押している写真もあった。中でルーシーが喉をごろごろいわせている。そこでアーサーは妻の手首に何かきらきらしたものがぶらさがっているのに気づいた。

「パパ、どこへ行くの？」あわてて部屋を飛び出し、二階へ駆け上がる父親にルーシーが声を張り上げた。

「すぐもどる」数秒後、アーサーは道具箱を持ってもどり、その中から片眼鏡を取り出した。写真を指差し、それから眼窩に片眼鏡をはめこむ。ミリアムの手首からぶらさがっているのは、ゴールドのチャームブレスレットだった。

「じゃあ、秘密にしていたわけじゃなかったのね。こうやってつけていたんだから」ルーシーが写真を覗きこんでいう。「覚えてないなあ」

「父さんもだ」

「似合ってないよね？」

「ああ、似合わない」

「でも、ふたりとも幸せそうに見えない？　ゴールドのブレスレットなんて、どうでもいいのよ」

アーサーは両腕を脇に下ろして立ち尽くした。愛情と誇らしさがどっとこみ上げてきて、目が眩んでくる。自分の子どもたちが、粘着ラバーを何袋もつかって、何時間もかけて写真を貼り巡らし、父親の人生はずっと幸せだったことを証明してくれた。自分がずっと見失っていたものを見せてくれたのだ。過去十二か月、厳しい日課を自分に課し、暮らしから彩《いろど》りを消してきた。それでも心にぽっかりあいた穴は埋まらず、たまたま出てきた、古いゴールドのチャームブレスレットに執着することで、その穴を埋めようとした。弟を失ったソニー・ヤードリーには心から同情する。しかしあれは事故だった。ミリアムは自分の人生を生きなければならないと気づき、実際にそうした。いっしょに生きる相手として自分を選んでくれてよかった。

室内を二度巡り歩き、アーサーはいろんなことを思い出し、声を上げて笑った。初めてルーシーを腕に抱いたときのことや、子どもたちを乗せた乳母車をふたりで押すときの誇らしい気持ちを思い出す。四十歳の誕生日を迎えたミリアムはなんと美しいのだろう。夫への愛情に目がきらきらと輝いている。

「じゃあ、そろそろいいね？」ダンが大声でいう。

「ダン！」ルーシーが怒鳴った。「まったくもう、我慢が利かないんだから。パパはまだ見てるじゃない」

ダンは肩をすくめた。「いや、オレはただ……」

ルーシーがやれやれと首を振り、「わかった、じゃあいいわよ」と折れた。

「なんだ？」アーサーがいった。「いったい何が始まる？」

照明が暗くなった。バーナデットがマッチを擦ってケーキのキャンドルに火をつける。アーサーの胸の中で心臓の鼓動が速くなる。みんなが声をそろえて「ハッピーバースデー」の歌を歌い、「ディア〜」のあとに入れる言葉が、めいめい異なるのが面白い。ルーシーとダンは「パパ」、「父さん」で、赤毛の子どもたちは「お向かいさん」。バーナデットは「アーサー」で、ネイサンはぼそっと何かつぶやいた。またこんな幸せな気分になれるとは、アーサーは思ってもみなかった。

カクテルを手に肘掛け椅子にすわる。カクテルはバーナデットが絶対これがいいといって作ってくれたセックス・オン・ザ・ビーチ。口当たりのいい甘いカクテルで、胃がかっと熱くなる。アーサーは進んで人と打ち解ける性格ではなかったが、今日のところは問題ない。客のほうが順番にアーサーの席にやってくるからだ。ダンがしゃがんで、どれだけイングランドを懐かしんでいたか語る。ハインツのベイクドビーンズと田園風景が恋しくてならなかったという。テリーは、気分を害さないといいのだけどと前置きしてから、来週ルーシーに映画を観に行こうと誘って、オーケーをもらったとアーサーに知らせた。ふたりとも好きな映画が公開されているという。それは素晴らしいとアーサーはいった。おしゃべりをするふたりを見れば、これがずいぶんくつろいでいる。ルーシーが声を上げて笑うのを見て、そういえばアンソニーといっしょにあんなふうに笑っているところは見たことがなかったと気づく。

「ルーシーと話をしたんだ。母さんのブレスレットのことを聞いたよ」ダンがいう。

ブレスレットは二階の寝室で、ぐっしょり濡れたズボンのポケットに入っている。いまいましく思えて考えたくなかった。海に投げ捨てるべきだったのかもしれない。あれは過去のものであって、いまは過去の人生をそっとしておきたかった。「正直いって、今夜はその話をしたくない」

ダンが口をあけて何かいおうとしたところへ、バーナデットがせかせかとやってきた。チョコレートケーキを一切れ載せた皿をアーサーの手につきつける。「ネイサンが自分でつくったって聞いた？　味はどうかしら？」

アーサーはフォークを突き刺してケーキを味見する。「じつに美味い。息子さんには才能がある。やっぱり血は争えないね」

バーナデットがぱっと顔を輝かせ、本人は遠慮するといっているのに、ダンにも一切れ持ってくるといって聞かない。

ルーシーがダンににじりよる。「もうパパに話したの？」

「話したって何を？」アーサーは目の前に立つダンとルーシーをじっと見る。なにか悪い知らせでもあるかのように、ふたりとも口をすぼめている。「なんなんだ？」アーサーはいった。

「おいしいケーキを召し上がれ。みんなの分がありますからね」バーナデットが腕いっぱいにケーキの皿を抱えてもどってきた。

「ダン？」ケーキの皿を押しつけられた息子に、アーサーが訊く。

「明日話すよ」

「わたしたち、今夜はここで寝ていいのかしら？」とルーシー。

アーサーは幸せに胸をふくらませる。「もちろんだよ」

「でも明日の朝は」ルーシーが続ける。「家族会議をひらかなくちゃ。ダンからパパに話があるの」

ハート

アーサーは二日酔いだった。まるで頭のなかで脳が暴れているようだ。家のなかはまだ静かだが、懐かしい物音がする。久しぶりなので不思議な感じだ。ダンは昔つかっていた自分の部屋でいびきをかいている。ルーシーは本を読んでいるのだろう。耳をすませばページをめくる音まで聞こえそうだ。ごろんと横向きに寝返りを打って、マットレスの隣にぽっかりあいた空間を見つめる。「ミリアム、子どもたちが帰ってきたぞ」そっとささやく。「まだペッパー家は安泰だ。みんなきみを愛している」

家族で食べるシリアルの分量も、キッチンのテーブルでダンがどれだけの幅を取るのかも、すっかり忘れていた。ダンとルーシーが、手早く朝食をつくってくれるというが、アーサーは食欲がなかった。鎮痛剤のパラセタモール二錠をカップのお茶で呑み下す。三人で食事をし、笑う。ダンが牛乳を倒してしまい、ルーシーが舌打ちをして、それを拭く。馬鹿よねえ、まったくといいながら。

アーサーは息子に目をやった。幼い頃の面影をわずかに残している。丸顔に、チョコレート色のボタンのような目とふさふさした髪。テレビで『ザ・マペット・ショー』が始まると、興奮してぴょんぴょん飛び跳ねて、髪もいっしょになって跳ねたものだった。

「何か話したいことがあったんじゃないかね」アーサーは促した。

ルーシーとダンは顔を見合わせる。

「ダンに、パパがあちこち旅行してるって話したの」ルーシーがいった。

「すごい冒険だ」とダン。

「それでチャームブレスレットのことも話したの」

「子どもの頃、母さんが見せてくれたのを覚えてるよ」

「おまえに見せた？」

「昔ね。ルーシーが学校に行っていて、オレは母さんといっしょに家にいた。腹痛を起こしたんで学校を休んで、テレビを観ていたんだ。しばらくすると飽きてきた。それで母さんと、父さんたちの寝室に行った。母さんはしゃがんで、たんすの中から何か取り出した。それがチャームブレスレットだった。ついているチャームを全部見せてくれて、それぞれにまつわるちょっとした話をしてくれた。もちろん、どんな話だったかひとつも覚えてない。例によってオレは人の話を上の空で聞いていたから。でも午後じゅうずっとそれで遊んでいたのは覚えてる。そのあと母さんはそれをたんすにもどして、それ以来見ていない。またあれで遊んでいいかと、何度か訊いたことがあったけど、『しまいこんじゃった』といわれておしまい。でもあのチャームのことはずっと覚えてる。ゾウが一番好きだったな。緑の石がついていた」

「父さんもだ。ゾウは高貴な動物だ」アーサーは息子の顔をじっと見る。「それで、おまえはわたしに何をいわなくちゃいけないんだ?」

「まだ由来がわからないチャームがひとつあるだろう?」

「ああ、ハートの」

「オレが買ったんだ」とダン。

アーサーの手からカップが落ち、床のそこらじゅうにお茶と砕けた陶器のかけらが飛び散った。ルーシーがぞうきん、ちりとり、ほうきを探しにいく。「いま、なんといった?」

「オレがハートのチャームを買った。いや、選んだのはカイルとマリーナだけど。シドニーにある店でね。父さんに買うプレゼント、もう少し気をつかいなさいよと、母さんにいわれたことがある」

「母さんに買うプレゼントにこそ気をつかえと、父さんはおまえにそういおうと思ってた」

「そのときはちゃんと気をつかった。宝石店の前を歩いて通りかかったら、ショーウィンドウに皿が並べてあって、その中にゴールドのチャームがいろいろ並んでいた。マリーナが立ちどまって、見てみたいといいだした。そのときオレは母さんのブレスレットを思い出したんだ。それまですっかり忘れていたのに、記憶が鮮明に蘇ってきた。まるでまた子どもにもどったみたいに、トラやゾウのチャームで遊んだことを思い出したんだ。それでイギリスにいるおばあちゃんに贈ろうといって、マリーナに好きなのを選ばせた。マリーナは大興奮。迷うことなくハートのチャームを選んだよ。まだ母さんがブレスレットを持っているかどうかわからなかったけど、とにかくプレゼントには持ってこいだと思ったんだ」

「ブレスレットをロンドンにある宝飾店に持っていったよ」とアーサー。「そこの店主に、ハートのチャームは他のものより時代がずっと新しいといわれた。きちんとはんだ付けされていないそうだ」

「たぶん母さん、父さんの道具箱をひっぱりだしてきて、自分でくっつけたんじゃないかな」

「だが、母さんは何も話さなかった。見せてもくれなかった」とアーサー。

「母さんが亡くなる数週間前にハートのチャームを送ったんだ。そのうち父さんにも見せようと思ってたんじゃないかな」

もし見せてもらっていたら、自分はきっとミリアムにチャームについてあれこれ尋ね、どうしていままで黙っていたんだと詰問しただろう。そうなれば、マーティンに関する悲しい記憶まで蘇ってくる。おそらくハートのチャームは、ブレスレットに幸せをもたらすのに力を貸したのだろう。「そうかもしれない」アーサーはいった。「おまえにもらったチャームのことはきっと話してくれたことだろう」

ダンがレンタカーを借りてアーサーとルーシーをウィットビーへ連れていった。天気はよかったが風が強く、今度はアーサーも中綿入りの防水ジャケットと、編み上げブーツという、天候に配慮した服装にした。ダンにも服を貸してやった。長らく異国にいて、イギリスの天候がときに厳しくなることをすっかり忘れている。

古い町の中を歩いていき、古い修道院へと通じている百九十九段の階段を上る。アーサーは着実に歩を進め、途中ベンチに腰を下ろしたり、家屋やB&Bの屋根に張られたオレンジ色のタイルを眺めたりした。頂上に出たところで、ルーシーは口に入った髪の房を吐きだし、ダンは両手を広げて風に向かって走っていく。「フーッ」大きな声でいう。「カイルとマリーナがここまで上がってきたら喜ぶだろうな」

「いつかこっちに連れてくるつもりはないのかね?」アーサーはおずおずと訊いた。もう孫たちに長いこと会っていなかった。

「連れてくるよ、父さん。約束する。これからは毎年一回は帰って来ようと思ってる。母さんの死が、これほど堪《こた》えているとは自分でも気づかなかった……。それに父さんにも謝りたい」

「何を？」

「よくつらくあたることがあっただろ。本を読んでやるっていわれたときとか、仕事から遅く帰ってきたときとか。人の親になるのが、どれだけ大変だか、自分で子どもを持ってみるまではわからなかった。まったく扱いにくい子どもだったと思う」そこで妹に顔を向ける。「おまえにも苦労をかけたな、ルース」

アーサーは首を横に振った。「謝る必要はない」

「完璧な人間なんていないわよ」ルーシーはダンの腕をパンチする。「でもって、兄さんは間違いなく完璧じゃない」

ダンは一本とられたという顔をし、それから声を上げて笑った。

三人は墓地をめぐり歩き、崩れかけた修道院を見てまわったあとで、海を見下ろす丘の斜面に上がった。

「母さんがヴァンで売っているアイスクリームを買いに行ってたときに、オレとルーシーが鬼ごっこをしていたの、父さんは覚えてる？」ダンがいった。「オレたちは遊びに夢中になって、道路に飛びだした。大型トラックが轟音を立ててこっちへ走ってきているのに、オレたちは気づかなかった。すると父さんがどこからともなく現れて、もぎ取らんばかりの勢いで、オレたちの腕をぐいとひっぱった。トラックは猛然と走りすぎていって、ふたりとも助かった。恐ろしくておしっこをもらしそうだったよ」

「そんなこと、よく覚えていたな」

「ああ。父さんはスーパーマンみたいだって思ったよ。それで学校でみんなに自慢した。父さんは人間離れした力を持ってるって、そう思えたんだ」

「おまえは母さんのところへ走っていって、アイスクリームにかぶりついただけだと思っていたが」

「ショックだったんだと思う。とにかく父さんはオレのヒーローだった」

アーサーは顔を赤くした。

「ここよ、ここ」ルーシーが足をとめた。「ママが好きだった場所。ほら、向こうに犬の頭に似た岩があるでしょ」

「それと、あっちには火山の形をした岩」ダンが言葉を添える。「いつもあのベンチにすわって、海を眺めたんだ」

アーサーの頭に思い出の場面が徐々に蘇ってきた。まるで霧の中から仲間たちが姿を現したようだった。チャームにまつわる物語に対する好奇心がしだいに薄れていく。そうしてそれが、おとぎ話と同じように遠い過去の出来事に過ぎなくなる。再び頭の中に、自分自身の物語がもどってきてうれしくなる。妻や子どもたちの思い出があふれかえる。

「そういえば海に出かけたとき、パパもいっしょに遊ぼうよって、しつこく誘ったことがあったっけ」ルーシーがいう。「それなのに、ここにいて新聞を読んでいるほうがいいっていって。それでママとダンといっしょに海の中に入っていったんだけど、まもなくパパが突然隣に現れて、ゲラゲラ笑いながら手で水をすくって、わたしたちにかけてきた。ママの着ていた白いワンピースが日ざしに透けてたっけ」

「覚えてるよ」とアーサー。「だが、わたしは砂浜に残って、家族が遊ぶのを見まもっていただけだと思うが」

「違う。来たんだよ」とダン。「しつこく誘ったら、とうとう根負けして来てくれた」

不思議なものだとアーサーは思う。時の移り変わりとともに記憶も移り変わって形を変える。一度忘れて、また思い出すときには、もとの記憶のままではなく、そのときどきの自分の状態と気分によって、明るくなったり、暗くなったり、色合いを変える。チャームをもらった人間に対してミリアムがどういう感情を抱いたか、自分は勝手に幻想をつくりあげていた。事実はわからない。本人以外知り得ない。しかし自分が妻に愛されていたこと、ダンとルーシーに愛されていることははっきりわかり、困難を切りぬけて生き続ける理由が山ほどあることもわかった。

「どうだい、スーパーマン」ダンがアーサーの腕を叩いた。「海岸まで出て水遊びをしようか？」

「よし」アーサーはいい、ふたりの子どもの手を取った。「じゃあ、行くぞ」

届いた手紙

ダンとルーシーといっしょにウィットビーからもどると、アーサーは玄関マットの上に手紙の束を見つけた。黄ばんだ紐でくくってある。封はすべてあいていて、どの手紙もラベンダー色の紙に書かれている。すべて何度も読み返したようにくたびれているのに、一番上にある封筒だけが開封されておらず、新しい感じがする。宛名はどれも妻の筆跡だった。

それらとは別に封緘《ふうかん》されたマニラ封筒が一通。アーサーはそれを破って開封した。

ミスター・ペッパー

ずっと昔にミリアムから届いた手紙を送ります。おそらく、わたしの手元にあるよりも、あなたが持っていたほうが有用でしょう。

ときに人は、持っていたいからではなく、手放すのが難しいために、物を溜めこむことがあります。あなたが奥さんに抱いていた疑問の幾つかが、この手紙で解消されればいいのですが。

二度と連絡をしてこないで欲しいというのが本音ですが、それでも大切な人を失った、あなたとあなたのご家族にお悔やみを申し上げます。

ソニー・ヤードリー

「何それ？」ダンといっしょに玄関でブーツを脱ぐのに苦労しながらルーシーが訊いた。

「ああ、なんでもない」アーサーはさりげない口調でいった。「あとで読んでくれだって」そういって手紙の束をポケットに入れる。妻はその必要があると判断して、過去の秘密を封印した。自分は好奇心に負けて、その秘密を放っておけなかった。しかし子どもたちがこの件について知る必要はない——ソニー・ヤードリーとマーティン・ヤードリーについては。

「ほらほら」アーサーが子どもたちに声をかける。「さっさと中に入って暖まろうじゃないか。ケチャップをかけたソーセージサンドを食べながら、すごろく遊びをするってのはどうだい？」

「賛成！」ルーシーとダンが声をそろえていった。

その夜アーサーはパジャマを着てベッドに腰を下ろした。傍らに手紙の束。それをおずおずと取り上げる。一瞬、中身を見ずにこのまま放っておこうか迷った。

封筒をぱらぱらめくって消印で日付を確認する。一番上にあるのが最も新しい。まるでつい昨日ポストに入れて出したように見える。ふるえる手で、その封筒を開封し、便箋をひっぱりだして広げる。

一九六九年一月
最愛のソニーへ

この手紙を書くのは恐ろしく難しいことでした。じつのところ、最後にあなたに手紙を書いてから二年の月日が経っているのですよね？　昔はよく手紙を出し合っていたものです。

わたしたちが親友であった時代が懐かしくてたまらず、しょっちゅうあなたのことを考えています。でも、あなたはもはや、わたしを自分の人生の一部にしておきたくないという事実を、受け入れなければならないのでしょう。ひどく悲しいことですが、それであなたの気が済むと思えば、慰めになります。

わたしの人生にはいつも、あなたとマーティンがいました。ともに成長し、悩みがあればあなたに相談し、旅に出ていても、あなたが心の支えだった。もう二度とマーティンはもどってこない、その事実を受け入れるのはとても難しいこと。彼の死にわたしが関係している。それがつらくてなりません。この悲しい気持ちを打ち明け、あなたにお悔やみを申し上げたくて、何度も何度も連絡を試みました。

いまでもわたしはマーティンのことを思い、彼がもし生きていたらと考えずにはいられません。彼との思い出は甘く切なく、わたしはあなたたちふたりが恋しくてたまりません。

長いあいだ喪に服していましたが、そろそろ前へ進もうと思います。それであなたにもう一度手紙を書いています。というのも、友だちのあなたに、わたしの近況が、他人の口から耳に入るのがいやだからです。

素敵な人と巡り会いました。アーサー・ペッパーという名前の男性です。わたしたちは婚約し、今年の五月にヨークで結婚します。

もの静かで優しい人です。しっかりしていて、わたしを心から愛してくれています。わたしたちのあいだには穏やかな愛情が流れているのです。飾り気のない人生に、わたしはいま喜びを感じています。自分探しの旅は終わりました。もはや家庭以外の場所で生きたいとは思いません。そして、その家庭は彼とともにつくりあげていかねばならないと思っています。

アーサーにはマーティンとのことを話していませんし、これからも話さないと心に決めました。あなたの弟さんの思い出を踏みにじろうというのではなく、むしろ心を鬼にして過去に溺れないよう努め、未来に向かって一歩を踏み出そうというのです。過去を忘れたいなどとは夢にも思わず、ただ、そこから未来へ踏み出したいだけなのです。

昔のように、ふたりで会い、話をして、かつての友情を思い出す。それができないものかと、最後にもう一度お願いしたいと思います。それでももし、あなたから連絡がなければ、答えは「ノー」だと思い、もうそこで終わりにします。どうぞご家族ともどもお元気で、あなたが心の安らぎを得られることを願っています。

あなたの友
ミリアムより

アーサーはそれから午前二時まで、妻がソニーに出した手紙を読んだ。最後まで全部読んだところで、ミリアムが夫になる人への愛をつづった最初の手紙をもう一度読んだ。

それから手紙を一枚ずつ手に取っては何重にも破って細かい紙片にした。すべて破いたところで、ベッドの上掛けから払って手に集め、ハンカチに包んで明日ゴミとして出せるようにしておく。

妻のことは十分わかった。自分たちは四十年にわたって生活をともにしてきたのだ。もう妻の過去をさぐる必要はない。

発見者、所有者

六週間後――

ロンドンにあるジェフの店に入る前に、アーサーはしばらくショーウィンドウの前に立って、ゴールドのブレスレットやネックレスや指輪を見ていた。こういった宝飾品のひとつひとつにどんな愛や幸せや死の物語があるのだろう。新たな所有者のもとで、また新たな物語をつくるために、ここでこうして買い手が現れるのを待っているのだ。

ドアをあけたところで立ち止まり、薄暗がりに目が慣れるまでしばし待つ。

「いま行きます」奥からジェフのがらがら声が響いた。やがてビーズののれんをかきわけて本人が出てきた。片眼鏡をはずし、「やあ、いらっしゃい。確か……」

「アーサーです」手を差し出してジェフと握手をする。

「ああ、そうでした。マイクといっしょにやってきて、びっくりするようなゴールドのブレスレットを見せてくれた。チャームがついたやつ。ひと目見て惚れましたよ。確か、奥さんのものでしたね?」

「素晴らしい記憶力ですね」

「まあ商売がら宝飾品は山ほど見ているから。当然といえば当然。売り物ですからね。しかしあのブレスレットには何か特別な感じがあった」

アーサーはごくりと唾を呑んだ。「売ることにしたんです。こちらで興味を持ってくださるんじゃないかと」

「もちろんですよ。もう一度見せてもらえますかな？」

アーサーはバックパックに手を入れてハート形のケースを渡した。ジェフが蓋をあける。「じつに美しい」ジェフがいった。「記憶にある以上に、見事な品だ」アーサーが初めて見つけたときと同じように、ブレスレットをつまみあげ、手のひらの上でひっくりかえしている。「こういうのを買おうと思うのは、相当自分に自信がある女性だ。ひけらかすためや、投資目的じゃない。チャームの美しさに惚れ、そのひとつひとつに物語があることに価値を見いだす。本当に売ってしまっていいんですかい？」

「はい」

「ベイズウォーターに、こういうのに目がないご婦人がいるんです。映画のプロデューサーでしてね。それこそ生粋《きっすい》のボヘミアン。彼女の好みにぴったりだ」

「いい家に行って欲しいと思っています」声がふるえているのが自分でもわかる。

ジェフがハート形のケースに、またていねいにブレスレットをもどす。「本当にいいんですか？　大きな決断ですよ」

「わたしにとっては、別に思い入れはないんです。ずっと隠してあって、長いこと忘れられていた」

「まあ、あなた次第です。わたしはどこにも行きやしません。四十年もここで店を構えていますからね。わたしの前には父がこの店をやっていました。ですから来週でも来月でも来年でも構いませんよ。じっくり考えたいと思われるのなら」

アーサーはごくりと唾を呑んだ。指一本でハート形のケースをジェフのほうへ押し出した。「いいえ。売りたいんです。ただしひとつだけチャームを取っておきたい。ゾウのチャームは持っていたいんですが、それでも買い取っていただけるでしょうか？」

「あなたのブレスレットです。もしゾウのチャームが欲しいなら取っておけばいい。残ったチャームの位置はこっちで調整しますから、すきまが目立つこともない」

「このちっちゃなヤツが、わたしが旅をするきっかけになったものですから」

ジェフが店の奥に引っこむと、アーサーはカウンターに向かって置いてあるスツールに腰かけた。カウンターの上に載っている雑誌を一冊手前にひっぱってくる。裏表紙に、新種のチャームブレスレットの広告が出ていて、そこに写っているものはチャームがぶらさがっているのではなく、飾りが直接チェーンに通されていた。「大事な出来事の記念に」と書いてあり、まさにミリアムのブレスレットがそうだった。時代が変わっても、こういう風習は変わらないのだから面白い。

アーサーは雑誌を押しやり、周囲にずらりと陳列されているゴールドやシルバーを見ていく。何十年も身につけられていたと思われる指輪の類。持ち主の人生に大きな意味を持っていたそれらが、売られるか、譲られるかして、ここにやってきた。しかしそれらはまた新たな命を得て、新たな持ち主に愛されながらつかわれる。ジェフが知っているという映画のプロデューサーのことをアーサーは想像してみる。きっと頭に赤いシルクのターバンを巻いて、ペイズリー柄の流麗なドレスを着ているに違いない。その手首にミリアムのブレスレットがつけられることを想像すると、なんだか素敵に思えてきた。

「はい、ではこちらを」ジェフがアーサーの手のひらにゾウのチャームを押しつけた。他のチャームから離されてみると、まるでもとから一頭で堂々と練り歩くものだったという貫録がある。アーサーはエメラルドを指で回転させた。

ジェフが紙幣の束を丸めて寄越した。「最初に申し出た金額の通りです。ゾウのチャームがなくても、それだけの値打ちがありますよ」

「本当ですか?」

ジェフがうなずいた。「うちの店のことを思い出してくれて、ありがたかったですよ。今日これからのご予定は？　マイクを訪ねるおつもりですか?」

「ええ、会えればいいんですけど。最近、ここに顔は出してますか?」

「毎日ですよ」ジェフがあきれ顔を見せた。「優しいやつで、わたしが元気でいるかどうか、心配して様子を見に来るんです。しばらく前から心臓に不安を抱えてましてね。有無をいわさず、マイクが守護天使の役割を買って出て。今日は何を食べたか、ちゃんと運動はしたかって、毎日確認に来るんです」

「優しい若者ですよね」

「まさにそう。ハート・オブ・ゴールド——美しい心の持ち主なんです。まもなく立ち直るでしょう。邪悪なものに手を出さない限り、立派にやっていけるやつなんです。で、その金を何におつかいに?」

「息子がオーストラリアに住んでるんです。遊びに来ないかって誘われていて」

「それはいい。金はつかうに限ります。自分が幸せになるために、気前よくつかってしまうのが一番。金で思い出はつくれますけど、思い出で金はつくれない。骨董品を扱う業者でもない限りね。アーサー、これは覚えていて損はありません」

次の目的地へ移動するため、アーサーは地下鉄でロンドンを横断した。フランソワ・ド・ショーファの家のドアをノックしたが応答はなかった。二階の窓はカーテンが閉まっていた。セバスチャンにあげようと、金をいくらかポケットに取り分けてある。

隣の戸口に女性がひとり現れた。片方の脇にブリーフケースを、もう一方の脇にチワワを抱えている。「ろくでもない新聞記者がやってきたんじゃないといいんだけど」嚙みつくようにいって、犬とブリーフケースを地面に置いた。

「いいえ。そういう者じゃありません。ここに友人が住んでいまして」

「作家？」

「いいえ。セバスチャン」

女はあごをしゃくってみせる。「ヨーロッパ風の訛りがある若者？」

「ええ、そうです」

「その若者なら、数週間前に出て行ったわよ」

「えっ」

「わたしにいわせれば、うまく逃げた。年上の男と腕を組んでね。しゃれた格好の男だったわ。まさにお似合いのカップル。わたしのいいたいこと、わかるわよね」

アーサーはうなずいた。セバスチャンはまだこの家から出られずに奴隷のような生活を送っているものと思っていた。しかしどうやら、いい人を見つけたらしい。

「いまいましいナルシストの年寄りを世話しているよりよっぽどいいわ」と女。

「それじゃあ、ふたりをご存じなんですか？」

「紙のように薄い壁よ。隣の騒ぎは丸聞こえ。しょっちゅうやってたわよ。あの作家、哀れな若者をさんざん怒鳴りつけて、まったくろくでもない男。今朝死んだの。まだ二ユースにはなってないけど」

「フランソワ・ド・ショーファが？　死んだんですか？」

女はうなずいた。「掃除に来てる人間が見つけたの。若い男の子だから、すっかりびびっちゃって。うちのドアをノックしてきたから、ふたりで救急車を呼んだの。到着すると同時にその子は消えた。それでわたしひとりで、記者やファンが現れるのを待っているってわけ。あなたもそのひとりだと思ったんだけど」

「いいえ。わたしはアーサー・ペッパーといいます」

「なるほど。じゃあ、アーサー・ペッパーさん、人の人生って予測がつかないもんだって、これでわかったでしょ？」

「ええ。おっしゃる通りです。すみませんが、封筒とペンがあったら、貸してもらえないでしょうか？」

女性は肩をすくめ、一度家の中に入ってから、文房具を持ってもどってきた。「必要なら、切手もどうぞ」

アーサーはフランソワの家の玄関に通じる踏み段に腰を下ろし、五十ポンド紙幣を四枚封筒に入れた。それから短いメッセージを書いた。


トラの食費に充ててください。アーサー・ペッパー。

封筒の表にグレイストック卿夫妻の住所を書いてからポストに入れた。

次の目的地を訪ねるため、アーサーはマイクと初めて会った地下鉄の駅に向かう。ランニングシューズにバックパックという格好で、財布もポケットの奥にしっかり収まっており、あのときと違って、いまはすっかり旅慣れた感じがしていた。軽快なフルートの音色が聞こえてこないかと耳をすます。しかし聞こえてくるのはギターの奏でる音楽だけだった。顔じゅうにピアスをつけた女の子が地面にあぐらをかいて弾いている。ストライプ模様の入ったウールのスカーフを二重にしてギターのストラップ代わりにしていた。その子の奏でる『明日に架ける橋』がうっとりするほど美しい。アーサーは二十ポンドをギターケースに入れてやってから、バスに乗ってマイクのアパートに向かった。

マイクは留守だった。

アーサーはナショナルトラストの銅像モードに入って、アパートのドアが並ぶ通路に立った。注意深く耳をすましながらあたりを見まわして、人目がないことを確かめる。通路はがらんとしている。上の階にあるどこかの部屋から、テレビの音声が流れてくる。クイズ番組のようだった。心臓の鼓動が速くなるのを感じながら、アーサーはマイクの隣の部屋のブザーを鳴らした。しばらく待つが応答はない。いいぞ。願ったり叶ったり。念のため、もう一度ブザーを押しておく。それからしゃがんでバックパックから道具箱を取り出した。中をさぐって、鍵をこじあけるピックの束をひっぱりだす。一本一本、じっくり見ていって、この仕事に最適な一本を選ぶ。敏腕錠前師の腕はまだ衰えていない。鍵穴にそれを慎重にねじこんで、音に耳をすませながら角度を微調整していく。カチッという小さな音に続いて、重みのある音が響く。成功だ。

「こんにちは」そっと呼びかけ、ドアの脇から頭を出す。サプライズパーティの夕方、家に侵入者がいると思ったときの恐怖感を思い出し、どうか住人は留守にしていますようにと心の中で祈る。人を脅かすつもりも、住人と対決するつもりもない。事を正したいだけだった。

間取りはマイクの部屋とまったく同じだった。最初に椅子を一脚ひっぱってきて、ドアノブの下にしっかり押しこんでおく。こうしておけば、誰かがもどってきたときに時間が稼げる。建物の二階であり、足首も弱っているから、外へ飛び下りるのは無理だ。よって手早く仕事を済ませるしかない。

室内を歩きまわりながら、本を何冊も引き抜き、引き出しをかたっぱしからあけていく。背伸びをして食器棚の上を見る。マットレスの下に手をすべらせて探ってもみるが、見つかったのは成人グラビア雑誌の『ナッツ』の山だけだった。ゴールドのロレックスを盗んだのは隣人だというマイクの見立てははずれなのかもしれない。ここにあるなら、必ず見つかるはずだった。

それから、見るからに怪しい品があちこちに点在しているのに気づいた。バスルームを見れば、窓の下枠にゴールドのチェーンが固めて置いてある。キッチンテーブルの上にはノートパソコンが何台も積み上がっている。寝室はデザイナーズブランドのハンドバッグ置き場になっていて、いつでも写真撮影オーケーというように、ベッドカバーの上にきれいに並んでいた。と、ベッド脇の戸棚の中に小さな黒い箱が見つかった。蓋をあけてみると、中にゴールドのロレックスが鎮座していた。時計を取り出して裏返してみる。マイクのいったとおり、「ジェラルド」の文字が刻んであった。それをポケットにすべりこませると、アーサーは居間にもどり、バックパックのファスナーを閉めて背負った。

と、物音が響いた。ガチャガチャッ。錠を鍵であけたあと、ドアをあけようとノブを何度も回している。まずい。アーサーの身体が凍りついた。目だけを左右に動かして、さあどうしようと考える。

「くそっ、鍵が壊れてるのか」男の声がし、再度鍵を突っこんでから、またガチャガチャが始まった。

アーサーはあたりをきょろきょろ見まわす。まだ椅子がドアノブを押さえていてくれる。

「このくそドア、なんだってあかないんだ？」また声が聞こえた。

それに応える声がない。あれは独り言だ。足音が遠ざかっていき、隣のドアのブザーを鳴らす音がくぐもって響いた。

アーサーは急いで椅子をどかし、それから室内に目を走らせた。ここから出ないといけない。しかしどうやって？　素早く窓に近づく。少なくとも十フィートの高さ。間違いなく足首の骨を折る。しかし他に逃げ道はない。飛び下りるか、隠れるか、玄関から出るか。この家のたんすはヴィクトリア朝風の小さなもので、中に身をひそめるのは不可能だった。だが飛び下りて脚を折ったら、そのあとどうすればいい？

残る選択肢はひとつ……。

マイクの隣人と真っ正面から顔を突き合わせることになるのを半ば覚悟しながら、おそるおそるドアに手をかける。マイクの時計の他に、あれだけのお宝を盗んだ男だ。何をするかわからない。ドアを少しずつあけて、外を覗く。通路の突き当たりに男が立っていた。汚いメッシュのベストを着て、だぶだぶのズボンを穿いている。もじゃもじゃの髪は黒く染めていた。いま外に出れば間違いなく男に気づかれる。こんな向こう見ずな作戦に出た自分をアーサーは呪った。余計なことをせず、マイクに任せておけばよかったのだ。しかしそう思いながらも、ポケットに入ったロレックスの重みがうれしかった。素早く廊下に出てドアをそっと閉める。このぐらいの音なら男には聞こえない。心臓が激しく鼓動する。ドックン、ドックン。他人の耳にもはっきり聞こえると思えるほど大きな音を立てている。

アーサーは男が立っているのとは反対方向にすたすたと歩いていく。

「おい！」後ろで男が大声で叫ぶ。「待て」

アーサーは歩みを速める。出口が目に入った。大股であと数歩行けば、ここから逃げられる。「おい！」また怒鳴り声がして、相手が足を速めるのが音でわかった。と、いきなり後ろから肩をつかまれた。「ほら、これ」

アーサーは振り向いた。男はアイスクリームのプラスチック容器の蓋を差し出している。「これ、あんたが落としたんじゃないかと思って」

「あっ、はい……」アーサーはまだ道具箱を抱えていた。てっぺんに鍵をこじあけるピックが載っている。「落としたとは気づかず、助かりました」

「いや大したことじゃない」男は立ち去りかけて、はっと足をとめた。「それ、鍵をこじあける道具？」

アーサーは目を伏せてうなずいた。「ええ」鼻にパンチが飛んでくるか、腕をつかまれて男の部屋へ引っ立てられるものと覚悟した。

「そりゃありがたい。自分の部屋から閉め出されちまって。そいつであけてもらえませんかね？」

アーサーはごくりと唾を呑んだ。「やってみましょう」

難しい仕事に見せかけるために、アーサーは鍵穴にピックを入れてこちょこちょと動かしてみせる。ああでもない、こうでもないとやってから、ようやくドアをあける。

「素晴らしい」男が驚く。「御礼にお茶を一杯ご馳走しますよ」

泥棒のくせに、知らない人間には妙に愛想がいいとアーサーがいっていた。「ありがとう。しかし急ぎの用があるんで失礼します」

男の部屋から離れた瞬間、「なんでこんなところに椅子があるんだ」とつぶやく声が中から聞こえた。

メモをつけて幾ばくかの金をマイクの郵便受けに入れようかとも考えたが、彼が人の施しを受けないのもわかっていた。代わりにポケットから時計を出して、それをマイクの郵便受けにすべりこませた。時計が玄関マットの上に落ちる小さな音を聞いて、アーサーはこれまでにない満足感を覚えた。

旅は終わらない

「SPF40のよね？」ルーシーがチェックリストを読み上げている。

「ああ」アーサーがいう。

「リップクリームは？」

「入れた」

「それにもSPFはついてる？」

アーサーは紺色のスティックを取りあげて、小さな白い文字に目を凝らす。「ああ。15と書いてある」

「うーん」とルーシー。「もっと高い数値のほうがいいわね」

「大丈夫だよ」

「わたしの化粧ポーチの中を探してみるわ」

「これでいい。旅に出るのはこれが初めてじゃないんだぞ」

「でもこれほど遠くへ出かけるのは初めてでよ。しかも暑い」ルーシーがきっぱりといった。「パパが日射病で倒れたなんて、電話で知らされるのはごめんだわ」

アーサーは話題を変える。「テリーと映画に行ったのかね?」

ルーシーがにっこり笑う。「楽しかったわ。金曜日に食事に行く約束をしちゃった。町にできた新しいレストランで。彼、根っからの子ども好きね」

テリーには、自分の留守中に家を見ていて欲しいと頼んであった。「フレデリーカには朝一番に水をやって欲しい。それで彼女は丸々一日を乗り切るんだから」

「それはもう五回も聞きました」とテリー。「それと、毎晩電気をつけてカーテンを閉める。そうやってあなたは家にいると近所に思わせる」

「その通り。わたしもきみが旅行に出るときには、カメの世話を引き受けよう」そうはいったものの、あの小さな動物にどんな世話が必要なのか、わかっていない。ただ、人の力になろうと申し出るのは気分がよかった。

「サングラスは入れた?」ルーシーがまたリストを読み上げる。

「ああ」

「ちょっと待って。それってわたしが小さい頃にパパがかけていたやつじゃない?」

「ああ、父さんはこれしか持ってない。上質なものだよ。鼈甲だからね」そういって実際にかけてみせる。

「また昔の流行がもどってきたから、いいかもね」

アーサーはスーツケースの蓋を閉めた。「すべてオーケー。もし何か忘れていたら、空港で見つけて買うさ」

「空港なんてパパはつかったことがないでしょ。家族でダンを見送ったとき以外に」

「わたしは子どもじゃない」

　その言葉に、親子そろってゲラゲラ笑った。ルーシーがティーンエイジャーのときによく口にしていたセリフだった。

「だけどパパ、真面目な話、外国で過ごす一か月は長いわよ。準備は万全にしておかないと。ママといっしょにブリドリントンに出かけるのとはわけが違う」

「同じだったら困る」アーサーは笑った。「新しい食べ物や、文化に触れたいんだから」

「すごい変わりよう。いまのパパを見たら、ママはなんていうかしら」

　アーサーはサングラスを取りあげた。「きっと喜ぶと思うよ」そこで腕時計に目をやって時間を確認する。「タクシー、もう十分も遅れてる」

「まだ時間に余裕はあるから」

　それからさらに十分が経過し、アーサーは心配になってきた。「電話してみるわ」ルーシーがいって、キッチンに電話を持っていった。「かけてよかったわ。パパの予約が見当たらないって。これから手配して、できるだけ早く寄越すっていうんだけど、人が足りないみたいで。ラッシュの時間だから、一時間はかかるだろうって」

「一時間？」

「そう。厳しいわよね。いますぐにでも出ないと。もし渋滞につかまったら……。誰かの車に乗せてもらえるように頼めない？」

「無理だ」いいながらアーサーは、頼める人がいるとわかっていた。生涯頼りにできる友人がいる。

それから十分後にバーナデットとネイサンがやってきた。「道はわかってるのよね？」呼び鈴が鳴る前から、アーサーにはバーナデットの声が聞こえた。リリリリリリーーーン！

「どうしてあんな大きな音が出せるのかしら？」とルーシー。

アーサーは肩をすくめ、ドアをあけに出ていった。

「心配いらないわよ、アーサー」バーナデットがせかせかと入ってきて、紙袋をアーサーに押しつける。「焼きたてのソーセージロール。車の中で食べてちょうだい。ネイサンが間に合うように送っていくから安心して」

ネイサンもうなずいた。母親にいわれて素直にアーサーのスーツケースと旅行鞄をトランクに運び入れる。それから運転席にすわって待っている。ルーシーとバーナデットが玄関に立っていて、アーサーはふたりの叔母に見送られる学生になった気がした。

「わたしはいつもシリアルバーを何本か持っていくことにしてるの」バーナデットがいう。「旅先の食事が口に合わなかった場合に備えて」

アーサーはルーシーをぎゅっと抱きしめて軽くキスをした。「絵はがきを送るよ」

「うん、そうしてちょうだい」ルーシーはうなずいて、先に家を出ていく。「愛してるわ、パパ」

「父さんもだ」

バーナデットは涙で喉を詰まらせたような顔をしている。「なんだか寂しくなるわね、アーサー・ペッパー」

「きみには世話をする負け犬がたくさんいるじゃないか」

「あなたは負け犬なんかじゃないわ、アーサー。ちょっと道に迷っていただけ」

「これからわたしは、誰から身を隠せばいいのかな？」

その言葉にふたりしてくすくす笑い、ここで初めてアーサーは、バーナデットがすんだ目をしているのに気がついた。オリーブグリーンに茶色いそばかすをちりばめたような瞳。アーサーはバーナデットの人生との向きあい方が好きだった。その豊かな胸にしっかり抱きしめて、決して手放さない姿勢が。

「きみは最後までわたしに愛想を尽かさなかった」とアーサー。「わたしが自分に愛想を尽かしても」ハグをしようと腕をひらいた。バーナデットは一瞬迷ってから、前に踏みだした。ほんの数秒抱き合ってからふたりは身体を離した。もうちょっと長く抱きしめていたかったと、そう思っている自分にアーサーは驚く。バーナデットの身体は自分の身体に馴染み、まるでアーサーの腕の中にぴったり収まるようにできているみたいだった。「じゃあ、またひと月後に」アーサーはほがらかにいった。

「ええ」とバーナデット。「行ってらっしゃい」

ネイサンは車を自由自在に操って交通渋滞を抜けていった。車列のすきまにすっと入りこみ、脇道を巧みにつかい、黄色信号を二度つっきった。そのあいだネイサンはずっと冷静だった。鼻歌を歌いながら、そのリズムに合わせてハンドルをコツコツ指で叩いている。声が小さいので、なんの歌だかアーサーにはわからない。「ちゃんと間に合わせるから、心配しなくて大丈夫」ネイサンがいう。「オレのダチはみんな、あんたを羨ましがってるって、知ってた？　あんたみたいな冒険好きなじいさんが、うちにもいたらいいなって。オレの代理祖父みたいなもんなんだって、みんなにはそういってある。実際オレには、祖父なんていないから」

それこそアーサーの望む役割で、そう思ってもらえるなら、こっちももっと努力をしようという気になる。砂糖衣や小麦粉、それにあの食べられる銀の粒《アラザン》なんかを、帰国したらすぐうちのキッチンにそろえようと、早くも頭の中に計画ができあがる。いつの日か、いっしょにケーキを焼ける場所があったらいいなと、ネイサンが思うかもしれない。

アーサーは車のシートに背をもたせかけて、隣で運転する若者の変貌ぶりに驚いている。髪の色で彼という人間を判断したこともあったが、あれは単なるファッションであって、ああやって感じやすい内面を隠していたのだ。「もうお母さんの具合はいいのかな?」

「ああ、助かったよ。オレさあ、十八歳の孤児になるかと思ってひやひやしてたんだ。そんなの冗談じゃない。あんたみたいに支えてくれる人がおふくろにいて、よかったよ。それに、オレが調理の専門学校に進んでも、いつもおふくろを見ててくれる人がいると思うと安心だし。まあスカーバラだって、そう遠くはないんだけど」

「あの町のカレッジにはわたしも行ったことがある」とアーサー。写生の授業を思い出して、にやりとする。「あそこは美術科も面白い」

「おふくろばかりじゃなく、あんたにも料理をつくってやれるよ」

「そいつはうれしい。ただしマジパンのケーキだけはどうかつくらないで欲しい」

「大丈夫。オレ、大っ嫌いだから」

「わたしもだ。だけど、きみのお母さんにどういえばいいかわからないんだ」

「オレも」


空港は歯科医院のようにまぶしく、宝飾品、ぬいぐるみ、香水、アルコールなど、様々なものを売る店がぎっしり並んでいた。アーサーはあちこちめぐりながら、ビー玉と、ゾウの抱き人形と、自分用にガイドブックを一冊買った。本の扉には世界地図がついていて、それを見るとイギリスは小さなシミのようだった。まだまだ見て回るべきものが山ほどあるのだと、アーサーは思った。

ゲートナンバーがアナウンスされると、胃にバッタがたくさんいるような気分になった。自分も行列に合流し、パスポートの指示されたページをひらいて持つ。行列の進みに合わせて少しずつ進んでいく。それから小さなバスに乗って飛行機まで移動した。飛行機が、これほど巨大であるとは想像もしなかった。ローマ鼻と赤いしっぽを持った、ぴかぴか光る白い獣のようだった。ブロンドの髪をボブに切りそろえた、愛想のいい女性に迎えられて、アーサーは自分の席を見つけた。座席に腰を下ろしてシートベルトを締めてから、物珍しげにきょろきょろあたりを見まわす。自分の席を探している乗客、機内アナウンス、前の座席のポケットに入った無料の雑誌。隣の席の女性がハッカキャンディと、余分に持ってきた、空気で膨らませるネックピローを勧めてきた。エンジンが轟音を立てる。客室乗務員が緊急時の手続きについて説明しているのを真剣に見まもるうちに、飛行機の機首が持ち上がり、アーサーは座席に背を預けて肘掛けをつかんだ。

いよいよ新しい旅の始まりだ。

未来

アーサーは日光浴用の長椅子のへりに腰を下ろし、熱い白砂に裸足の爪先を食いこませていた。クリーム色の麻のズボンは裾を膝までまくりあげ、ゆったりした木綿のシャツは裾の前半分だけをズボンのウエストにたくしこんでいる。熱い空気にきつく抱かれているようで物憂く、動作も緩慢になる。脇の下に汗がたまり、額にもガラスのビーズのような汗が噴き出している。まるでオーブンの中に入っているような気分だが、これも嫌いではなかった。

青い波が岸に打ち寄せて、白い泡を縞状に残していく。服をきちんと着こんだ子どもの一団が走り回って、水をかけあって遊んでいる。アーサーのまわりには木のボートが幾つかひっくりかえして置いてあった。漁師は早くも漁を終えて、獲った魚を浜に持ち帰っていた。それを焼く美味そうな匂いが海岸に沿って並ぶ小屋から漂ってくる。まもなく鮮やかな色のパレオやビーズ飾りを身にまとった観光客がそういった小屋に入っていって、夕食を取り、ビールを瓶から呑むのだろう。

太陽が沈みかけた空はすでに赤紫とオレンジ色の縞に染まり、織物のサリーのようだった。目が覚めるように美しい空に、手のひらでタッチするかのように、丈高く伸びる、椰子《やし》の木の列。浜に点々と並ぶあずまやでは、手すりにかけた、華やかな色のスカーフやパレオやタオルが、そよ風をはらんで膨らんでいる。

アーサーは立ち上がって、水際まで歩いていく。足の下の砂は温かいほこりのような感触だった。片手にゾウのチャームをしっかり握り、もう一方の手で読みかけの本をつかんでいる——ラフガイド社が発行するインドの旅行案内だ。

オーストラリアをやめてゴアに行くという決断は難しかった。しかしアーサーとしては、今回の旅が始まるきっかけとなった場所に一度は足を踏みいれる必要があった。すべてはあの、ミスター・メーラへの一本の電話から始まった。その旅が、妻への見方を、ひいては自分という人間への見方を変えたのだった。

クリスマスはオーストラリアのダンの家で過ごそうと、ルーシーとはすでに話がついていた。学校の休暇を利用して旅行ができるので、ルーシーにとってもそのほうが好都合なのだ。

手のひらを広げると、ゴールドのゾウがきらきら光った。ちょうど太陽が水平線の奥深くまで沈んでいく頃合いで、日ざしがチャームの上をすべった瞬間、ゾウが自分に向かってウィンクをした。「おまえも年を取ってきてるんだな。幻覚を見るなんて」自分に向かって独り言をつぶやいたところで、はっとする。「年寄りだ」とはいわなかった。

「年を取ってきている」といった。自分はまだ老境へ向かう途上にあるのだ。

「ミスター・アーサー・ペッパー」せいぜい六歳といった年頃の小柄な少年がアーサーに駆けよってきた。ティーカップの取っ手みたいな耳に、黒いくしゃくしゃの髪。「そろそろ午後のお茶の時間ですので、お屋敷におもどりください」

アーサーはうなずいた。長椅子まで歩いてもどり、サンダルをひっかけて少年のあとについて浜辺を歩いていく。途中、牛が一頭立っていて、赤いオートバイのぼろぼろになった革のシートをくちゃくちゃ噛んでいた。「お客様、こちらです」少年はずっしりとしたターコイズ色の鉄製の門を通って、その奥にある中庭へとアーサーを案内する。昨夜は真っ暗な中で到着したものだから、こうやって案内をつけてもらえるのはありがたかった。

ラジェッシュ・メーラが小さな噴水のそばに立って待っていた。噴水にはモザイクがちりばめてあり、銀を流したように水がしたたり落ちている。小さな丸テーブルに、銀のティーポットひとつと、陶器のカップがふたつ。屋敷の主の装いは全身白でまとめられ、頭には毛が一本もない。半ば閉じた目が優しそうだ。「あなたが本当にここにいるとは、まだ信じられない気持ちです。わが家に滞在してくださってうれしいですよ。日光浴は楽しまれましたか？」

「ええ。とても気持ちがよかったです。これほどの暑さはこれまでに経験したことがありません」

「息が詰まりそうなほど暑くなるときもあるんです。今日のところはそれほどでもない。ミリアムは昔、太陽が好きでした。自分はトカゲと同じで、骨まで温めるには日ざしが必要なんだって、よくそんなことをいっていました」

アーサーはにやっと笑った。同じことを自分にもいっていたからだ。ほんの少し日が差してきただけでも、雑誌を持って庭で横になり、日光浴をしていた。

ふたりは中庭でお茶を飲んだ。「わたしは習慣の生き物でしてね。毎日同じ時間にお茶を飲むのが好きなんです」ミスター・メーラがいう。「新聞もいつも同じように折りたたみ、きっかり三十分、すわって読むんです」

「その日課をわたしが台なしにしてしまうことになりますね」

「台なしになんかなりません。あなたがいらしたことで、一層良くなる。日々の生活に変化が出るのはいいことなんですよ」

アーサーはミスター・メーラに自分の日課について話した。最初は心の慰めとして始めたものの、いつのまにかそれが牢獄になっていたと。とても優しいバーナデットという女性が、自分をその牢獄から救いだしてくれたのだと、そういおうとしたところで考えが変わった。違う。自分は自力でそこから抜けだしたのだ。ブレスレットを見つけ、その謎を解こうとミスター・メーラに電話をかけた。自分自身の手で人生に変化を起こしたのだ。

「そういえばミリアムは習慣に縛られるタイプではありませんでした。自由な精神の持ち主だったと思います」ミスター・メーラがいう。「あの人は特別な女性ですね。素晴らしい人生を送られましたか？」

アーサーはためらわなかった。「はい」と誇らしげにいった。「彼女はあなたの世話をし、トラと遊んだ。彼女にインスパイアされて詩をつくった作家もいた。名画を生みだす手助けもした。母親としても素晴らしかった。わたしと彼女は心から愛し合っていました。驚くほど素晴らしい女性でした」

ミスター・メーラがお茶を注いでくれるのを待ってから、ひと口すすった。陶器のカップは優美なもので、ピンクの小さなバラが描かれている。ミリアムが好きそうなカップだった。

ミリアムと自分は逆回りに生きている気がする。彼女は彩り豊かで、冒険に満ちた活気ある毎日を送っていたが、自分と出会ってから、その人生は穏やかで落ち着いたものになった。それとは逆に、自分はずっと妻と子ども以外、何も望まない人生を送ってきたのに、いまになって、サンダルは白砂にまみれ、足首は日焼けしている。まさにいま冒険をしている気分で、全身に活気が満ちている。そして、そういう人生に導いてくれたのが妻だった。

「ミリアムが昔つかっていた部屋に、ご案内しましょうか？」

　胸にぐっとこみ上げてくるものを感じながら、アーサーはうなずいた。

　妻がつかっていたのは、せいぜい縦八フィート、横五フィートぐらいの小さな部屋だった。飾り気のない木製の低いベッドと、書き物机。漆喰《しっくい》の壁には、何年にもわたって写真や絵を貼ってきた跡と見られる穴が点々とあいていた。あの机にミリアムがすわっていると想像してみる。あの窓から景色を眺め、中庭で遊んでいる子どもたちに笑いかけ、指のあいだにビー玉を挟んで回してみせる。ここでソニーに、のん気な手紙の一通でも書いたかもしれない。帰国したあとに、どんな恐ろしい事件が待ち受けているか、何も知らずに。

　アーサーは窓辺に立って目を閉じ、暮れようとする太陽の熱を顔に受ける。うなじはすでにピンク色に変わってひりひりしていた。それがまた好ましく思える。

　ちょうどそのとき、ポケットに入れてある携帯電話がふるえた。「はい、アーサー・ペッパーです。ご用件は？」スクリーンも見ずに電話をかけてきた相手にいう。「ああ、ルーシーか。元気だよ。長電話は控えてくれ。電話代が馬鹿高いんだ。父さんのことは心配しなくていい。美しいところで、ミスター・メーラもご家族そろって温かく迎えてくれた。若い頃の母さんの様子が目に浮かぶようだよ。幸せで解放感を満喫したと思う。いまのおまえと同じように、目の前にひらけている素晴らしい未来を思ってね。父さんだってそうだ。わたしたちはその未来を楽しまないといけない。それこそ母さんが望むところだと思うんだ。じゃあ、切るよ。電話で声が聞けてうれしかった。愛しているよ」

電話をポケットにすべりこませた。それから小さく笑って、ベッドの上にゾウのチャームを置く。本来の場所にもどしたのに満足して、アーサーは歩いて庭にもどった。

「娘から電話がかかってきましてね」ミスター・メーラにいう。「わたしのことを心配してました」

「われわれは子どもたちを心配し、そのあとは、子どもたちがわれわれを心配する」ミスター・メーラがいう。「そうやって人生は繰りかえされる。楽しむことですよ」

「ええ、そうします」

「ミリアムとわたしが毎日街に散歩に出ていたのはご存じですか？　帰りに焼きたてのロールパンをひとつずつ買って、歩きながら、パンの真ん中の柔らかい部分をむしって食べていくのが毎回楽しみでした。ある日ミリアムに、愛を告白したことがありました。それに対するミリアムの対応がまた優しくて。わたしにこういいました。もっと大きくなったら、一生をかけて愛したいという人が見つかるはずだって。もちろん、それは正解でした。ミリアムは自分もまたそういう相手を見つけるんだっていっていました。『わたしは妥協しない。結婚は一度しかしない。結婚生活を大事にして、生涯、夫になった人ひとりを愛したい』って、そういっていました。プリヤと出会ったとき、わたしはミリアムの言葉を思い出しました。まるで雷に打たれたように、強い愛情に胸を打たれました。それから、ミリアムも同じように運命の相手を見つけていて欲しいと、ずっと願っていました。そしてもちろん、彼女は見つけた。あなたに出会った瞬間に心にピンときたんでしょう。そしてその心に従った」

アーサーは目を閉じる。ダンとルーシーが自宅の居間に貼ってくれた、縦横にずらりと並んだ無数の写真がまぶたに浮かんできた。ミリアムの笑っている顔が見える。彼女がソニーに宛てた手紙の文面が蘇ってくる。「わたしが彼女をたったひとりの相手だと思っていたように、彼女もわたしのことをそう思ってくれた、それを誇りに思います。彼女は自分の意思でわたしと歩む人生を選んだのだと、そう信じています」

ミスター・メーラはうなずいた。「少し散歩をしましょう」

ふたりは、水銀のような面を見せる海へ向かって、水際まで歩いた。背後には、一列に並んだ炎が光っている。海岸に軒を連ねる小屋が火を焚いているのだ。あたりには魚を焼く匂いが漂っている。二匹の犬が波打際で追いかけっこをしていた。アーサーは足を蹴りだしてサンダルを脱ぎ、寄せる波に爪先を濡らした。

「ミリアムに」ミスター・メーラがお茶のカップを掲げて乾杯する。

「わたしの素晴らしい妻に」アーサーがいう。

それからふたりはその場に立って、オレンジ色の空が暗くなってインディゴに染まり、海に太陽がすっかり沈んでいくのを見ていた。

訳者あとがき

本作は二〇一六年一月にイギリスで出版されてたちまち大きな話題を呼び、ブラジル、中国、ブルガリア、フランス、ロシア、スペインなどなど、世界各地、二十の言語で翻訳がなされている『The Curious Charms of Arthur Pepper』の全訳である。

主人公は六十九歳のイギリス人男性、アーサー・ペッパー。妻に先立たれて、まもなく一年になろうとしている。そろそろ遺品整理にも手をつけねばならないが、彼にとってそれは、妻の死と再びむきあい、人生の伴侶《はんりょ》を永遠に葬り去る儀式のように思え、できればずっと先延ばしにしたいのだった。

それでも一周忌を機に重い腰を上げ、とうとう手をつけたところ、妻のたんすから、まったく予期せぬものが現れた——八つのチャームがついた豪華なブレスレット。贅沢《ぜいたく》を好まない倹約家の妻がなぜ、ひとめで高価なものとわかるきらびやかな宝飾品を持っているのか? それも、まるでやましいものででもあるように、箱に入れたブーツの底に隠して、たんすの奥にしまってあったものだから、アーサーの疑念はますます募《つの》る。

ゾウ、トラ、本、花、指ぬき、絵の具のパレット、指輪、ハート。ブレスレットにつけられた八つのチャームのひとつひとつに、じつは夫のまったく知らない妻の過去が隠されていることを知り、その秘密を探るために、アーサーは意を決して旅に出る。が、次々と明るみに出る、妻の衝撃の過去にアーサーは……。

できれば知らずにいたかった。そう思うことは男女関係にはよくあるもの。とりわけ相手がこの世を去った後ではなおさらだ。知らなければ、永遠に美しい思い出のまま残ったというのに……。

しかし、この旅がアーサーにもたらすものは失望ばかりではない。八つのチャームに導かれて世界を旅したアーサーは、次から次へスリル満点の経験をし、かけがえのない素晴らしいものを手に入れるのである。

妻に先立たれた男が、身なりにかまわず酒に溺れて自暴自棄になるのはよくあることだが、アーサーはそれとは正反対で、家中をぴかぴかに磨き上げた上に、日課を細かく定めて着実にこなし、異常なほどの規則正しさで自分を縛り続ける（寝る前に翌日着る服まで用意して並べておくのだから泣かせる）。どちらがより壮絶な孤独を感じさせるかと言えば、当然後者だ。

拙訳書を持ち出して恐縮だが、日本で映画化もされた『石を積むひと』（エドワード・ムーニー・Jr作）の主人公も、まさにアーサー・ペッパーと同世代で妻に先立たれた男やもめである。自分の亡き後、夫が生きる意欲を失って家に引きこもってしまうのを心配して、妻が家中のあちこちに残しておいた手紙。その一通一通に励まされながら主人公の男性が行動を起こすというストーリーだ。しかしこの作品の場合はそれとは逆で、こういうことは知らないほうが夫は生きやすいと妻が気を利かせて隠しておいたブレスレットを主人公が見つけ出し、好奇心に背中を押されて広い世界へ飛びだしていくのだから面白い。

 手紙を「残す」にせよ、ブレスレットを「隠す」にせよ、どちらも、長い年月を共に生きた相手への、優しい心配りには違いない。そういう妻を持った男性は、自分は幸せだったと感謝をするべきだろう。しかしそれだけで満足してはならない。人生はまだ終わっていないのだから。

 「みんながみんな自分と同じような家に住み、同じように退屈な人生を送っていると思っていたが、そうではなかった」と、旅の途上で悟るアーサー。彼は人生に悩む若者の相談相手になったり、力になってやることで、自分もまだ人の役に立てるのだと自信を取り戻す。それもこれも、広い世界に出て他者の多様な人生を目にしたおかげだ。結局人間は、家にこもって、ひとり頭のなかで悩んでいるだけではだめで、いくつになっても、どんどん外に出ていって行動し、他者と接触することが必要なのだろう。

 「かわいい子には旅をさせよ」という言葉があるが、本書を読んだ後では、「高齢者こそ、旅に出よ！」と言われても納得できる。

とはいえ、現代社会では六十九歳の男性はまだまだ男盛りであって、高齢者と呼ぶのは大変抵抗がある。年を取れば取るほど魅力的になるのは、何もフランス人女性だけではない。日本人男性も、「この年で自分探しもないもんだ」などとは言わずに、アーサーのように広い世界に飛びだして、これまで気づかなかった自分の魅力に開眼していただきたい。

著者のフィードラ・パトリックは本作で作家としてデビューし、現在二作目を執筆中とのこと。本作は映画化権も買われており、どんな役者がアーサーを演じるのか、いまからとても楽しみだ。

六十九歳から七十歳の誕生日を迎えるまでの、人生に二度とないかけがえのない日々を、これ以上はないほどアクティブに過ごし、この上なく豊かな収穫を得たアーサー・ペッパーの物語をどうぞ心ゆくまでお楽しみください。

二〇一七年春

杉田七重

THE CURIOUS CHARMS OF ARTHUR PEPPER by Phaedra Patrick
Copyright © 2016 Phaedra Patrick
Japanese translation rights arranged
with Darley Anderson Literary, TV and Film Agency, London
through Tuttle-Mori Agency, Inc., Tokyo

S 集英社文庫

アーサー・ペッパーの八《やっ》つの不思議《ふしぎ》をめぐる旅《たび》

2017年4月25日　第1刷　　定価はカバーに表示してあります。

著　者　フィードラ・パトリック
訳　者　杉田七重《すぎたななえ》
編　集　株式会社 集英社クリエイティブ
東京都千代田区神田神保町2-23-1　〒101-0051
電話　03-3239-3811
発行者　村田登志江
発行所　株式会社 集英社
東京都千代田区一ツ橋2-5-10　〒101-8050
電話　【編集部】03-3230-6095
【読者係】03-3230-6080
【販売部】03-3230-6393（書店専用）
印　刷　図書印刷株式会社
製　本　図書印刷株式会社

フォーマットデザイン　アリヤマデザインストア　　マークデザイン　居山浩二

ISBN978-4-08-760733-8 C0197